Novela

Pilar Parralejo
Una Cenicienta en la oficina

Planeta

El papel utilizado para la impresión de este libro es cien por cien libre de cloro y está calificado como **papel ecológico**.

Avinguda Diagonal, 662, 6.ª planta. 08034 Barcelona (España)
www.planetadelibros.com

Diseño de la cubierta: Booket / Área Editorial Grupo Planeta
Fotografía de la cubierta: Shutterstock
Primera edición en Colección Booket: julio de 2015
Segunda impresión: agosto de 2015
Tercera impresión: enero de 2016
Cuarta impresión: diciembre de 2016

Depósito legal: B. 13.914-2015
ISBN: 978-84-08-14252-2
Composición: Víctor Igual, S. L.
Impresión y encuadernación: Liberdúplex, S. L.
Printed in Spain - Impreso en España

Biografía

Pilar Parralejo (más conocida en la red como Kukuruxo) nació en Barcelona en 1982. De pequeña siempre le gustó fantasear e inventar sus propias historias, le gustaba repartir sus muñecos sobre la cama e interpretar con ellos las historias que se inventaba. Desde que a los catorce años su profesora de lengua y literatura le sugiriese que se dedicase a escribir no ha dejado de hacerlo. Tiene centenares de ideas que desea escribir y publicar algún día. Empezó dando a conocer sus obras en una plataforma para autores en Internet, consiguiendo miles de seguidores y millones de lecturas. A Pilar le obsesiona el rosa, el olor a vainilla y los gatos. Adora escuchar música a todas horas y siempre lleva encima su iPod y su móvil cargados con cientos de canciones.

http://kukuruxo.wix.com/pilar-parralejo

En memoria de mi padre.

Por enseñarme a no conformarme y a querer ser siempre un poco mejor.

Por haber existido.

Por haber peleado como nadie por nuestro futuro y por haber sido mi padre.

Gracias por hacerme quien soy hoy.

CAPÍTULO 1

Tan pronto como dieron las doce, el señor Clifford Gable, presidente de Industrias Gable, cerró la carpeta sobre su mesa, dando por finalizada la reunión, que había durado más de dos horas. Se puso en pie elegantemente, se colocó bien la americana del traje y se ajustó la corbata al cuello.

—Bien, señores. Nos vemos el próximo mes —dijo mientras tendía la mano al empresario que se hallaba más cerca—. Recuerden traer el balance de los ingresos por las ventas de las acciones.

—Descuide, señor Gable. Hasta el mes próximo —respondieron todos ellos al despedirse.

Cuando el último de los asistentes abandonó el enorme despacho, Clifford indicó con la mano a sus dos ayudantes que salieran. Ambos obedecieron de inmediato.

Los tres hombres se dirigieron al ascensor, en el que aún esperaba la mitad de los empresarios con los que se había reunido.

—Cliff, mi hija se casa en octubre. Dicen que de una boda siempre sale otra. ¿Por qué no le dices a tu hijo que venga?

—Me temo que no querrá ir. Además, hace algo más

de un año que sale con una chica, una modelo... —explicó a su colega.

—¿Una modelo? —preguntó. Su amigo asintió—. Esas chicas siempre son demasiado raras.

—Supongo que por todo lo que tienen que pasar hasta llegar donde quieren llegar. Ya sabes que en ese mundo son sólo marionetas a las que manejan a su antojo. No obstante, Rachel es buena chica. Sólo la he visto un par de veces, pero no hay nada que desapruebe de ella.

—Me parece bien. Pero, ya sabes, si quieres... —Se vio interrumpido por la llegada del ascensor—. Dile, si te parece, que se pase, que venga con su novia, si le apetece...

—Descuida, se lo diré.

Los seis hombres entraron en el ascensor. Permanecieron en silencio hasta que éste llegó a la planta baja y cada uno se dirigió a su destino. El señor Clifford caminó hacia su vehículo, donde esperaba con paciencia el chófer.

Mientras el coche le llevaba al Edificio B, donde tenía su oficina principal, el hombre fue revisando detenidamente la documentación. La contabilidad de sus empresas daba cada vez mejores resultados y eso le hacía tremendamente feliz. Podría subir el sueldo a los empleados más eficientes y quizás comprar un par de edificios más en alguna de las nuevas zonas residenciales de lujo.

Al llegar al aparcamiento dejó la documentación en el asiento para que uno de sus dos ayudantes la cogiera. Bajó del coche.

Cuando llegó a la puerta, seguido por los dos chicos, no vio a Vivian, una empleada de otro de sus edificios que venía a traerle cierta documentación que el directivo le enviaba.

—¡Oh! Lo siento. Disculpe. Lo lamento muchísimo —empezó a murmurar la muchacha, completamente avergonzada, mientras recogía del suelo el montón de papeles que con el choque se habían desperdigado por el suelo.

—No importa. Sólo ten más cuidado la próxima vez.

—Lo lamento de verdad, señor Gable. En realidad estos papeles son para usted... —dijo, ofreciéndole las distintas carpetas mientras se colocaba bien las gafas con la ayuda de su brazo derecho.

—¡Chicos! —Clifford miró hacia atrás, como pidiendo a sus acompañantes que hicieran algo.

Los muchachos estiraron las manos y cogieron las carpetas que la chica le ofrecía al mayor de ellos.

—Gracias —dijo ella con una media reverencia a modo de saludo.

El presidente la miró de reojo conteniendo una sonrisa. Aquella chica le resultó graciosa pese a su lamentable aspecto. Entonces ella salió a toda prisa, a través de las puertas de cristal por las que se accedía al edificio, y se dirigió al ascensor que la llevaría a su despacho, una oficina mediana, muy bien decorada, situada en el piso más alto.

Vivian McPherson siempre fue una chica corriente, con unos padres y unos hermanos de lo más normales. Su padre siempre quiso que estudiara Medicina, porque amaba la idea de tener una hija médico. Pero ella nunca se interesó por la sangre. No le gustaban las enfermedades ni las heridas. No soportaba las medicinas ni los hospitales, por lo que decidió que invertiría los ahorros de toda su vida y la beca que le habían ofrecido por sus buenas notas en otra carrera, una que realmente le interesaba: Empresariales.

El primer curso pudo sacarlo sin que su padre se enterase de qué había decidido estudiar realmente. Sin embargo, cuando llegó el segundo curso, las sospechas empezaron a hacer peligrar su secreto y, cuando estaba en tercero, su padre se enteró de lo que había estado haciendo a escondidas, de la mentira sobre su carrera. Tras una discusión, echó a Vivian de casa. Su padre no quería verla porque se sentía traicionado.

—Hasta que no seas médico no quiero volver a verte

—le dijo justo antes de cerrar la puerta y dejarla en la calle con la maleta en la mano.

Vivian no tenía adónde ir. Había estado siempre tan obcecada con sus estudios que había olvidado hacer amigos. Ahora se encontraba completamente sola, sin tener a nadie a quien recurrir. Por suerte para ella, los exámenes finales estaban ya ahí. En un mes sus estudios concluyeron con unos resultados excelentes, unas notas que muy pocos habían conseguido, lo que le permitió conseguir un puesto de trabajo en prácticas en una empresa en expansión.

Un par de años más tarde la empresa había crecido tanto que empezó a iniciar fusiones con otras empresas importantes. Hasta que llegó la alianza con Industrias Gable.

Al principio, todo iba genial. Vivian cobraba poco, pero estaba feliz. Trabajaba como secretaria de uno de los directivos y jamás se había metido en líos. Pero tan pronto como sus pequeños ahorros se agotaron, se vio en la obligación de buscar alojamiento en un lugar un poco más asequible. Vivir en un hotel era bastante caro y sus ganancias empezaron a ser insuficientes para subsistir. Preguntó a sus compañeros por algún lugar económico donde quedarse, pero nadie supo ayudarla.

Sin un lugar donde ir, entró en un callejón sin salida que parecía tranquilo, con la intención de dormir una noche allí. Tras una persiana metálica encontró un pequeño almacén aparentemente abandonado. Estaba sucio y lleno de basura, pero después de unos días, y una vez superado el asco que le daba, consiguió adecuarlo, hacerlo un lugar habitable e incluso acogedor, pese a donde estaba. Además quedaba cerca de su trabajo, por lo que era el lugar ideal. Sin alquileres, sin gastos y sin desplazamientos diarios. Algo que le permitiría incluso ahorrar.

Cuando Vivian llegó al Edificio B, esperó más de una hora al señor Gable. Su jefe le había dado orden expresa de entregarle a él la documentación. Ni en recepción ni a la secretaria. Debía entregársela en mano única y exclusivamente a Clifford Gable. Por eso tuvo que esperar. Después de un buen rato decidió que lo mejor sería volver en otro momento. Saludó a la secretaria y bajó para marcharse, con tan mala pata que, al ir por el vestíbulo y, por culpa del montón de carpetas que llevaba, no vio que un hombre se acercaba y chocó contra él. Sin poder evitarlo, dejó caer el montón de carpetas al suelo.

Se disculpó tan efusiva y exageradamente que casi parecía que hubiera atropellado a alguien. Entonces se dio cuenta de que el hombre con el que se había «accidentado» era el destinatario del montón de papeles que portaba. Así que aprovechó para ofrecérselos y marcharse pronto de allí.

Cuando Clifford llegó a su despacho preguntó a sus ayudantes por esa chica.

—Pues verá —empezó a decir uno de ellos—. Ella es secretaria de uno de los ejecutivos del Edificio A. Me atrevería a decir que es la más pobre de todo el conglomerado.

—Seguramente —interrumpió el otro muchacho—. Aparte de ser la que menos cobra, vive en un almacén.

—¿En un almacén, dices? —preguntó el hombre con el ceño fruncido.

—Sí. Eso cuentan. Bueno, además no hay más que ver su ropa, esos trapos con los que viste... —El muchacho contuvo la risa.

—Podéis salir. Volved al trabajo —ordenó el hombre en tono firme.

Realmente la impresión que esa chica le había causado no era de la propia de una secretaria de ningún ejecutivo, pero al menos era educada y amable.

CAPÍTULO 2

Habían pasado varios días desde el encuentro fortuito entre Clifford y esa chica, y en esos días él no había podido quitarse de la cabeza el hecho de que uno de sus empleados viviera en un almacén.

Tan pronto como empezó de nuevo la semana, pidió a su secretaria un informe detallado sobre Vivian.

—Necesito saber qué nivel de estudios tiene, su rendimiento en el trabajo, su salario y dónde vive.

—¿Puedo preguntar por qué necesita saber estas cosas? —preguntó extrañada la secretaria.

—No es necesario que lo sepas, Charleen. Sólo haz como haces siempre —dijo y desapareció por la puerta.

—Por cierto, señor, recuerde que su reunión es a las once.

Clifford sólo asintió mientras se alejaba.

Aquella mañana tenía otra reunión. Ésta, casualmente, era en el Edificio A y con el jefe de esa muchacha.

El Edificio A no era tan grande como el B, ni tan alto, ni tan imponente. Aun así, era un sitio de lo más llamativo. La fachada era curva, con enormes ventanales de cristal y el interior albergaba una gran recepción y grandes y espaciosas oficinas.

Entró y, tras saludar a las recepcionistas, atravesó el vestíbulo en dirección a la sala de reuniones. Se sentó en una de las sillas que acompañaban a la enorme mesa de cristal negro y esperó a que diera la hora. Se puso a revisar la carpeta en la que estaba guardada la tabla de contenidos.

Habían pasado tan sólo unos minutos cuando Vivian entró en la sala. Llevaba una bandeja con cafés.

—Buenos días, señor —dijo haciendo una medio reverencia—. Aquí tiene un café. Le he preguntado a su secretaria, por lo que debería estar a su gusto. —Sonrió amable.

—Gracias.

La muchacha salió de la sala y volvió varios minutos después con una pila de documentos en sus manos y los colocó ordenadamente en los sitios que ocuparían los distintos asistentes a la reunión.

El señor Gable sentía cada vez más curiosidad por ella. Ciertamente, su atuendo era horrible. Lejos, muy lejos de lo que suelen llevar las chicas a su edad, Vivian vestía una falda plisada con vuelo de color marrón que cubría sus rodillas, una blusa blanca debajo de un suéter de lana azul y un moño muy bien recogido. Sus gafas de pasta negra le daban un toque muy elegante, a pesar de todo lo demás.

—Por cierto... —dijo el hombre justo antes de que saliera por la puerta—, buen trabajo. El café está exquisito. —Sonrió y la invitó a que lo hiciese ella también.

—Gracias, pero el mérito es de su secretaria. Ella es la que sabe perfectamente cómo le gusta el café...

Sí. Además de ser educada y amable, era modesta.

Por primera vez Clifford había estado un tanto distraído en la reunión. Realmente sentía inquietud por saber quién era esa chica. Así que, tan pronto como terminó la junta, se puso en pie.

No había prestado demasiada atención, pero tampoco era algo extremadamente necesario. Esa joven había hecho un buen trabajo con los dossiers y sólo con eso le servía. Se despidió de los directivos con los que había estado reunido y regresó a su oficina, donde esperaba el ansiado informe.

Charleen también era una empleada ejemplar, aunque no era la mejor. Tendía a meterse en asuntos que no la concernían y a llegar tarde al trabajo. Ahora bien, en cuanto a investigación era infalible, alguien digno de envidiar por los investigadores privados, que cobran una fortuna por darte la misma información que cualquier buscador de Internet.

Al llegar, su informe le aguardaba sobre su mesa, en un sobre de papel marrón.

Nombre: Vivian McPherson Harris

Edad: 24 años

Estudios: Empresariales

Nota promedio: 10

Trabajos: Puesto de secretaria en la planta número 7- Edificio A en Industrias Gable

Salario promedio: 1.000$

Detalles importantes sobre su desempeño en el trabajo:

—No se relaciona en exceso con sus compañeros debido al rechazo que provoca su atuendo

—No suele comer con sus compañeros

—Siempre toma el café en su mesa, sola

—Siempre llega la primera y se va la última

—Nunca deja trabajos pendientes

—Nunca ha disfrutado de sus días de vacaciones

Faltas de asistencia: 0

Dirección: Liberty Street s/n

Otros detalles: Tiene familia pero no se relaciona con ellos

Cuando leyó aquel informe, a pesar de lo escueto que era, no pudo evitar sentir lástima por esa muchacha. ¿Nota promedio diez y estaba trabajando de secretaria con el director Hoffman por mil dólares, cobrando menos que nadie? ¿Realmente vivía en un almacén? Eso no podía permitirse, era un desprestigio para la empresa que uno de sus empleados viviera en un lugar como ése. Y además una empleada tan brillante como lo era ella.

Pasó días mirando aquel pedazo de papel, pensando qué hacer. Hasta que llegó el viernes. Una excelente idea pasó por su cabeza: algunos de los empleados tenían coches de empresa, otros vivían en pisos de alquiler que pertenecían a Industrias Gable y su hijo Daniel no tenía asistente, de modo que buscaría una propuesta adecuada para ella, una empleada con mejor promedio que su propio hijo, que era el director.

Llamó al edificio A y pidió que le notificasen la hora de salida de esa chica. Iría a hablar con ella.

Al detenerse el coche delante del almacén, Clifford sintió un escalofrío. No era posible que realmente viviera en un lugar como ése. Si hubiera sido lamentable no habría estado mal, pero aquello era mucho peor que lamentable.

—¿De verdad va a entrar ahí, señor? —preguntó el chófer.

—No estoy seguro —respondió el ejecutivo, mirando con una expresión indescifrable el fondo de aquel callejón—. Sí. Supongo que sí...

Ésa era la primera vez que un hombre de su condición social iba al domicilio de un empleado para hablar con él. Ésa era la primera vez que entraba en un callejón como aquél y, sin lugar a dudas, ésa era la primera vez que había visto a alguien viviendo en un lugar como ése.

Caminó despacio, mirando hacia atrás cada dos pasos, para asegurarse de que su limusina seguía donde la había dejado. Al fondo había una persiana metálica extrañamente bien pintada, con una puertecilla estrecha para entrar y salir. Llamó un par de veces antes de que la muchacha abriera, visiblemente extrañada por la visita inesperada.

—¡Se... se... señor Gable! —exclamó sorprendida.

—Señorita McPherson —respondió el hombre, lamentándose de que fuera cierto que esa chiquilla viviera en ese cubículo—, ¿podemos tener una reunión? Necesito hablarle de algo...

Ella miró el interior de su almacén, apenada por el lugar donde vivía. En verdad no podía reunirse con él en ningún otro lugar, de no ser la oficina. De modo que se hizo a un lado y, con un gesto de su brazo, le invitó a pasar.

El hombre echó otra mirada hacia su coche y entró en el almacén que, lejos de lo que había imaginado, era un sitio limpio y acogedor.

—¿Puedo servirle un café? Recuerdo cómo lo toma. —Sonrió, y el hombre asintió.

Al entrar, a mano derecha, había una puerta de lo que parecía un pequeño aseo. Al lado de éste, un sofá con una mesita de cristal enfrente y un par de asientos tipo mecedora. En la pared de la izquierda, un mueble con utensilios de cocina. Al fondo, podía verse, tras un mueble librería, una cama y una mesa repleta de ropas y cajas.

—Es increíble cómo este lugar puede parecer tan adorable. Sin embargo, señorita McPherson, no puede vivir aquí si quiere seguir trabajando en Industrias Gable —dijo serio. Dejó la taza de cristal sobre la mesita—. Degradaría irremediablemente la imagen de la empresa el hecho de que uno de nuestros empleados viviera...

—¿En un almacén abandonado de un callejón estrecho? —preguntó ella sin saber muy bien si se trataba de eso. El hombre asintió.

—En realidad he venido para proponerle algo. —Se

ajustó la corbata y de pronto tomó una actitud regia—. He pedido un informe sobre usted y me ha sorprendido gratamente encontrar a alguien con su valía, de modo que quiero compensarla.

—¿Mi valía? ¿Compensarme? —preguntó, frunciendo el entrecejo con expresión de duda.

—Señorita McPherson, me gustaría que se trasladase al Edificio B. Me gustaría de verdad ofrecerle un puesto un poco más importante dentro de la empresa. Pocas son las veces que tenemos empleados con una media académica como la suya...

Vivian lo miró sorprendida y extrañada. Aquél debía de estar siendo un sueño extraño, un sueño en el que el propietario de Industrias Gable, una de las corporaciones más importantes del país, estaba en «su casa» ofreciéndole una mejora por el mero hecho de haber estudiado.

Se levantó nerviosa, haciendo que el hombre se pusiera en pie con ella. Él se colocó bien su americana.

—Señor Gable, discúlpeme, pero...

—Hagamos una cosa. Tengo una reunión dentro de media hora y no me gustaría llegar tarde. Enviaré a mi chófer con los detalles. Si lo acepta, me hará un poco más feliz; si lo rechaza, sólo hay algo que tendrá que hacer...

—Buscar otro lugar donde vivir... —El hombre asintió—. Pero las condiciones...

—Espere a mi chófer. No tardará demasiado. Ahora he de irme.

El hombre salió de allí como alma que lleva el diablo.

La reunión que había mencionado no sería hasta hora y media más tarde. Tampoco se trataba de algo meramente de negocios, sino de una cena con su hijo, Daniel Gable, el director principal del Edificio B.

Entró en una tienda de ropa, un lugar en el que sólo vendían prendas elegantes y con precios prohibitivos. Vivian era delgada. Calculó que debía de usar la misma talla que su hija menor, por lo que al entrar supo más o menos qué elegir.

Trajes de chaqueta, camisas, cinturones, un maletín de piel. Igual se estaba excediendo, pero, si aceptaba el trato que le iba a proponer, su atuendo debía ser un poco más elegante. Escribió una nota en una de las hojas con membrete de su oficina y, tras dar la orden al chófer de llevar las compras a la ya, seguramente, nueva empleada, fue a la cena con su hijo.

Vivian estaba terminando de prepararse unos macarrones con queso para cenar cuando alguien llamó a la puerta. Supo rápidamente que se trataba del enviado del señor Gable y no dudó en abrir.

El hombre llegaba cargado de cajas y de perchas envueltas en bolsas de tela blanca. Sin preguntar dónde dejarlas, las soltó sobre el sofá.

—Señorita McPherson, lamento mi falta de educación... —se disculpó.

—Descuide. Supongo que pesaba —respondió ella con una sonrisa. Él asintió.

El chófer metió una mano en el bolsillo interior de la americana y sacó un sobre.

Estimada señorita McPherson:

Las condiciones para el puesto son las siguientes:

Empieza el lunes, a las ocho de la mañana. En la planta cincuenta y nueve del Edificio B, en la oficina de Daniel Gable, será su asistente.

El salario serán cinco mil dólares al mes, que es lo que cobra la media en la empresa que yo presido. De su primera nómina se le descontará el alquiler de su nuevo apartamento y el alquiler del coche de la empresa que le servirá como transporte (los detalles y las llaves se los daré el lunes, si acepta el puesto). Además le descontaré la ropa que le lleva mi chófer, por lo que de su primer pago sólo cobrará el veinticinco por ciento del total.

Espero encontrarla al llegar a la oficina.

Pase un buen fin de semana.

Cordialmente,

CLIFFORD GABLE

Vivian introdujo de nuevo la nota dentro del sobre y miró al hombre.

—¿He de darle una respuesta ahora? ¿No puedo pensarlo? —preguntó.

En realidad negarse habría sido algo muy necio. Jamás se le habría ocurrido que le ofrecerían un puesto en el Edificio B. Jamás pensó que cobraría alguna vez más de lo que estaba cobrando en ese momento y muchísimo menos que le ofrecerían un piso en el que vivir.

No había mucho que pensar, pero tampoco quería parecer desesperada. Ciertamente a ella tampoco le gustaba vivir en un callejón, arriesgándose cada día a que algún maleante forzase la puerta y entrase. Quería la seguridad de un piso con puertas blindadas y cerrojos de verdad.

—No. A mí no debe darme una respuesta de nada, señorita McPherson —respondió el hombre—. De hecho yo no sé qué tipo de negocio es el que tiene el señor Clifford. Sólo soy su chófer. Además, he venido únicamente a hacer este encargo. He de marcharme. También yo he de descansar.

—Está bien... Pase un buen fin de semana.

—Usted también —respondió el hombre antes de salir de allí a toda prisa.

Habían pasado cinco minutos desde la llegada de ese hombre y ahora estaba sola, con un montón de paquetes en su improvisado salón y una nota en las manos con la oferta de su vida.

Decidir qué hacer no era lo peor. Lo peor era la sensación que empezaba a embargarla. Con esa invitación a ascender de puesto sentía como si pasase directamente por encima de los que habían sido sus compañeros. Si aceptaba, al cabo de tres días desaparecería del que había sido su puesto durante todos esos meses. Ahora sería ni más ni menos que la asistente del director, no una secretaria.

Con una indecisión sin sentido decidió mirar aquellas cajas y aquellas bolsas que el presidente de Industrias Gable había mandado que le llevaran. Al ver los elegantes trajes de chaqueta, los zapatos de tacón y aquel maletín se vio inundada de repente por unas terribles ganas de empezar. Quería verse a sí misma vestida como esas ejecutivas de las películas.

CAPÍTULO 3

Sonó el despertador. Hecha un manojo de nervios, descolgó de la puerta del baño uno de los trajes que el señor Gable le había enviado. Tras pasar más de una hora intentando que su pelo quedase perfecto, decidió recogérselo en una coleta, algo que, con el traje, la haría verse aún más elegante. Se puso el pantalón y, sobre la camisa, la americana.

—Nunca pensé que pudiera verme así de bien —se dijo con una sonrisa. Vio su reflejo en un trozo de espejo que tenía tras la puerta.

Se llevó la mano al pecho como para tranquilizarse a sí misma y salió en dirección a su nueva oficina.

Al entrar, las recepcionistas la miraron con el ceño fruncido, como si dudasen de que realmente fuera ella, la chica andrajosa que llevaba documentos de vez en cuando.

Se dirigió a los ascensores. Cuando llegó uno, subió a la planta que el señor Clifford le había indicado en su nota. Aquel edificio era un sueño para cualquier empleado de ese ámbito. Era espacioso. Estaba decorado en una gama de grises, azules y blancos, tres colores que, combinados entre sí, convertían aquellas oficinas en un lugar sobrio pero confortable.

Caminó por el amplio pasillo hasta llegar al despacho

de Daniel Gable, el hijo de ese hombre que la había convencido para trabajar allí.

La oficina estaba vacía. Era pronto, pero pensó, equivocadamente, que quizás el director estaría allí. Entró sin saber muy bien qué hacer o cómo hacerlo y se sentó en una de las sillas transparentes que había junto a la mesa, para esperar al que iba a ser su nuevo jefe, alguien de quien no conocía nada salvo el nombre y el apellido. Aquel lugar tenía un agradable aroma masculino, como si Daniel se perfumase allí cada día y su esencia se hubiera quedado impregnada por todo el lugar.

En vista de que su nuevo jefe no llegaba, se puso en pie y se acercó a la enorme ventana panorámica que abarcaba toda la pared. Las vistas desde el despacho eran increíbles. Salvo por unos cuantos edificios que impedían obtener una perspectiva completa de la ciudad, el resto ofrecía una imagen incomparable de la metrópoli.

Cuando Daniel llegó al Edificio B estaba lejos de imaginar lo que su padre le tenía preparado. Hablaba por teléfono cuando entró en su despacho, ignorando que allí había una chica, la muchacha con la que tendría que trabajar, le gustase o no.

—Está bien, Thomas. El día veintitrés en Bubble Building. Nos vemos entonces. Hasta luego —dijo suspirando. Se dejó caer en el sillón de cuero gris que tenía tras su escritorio.

Vivian se volvió tan pronto como oyó aquella voz masculina detrás. Sonrió tímidamente, suponiendo que él la había visto.

—¡Oh! Buenos días —saludó Vivian.

Éste la miraba completamente incrédulo. No sabía quién era. Miró la agenda que tenía sobre la mesa, para asegurarse de que no era alguna cita que no recordaba.

—¿Y tú eres...? —preguntó, poniéndose en pie con el ceño fruncido.

—Me llamo Vivian McPherson. Soy su nueva asistente —explicó. Se acercó a él y le ofreció una mano como saludo.

—Mi nueva... ¿qué? No. Yo no he tenido nunca ningún asistente. Esto debe de tratarse de un error...

Salió de detrás de la mesa y se colocó justo frente a la muchacha, que lo miraba tras sus gafas sin saber muy bien qué hacer.

—Usted es Daniel Gable, ¿no? —preguntó un tanto tímida—. Su padre...

Tan pronto como ella mencionó a su padre, Daniel estiró la mano y sujetó su delgado brazo para, acto seguido, tirar de ella.

Caminaban por el pasillo uno junto al otro. Sin previo aviso irrumpieron en el despacho de Clifford, el padre de Daniel y presidente de aquel complejo empresarial.

—Papá, esta chica... ponla donde quieras. Yo no quiero una asistente —dijo Daniel, notablemente molesto, tan pronto como entraron en el despacho.

—Bueno, pues no hay otra opción. Ella se queda.

—No, si no me parece mal que se quede. Yo no te digo nada. Pero lejos de mi vista. Stella quizás necesite una asistente, o Claudius o Austin. Yo no la necesito —replicó—. Tú, ¡di algo! —Daniel la zarandeó sin que ésta supiera qué decir.

—No. No digas nada —ordenó Clifford—. Mi hijo es demasiado terco. Hoy quizás no te quiera, pero mañana no podrá vivir sin ti. —El hombre sonrió y se acercó a la puerta—. Ahora, si me disculpáis... Tengo una reunión y me están esperando. Por cierto, me alegro de que tomases la decisión de mudarte aquí, con nosotros. Te espero a la hora de comer para acabar de concretar el resto de detalles que te mencioné si aceptabas. —El hombre se refería a las llaves del piso y a las del coche.

—Gracias... Aquí estaré —respondió ella con una sonrisa.

Daniel se quedó mirando a la muchacha, que sonreía como si fuera la persona más feliz sobre la faz de la Tierra. Estaba molesto con su padre por ponerle a alguien a su cargo sin que él lo hubiese solicitado. Realmente no necesitaba ayuda. Un asistente sólo le complicaría las cosas: documentos que arreglaría ella en lugar de él, reuniones de las que se enteraría ella primero, llamadas telefónicas que no recibiría...

Salió del despacho de Clifford con la joven pisándole los talones. Un par de minutos después se metió en su oficina y cerró la puerta con cara de pocos amigos. Le indicó a Vivian que permaneciera fuera.

En los cuatro años en los que Daniel había llevado la dirección de la empresa nunca había necesitado ayuda extra. Siempre se había bastado a sí mismo para arreglarlo todo y, si alguna vez se retrasaba en algún asunto, dedicaba sus horas libres para ponerse al día. Podría parecer que era un adicto al trabajo, pero sólo era responsable. A Daniel también le gustaba salir con su novia y pasarlo bien.

El director miraba a la chica, que esperaba tras la puerta de cristal, sin saber muy bien qué hacer con ella. De veras no la quería allí. Le incomodaba la idea de compartir su trabajo con otra persona, y más aún con una chica.

—Disculpe, pero... ¿puedo entrar? Puede pedirme cualquier cosa. El director Hoffman...

—¿Puedo saber qué clase de favor le has hecho a mi padre para que te ponga aquí? ¿Crees que porque a él le agrades me vas a gustar a mí? —preguntó molesto—. No te hagas ilusiones conmigo. ¿Me oyes? Tengo novia y no voy a jugar contigo a los amos y las secretarias...

—Lamento que crea eso. No es mi intención seducirle... —dijo avergonzada de que pensase eso de ella—. Su padre cree que puedo serle de ayuda y por eso me ha transferido. Siento mucho si no le agrada esa decisión... Quizás con los días...

—No —dijo al ver sus intenciones. Iba a hacerla dimitir. Iba a molestarla tanto en su trabajo que su padre ya no podría devolverla al puesto anterior—. Te quedarás aquí, pero vas a obedecer, porque eso es lo que hacen las asistentes, ¿no?

—Sí. Por supuesto. Haré todo cuanto esté en mi mano.

—Bien, pues empieza por ordenar alfabéticamente todos esos archivos. —Daniel dejó sobre la mesa un montón de documentos tras otro—. Pediré que traigan una mesa para ti. —Sonrió con prepotencia.

Tal y como su nuevo jefe le había ordenado, empezó a mirar documentos, clasificándolos en pilas distintas: los que empezaban con la A, los que empezaban con la B... Daniel la miraba satisfecho. Sabía que no estaba incordiándola lo suficiente, de modo que empezó a pensar de qué forma molestarla. Se hizo una lista mental de fechorías que podría hacerle para lograr su propósito.

Cuando llegó el mediodía, el ejecutivo se fue a comer, como siempre, y dejó allí a su recién asignada asistente, creyendo que iría a comer por su cuenta.

Al cabo de un par de horas regresó a su oficina, risueño por algo gracioso que le habían dicho acerca de su aspecto. Había olvidado la existencia de esa muchacha y se molestó de nuevo al verla.

Vivian seguía ordenando documentos sin parar. Iba dejando uno tras otro sobre las ya abultadas pilas de papeles.

A lo largo de la tarde, Daniel la ignoró. Cuando dieron las nueve, se puso en pie para marcharse a casa.

—Mejor ordénalo otra vez por fechas —le pidió, mientras salía de la oficina—. Yo me voy a casa, pero tú no te vayas hasta que esté todo eso listo.

—Está bien —aceptó ella sin rechistar—. Que tenga una buena noche.

—Sí... sí. Lo que tú digas...

Como siempre y sin pensar, cerró la puerta de cristal, tecleando el código de seguridad que dejaba el acceso completamente bloqueado. Se marchó de allí para no volver hasta la mañana siguiente.

Pasaron cerca de cuatro horas hasta que por fin Vivian terminó de ordenar de nuevo la documentación que Daniel le había pedido. Después de devolverla a la estantería de la que su nuevo jefe la había sacado, recogió la oficina y se dispuso a salir. Al empujar la puerta ésta no cedió. Aplicó todas sus fuerzas, pero el grueso cristal permanecía en su sitio. No se había desplazado ni un milímetro.

—¿Y ahora qué? —preguntó. Se dejó caer de rodillas en el suelo enmoquetado—. Jamás hubiera imaginado que pudiera quedarme encerrada en una oficina... ¡Oh! ¡Seguridad! —exclamó, pensando en el guardia que custodiaba la recepción por las noches. Sin embargo, al descolgar el teléfono se dio cuenta de que no sabía qué número marcar.

La noche avanzaba poco a poco y la desesperación iba siendo cada vez mayor. Vivian era una chica tranquila. Siempre lo había sido, antes de perder los nervios con un asunto lo pensaba todo muy bien, buscaba las opciones posibles y, al final, elegía la que resultase más conveniente. Pero quedarse encerrada en una oficina no era algo habitual, por lo que no tenía ni idea de qué hacer.

—Ese tipo de verdad me odia —murmuró mientras miraba por la ventana.

Eran más de las cinco cuando, agotada por el día extraño y por el esfuerzo que había estado haciendo al intentar abrir la puerta, decidió sentarse en el sofá de cuero negro que Daniel tenía en su despacho.

CAPÍTULO 4

Eran las ocho y media de la mañana. El sol entraba a raudales por el enorme ventanal cuando Daniel llegó a la oficina. Tecleó el código de la puerta y dirigió sus ojos directamente a la mesa de la muchacha.

—Ordenar documentos no le gusta a nadie, pero ordenarlos dos veces menos aún... —dijo satisfecho mientras se dirigía a su sillón—. Espero que no vuelva. Si lo hace, seguramente llegará tarde y la podré despedir... —Rió con satisfacción mientras se dejaba caer en el asiento tras su escritorio.

Al entrar en el despacho no vio que en el sofá, de espaldas a la puerta, estaba Vivian. Después de pasarse tantas horas encerrada había terminado por dormirse en él. Al darse la vuelta no recordó que estuviera en la oficina. Rotó sobre sí misma como si estuviera en su cama y, sin querer, cayó sobre la moqueta.

—Pero... ¿qué? —preguntó Daniel. Se puso en pie automáticamente para ver qué había sido ese ruido.

—¡Auch...! —se quejó ella, tocándose la cadera con la que había golpeado el suelo.

—¿Puede saberse qué haces aquí?

—Yo... —Miró su ropa para asegurarse de que estaba

presentable—. Me dejó aquí encerrada y la puerta sólo puede abrirse desde fuera... He pasado la noche en la oficina.

Daniel recordó entonces la orden de clasificar nuevamente los documentos y recordó haber cerrado la puerta, pero no imaginó que ella pasaría la noche ahí encerrada, sin poder salir.

—Tendrías que haber llamado a los de seguridad. ¿Es que eres tonta? —dijo mirándola de arriba abajo con expresión de incredulidad.

El día anterior estaba tan enfadado que no reparó en ella. No se fijó en si era joven o mayor, si era rubia o morena, ni en el color de sus ojos, pero, ahora que el sol entraba por la ventana y los bañaba por completo, se dio cuenta de lo hermosa que era. Su pelo rubio y liso caía en cascada sobre su espalda, sus enormes ojos azules se escondían tras las gafas de pasta negra que adornaban su cara, dándole un toque serio, intelectual y a su vez inocente, y sus labios eran rosados, bien definidos, perfectos para esa cara tan bonita.

—Ve a casa y cámbiate. Duerme un poco si quieres, pero a las doce, como muy tarde, te quiero de vuelta —pidió en un tono más suave, reconociendo, sin hacerlo realmente, su parte de culpa. Era la primera vez que tenía asistente y debía admitir que estaba siendo más torpe de lo que creía.

—No es necesario, señor Gable. Es... estoy un poco cansada, pero puedo descansar cuando termine.

—No. No puedo verte vestida con la misma ropa de ayer. Si no quieres dormir, no lo hagas. A mí eso no me importa, pero la ropa...

—Está bien. El almacén está cerca, de modo que no tardaré en volver.

Puesto que no había podido reunirse con Gable padre, no había recibido las llaves de su nueva vivienda, ni las del coche que le había mencionado. Así pues, seguía viviendo en el mismo lugar donde había pasado los últimos meses antes de su ascenso.

Al llegar al callejón en el que estaba su «hogar» encontró la persiana completamente destrozada, doblada como si de un trozo de papel se tratase y caída sobre el suelo. Se acercó lentamente, con el pulso acelerado, mirando al interior, imaginando cómo estaría todo. En efecto, algunos de sus enseres estaban desparramados por el suelo, la mesa de cristal estaba hecha añicos en el lugar que ocupaba la alfombra la última vez que salió de allí y los muebles habían desaparecido.

Algunas de las prendas aún estaban colgadas en las perchas. Supuso que, o habían dejado lo que no les servía, o seguían ahí porque no les había dado tiempo de llevárselo.

El miedo se apoderó de ella. Ni siquiera podía caminar por el lugar. Le temblaba todo el cuerpo. ¿Y si hubiera estado ella allí mientras entraban los ladrones? ¿Y si hubiera estado durmiendo, o duchándose, o...? En ese momento sólo pudo agradecer a Daniel que la hubiera dejado encerrada y a salvo en su oficina.

—Por suerte no tenía gran cosa, así que tampoco he perdido mucho —se mintió a sí misma, fingiendo que no tenía importancia.

El almacén quedó completamente vacío tras limpiarlo de basura. Todo lo que había en su interior lo había comprado ella: un mes el sofá y la cama, otro mes el armario y la lámpara, otro mes... Pero ahora no quedaba más que una mesa rota, una lámpara que quizás no habían visto y un montón de ropa, varias de las prendas pisoteadas en el suelo.

No sabía qué hacer, pero tenía claro que no podía quedarse allí ni una noche más. Le aterraba pensar que regresasen estando ella allí, así que salió a toda velocidad hasta el contenedor de la esquina para coger un par de cajas.

Comenzó a llenarlas con su ropa y con las escasas pertenencias que le quedaban.

Llamó a un taxi unos minutos después y éste la llevó con sus cajas de vuelta al Edificio B, donde, antes de volver al trabajo, hablaría con el señor Gable.

Entró en la oficina del presidente cuando la secretaria se lo indicó y se sentó en el sillón frente a la mesa de director después de una seña.

—Tiene mala cara. ¿Se encuentra bien? —preguntó preocupado.

—Sí. Yo... —Vivian se llevó una mano a la cara sin saber muy bien cómo explicar todo lo que le había pasado desde que había sonado la alarma de su despertador el día anterior—. Anoche dormí en la oficina de su hijo porque me dejó encerrada por accidente. Cuando ha llegado esta mañana me ha pedido que fuera a descansar un poco y que volviera más tarde. —El hombre sonrió para sus adentros, sabiendo que su hijo terminaría aceptando trabajar con ella—. Pero al llegar al almacén... Bueno...

—¿Ha pasado algo?

—Supongo que no es nada de lo que debiera sorprenderme, pero...

—Pero ¿qué? Habla, niña —pidió, impaciente por saber qué había ocurrido.

—La persiana estaba completamente destrozada. Se han llevado mis cosas y...

El presidente no dijo ni una palabra más. Abrió el cajón de su escritorio y sacó un par de sobres: uno contenía la dirección y la tarjeta del apartamento en el que viviría; el otro contenía las llaves del coche y una nota con el lugar exacto donde estaba estacionado dentro del enorme aparcamiento subterráneo de aquel edificio. Sin pensarlo ni un solo segundo más, se puso en pie y rodeó la mesa para acercarse a la muchacha, que ahora parecía tan frágil y asustada.

Sujetó sus manos y colocó en ellas los sobres.

—No se preocupe por nada más. Le diré al chófer que la acompañe a recoger lo que le quede para que esté segura.

—No es necesario, señor Gable. Se lo agradezco de corazón, pero no me han dejado gran cosa. Sólo mi ropa vieja y algunas de las prendas que me envió... Me ha cabido todo en un par de cajas... —explicó—. Las he dejado en el cuarto de limpieza.

El hombre sintió lástima por ella. Parecía tan buena chica, tan dulce y amable que se sintió mal por que tuviera que estar pasando por esa situación. Volvió nuevamente a su mesa y esa vez sacó la chequera. No solía hacer lo que iba a hacer, pero la situación lo requería. Desenroscó la tapa de su pluma y anotó una cantidad, suficiente como para que pudiera reponer lo que le habían quitado, al menos los enseres personales y la ropa.

—Lamento que tenga que pasar por esto, señorita McPherson.

—Usted no tiene la culpa. Es más, de no ser por esta oportunidad... quizás esos ladrones hubieran entrado estando yo...

—No creo que a Daniel le importe si se toma el resto del día libre... —Tendió una mano con el cheque.

—¡Oh, no, por favor!

—¿Al dinero o al día libre?

—¡A ambos!

—El dinero sólo es un adelanto. Se lo iré descontando de sus nóminas. Considérelo como lo que es. Y el resto del día... Todo el mundo tiene derecho a solicitar un par de días libres por mudanza. Que la suya sea tan peculiar no quita que lo sea. De manera que dedique la tarde a arreglar sus cosas e incorpórese de nuevo mañana.

La muchacha lo miró preocupada. Nunca había faltado a su puesto, nunca le habían dado un adelanto, nunca... Todo estaba resultando extraño. Desde hacía una semana todo era anormal y no sabía muy bien cómo se suponía que debía actuar.

Después de salir de ese despacho, y pese a haberle dicho al presidente que se tomaría el día libre, se dirigió a la oficina de Daniel. Él no la había aceptado desde un primer momento. Empezar como había empezado y faltar su segundo día de trabajo no era algo que entrase dentro de sus planes.

Dio dos ligeros golpecitos en la puerta de cristal para llamar la atención de su jefe, que hablaba por teléfono, y así entrar en el despacho sin interrumpir nada.

Igual que le había pasado a él, ella tampoco había reparado en cómo era su nuevo jefe. Se sorprendió gratamente al comprobar que realmente era un tipo guapísimo, un tanto grosero y malhumorado. En cambio, sus ojos castaños eran expresivos, su voz era masculina, muy agradable y su sonrisa, hipnotizadora. Además, desprendía ese aroma... Ese día, al igual que el anterior, no llevaba corbata, y un par de botones de la camisa estaban sin abrochar, algo que le daba un toque informal.

Mientras hablaba por teléfono, la miraba de arriba abajo. ¿No se había cambiado? ¿Todo su vestuario era igual?

—Vale. Gracias, Simon. Nos vemos —se despidió antes de colgar el teléfono—. ¿No te has cambiado de ropa? —preguntó con el ceño fruncido, cruzando los brazos a la altura de su pecho.

—No... Ha ocurrido algo y no he podido cambiarme. Lo siento.

A diferencia de su padre, Daniel no le preguntó qué era lo que había ocurrido. No parecía importarle lo más mínimo.

—Si mañana traes la misma ropa estás despedida—advirtió con frialdad.

—Descuide.

Las horas en la oficina pasaron tan deprisa que a Vivian casi no le dio tiempo de mirar el reloj.

Al contrario que la tarde anterior, cuando llegó el momento de salir, Daniel no pensó en algo para molestarla, sino en hacer que volviera pronto a casa. Se sentía un poco culpable por la noche que debió de haber pasado, en una oficina extraña y sentada en un sofá o en una de las sillas.

—Vamos. Vete ya. Esta noche no creas que te voy a dejar durmiendo en la oficina. —Quería sonar amable, pero realmente le disgustaba la idea de estar en compañía de otra persona, por lo que su voz sonó casi a amenaza.

Vivian, aunque dubitativa, abandonó la oficina antes que él.

Cuando el ejecutivo llegó al aparcamiento, la encontró cargando un par de cajas en el maletero de uno de los vehículos de la empresa. Dedujo rápidamente que su padre se lo había ofrecido.

Después de subir al coche y graduar los retrovisores y el asiento, Vivian se abrochó el cinturón, arrancó el motor y condujo con cuidado hasta la dirección apuntada en el interior del sobre. Pensó que se trataría de un piso normal, en una zona común y corriente, pero aquello distaba mucho de lo que hubiera podido imaginar. El edificio no era tan alto como el de las oficinas, pero era imponente, todo en cristal oscuro y acero, con letras grandes y plateadas en las que ponía «Black Diamond 2». Sólo el exterior del inmueble dejaba entrever el lujo que debía de contener en su interior.

Aparcó el coche en la puerta y cruzó la acera hasta el enorme vestíbulo. Allí había un mostrador repleto de pantallas y botones custodiado por un chico uniformado.

—Buenas noches... —saludó el recepcionista—. ¿Puedo ayudarla?

—Yo... yo voy a hospedarme en el piso treinta y dos, en el apartamento... —Buscó el sobre en su bolso para comprobar cuál era el suyo.

—Sólo hay un apartamento por piso, señorita McPherson. —Ella lo miró con el ceño fruncido, preguntándose por qué ese tipo conocía su nombre, pero él se dio cuenta y se lo explicó—. Sé su apellido porque sé quién vive en cada piso: el señor Thomson, en el seis; la señora Defer, en el doce; el señor Liam, en el veinticuatro y usted, en el treinta y dos.

—¿Sólo cuatro vecinos?

—Así es. El edificio es demasiado nuevo y aún no están ocupados todos los apartamentos... Pero, señorita, suba usted. Yo la ayudo con sus pertenencias...

Como era de esperar, Vivian no dejó que cargase con las dos cajas, por lo que ella cogió una y dejó que el recepcionista le ayudase con la otra.

—Por cierto, me llamo Christian y soy el número dos en la marcación rápida de su interfono.

—No me hables de usted. —Sonrió ella—. Llámame Vivian. Ése es mi nombre.

El apartamento parecía más algún tipo de mansión que un piso normal y corriente. Al abrir, lo primero con lo que se encontraron fue un distribuidor con tres puertas: una, a la derecha, era un armario para dejar la chaqueta en invierno, el paraguas, el bolso...; otra, a la izquierda, daba a un aseo; y la otra, de doble ala y justo enfrente, daba a un salón enorme, en el que estaba la habitación a un lado y la cocina al otro lado.

—Impresionante... Pero un espacio muy desaprovechado.

—Tiene razón, ¡aquí caben al menos tres apartamentos como el mío! —exclamó el muchacho.

Aquel piso tenía todo lo que pudiera necesitar: lavadora, secadora, nevera, utensilios de cocina. En el dormitorio había un vestidor con mantas y sábanas. En el baño, toallas y un par de botellas de jabón.

—Parece un hotel de cinco estrellas. —Rió.

—Sí. Sin lugar a dudas. —El muchacho sonrió. Dejó la caja en un lado de aquel distribuidor—. Si necesita algo, no dude en marcar...

—El número dos.

Él asintió y ambos rieron. La puerta se cerró y dejó a la muchacha en su nuevo apartamento.

CAPÍTULO 5

La noche pasó igual de deprisa que la tarde anterior. Curioseándolo todo se le hizo tan tarde que casi no pudo dormir.

Cuando sonó el despertador, ya se había duchado y se había vestido con uno de los trajes que se había salvado de los ladrones. En esa casa aún no había qué llevarse a la boca, por lo que tuvo que irse sin desayunar.

Justo cuando llegaba al vestíbulo lo hacía Daniel, tan elegante como cabía esperar del director, pero con ese aire desenfadado que le daban los botones sin abrochar y la ausencia de corbata.

—Buenos días, señor Gable —saludó con una sonrisa amable.

—¿Otro pantalón? —murmuró él—. Las piernas de las mujeres son tan perfectas que es inmoral llevarlas ocultas bajo unos pantalones. De modo que, señorita McPherson, a partir de mañana su traje no debe llegar más abajo de medio muslo. Quiero ver un palmo más arriba de la rodilla. Y si se niega está despedida. —Su tono no sonaba en absoluto como el primer día, claramente era una imposición, pero esta vez sonó amable.

Vivian nunca había ido a trabajar con un traje de pantalón. Siempre había usado faldas, bastante más largas de lo que Daniel pedía, claro estaba. Pero debería acostumbrarse si quería seguir trabajando.

—Hoy tiene una reunión en Cross Avenue —informó mientras entraban en el ascensor.

—Tenemos. Eres mi asistente, ¿no es así? Ahora las reuniones aburridas tendremos que compartirlas.

Esas juntas de las que Daniel hablaba consistían, básicamente, en tediosas charlas de varias horas con tipos de entre cincuenta y setenta años, de las que siempre salía con horribles ganas de echar una siesta en cualquier rincón. A partir de ahora ya no se aburriría solo. Gracias a la asistente que su padre tan generosamente le había impuesto, tendría con qué distraerse.

Al llegar la hora de la reunión, Vivian cogió las carpetas con los informes que el ejecutivo le había hecho leer antes de salir y bajaron juntos al aparcamiento. Cuando Daniel tomó el puesto de director en el Edificio B, su padre se encargó de que tuviera la mejor oficina y al mejor empleado como su secretario, y le puso un chófer para que le llevase donde necesitase. Pero Daniel rechazó todo para poder elegir por él mismo.

Optó por una oficina en una de las plantas más altas con las mejores vistas. Su coche lo conduciría él y, de ayudantes, no quería ni hablar. Había estudiado para hacer las cosas por sí solo.

Al llegar al aparcamiento Vivian tendió una mano para coger la llave del coche y conducir ella. Era la asistente y se suponía que estaba para ayudarle, pero Daniel, cortés como con todas las mujeres que le habían acompañado alguna vez, se acercó a la puerta de copiloto y la abrió para que ella se sentase a su lado.

Vivian sonrió tímida. No esperaba ese gesto en él, teniendo en cuenta que su reacción al verla por primera vez un par de días atrás fue arrastrarla por el brazo hasta el despacho de su padre.

—No es necesario que tomes notas —rió él, al verla disponer la carpeta con folios blancos sobre la mesa.

—Con el señor Hoffman...

—Yo no soy el señor Hoffman. Cuando estoy en una reunión, mi cabeza sólo atiende a los asuntos que se tratan sobre la mesa. No necesito que apuntes nada. Sólo que escuches y que entiendas de qué se habla.

—De acuerdo. Yo...

Los hombres empezaron a llegar y a sentarse alrededor de la mesa, casi en el mismo momento en el que Daniel terminó de hablar y Vivian cerró la carpeta.

Se saludaron. Con las pertinentes presentaciones de la nueva asistente y sin mucho preámbulo empezó la reunión. Vivian se sentó cerca de la ventana y a varios metros de su jefe.

A medida que los mayores desvariaban sobre cuestiones que no tenían nada que ver con la reunión, Daniel observaba a su asistente. Ésta tenía las piernas cruzadas elegantemente, pero, por desgracia para él, iba demasiado tapada: ni un escote, ni mangas cortas, ni falda. Se recordó a sí mismo la necesidad de que esa chica fuera a la oficina un poco más... femenina.

De vez en cuando recogía tras su oreja derecha el mechón de pelo que le caía hacia la cara, y el sol anaranjado que entraba a través de los cristales hacía que se viese en otro color, en un tono zanahoria que le hizo reír.

—¿De qué se ríe, señor Gable? —preguntó uno de los reunidos.

—¡Oh! De nada —disimuló—. Sólo pensaba en que ustedes siempre tienen asuntos de los que hablar; en cambio los jóvenes...

—Yo creo que los jóvenes tienen mucho más de lo que hablar. En nuestra época de juventud... —empezó uno de los hombres, algo que, nuevamente los entretendría un buen rato. Volvieron a hablar de cuestiones diferentes a las que realmente debían discutir.

Vivian alzó la mirada y se encontró directamente con los ojos de su jefe, que la observaba desde su lugar en aquella mesa. Rápidamente Daniel devolvió su «atención» a los mayores de la sala, haciendo como que no la miraba en absoluto.

Tan pronto como terminó la reunión se despidieron. Los presentes hicieron hincapié en la belleza de la muchacha, que sonreía avergonzada sin saber dónde esconder la cara.

De vuelta a la oficina, ambos permanecieron en silencio. Era extraño, porque, pese a conocerse hacía sólo tres días, y al rechazo que producía en Daniel tener una asistente, se sentían cómodos el uno con el otro.

—Recuerda que tu traje de mañana... —dijo él, mientras cerraba la puerta de cristal de la oficina con el código.

—No debe llegar más abajo de medio muslo. —Rió ella sin saber por qué—. Pero ¿no podría reconsiderarlo? Desde ayer no tengo mucho vestuario y faldas... —explicó mientras se cerraba la puerta del ascensor.

Ambos permanecieron en silencio hasta que llegaron al aparcamiento.

—No me importa. Si a partir de mañana no empiezas a vestir como te digo, no hace falta que vuelvas —indicó, y cerró la puerta del coche con un golpe seco.

La muchacha lo miró un par de segundos antes de ir a su vehículo. Si ese tipo quería que vistiera faldas a cambio de mantener el puesto, tendría que hacerlo.

En realidad, Vivian vestía con esos trajes de pantalón porque era lo que el señor Gable le había enviado. Todas las chicas en aquel edificio llevaban trajes de chaqueta y falda elegantes. Todas las chicas se ponían coquetos escotes y entalladas americanas que realzaban sus curvas, y las hacían verse serias, elegantes y femeninas a la vez.

Al salir del aparcamiento condujo en busca de una

tienda con ropa apropiada. Se detuvo en la primera que encontró. Parada frente al escaparate, mirando los maniquíes, pensó si debía entrar o no.

—Esa falda es perfecta —dijo una voz tras ella, sobresaltándola.

—¡Oh, señor Gable! Es usted. Me ha asustado —exclamó, llevando una mano a su pecho.

—Si es verdad que pretendes ser mi asistente... creo que podrías dejar ya las formalidades. Me llamo Daniel... —murmuró sin apartar la mirada del maniquí—. Creo que ésa te quedará bien.

—¿Puedo saber por qué está aquí?

—Voy a supervisar tus trajes... Las otras prendas que uses no me importan en absoluto, pero los trajes que vas a traer a la oficina... Eres mi asistente y necesito que vistas de una manera presentable, con cierto estilo.

La muchacha lo miró de reojo. Le intimidaba comprar ropa con un hombre, y mucho más si ese hombre era su jefe. Definitivamente, ésa no era una situación que se diera todos los días.

Entraron en la tienda y rápidamente se acercó a ellos un empleado, que para más inri era también un hombre. Después de mirar y de escoger prendas y tallas, llegó la hora de probárselas. No podía salir de allí con bolsas llenas de ropa tan cara sin habérsela visto puesta primero.

Siguiendo las indicaciones del empleado, pasó por un pasillo repleto de espejos y de cubículos, y se ocultó tras una de las cortinas, que no cubrían más abajo de las rodillas. Después de asegurarse de que no se veía más de lo necesario, procedió.

Nunca se había visto a sí misma vestida con una prenda tan elegante, con algo que le quedase tan bien como esa falda. Al mirar su imagen en el espejo se dibujó una sonrisa en su cara. Realmente le quedaba bien y realzaba su figura de un modo que nunca había visto antes.

El chico que la atendió no podía remediarlo y miraba en los reflejos, fascinado por sus piernas. En vista de que el tipo que la acompañaba tampoco paraba de mirarla (aunque no quisiera, tampoco dejaba de hacerlo), no dudó en piropearla en un par de ocasiones.

—Su novia... es preciosa, si me permite el atrevimiento.

—Ella no es mi novia. Sólo es... No te importa —respondió grosero.

Daniel no sabía qué responder, ella no era su novia, no era familia suya, ni una amiga, Vivian ni siquiera había sido aprobada como su asistente al cien por cien, algo que la convertía en una extraña sin serlo del todo.

La cortina del probador se movía de vez en cuando y dejaba intuir cada vez que se quitaba una prenda para ponerse otra. En uno de los movimientos, Vivian rozó sin querer la tela tras la que se ocultaba y dejó una abertura lo suficientemente grande como para que se viera sin mucha dificultad cómo se quitaba un modelo para ponerse otro.

Sin pensarlo dos veces, Daniel se acercó con paso ligero y, con un movimiento rápido, se metió con ella en el estrecho cambiador. Cerró la cortina para que el muchacho que les atendía no viera más de lo necesario.

Vivian lo miró horrorizada ¿Qué diablos estaba haciendo? ¿Qué demonios hacía él ahí dentro con ella?

—Es esto lo que pretendías dejando esa rendija abierta, ¿no? Que te viera a través de ella, ¿no? Pues te ahorro que te vea el dependiente también —dijo con un tono molesto y extraño—. Adelante, señorita McPherson. Desnúdese para mí.

—¿Cómo? —preguntó exaltada, con los ojos abiertos de par en par.

Justo acababa de quitarse la penúltima de las faldas cuando su jefe había entrado de sopetón. La camisa era lo suficientemente larga como para que él no viera su ropa interior, pero sus piernas estaban completamente desnudas. Él la estaba mirando con esa expresión...

Como por acto reflejo, tiró de una de las prendas para cubrirse, pero Daniel se la quitó sin que supiera ni él mismo por qué actuaba así. La dejó sobre la banqueta y alzó el brazo de la muchacha. Con esto hizo que la camisa se levantase y mostrase hasta la cintura.

—Se... señor Gable... —Casi no podía articular palabra por la impresión.

—Te dije antes que me llamaras por mi nombre —murmuró—. La próxima vez que entres en un cambiador, asegúrate de que no tienes más ojos mirándote —la regañó, y la soltó como si lo que acababa de hacer hubiera sido lo más natural del mundo—. Me gusta ésta. —Señaló antes de salir y cerrar a conciencia.

A pesar de quedarle solamente una prenda por probarse, tardó un rato en salir. Encontrarse de pronto con ese tipo dentro del estrecho cubículo con ella medio desnuda era más de lo que había imaginado nunca su mente inocente.

Podía decirse que Vivian era inexperta. A sus veinticuatro años aún era virgen, aunque más madura que cualquiera que se hubiera acostado con más de una decena de chicos. Pero, por suerte o por desgracia, ella no había tenido la oportunidad de salir con nadie. La culpa era de los estudios y de su trabajo, pero principalmente se debía a su timidez, a su atuendo y, hasta hacía un día antes, a su lugar de residencia, algo que casi la hacía verse como una vagabunda. Nunca había tenido a un hombre tan cerca como lo había estado Daniel horas atrás en ese probador y nunca nadie la había visto vestida sólo con una camisa.

Sentada en el borde de la cama con las piernas dobladas y pegadas al pecho, pensaba en la situación vergonzosa que había pasado, cuando de pronto sonó el interfono.

—Lamento la interrupción, Vivian —dijo el muchacho de recepción— ¿Puedo subir o... puede bajar?

—Claro. ¡Sube! —Vivian pensó que debía de ser algún recado para ella. Corrió al armario y sacó de allí una chaqueta de punto larga con la que cubrir su pijama.

El recepcionista llegó allí en un par de minutos y, sin que lo esperase, le propuso ir a cenar el fin de semana.

—Disculpe el atrevimiento. Sé que ésta es su segunda noche aquí y que es el segundo día desde que nos conocemos, pero... creo que podríamos llevarnos bien...

—Yo... —¿Qué excusa iba a ponerle? Había sido tan amable con ella que ¿cómo iba a decirle que no?— ¡Está bien! ¡Vayamos a cenar! —aceptó con una sonrisa.

Aquel chico, además de guapo, era atento y amable. Sin querer iba a regalarle la primera cita de su vida, en la semana más extraña que podía estar viviendo.

CAPÍTULO 6

Cuando llegó al Edificio B lo hizo como Daniel le había pedido, vestida con una elegante y ceñida falda de color negro que hacía juego con la americana ajustada. Saludó a su jefe al entrar, pero lo hizo con un tono de voz tenso, y él tampoco fue lo extrañamente amistoso que había sido con ella fuera de la oficina. Su tono de voz también sonaba grave.

Daniel había salido con muchas chicas en su vida. Era un tipo rico, guapo y simpático, la combinación perfecta para ser un potente imán para las mujeres. El momento de impulso que le había llevado a meterse en el probador donde estaba su asistente para que no la mirase el empleado de la tienda era algo que no había experimentado nunca, a sus veintisiete años. Tampoco podía explicar qué le había llevado a hacerlo. Vivian no le gustaba, no le atraía. Pensaba que era bonita, pero eso mismo pensaría cualquiera que tuviera un par de ojos en la cara.

Al llegar a casa se había sentido más extraño e incómodo que nunca y estaba seguro de que el motivo era ella. Estaba dispuesto a cambiar aquella situación. Cuando se levantase por la mañana sería un Daniel nuevo; no, mejor dicho, sería el Daniel de días atrás, el Daniel que rechazaba cualquier tipo de ayuda: no quería tener un asistente, ni un secretario, ni nada por el estilo. Él era el director, era autosuficiente y esa chica estaba de más.

Esa mañana se había levantado dispuesto a llevar a rajatabla su propósito de echarla. Observaría cuidadosamente cualquier movimiento de la asistente y, a la mínima, la despediría sin miramientos.

Cuando ella atravesó las puertas de cristal, lo primero que hizo, casi instintivamente, fue fijarse en sus piernas, en esas bonitas piernas que había visto desnudas unas horas atrás. Aun así, reaccionó rápidamente y la saludó como se suponía que debía hacer.

A la hora de comer Vivian se quedó ordenando documentos, algo por lo que no podía reprenderla aunque quisiera. Cuando Daniel volvió de la comida ella estaba hablando por teléfono con Terrence Monroe, con quien debía tener una reunión un par de horas después.

—Perfecto, señor Monroe. Queda anotado entonces. No se preocupe... Espero que se mejore pronto. —Sonrió mientras se despedía, lo que le hizo de nuevo recordar el incidente del cambiador—. Señor Gable, ¿me ha oído? —preguntó la muchacha moviendo la mano frente a su cara—. ¿Se encuentra bien?

—¿Eh? Sí, sí. Claro que te he oído. No soy sordo. Sólo estaba pensando —respondió rudo—. ¿Te ha dicho algo de la reunión?

—No me ha escuchado, ¿verdad? —Sonrió—. El señor Monroe está hospitalizado por un cólico nefrítico. La llamada era para aplazar la cita hasta después de la operación...

—Bien —cortó tajante con un enfado sin sentido.

La tarde pasó entre miradas furtivas e incómodos silencios. Al fin llegó la hora de marcharse y Daniel no tardó en huir.

El día siguiente sería igual de desagradable para él pero, por suerte, el fin de semana ya estaba cerca. Tras otras horas en las que sólo podía pensar en las piernas desnudas de su asistente, o en la forma en la que la camisa mostraba su cintura, llegó el momento de salir de la oficina. Para Daniel no terminaba su jornada, pues todavía le quedaba una cena con Owen Silverman, un inversor con el que él y su padre tenían más de un negocio.

Al llegar a Black Diamond, Vivian esperó encontrar a Christian en recepción, pero era un señor mayor quien estaba allí.

—Discúlpeme, señorita. No puedo dejarla pasar —le dijo colocándose frente a ella para bloquearle el paso.

—¿Hay..., hay algún problema con el apartamento? —preguntó asustada.

—¿Qué apartamento?

—El treinta y dos... Vivo allí. ¿Hay algún problema?

—¿En el treinta y dos?

—Sí. Soy Vivian McPherson...

El hombre miró la lista y palideció mientras su expresión se volvía seria. Acababa de meter la pata con uno de los residentes, pues le había bloqueado el paso para que no pudiera acceder al edificio. Vivian sonrió al ver que estaba avergonzado.

—No se preocupe. —Dijo poniendo una mano en el brazo del hombre—. No nos habíamos visto antes, es normal que no me reconociera. —Tan pronto como el hombre se hizo a un lado para darle paso, Vivian subió para arreglarse.

Christian le había dicho que llegaría alrededor de las ocho, así que aún había tiempo. No tenía mucho vestuario, y tampoco tenía mucha variedad en su armario pero, el día que fue a comprar ropa con Daniel, se agenció unos vaqueros que le habían encantado. Si acompañaba esos pantalones con uno de sus suéteres viejos y uno de esos zapatos de tacón que usaba para la oficina, quedaría bastante presentable.

Dispuso la ropa sobre la cama y se deleitó mirándola a través del reflejo del espejo mientras se peinaba y se acicalaba. Vivian no acostumbraba a maquillarse. Nunca le gustó ponerse sobre la piel productos cuyos ingredientes desconocía, pero ésa era su primera cita y quería ir tan bonita como pudiera.

Cuando Christian llegó a recogerla, ambos sonrieron. Él había elegido prendas similares: un vaquero, una camisa y, sobre ésta, una rebeca fina de color azul cielo, casi del mismo tono que el suéter de ella.

—Está preciosa. —Sonrió. Consiguió que ella se ruborizase.

—Gracias... Tú también lo estás...

—¿Preciosa? —bromeó.

—¡No! Bueno, sí. ¡Estás preciosa! —Rió ella y le empujó suavemente y de un modo amigable— Y tutéame. —pidió, haciendo que él asintiera antes de ofrecerle el brazo para que ella lo agarrase.

Si terminaba la cita tan bien como había empezado, sería más que perfecto.

Christian había reservado mesa días atrás en el restaurante de moda de la ciudad, un lugar elegante y sofisticado que no permitía la entrada si no vestías acorde a su categoría. Por suerte, no ponía en ningún sitio nada acerca de llevar vaqueros, por lo que entrar no fue un problema. Los dos vestían bien.

Llevaba todo el día amenazando con diluviar. El cielo de las tres de la tarde parecía el de las ocho, y el de las ocho parecía más una entrada al inframundo que un cielo nublado. Por suerte para ellos no empezó a llover hasta que no entraron en el local.

El restaurante tenía un salón espacioso pero todo repleto. Las mesas estaban cerca unas de otras, aunque sin llegar a estorbarse. Absolutamente todo estaba decorado en madera de pino, desde el suelo hasta el techo, pasando por las paredes. Las mesas estaban vestidas con impolutos manteles blancos y elegantes lámparas colgaban sobre éstas de unas decoraciones perfiladas con ribetes rectilíneos.

—Adelante. Pueden pasar —dijo la chica del atril de la entrada—. Su mesa es la número nueve. Acompáñenme —pidió. Subió el par de escalones que separaba el salón de la recepción—. Enseguida les atiende un compañero. Disfruten de la cena.

Tanto Christian como Vivian se miraron durante unos segundos antes de sentarse en sus sillas correspondientes. Tan pronto como la recepcionista se alejó de la mesa reconoció a su jefe. Daniel estaba en ese mismo restaurante, acompañado por Owen. Cuando vio a su asistente sintió cómo la sangre empezaba a hervirle bajo la piel. Pero ¿qué demonios le pasaba? ¿Estaba celoso?

—Discúlpame un momento —pidió al otro hombre, que vio interrumpida su conversación por una repentina necesidad de Daniel de abandonar la mesa.

Éste se acercó sin pensar a la mesa número nueve y se colocó justo al lado de Christian.

—¡Señor Gable! —exclamó la muchacha sorprendida con los ojos desorbitados.

—¡Vaya! Se ve bien sin su traje y su falda, señorita McPherson. Sin embargo, debería recordar lo que le dije acerca de las piernas de la mujer, y usted tiene unas piernas perfectas —dijo mirando al acompañante de la muchacha, que sonreía cortésmente sin saber quién era Daniel.

—Sí... Gracias por el cumplido, señor Gable —respondió repentinamente incómoda—. Supongo que también está cenando en este lugar... Espero que disfrute de su cena. —Con esa afirmación casi estaba invitándole a que se marchase, y así fue.

Daniel volvió a su asiento, frente a Silverman. No habían pasado ni cinco minutos cuando volvió a interrumpir al inversor. Debía reconocer que no le resultaba nada grato tener a su asistente tan relativamente cerca y acompañada por otro tipo que continuamente la hacía ruborizar y sonreír de esa forma tan inocente que le ponía enfermo.

Sin dejar de mirarla se puso en pie y volvió a visitar la mesa de la pareja.

—Me preguntaba si querrían acompañarnos usted y su...

—Y mi cita. Pero no, señor Gable. Preferiríamos cenar solos. —Bastante embarazosa era esa situación como para sentarse a su mesa mientras estaba con su acompañante.

—Insisto. Además, lo mío es una reunión de negocios y usted es mi asistente. Lo lógico sería tenerla sentada a mi lado. —Su mirada era amenazante, como si le estuviera diciendo sin palabras que no había alternativa si no quería ser despedida.

—Por mí está bien, Viv —interrumpió Christian con una sonrisa—. Si tu jefe quiere que cenes con él, no hay problema.

Daniel captó rápidamente el tono de su voz. Ese chico no estaba de acuerdo con su propuesta, pero él no estaba de acuerdo con... ¿Se había vuelto loco? ¿No estaba de acuerdo con que ella saliera con otro tipo? Sólo la conocía desde hacía una semana. No, ni siquiera una semana. Hacía sólo cinco días que la había visto por primera vez.

No le hacía ni pizca de gracia verse obligada a sentarse con su jefe y mucho menos tener que usar sus horas libres para cenar con él. A pesar de ello lo hicieron. Tanto Vivian como Christian se pusieron en pie y caminaron uno al lado del otro hasta la mesa del ejecutivo. Vivian se presentó al señor Silverman, que la miraba ensimismado.

—Disculpe mi atuendo. Estaba en una cita cuando el señor Gable me ha hecho venir.

—No. No tengo nada que disculpar. Su atuendo no es inadecuado. Va elegante, a su manera.

El director se sintió satisfecho por haberla podido

arrastrar a su mesa y haber interrumpido su cena íntima. Pese a lo seria que se suponía que debía ser esa reunión, Silverman dejaba ir, de vez en cuando, frases graciosas que, inevitablemente, aliviaban la tensión de los otros tres. Daniel incluso se atrevió a bromear, algo que ella no esperaba de alguien tan serio con el trabajo.

Pasadas un par de horas, el inversor zanjó la reunión con un cálido apretón de manos. Minutos después salió del restaurante y dejó en una situación extraña al jefe, a la empleada y al amigo de la empleada. Este último, lejos de sentirse cómodo, tenía prisa por alejarla del ejecutivo.

—Está lloviendo a mares, Viv, pero... ¿te apetece correr bajo la lluvia conmigo? ¿Te llevo a casa? —preguntó el recepcionista.

—¡Claro! Seguro que se estropearán los zapatos pero ¡me apetece mucho! —Sonrió.

Como era de esperar, Daniel no iba a dejarla ir tan alegremente. Dejó que Vivian se pusiera en pie para intervenir. Ella descolgó su bolso del respaldo de la silla. Lo acomodó en su hombro y sujetó el brazo que el muchacho le tendía. Entonces el directivo le agarró la muñeca suave pero firmemente.

—¿Te quedas a tomar una copa de vino?

¿Y ahora qué? ¿Qué se suponía que debía hacer? Su reunión había terminado, Silverman ya se había marchado. ¿Aún la quería ahí? Miró a su acompañante sin saber muy bien qué hacer. Christian supo actuar rápido. Él no iba a ponerla entre la espada y la pared.

—Puedes quedarte con tu jefe, pero espero que esto no cuente como una cita, señorita McPherson del apartamento treinta y dos... —susurró al oído de la muchacha haciéndola sonreír.

—Descuida —respondió, dándole un beso en la mejilla al recepcionista—. Siento mucho...

—No lo sientas. Lo he pasado muy bien, aunque haya

tenido que compartir tus atenciones con otros dos hombres. —Rió—. Pásalo bien. Nos vemos el lunes.

Sabiendo que iba a molestar a Daniel, Christian rodeó sus hombros y la abrazó mientras a él le dirigía una mirada envenenada.

Tan pronto como Christian salió del restaurante, Daniel alzó una mano para pedir una botella de vino, actuando como si no hubiera pasado nada extraño esa noche, como si hubiera sido él quien hubiera tenido una cita con ella.

Vivian lo miraba de forma acusatoria. Él no parecía querer hablar sobre la reunión; por el contrario, actuaba como si nunca hubiera existido.

—¿Puedo saber qué pasa? —preguntó ella mientras él servía la primera de las copas.

—¿Tiene que pasar algo para que quiera beber vino?

—No. Supongo que no, pero yo no voy a beber, así que... ¿puedo irme?

—¿Para volver con ese chico? —Las palabras salieron de su boca sin que pudiera retenerlas.

—Para hacer lo que yo quiera, señor Gable. Se supone que mi horario terminó hace horas. Quisiera disfrutar de mis días libres.

—Si te vas todo el mundo pensará que me has plantado y pareceré un tipo amargado bebiendo solo... Bebe una copa. Luego saldremos y podrás hacer lo que quieras.

Tomó la copa y se la ofreció, gesto que Vivian no pudo rechazar.

El ejecutivo intentaba hartarse de su presencia, encontrar algo de ella que le molestase y así aborrecerla, pero cuanto más la observaba menos le desagradaba.

La asistente terminó la copa de un trago, esperando que él hiciera lo mismo; pero, Daniel tomó su bebida a pequeños sorbos, mientras seguía mirándola detenidamente.

Al fin decidió marcharse. Tras un gesto de él, ambos se pusieron en pie.

—Está lloviendo a mares. Nos vamos a mojar... —advirtió ella.

—No pasa nada. No te importaba mojarte hace un rato, cuando ibas a irte con ese amigo tuyo. —Vivian no respondió. No pretendía discutir con él sobre ningún asunto que no tuviera que ver con la oficina, y ése no lo era.

De pronto, Daniel sujetó el brazo de ella y empezó a correr bajo la lluvia. Diluviaba de tal manera que quedaron empapados en cuestión de segundos. El frío calaba, inevitablemente, a través de la ropa, haciéndoles temblar y abrazarse a sí mismos, tratando de buscar en sus brazos un poco de calor.

—¡Maldita sea! Creo que ha sido mala idea —farfulló él mientras se resguardaba bajo un toldo fijo.

—No vivo muy lejos de aquí, Daniel. —Ella empezó a tutearle, olvidando que ese tipo era su jefe—. Vamos. Quédate conmigo hasta que amaine...

Él no dijo nada. Miró fijamente el reflejo de ella en el cristal del escaparate y de pronto echó a correr, esta vez tan deprisa que ella, con zapatos de tacón, no fue capaz de alcanzarle.

Cuando Vivian llegó a casa se quitó la ropa empapada en la entrada y corrió a la ducha para entrar en calor. Después del relajante y cálido baño se metió en la cama preguntándose qué le habría pasado a Daniel para marcharse de esa forma, como si de repente hubiera habido un grave contratiempo y no hubiese podido siquiera mirar atrás.

CAPÍTULO 7

Cuando salió del restaurante sólo quería llevarla a casa y pasar el fin de semana pensando en cualquier cosa menos en ella. Corría bajo la lluvia, sujetando el brazo de su asistente, mientras buscaba un sitio donde protegerse. Odiaba mojarse, pero odiaba aún más las temperaturas bajas.

Se detuvo frente al escaparate de una floristería, bajo un toldo fijo de rayas rojas y blancas, apretándose el pecho con los brazos, en busca de algo de calor. Estaba molesto consigo mismo por haber tomado la decisión de correr bajo el agua como Christian le había propuesto a ella.

Temblaba, a consecuencia del frío y de la humedad. Entonces ella le propuso algo de lo más inquietante: que fuera a su casa hasta que amainase, sólo con ella. Miró su reflejo por un momento en el cristal y buscó la excusa para no aceptar. En ese momento se encontró con los ojos de esa chica fijos en los suyos, esperando una respuesta, esos enormes ojos azules, y su pelo rubio pegado a su cara, completamente empapado. Su mente entonces empezó a ofrecerle decenas de ideas, ideas que ya antes había repetido con alguna de las chicas con las que había salido. Antes de darle una respuesta decidió marcharse, huir.

Estaba furioso consigo mismo por el modo que tenía de actuar con ella, por no poder autoconvencerse de no acercarse a ella, porque no hacía ni una semana que la conocía y no podía alejarla como debía.

Tan pronto como llegó a su apartamento se apoyó contra la puerta. Se sentía débil, cansado, abatido.

Pese al aspecto de tipo duro que quería aparentar con todo el mundo, Daniel había sido un niño delicado y enfermizo. Siempre había tenido problemas de salud. Hacía años que no se ponía enfermo, pero ahora se sentía fatal. Mojarse con la lluvia y dejar que el frío le calase por impresionar a una chica había causado estragos en él. Y llevaba una semana casi sin dormir por culpa del capricho tonto del presidente de ponerle una asistente.

A duras penas llegó al teléfono. Necesitaba llamar a su padre. Él sabría qué hacer. Gateó como pudo hasta el dormitorio y se arrastró sobre la cama. Estiró la mano para alcanzar el teléfono inalámbrico que siempre se hallaba sobre su mesita.

—Papá... —murmuró con un hilo de voz.

—¿Daniel? ¿Qué pasa?

—No me siento bien...

—¿Estás en casa? —preguntó el hombre, asustado. Su hijo asintió con un sonido nasal—. ¿Estás solo? —preguntó de nuevo, a lo que nuevamente respondió con un sonido similar—. Está bien. Espérame. No tardaré en llegar. ¿Me oyes? No te duermas.

Clifford llegó al apartamento en un abrir y cerrar de ojos. Daniel podía ser como quisiera, a veces malhumorado, a veces caprichoso, a veces tan terco como una mula, pero era su hijo. Aunque fuera mayorcito como para valerse por sí mismo, le atendería, fuera la hora que fuera, hasta que hubiera alguien en su vida que pudiera cuidarle en su lugar si volvía a sentirse así.

Daniel ni siquiera había sacado la tarjeta de la cerradura. El led azul que indicaba que la puerta estaba abierta permanecía encendido. Clifford no dudó en entrar.

En la entrada, así como en el ascensor cuando subió, había un charco de agua enorme que dibujaba un camino hasta la habitación.

Clifford vio que su hijo estaba sobre la cama vestido, y tan mojado que bajo sus pies, que colgaban por el borde de la cama, se dibujaba otro charco de agua. Las mantas que había sobre el colchón tenían un enorme rodal que perfilaba su silueta.

—Por Dios, Dan. ¿Qué ha pasado?

—Llovía... —respondió con un hilo de voz.

Su padre se arrodilló sobre el colchón para quitarle la ropa empapada.

—Tienes mucha fiebre... Deberíamos ir al hospital...

—No... El lunes. Vivian...

Clifford no quiso escuchar más. Cuando estaba así no pensaba con lucidez. Llamó al doctor McGonaghan, el médico que había atendido siempre a su hijo y, en un par de horas estaba hospitalizado, con un suero en su brazo derecho, una pinza en el dedo índice de la mano izquierda que medía sus pulsaciones y un tubo de oxígeno que le cruzaba la cara de lado a lado.

La mañana del sábado empezó para Vivian con una llamada telefónica. Ni siquiera se había puesto en pie todavía cuando el móvil empezó a tintinear dentro de su bolso. Deseó que no fuera Daniel. Lo último que quería era tener que verlo ni un solo segundo más de lo necesario. Y ni qué decir en fin de semana. Se llevó el auricular a la oreja, temerosa por lo que pudiese oír.

—Buenos días, señorita McPherson —saludó la voz al otro lado del teléfono.

Vivian suspiró al escuchar a Clifford, aquel hombre que le había dado la oportunidad de cambiar de vida.

—¡Buenos días, señor Gable! —exclamó alegre.

—No le robaré mucho tiempo. Sólo la llamo para informarle de que no es necesario que vaya el lunes a trabajar. —Vivian se asustó pensando que estaba despedida.

—¿He hecho algo que no le ha gustado? —preguntó.

—No. No se preocupe. Es sólo que mi hijo se siente indispuesto y está hospitalizado.

—¡Oh, Dios mío! —exclamó ella. Se llevó la mano a la boca—. ¿Hospitalizado...? ¿Por qué...?

—No se preocupe. No es nada grave. Tampoco se preocupe por los días que no vaya a la oficina: los cobrará igualmente. —Rió el hombre, quitándole seriedad al asunto.

Clifford sabía que su hijo se iba a poner bien. Hacía años que no recaía, pero siempre se había repuesto después de unos días de reposo absoluto y una alimentación adecuada.

Vivian fingió quedar convencida. Pero que le dijera que su jefe, al que hacía unas horas había visto huyendo y empapado a más no poder por culpa de la lluvia, estaba ingresado en un hospital la había impresionado bastante.

Le preguntó al señor Gable por el hospital en el que estaba ingresado Daniel. Él respondió con evasivas e insistió en que estaba bien y en que no se preocupase; así que ella decidió averiguarlo por sí misma.

Después de conseguir los números de más de una docena de hospitales en toda la ciudad, decidió empezar a llamar, hasta que, en el penúltimo de los números, una de las enfermeras que atendía las llamadas le confirmó que, en efecto, Daniel Gable estaba ahí hospitalizado. Su estado era de pronóstico reservado.

No lo pensó. Se vistió con ropa cómoda e informal a más no poder y se dirigió al hospital. La dirección se la había proporcionado, amablemente, la persona que la había atendido por teléfono.

Al llegar a la entrada corrió hacia el pasillo, en dirección al ascensor. La mujer del mostrador de atención al cliente, una señora de unos setenta años, la miró atentamente, esperando que se detuviera para esperar que la dejaran pasar. En cambio, ella no lo hizo y siguió caminando con paso ligero hasta que llamaron su atención.

—Lo siento. Si no es usted familiar, no puede pasar —dijo con voz grave mientras le impedía el paso.

—Yo... —¿Y ahora qué? Si decía que era su asistente no iba a poder entrar y como consecuencia, tampoco podría saber cómo estaba él.

—Lo siento, pero no.

Al fondo, en una sala de espera bastante grande, había una niña y un niño correteando. Eso le dio una idea.

—Yo soy su hermana. Daniel es mi hermano mayor. —La mujer la miró y arqueó una ceja, como si no creyera una sola palabra—. Disculpe. Mi avión ha aterrizado hace sólo una hora... Hace años que no hablo con mi hermano por un asunto... personal. —Excusas. ¿Por qué no podía encontrar una excusa creíble?

—Sí, sí... Adelante. Pase. Está en la trescientos dos, pero, si hay algún familiar en la habitación, quiero que salga inmediatamente —le dijo. Le tendió una mano con un pase de plástico tamaño carnet en el que ponía «Familia» con letras rojas—. Póngase eso en un lugar visible. De lo contrario el celador la hará salir.

—¡Gracias! ¡Gracias de verdad! —exclamó y salió corriendo hacia el ascensor.

Llamó a la puerta con tres toques suaves y la deslizó lateralmente para entrar.

Se notaba que ése era un hospital para gente bien y que esa era quizás una de las mejores habitaciones. Parecía una *suite* de hotel: una cama, un sofá, una lámpara de pie, una bonita mesita de cristal...

Daniel estaba tendido en la cama, cubierto por mantas hasta el torso, con ambos brazos por fuera de la colcha, a los lados. Estaba pálido. Sus labios no tenían color y sus ojos permanecían cerrados.

La muchacha se acercó despacio. Ahora encontraba extraño que, siendo sólo una empleada, se preocupase por él, teniendo en cuenta, además, que era un tipo tan arrogante y extraño.

Al lado del sofá había una silla con ruedas, similar a los bonitos sillones de director en los que ambos se sentaban en su lugar de trabajo. Sin pensarlo la deslizó hasta el lateral de la cama para sentarse. Aquel chico era atractivo, incluso con ese aspecto. A pesar de su palidez se le veía bien.

—¿Sería por mojarnos anoche con la lluvia? —preguntó al aire mientras llevaba una mano a la de su jefe.

—Entonces... ¿estaba con él cuando se empapó de ese modo? —Inquirió Clifford, que volvía de haber estado tomando un café.

—¡Oh! Buenas tardes, señor Gable... Estuvimos reunidos con Silverman. Cuando la reunión terminó llovía a mares.

—¿Y era mejor empaparse que pedir un taxi o esperar a que amainase? —Su voz sonaba a reprimenda.

—No sé qué decir... —¿Debía acusar a Daniel y decirle a su padre que él tiró de ella hacia la lluvia, que le ofreció refugiarse en su apartamento, pero que él se fue corriendo solo y la dejó sola?—. No imaginé que...

—No se preocupe. Supongo que sabía lo que hacía. Es mayorcito... —Rió. Así alivió la extraña tensión que se había instalado en la habitación.

El señor Gable se acercó al sofá de cuero marrón y se sentó. Abrió cuidadosamente un sobre de papel marrón con el que había entrado en la habitación.

Vivian observó con disimulo a Clifford mientras leía el informe. Él también era un hombre atractivo, a pesar de sus más de sesenta años. Era alto, delgado, con un porte elegante. Su cabello era gris pero muy arreglado. Sus ojos, a diferencia de los de su hijo, eran azules.

—¿Puedo preguntarle cómo ha encontrado el hospital? No le dije dónde estaba...

—No, pero tampoco me dijo exactamente cómo estaba su hijo. Supongo que me quedé preocupada... Siento mucho si le ha molestado... —Se disculpó inmediatamente y se puso en pie.

—No. No me ha molestado. Al contrario, me siento muy agradecido por su interés. Le darán el alta mañana. Sin embargo, necesita hacer reposo al menos una semana más. Así que podrá disfrutar de unos días de relax.

—¿Puedo saber qué es lo que tiene? ¿Es grave?

—Sólo es agotamiento. Su cuerpo no tolera bien el frío y a veces se revela con fiebres altas. Cuando eso pasa, hay que hospitalizarlo y atenderle.

—Dios mío. Lo siento.

—No. No lo sienta. Él tampoco se ha cuidado mucho que digamos —explicó.

Sin que se dieran cuenta de cómo pasaba el tiempo, anocheció, y llegó la hora en la que Vivian debía regresar a casa. No era necesario que dijera que volvería al día siguiente, Clifford lo sabía, así que se despidieron levemente y ella se marchó a Black Diamond.

Apenas habían tocado las siete de la mañana y ella iba nuevamente de camino al hospital. No tenía nada que hacer, de modo que no le importaba estar con Daniel, a pesar de que seguía sintiéndose incómoda a su lado.

Llegó al hospital en tiempo récord y con el pase que le habían dado el día anterior pegado al pecho subió a la habitación. Supuso que ese día le vería despierto. Quizás, si se atrevía, también podría regañarle por meterse bajo la lluvia sabiendo que su cuerpo no toleraba el frío.

Al mediodía empezó a llenarse el cuarto de gente —personas con las que los Gable tenían negocios y otros asuntos— y ella empezó a sentirse fuera de lugar. No era amiga de Daniel, ni su novia, ni un familiar. No era alguien cercano a él. Lo más conveniente era marcharse. Clifford sospechó que no volvería por la tarde, quizás para no sentirse incómoda entre toda esa gente, por lo que la llamó a un rincón de la habitación.

—Se va a marchar, ¿no es así?

—Sí, señor Gable. Veo que su hijo sigue en la misma situación que ayer. Además... —Miró de reojo a toda esa gente. Clifford entendió ese gesto rápidamente.

—Bien. Ésta es la dirección de su apartamento. —Tendió una mano con una nota doblada—. Si se aburre estos días sin ir a la oficina...

—¿Su dirección? ¿No cree que sería algo raro si fuera a visitarlo a su apartamento? Sólo soy una empleada.

—En realidad, creo que sería estupendo. Es su asistente. Podrían hablar sobre las reuniones o preparar juntos el informe que debía presentar a Silverman...

La muchacha miró la nota que sujetaba entre sus dedos y devolvió la mirada al hombre, que sonreía amablemente.

Llegó a casa sintiendo que la entrega de esa nota era como una invitación obligatoria. No podía rechazarla. Que su «relación» con Daniel fuera especial no le impedía que fuera a visitarle.

CAPÍTULO 8

Después de lo del fin de semana, del ingreso de su jefe y de la visita al hospital, Vivian olvidó desactivar la alarma. No debía ir a la oficina, no tenía que trabajar. Nunca antes se había tomado un solo día libre, por lo que le resultaba terriblemente extraño quedarse en casa sin tener qué hacer.

Se estiró sobre las mantas para levantarse. Al desviar la mirada hacia la mesita de noche vio la nota doblada con la dirección de Daniel. ¿Qué debía hacer? ¿Debía quedarse y cuidarle? Se suponía que Daniel tenía novia. ¿Dónde estaba ella?

Cuando su cabeza terminó de plantearse esas y otras muchas cuestiones, se percató de que sin apenas darse cuenta se había vestido y estaba en el coche.

—Por suerte lo he hecho bien —dijo mirando su atuendo.

Se había vestido como si fuese al trabajo: traje de falda y americana, camisa, medias y zapatos de tacón y su cabello bien peinado en una coleta.

Daniel vivía en un edificio tan imponente como Black Diamond 2, donde vivía ella. No. Aquél era más majestuoso, incluso más que el Edificio B de Gable. Un coloso completamente blanco de un material mate, pero con diminutos destellos brillantes que lo hacía parecer un diamante. Una construcción donde las paredes exteriores eran enormes cristaleras perfiladas de ese material refulgente.

La entrada tenía dos pequeños jardines con caminos de grava blanquecina a los lados. Sobre la puerta de cristal había unas letras plateadas y reflectantes, unas bonitas y elegantes letras en las que ponía «White Diamond 1». Cuando Vivian leyó el nombre del edificio no pudo evitar sonreír. Parecía más algo hecho adrede que una coincidencia.

—Bienvenida, señorita McPherson —saludó el recepcionista, que vestía con un uniforme de guardia de seguridad igual que el que llevaba Christian siempre que se habían encontrado.

—Buenos días —respondió ella instintivamente—. Perdón. ¿Nos conocemos? —Frunció el ceño, extrañada de que aquella persona supiera su nombre.

—No. Pero el señor Clifford Gable me dijo que vendría alguien cuya descripción encaja con usted. Viene a ver a Daniel Gable. ¿Me equivoco?

—No. No se equivoca... —Sonrió cortés.

El hombre le hizo un gesto con la mano y la invitó a entrar. Vivian se dirigió al fondo, donde relucían un par de puertas de ascensor de color nacarado con ornamentos dorados. El elevador se detuvo en el último piso. Allí, al igual que en Black Diamond 2, sólo había un apartamento.

El descansillo era del mismo material claro y con pequeños brillos que la fachada, pero con un ribete plateado a media altura en la pared de la derecha y un enorme ventanal por el que entraba el sol a la izquierda. Al frente estaba la puerta de entrada al apartamento.

Antes de que pudiera llamar, Clifford abrió, sorprendiéndola con la mano en alto a punto de golpear la puerta.

—Buenos días, señorita McPherson. —Sonrió.

—¡Buenos días! ¿Cómo se encuentra Daniel hoy?

—Sigue durmiendo, pero está bien.

Siempre que Daniel se ponía así, siempre que se debilitaba hasta caer enfermo, dormía durante días, de un modo que casi parecía más un coma. Su cuerpo reaccionaba si se le molestaba en exceso, pero no terminaba de despertar. En el hospital comprobaban sus constantes vitales continuamente pero, después de algunos años, aprendieron que ése era su método para reponerse. Tras estar ingresado durante varios días lo enviaban a casa, donde sus padres controlaban que todo estuviera bien hasta que despertase.

Cuando Clifford la hizo entrar no se sorprendió por el lujo. La oficina era fastuosa y era de esperar que su apartamento también lo fuese. Los muebles, en contraste con el edificio, eran negros. El suelo y la mayor parte de las paredes eran blancos, pero el techo estaba pintado en gris y, algunas de las paredes, de azul añil.

—Supuse que llegaría temprano... Su madre está de viaje y yo tengo una reunión. —Estaba siendo educado, pero a su vez directo. Le estaba pidiendo entre líneas que cuidase de su hijo en su lugar.

—No se preocupe, señor Gable. Yo puedo quedarme con él. Además, si sólo duerme...

—Gracias. Sabía que podía contar con usted —dijo él—. ¿Le importa si la trato con un poco más de confianza? —preguntó mientras se dirigía a la entrada—. Usted... fuera de la oficina, puede llamarme Clifford. No es necesario que me hable de usted.

—¡Oh! ¡Por supuesto!

—Entonces, perfecto, Vivian. Te quedas encargada de cuidar a mi hijo.

El hombre salió por la puerta. Todo se quedó en silencio en el apartamento. Vivian caminó despacio por las distintas estancias, por la lujosa e imponente cocina, por el increíble cuarto de baño, por el dormitorio, donde reposaba tranquilamente Daniel. Se acercó a su lado y se sentó en el borde de la cama, a escasos centímetros de él. Llevó su mano a la frente del enfermo.

—Dios mío, está... ¡está ardiendo! —exclamó. Apartó la mano de su cara a toda prisa— ¿Así le han dejado salir del hospital?

En su última conversación con el señor Gable en el hospital, éste le dijo que normalmente en diez días estaba repuesto. Al parecer, tampoco ponían muchos medios para que mejorase antes. Simplemente dejaban que su cuerpo se repusiera solo.

Ella no iba a dejarlo dormir ni tantos días ni con esa fiebre, por lo que, sin pensar demasiado en que se trataba de su jefe, sin pensar en que era alguien que la despreciaba y que, además, no tenían ningún tipo de relación salvo la laboral, deslizó las mantas de sus hombros hasta su cintura y empezó a desabrocharle el pijama. Dejó su torso completamente desnudo. En aquel momento no le habría importado si alguien la hubiera visto y hubiera pensado que era una desvergonzada, en aquel momento únicamente podía pensar en bajar la fiebre de Daniel.

Intentó no ruborizarse, porque aquello era algo que jamás en su vida había hecho. A sus veinticuatro años nunca antes había estado así de cerca de un hombre. Aún menos de un hombre que estuviese de esa guisa.

Corrió al baño. Buscó en los cajones una toalla. Después de empaparla bajo el grifo, volvió de nuevo hacia la cama. Pasó despacio la toalla por el pecho del enfermo para enfriar poco a poco su piel. Llevó de vez en cuando el trapo empapado hacia su frente, pasándolo lentamente por el cuello.

Lo que para cualquier otra persona podía haber sido una escena de lo más sensual, para Vivian estaba resultando una pesadilla. Con un paño estaba acariciando la piel desnuda de un hombre, y no de un hombre cualquiera, sino de ese hombre: de Daniel Gable, de su jefe. La escena aceleraba su corazón. Él no le gustaba. Era atractivo, y mucho, pero no sentía nada por él. Pese a ello no podía evitar sentirse nerviosa.

Daniel no se movía ni gesticulaba. A pesar de que el agua estaba realmente fría, no se inmutaba cuando las gotas resbalaban de las manos de la enfermera improvisada y caían sobre su piel.

De pronto, Daniel abrió los ojos despacio. Sonrió de un modo irresistible. Estiró sus brazos para alcanzarla, la rodeó con fuerza y, sin decir una sola palabra, la trajo contra su pecho desnudo. Rodó sobre la cama y quedó sobre ella.

—¡Oh, Vivian! —susurró de forma sensual. Acarició el borde de su cara con el dorso de los dedos.

—¡Daniel, no! —exclamó ella sorprendida y nerviosa. Le empujó con las manos para apartarse de él cuanto antes.

Cuando se dio cuenta estaba de pie, junto a la cama, con el pulso acelerado y la respiración agitada, Daniel seguía durmiendo, inconsciente, inmóvil y exactamente en la misma posición en la que estaba cuando le había desabotonado el pijama. Por un momento se sintió desorientada, perdida. De repente se encontraba sin saber ni dónde estaba ni cómo había llegado hasta allí. Un segundo después descubrió lo que había pasado.

—¿Me he dormido? Ha sido sólo un sueño... —Se llevó la mano al pecho. Lo sintió apretado—. ¿Ha sido un sueño y estoy así de nerviosa? Este tipo me va a volver loca —masculló mientras se sentaba de nuevo en el borde de la cama.

Lo miró un segundo. Se aseguró de que realmente no se había movido y entonces golpeó su brazo como si realmente él tuviera la culpa de que hubiera soñado con aquello.

Pasada una hora, la fiebre de Daniel había bajado bastante. Vivian decidió entonces prepararle algo para comer. Quizás no se despertase, o si lo hacía quizás no tuviera fuerzas para siquiera llevarse la cuchara a la boca, pero al menos intentaría que comiera algo. Si sucedía realmente como decía su padre y en diez días no se despertaba, cuando al final lo hiciera habría perdido demasiado peso. Si ella podía evitarlo, así lo haría.

Cuando llegó la noche, Daniel seguía exactamente igual, sin hacer un mínimo movimiento, sin una muestra de que estaba, al menos, vivo. Como era de esperar, al mediodía no había despertado. Tampoco había comido nada. A la hora de la cena, siguió de la misma manera.

Pasada la medianoche, cerca de las dos de madrugada, Vivian se marchó, pensando en que alguien iría a cuidar a Daniel.

Se puso en pie tan pronto como el sol empezó a iluminarlo todo. Desayunó, se duchó, se vistió con su traje de chaqueta habitual y corrió al apartamento de su jefe. Esperaba que, en contra del pronóstico de su padre, estuviera sentado en el sofá, o al menos, despierto.

—¡Vivian! —exclamó el padre, que llegaba al mismo tiempo que ella.

—Señor Gable.

—Pensaba que dormirías aquí...

—¿Aquí? —preguntó escandalizada—. ¡No! Yo creí que vendría alguien a cuidarle y me marché a casa. Llevaba todo el día con él... —Vivian corrió sin pensarlo al ascensor.

La visita de Clifford fue fugaz. Entró directamente a ver a su hijo y, tras preguntar a la muchacha si necesitaba algo, se marchó. La dejó nuevamente sola con Daniel, que seguía dormido, completamente ausente.

En vista de que el día pintaba ser exactamente igual que los dos días anteriores, Vivian decidió hacer algo productivo con su tiempo. No quería estar sentada al lado de su jefe mirándolo solamente, esperando que despertase. Recogió su bolso y salió de allí en dirección a la oficina.

—Buenos días, Vivian —saludó el tipo que repartía el correo.

—¡Buenos días, Paul! ¿Hay algo para el señor Gable?

—Sí. Espera...

Del carrito que empujaba por todos los pasillos del edificio sacó una pila de cartas, no muchas, quizás diez o doce. Se las ofreció a la asistente. Ésta se lo agradeció y siguió caminando hasta la oficina.

Recordaba exactamente todo lo que se había hablado en la reunión del restaurante, por lo que sabía perfectamente qué tipo de documentación debía llevarse. Se sentó a la mesa de Daniel para sacar del cajón la gruesa agenda donde apuntaba algunas cosas importantes. Del montón de informes que Daniel le había hecho ordenar en su primer día sacó una carpeta con expedientes e informes al respecto.

Desvió las llamadas a su teléfono móvil y salió de allí casi tan deprisa como había llegado. Sabía que Daniel estaba solo en su apartamento y no quería dejarlo así. Iba a cumplir con su jornada laboral, no importaba si en el despacho o en un apartamento.

De camino a White Diamond miró su atuendo. Daniel no podía verla porque estaba en esa situación, de modo que... ¿por qué no ponerse cómoda? Una de las tardes, al salir de la oficina, se detuvo en una tienda de deportes y compró bastante ropa, ese tipo de prendas siempre le fueron muy confortables. Después de tanto tiempo en aquel almacén se había acostumbrado a ir siempre vestida. No podía arriesgarse a que alguien llegase de pronto y la encontrase en pijama, por lo que, una vez en casa, empezó a vestirse con ropa cómoda en lugar de un pijama para ir a dormir. Ése era el tipo de ropa con el que se sentía más a gusto.

Además, era la clase de vestuario que iba a llevar al lujoso apartamento de su jefe, al menos hasta que él despertase.

Entró deprisa y del armario de la entrada sacó una bolsa de deporte. Corrió a su dormitorio y del lado derecho del vestidor cogió algunas prendas con las que llenó la bolsa. Con la misma velocidad con la que había llegado, se marchó.

Daniel seguía igual, durmiendo en esa enorme cama, inmóvil, inexpresivo e inconsciente.

La noche se le echó encima y lo único que había podido hacer era tomar notas, pequeños resúmenes de la información que había extraído de todos aquellos papeles. Daniel continuaba en ese estado, inmóvil, inerte, tendido en la cama de su dormitorio y ella decidió echar una pequeña cabezada para relajarse un poco y poder continuar después.

CAPÍTULO 9

Cuando la luz del día empezó a iluminar el dormitorio, Daniel se despertó. Se desperezó y se puso en pie como si nada. A duras penas podía recordar la cena con Vivian y su acompañante. Tampoco sabía por lo tanto que había estado durmiendo durante seis días seguidos, dos de ellos en un hospital, ni sabía que todo ese tiempo había estado a su lado esa muchacha de la que había huido la última vez.

Se vistió con uno de sus elegantes trajes y salió del dormitorio para ir a la cocina.

Al pasar por delante de la otra habitación, la puerta estaba entreabierta y la luz se colaba a través de la rendija que quedaba entre ésta y el marco. El pasillo quedaba levemente iluminando. Se acercó completamente extrañado, con el ceño fruncido, y con una postura recta y defensiva. Al mirar por la estrecha abertura pudo ver a su asistente. Estaba en ropa interior, doblando una prenda y dejándola en una bolsa que había sobre la cama. Daniel creyó estar soñando. No entendía ni qué hacía Vivian en su apartamento ni por qué estaba, aparentemente, cambiándose de ropa en el cuarto de invitados. La miró en silencio poco más de un minuto y, cuando ella se volvió hacia la puerta él no supo qué hacer y corrió a su dormitorio, como si tratase de que ella no le viera.

Vivian había pasado la noche juntando notas y rellenando el informe de Silverman. Poco antes de que amaneciese fue a ver a Daniel. Éste seguía tumbado sobre la cama, inmóvil, durmiendo, como había estado haciendo los últimos días. Llevó una mano a su frente para verificar que no tenía fiebre y, tras comprobar que todo estaba bien, corrió a darse una ducha rápida. Apenas dormía últimamente y ducharse no era una opción, sino una obligación si quería mantenerse despierta durante más horas.

Después de secarse y de ponerse su ropa interior, corrió al dormitorio para vestirse. Debía volver al «trabajo» para terminar ese informe.

Daniel permaneció sentado en el sillón de su habitación con los codos apoyados en las rodillas y los dedos de las manos entrelazados, analizando la extraña situación. No recordaba en qué punto tras la cena había llevado a Vivian a su casa, y menos aún que ella hubiera llevado ropa para cambiarse allí. No. Aquello debía de estar siendo un sueño surrealista.

Salió del dormitorio y caminó despacio hasta la habitación en la que había visto a su asistente. Ésta no estaba y aparentemente el dormitorio estaba como siempre: ni rastro de bolsas, ni rastro de ropa femenina, ni rastro de ninguna mujer.

—Voy a volverme loco. —Rió. Se llevó una mano al rostro mientras negaba con la cabeza.

Sin darle mayor importancia a lo que él creyó producto de su imaginación, fue hacia la cocina para prepararse uno de esos cafés matutinos que tomaba siempre antes de ir a la oficina. Había atravesado todo el pasillo sin esperar encontrar a su asistente en el salón.

Vivian tenía la mesa llena de papeles. Frente a ella había una libreta repleta de apuntes y un lápiz con un pompón lila en el extremo. Ella estaba en el suelo, sobre la alfombra, apoyando la espalda en el asiento del sofá y la cabeza sobre un par de cojines, con los ojos cerrados.

Daniel la miró un par de minutos, sin terminar de entender qué estaba pasando. Realmente estaba en el salón de su casa, pero no comprendía qué hacía allí y tampoco qué era esa pila de papeles sobre la mesa.

Se acercó despacio y la movió con el pie empujando una de sus piernas.

—Señorita McPherson, ¿puedo saber qué hace en mi casa?

—¡Oh, Daniel! Estás... ¡Estás despierto! —exclamó. Se desperezó sin haberse dado cuenta de que no sólo estaba despierto, sino a punto de salir de casa—. Has estado enfermo. Llevas durmiendo seis días —respondió, como justificándose.

—¿Seis? —De pronto recordó la cena, la lluvia, la llegada a su casa con un malestar terrible, sin fuerzas siquiera para ponerse en pie y a alguien quitándole la ropa empapada—. ¿Qué ha pasado?

—Bueno. La mañana siguiente a la cena con Silverman me llamó tu padre. Me contó que estabas hospitalizado y que no fuera a trabajar. Fui al hospital hasta que te dieron el alta y desde entonces he estado aquí, cuidándote.

El ejecutivo desvió la mirada de ella a la mesa, repleta de papeles. Centró su atención en el nombre del membrete de una de las cartas y enseguida supo qué era lo que estaba haciendo.

Después de quitarse la americana y colocarla en el respaldo de una de las sillas del salón se sentó en el sofá, cerca de ella.

—Estás...

—Preparando el informe de Silverman, sí. Pero después tendrás que revisarlo adecuadamente. Sólo llevo dos semanas contigo y, a pesar de la reunión y todos los documentos que he estado mirando, no conozco muy bien todos los detalles.

De repente, sin saber por qué, Daniel empezó a inquietarse de nuevo, a sentirse como días atrás en el restaurante. Empezó a sentirse incómodo al recordarse corriendo bajo la lluvia con ella de la mano, la proposición de quedarse a solas con ella en su piso mientras amainaba la lluvia...

No entendía por qué se sentía de ese modo. Estaba seguro de que ella no le gustaba. Quizás no era tan desagradable como había creído al principio. Incluso se sentía cómodo en su compañía, pero no entendía por qué se inquietaba con su presencia. Sólo sabía que todo había empezado el día que compraron juntos las faldas con las que empezó a vestir. Fue el momento en que vio a ese dependiente mirándola por la rendija de la cortina, en el instante en el que desvió su mirada y se encontró con sus piernas desnudas. Sus pensamientos se vieron interrumpidos por un sutil gruñido estomacal.

—¿Has comido adecuadamente? —preguntó sin saber muy bien cómo entablar una conversación con ella.

—Bueno. Te he robado algo de comida. —Sonrió y se volvió para mirarle a la cara.

Cuando Daniel se encontró con sus enormes y hermosos ojos azules, se puso en pie de repente. Pero ¿qué era lo que le pasaba? No era un tímido adolescente; sin embargo, le ponía terriblemente nervioso.

Con la intención de buscar un poco de calma se dirigió a la habitación. Cerró a conciencia la puerta tras de sí y se quitó el traje para ponerse cómodo. Si su asistente estaba en su casa y tenía todo lo necesario para redactar su informe, lo ideal era seguir allí. Además, podía considerarse que estaba convaleciente, aunque se sintiera perfectamente bien.

Antes de entrar en el salón la observó detenidamente.

—¿Por qué me pongo así? Tampoco es para tanto, ¿no? —murmuró para sí mismo.

Hacia el atardecer hicieron una pausa. Daniel estaba aparentemente bien, pero ella necesitaba tomar un poco el aire. Llevaba demasiados días encerrada en ese apartamento. Además, desde que tenía coche, también hacía días que no caminaba tanto como antes. Decidió aprovechar que aún hacía sol y una temperatura agradable para salir y pasear antes de volver otra vez al trabajo.

—¿Quieres que vaya contigo? —preguntó él, sin apartar la mirada de la mesa.

Quizás no era buena idea salir de allí con ella, caminar a su lado y volver juntos después. Pero la idea de que el aire despejase sus nervios y su aturdida cabeza era mucho más que apropiada.

—¿Conmigo?

—Sí. Cerca de aquí hay un parque que, cuando empieza a oscurecer, se vacía de gente. Es tranquilo.

—Pero aún hace sol, Daniel...

—Sí. Pero si... Olvídalo. Ve tú a pasear. Yo revisaré el informe para comprobar que todo esté bien.

—No. Ven. Salgamos y, si se hace tarde, pasamos por ese parque que dices. —Sonrió, a pesar de no gustarle en exceso esa idea de pasear con su jefe de forma tan amigable.

Podría decirse que Vivian nunca había ido a un parque público. A pesar de que su familia era pobre, vivían en una casita independiente con un enorme jardín trasero. Su padre, como pudo, les construyó, a ella y a sus hermanos, una pequeña cabaña de madera, donde jugaban sin cansarse. Cuando fueron lo suficientemente mayores les construyó un enorme cajón con las paredes hechas de madera y repleto de arena que habían recogido de la playa. Luego, cuando el más pequeño de los tres cumplió ocho años, lo sustituyó por un extraño tobogán que había construido él mismo y un columpio de neumáticos que improvisó y que pintó de colores llamativos e infantiles. En definitiva, Vivian nunca fue a un parque porque no necesitaba salir de casa para jugar en uno.

Daniel dudó por un momento si aceptar lo que él mismo había propuesto, pero terminó poniéndose en pie y se acercó con ella a la puerta. Caminaron en silencio uno al lado del otro, con paso medio, sin prisa pero sin pausa. Aunque era un día laborable, las calles estaban desiertas. Parecía que fuera festivo.

El ambiente que había entre ellos era ligeramente parecido al de una cita. Caminaban juntos y se miraban de reojo, como con timidez. Cualquiera habría catalogado aquella situación de romántica; en cambio, para ambos no era más que un paseo. Ella, para respirar aire fresco, para relajarse de tantos papeles, de tantos informes, de tanto Daniel; él, simplemente para acompañarla. Ni él mismo entendía lo que le pasaba con esa chica: debería odiarla y, sin embargo, le caía simpática.

Cuando el sol empezó a ocultarse, Daniel se encargó de llevar su paseo hasta el parque que le había mencionado. Hacía años que no tenía con quien ir a un sitio como ése. Hacía años que no pisaba la arena donde decenas de niños jugaban cada día. Hacía años que no se sentaba en un columpio.

Se acercaron a los columpios caminando lentamente, sin hablar, del mismo modo que lo habían hecho al salir de White Diamond. Cada uno se sentó en uno de los asientos, uno al lado del otro. Se balancearon despacio con los pies en el suelo.

—Daniel, creo que deberíamos volver. Aún estás convaleciente y no creo que esto sea apropiado. Hace frío.

Empezaba a oscurecer. La temperatura había bajado considerablemente y el cielo parecía querer nublarse.

—Estoy bien. No te preocupes. —Era verdad. Se encontraba perfectamente, pese a la baja temperatura.

—Pero yo tengo frío. No llevo abrigo. —En cierto

modo tenía razón, aunque no lo dijera por ella misma sino por su jefe.

El ejecutivo se puso en pie y la miró de un modo extraño, como si no acabara de creerla. Aun así tendió una mano para ayudarla a bajar del columpio. Cuando ella la sujetó, Daniel notó el frío en su fina piel, algo que dibujó una sonrisa en su cara. Por un momento pensó que era considerada con él, pero parecía ser cierto que ella tenía frío.

—¿De qué te ríes?

—Tus manos. Están heladas...

—Te he dicho que tenía frío... —afirmó pese a la obviedad—. Hace rato que siento como si fuera a congelarme. Pero se te veía tan feliz, como un niño, en ese columpio...

—¿Me estás llamando niño? ¿Crees que soy infantil?

—No. Aunque de ser así también yo tendría que admitir que era una niña, ya que me estaba columpiando a tu lado. —Ella sonrió y él le devolvió la sonrisa.

Tan pronto como llegaron de nuevo al apartamento retomaron el informe. Continuaron con él hasta que la asistente, cansada, estiró los brazos sobre la mesa y puso su cabeza sobre éstos. Sin querer, se durmió. Eran demasiados días atendiendo a Daniel sin descansar debidamente, demasiados días sin poder distraerse con otra cosa, sin dormir ni comer como era debido.

Daniel se sintió extraño, no por haber estado tantos días enfermo, ni siquiera por haber recaído después de tanto tiempo sin sufrir aquellas fiebres. Se sentía raro porque la presencia de ella allí le resultaba lo más natural del mundo.

Esa chica había adelantado tanto ese documento, y lo había hecho tan bien, que era imposible, siquiera, recriminarle por haberse inmiscuido en un asunto que era sólo, única y exclusivamente de él.

La miraba de forma indiscreta, como si tratase de memorizar sus facciones. No sabía nada de ella. No sabía en verdad quién era Vivian McPherson. Sin embargo, en el fondo, empezaba a agradecer a su padre que la hubiera puesto en su oficina.

Se arrastró por la alfombra hasta su lado y, metiendo una mano bajo sus piernas y la otra tras su espalda, la subió hasta el sofá y la cubrió con una manta. Después de asegurarse de que estaba cómoda, se marchó a la cocina para preparar algo de cenar.

—¡Hmm! Huele bien... —dijo Vivian desde la puerta varios minutos después. Él se sobresaltó.

Daniel era buen cocinero, pero no era nada silencioso. La despertó con los ruidos de los utensilios de cocina.

—¿Te has despertado?

—Sí. No sabía que me había dormido. Perdón por la confianza.

Él la miró de reojo antes de devolver la vista a la sartén, donde salteaba unas verduras.

Daniel llevaba casi dos años con Rachel, una famosísima modelo de lencería. Ella había estado en su apartamento muchísimas veces y él en el de ella otras tantas. La quería, o eso suponía él. Pensaba en ella. Se excitaba recordando las veces que habían estado juntos, las veces que se divertían con disfraces, con juguetes, con retozos... Se sentía cómodo con ella. Cuando Rachel se marchaba por su trabajo, la extrañaba. A pesar de ello, nunca había cocinado para ella. De hecho nunca lo había hecho para nadie, salvo para Vivian.

Sirvió los platos ante la mirada de su asistente y se sentó a la mesa, frente a ella. La miraba sin entender cómo demonios se comportaba con tanta amabilidad pese al trato que le había dado esa primera semana en la oficina. Vivian sonrió sin saber muy bien qué decir. Fue entonces cuando él se dio cuenta de que no estaba actuando de forma normal.

Tomó la bebida y sirvió vino en dos copas de cristal con una original forma.

—No te he preguntado si querías vino... —dijo, rompiendo el silencio que se había instalado entre ellos.

Su voz sonó grave y retumbó un par de segundos en su cabeza, como si hubiera gritado, o como si hubiera dicho algo fuera de contexto.

—Tranquilo. Lo tomaré. Pero sólo una copa. No tolero demasiado bien el alcohol. —Rió.

—En el restaurante...

—Sólo tomé una. Al llegar a casa estaba mareada y tuve que ir a dormir enseguida. —Sonrió.

Daniel la observaba. En realidad ella le había visto durante seis días y él ni siquiera se había percatado de que ella estaba ahí.

Estaban sentados uno frente al otro en la mesa de la cocina, comiendo despacio, mientras se miraban medio de reojo, con algunas sonrisas sutiles. Daniel llevó la mirada hasta la mesa del salón, repleta aún de papeles.

—Estás haciendo un buen trabajo. El informe es impecable. Mejor quizás de lo que podría hacerlo yo.

Aquél era un cumplido en toda regla, un halago que ella no esperaba. Se suponía que Daniel la odiaba. Sin embargo, le había dicho que lo había hecho bien.

—Gracias, Daniel. —Ella sonrió y se sonrojó. Devolvió de inmediato su atención al plato, sobre el que apenas quedaban algunas verduras que devorar—. La comida es deliciosa.

—Gracias. Me alegro de que te guste.

Después de la cena volvieron manos a la obra. Aún quedaban un par de puntos que añadir y ambos tenían ganas de terminar.

Cuando al fin acabaron el informe, ya había amanecido. Casi era hora de ir a la oficina, de modo que recogieron, ordenaron el desastre que tenían sobre la mesa y se pusieron en pie.

Cada uno fue a una habitación para cambiarse, Vivian

se vestiría con el traje que había llevado días atrás y Daniel con el elegante conjunto que se había puesto la mañana anterior, antes de pasar el día con su asistente.

Tan pronto como se hubieron vestido, cruzaron el pasillo hasta el ascensor.

—¿Vienes andando o en coche? —preguntó él mientras bajaban en el elevador.

—Vengo andando.

—Ven conmigo entonces. Te llevo.

—No. No quiero abusar aún más de tu confianza —dijo ella.

—No voy a permitir que pases toda la noche trabajando en mi casa, después de seis días cuidando a una persona inconsciente, y que luego te marches a pie. No importa lo que me digas —advirtió rudo pero amable, abriendo la puerta del coche para que subiera—. Por cierto, agradecería que no dijeras a nadie que he estado enfermo.

—Descuida. —Sonrió tímida.

La mañana pasó tranquila en Industrias Gable, pese a que ambos habían faltado, director y asistente, durante una semana. Nadie dijo nada, nadie se extrañó de nada y nadie preguntó nada.

CAPÍTULO 10

Habían pasado unos días desde que todo había vuelto a la normalidad. Después de concretar una fecha, llegó el momento en el que padre e hijo debían reunirse con el inversor. Le tendrían que presentar el documento que la asistente había estado preparando. Aunque Daniel sabía que era un excelente trabajo, tenía cierto temor de que no resultase tan favorecedor como deseaba que fuera.

El sedán negro de Clifford se detuvo en la entrada de Silver Industries. Padre e hijo se adentraron en el edificio, donde Owen probablemente debía de estar esperándoles. Las oficinas habían sido recientemente remodeladas. El exterior del edificio era distinto por completo al que fue años atrás. Ahora era elegante, agradable y bonito. Silverman había hecho construir un jardín cada dos plantas, por lo que aquella construcción mezclaba acero, cristal y vida de un modo tan peculiar que era imposible no mirarlo.

El ascensor se detuvo en el penúltimo piso, el último con oficinas. Ambos caminaron en silencio hasta el fondo de éste, donde había un gran mostrador, custodiado por unas enormes letras plateadas en las que ponía el nombre del presidente de esa empresa sobre un fondo azul degradado con pequeños puntos brillantes que simulaban estrellas. Allí mismo les atendió una atractiva muchacha, con un ligero parecido a Vivian: cabello rubio, figura esbelta, un traje de chaqueta y pantalón...

—Disculpen un momento. Voy a avisarle —indicó, después de preguntar sus nombres y de confirmar que tenían una cita.

Tan pronto como ella desapareció tras la puerta de Owen, el más joven de los Gable dejó ir un suspiro que decía más de lo que él pensaba.

—Debimos haberla traído —dijo Clifford. Sabía que su hijo había pensado en su asistente al ver a esa chica.

—No. Bastante hizo con el informe. Prefiero que se quede en la oficina. —Esa afirmación hizo sonreír a Clifford. Él sabía que su hijo la aceptaría. Sabía que Vivian era una buena chica y que se metería a su hijo en el bolsillo aunque él lo negase.

—Adelante. Pueden pasar. El señor Silverman les espera —interrumpió la secretaria, manteniendo la puerta abierta para que pudieran pasar.

Silverman vestía un elegante traje gris. Su cabello rubio lucía despeinado, al menos para Clifford, que siempre llevaba el suyo bien arreglado. Calzaba zapatillas deportivas en lugar de brillantes zapatos, algo que le daba un aspecto terriblemente informal.

—Disculpen. —Sonrió éste al darse cuenta de que los Gable analizaban su atuendo—. Esto es la moda. —Señaló la maraña de su cabeza—. Y esto otro... Los zapatos me hacen daño y en la oficina suelo ponerme cómodo. Discúlpenme un momento. Voy a cambiarme.

—¡No! —pidió Daniel—. No es necesario que se cambie. En mi oficina también voy un tanto informal —afirmó. Recordó a su padre que no solía usar corbata y que siempre llevaba la camisa con algunos botones sueltos.

—¡Perfecto! ¿Y Vivian? ¿No la ha traído? —Miró tras ellos, esperando verla ahí.

—No. Tenía que hacer algunas llamadas y completar varios informes —respondió Daniel, incómodo por que otro hombre preguntase por ella.

No pasó mucho hasta que estuvieron debidamente sentados a la mesa de cristal circular del enorme despacho. Owen ojeó detenidamente su copia del informe mientras comentaba los distintos puntos. Lo habían hecho bien. Era la primera vez que leía un documento que lo dejase todo tan claro que las preguntas estuvieran de más. Soltó el dossier sobre la mesa con un brillo inusual en los ojos y una amplia sonrisa de satisfacción.

Los tres hombres se miraron sin decir nada durante unos instantes.

—Quiero que venga a París la semana próxima, señor Gable, y que asista a la reunión con el resto de los inversores, que se conozcan y que podamos llevar a cabo este proyecto —pidió serio, golpeando suavemente con la pluma la pila de papeles en los que Vivian y Daniel habían estado trabajando.

Una vez cada cierto tiempo, todos los empresarios que tenían relación con Silverman se reunían en la sede central y debatían acerca de las mejoras que podían hacerse. Se ofrecían paquetes de acciones, se vendían edificios, se intercambiaban empleados y sectores...

Daniel estaba feliz por dentro. Silverman tenía fama de ser un hueso duro de roer, aunque no pasase de los treinta años. Hasta la llegada de esa chica, se habían reunido un sinnúmero de veces esperando esa invitación que hasta ese momento nunca antes había llegado.

De vuelta en el Edificio B, padre e hijo subieron a la oficina de Clifford. Todavía había que discutir un par de detalles sobre la reunión de París: debían considerar sobre qué temas podían hablar y sobre qué cosas no.

—Por cierto, Dan, a París iréis tú y Vivian.

—¿Yo? ¿Vivian? ¿Por qué? —preguntó Daniel en un tono entre molesto e intrigado.

—El informe es cosa suya. Esta oportunidad con Silverman se la debemos a ella. ¿No crees que sería justo llevarla? Además, Dan, yo no puedo viajar. Tengo otra reunión importante ese día y no puedo faltar. —En parte tenía razón, pero gracias al trabajo de esa chica iban a poder hacer negocios con Silver Industries y ella merecía ir—. Quiero que saques los billetes esta misma tarde y que le digas que iréis juntos. Tenéis el fin de semana para preparar la reunión.

Clifford cerró la carpeta que tenía sobre la mesa y se puso en pie, indicando a su hijo con ese gesto que volviera a su oficina. Y Daniel obedeció.

Caminó lentamente por el pasillo hasta el ascensor pensando en que en pocos días iría a la ciudad del amor acompañado por su asistente. Aunque rechazaba la idea, también pensaba que sería bueno para quitar de su cabeza esa obsesión que empezaba a tener con ella y que comenzó el día que la vio semidesnuda en el probador de aquella tienda.

Al llegar a su oficina la encontró sentada tras su escritorio, con algunos documentos sobre la mesa y sujetando el auricular del teléfono entre el hombro y la cabeza. Esa chica sin duda era increíble.

—Perfecto, señorita Morrison. Tomo nota —decía a su interlocutora con un agradable tono de voz—. Descuide. Sí. Hasta pronto. ¿Cómo ha ido la reunión? —Miró a Daniel con una sonrisa. Puso el auricular sobre el aparato, dejó sobre su mesa la agenda del día y se acercó a él, a la espera de una respuesta.

—Bien. Muy bien, en realidad. —Devolvió la sonrisa, orgulloso por haber logrado su propósito—. Déjame invitarte a cenar.

—¿A cenar?

—Sí. Prometo no comportarme como un jefe psicótico y ser un acompañante amable y agradable...

Ella lo miró un instante con el ceño fruncido, en una expresión simpática. Sin dar una respuesta, volvió a su mesa.

Vivian había logrado, con ese informe, algo muy importante para Industrias Gable. Daniel, orgulloso por el resultado de esa reunión, pensó que invitarla a cenar por su esfuerzo y por todas las horas que había empleado en él era lo mínimo que debía hacer. Esta vez no la molestaría, sino que sería un acompañante amable y agradable como le había dicho. De hecho, se comportaría como era él fuera de la oficina.

Nunca antes había actuado con el género femenino como lo había estado haciendo con esa chica: mostrándose rudo y áspero, borde y amargado. En la empresa, a pesar de su puesto de directivo, siempre se había llevado bien con las chicas de recepción, con la secretaria de una de las directivas de tres plantas más abajo, con la abogada de... El problema llegó cuando Vivian le fue impuesta, cuando su padre decidió que ella tenía que estar ahí ignorando lo que él quería y, aún peor, al empezar a pensar en ella. Tenía una extraña sensación cuando la veía o cuando la imaginaba con Chris.

Se había hecho tarde. No quedaba ya casi nadie en el edificio y también ellos debían marcharse. Daniel se acercó a la mesa de su asistente y golpeó en una pila de carpetas con la yema de los dedos para llamar su atención.

—Entonces... ¿cenamos? ¿Cenas conmigo?

—¿Hoy? —preguntó ella, extrañada por la hora.

Daniel miró el reloj de su muñeca izquierda y frunció el ceño. Pasaban de las diez de la noche. Ya no sólo no encontrarían sitio en ningún lado, sino que tampoco daba tiempo para arreglarse.

—Bueno. Quería que fuera hoy. Es viernes y... ¿Mañana? ¿Quieres cenar conmigo mañana? Sé que es sábado y que no quieres verme fuera de la oficina.

—Está bien. No te preocupes por eso. Recuerda esos días en que estuve contigo en tu apartamento. —Sonrió amable y le recordó que, cuando cayó enfermo, se quedó a su lado incluso fuera de la oficina—. Mañana me viene bien...

Justo tras marcar el código de seguridad de la puerta de la oficina, se dirigieron al ascensor y bajaron juntos al aparcamiento, uno al lado del otro, aunque sin hablar.

—Hasta mañana.

—Hasta mañana, Daniel. —Ella sonrió. Lo dejó al lado de su coche para dirigirse al suyo.

Al llegar a casa lo hizo extrañamente feliz. Nunca antes la habían recompensado por su trabajo, nunca la habían felicitado por un informe bien hecho. Daniel, el tipo rudo de la primera vez que se encontraron, la invitaba a cenar como premio por algo que había hecho.

Se quitó los zapatos en la entrada, los dejó tirados en el recibidor junto al bolso y corrió al vestidor en busca de una prenda acorde a una cita con su jefe.

No tenía mucha ropa. Con todo lo ocurrido en las últimas semanas, lo último en lo que había pensado era en completar ese armario en el que colgaban unos pocos trajes, suéteres y vaqueros y algo de ropa de deporte.

—No puedo ir con esto... —Movió los trajes con el ceño fruncido, pensando que parecería que iba a trabajar.

Después de un enorme batido de avellanas y un par de bollos, se sentó sobre la cama pensando qué iba a ponerse para esa cena. Poco a poco fue dejándose caer de espaldas, hasta que terminó dormida, con la imagen de Daniel vestido de traje al otro lado de la mesa.

CAPÍTULO 11

La alarma de incendios del edificio la despertó poco después de las seis de la mañana. Al parecer una chispa en un enchufe del primer piso había hecho que saltara.

Vivian no supo qué debía coger en un momento así. De modo que, a toda prisa, metió en la bolsa de deporte un par de trajes, el portátil, el móvil y corrió escaleras abajo. Bajar iba a llevarle rato, dado que no había electricidad y tendría que bajar los treinta y dos pisos a pie.

A la altura del décimo piso se encontró a Christian, que corría escaleras arriba para ir a buscarla.

—¿Estás bien? —preguntó preocupado.

—Sí. Estoy bien. —Sonrió—. ¿Qué ha pasado?

—Creo que la señora Defer intentaba darle volumen a su pelo metiendo los dedos en el enchufe... —bromeó.

La vecina del decimosegundo piso era alguien que entraba y salía continuamente. Desde que Vivian vivía en Black Diamond 2 se había topado con ella una docena de veces: en recepción, en el ascensor... Lo que más le llamaba la atención de aquella mujer era su pelo, una espesa, rizada y voluminosa mata de pelo gris ceniza que abultaba tanto como un peinado afro en su pequeña cabeza.

La broma de Chris fue graciosísima. No por la frase en sí, sino porque justo detrás de ellos estaba la señora Defer. Ésta los miró con desprecio y enfado. Bajó con paso rápido y al pasar a su lado soltó un sonido nasal que indicaba cuánto le había molestado la broma del recepcionista.

Vivian no podía parar de reír al contemplar la cara de Chris al verse descubierto. Había empalidecido y tenía los ojos abiertos de par en par.

—No te rías... —murmuró entre dientes mientras la mujer se alejaba escaleras abajo.

—¡Es que estabas tan gracioso!

—Eres mala. —Sonrió. Le quitó de las manos la bolsa en la que Vivian había metido sus cuatro pertenencias.

Pasaron tres horas. Los vecinos estaban repartidos por la espaciosa recepción del edificio. Se preguntaban por qué había saltado la alarma, mientras revisaban detenidamente las instalaciones en busca de la avería. Debía de ser un error: aparentemente todo estaba bien. Pronto pudieron volver a sus casas.

En medio de la extraña mañana que estaba teniendo, sonó su teléfono. Un SMS de su jefe: «No olvides nuestra cita». De pronto se sintió inquieta. La palabra «cita» tenía un significado especial para ella. La única vez en su vida que podía haber disfrutado de verdad de una cena con un chico se había visto interrumpida por la misma persona con quien ahora tendría una.

Vivian corrió al guardarropa y se puso a pensar cómo iría vestida a la cena con Daniel. En vista de que nada le parecía apropiado, decidió salir a comprar.

Rainbow Dream Dresses era una tienda de ropa en la que básicamente todas las prendas eran azules. Nunca entendió por qué se llamaba arcoíris si sólo tenían ese color. A pesar de ello era una tienda barata y tenían bastante variedad. Caminó entre percheros de suéteres, de pantalones y de faldas, y llegó a la sección de los vestidos.

No hizo falta mirar mucho. En la segunda percha estaba la prenda que quería. Era un vestido normal, de tubo, con tirantes anchos que cubrían los hombros. La parte de la falda cubría sus rodillas y el escote no llegaba a ser provocativo, algo más acorde con lo que había estado acostumbrada a ponerse hasta hacía un mes.

Tan pronto como salió de la tienda con su vestido en la bolsa pensó en buscar unos zapatos que fueran a juego. Extrañamente nunca antes le había gustado tanto ir de compras, aunque fuera sola.

Estaba cruzando un semáforo cuando vio a su jefe frente a ella. Se acercaba con paso firme y decidido. Sus ojos se encontraron casi al mismo tiempo. De pronto una sonrisa se dibujó en sus caras. Ninguno esperaba encontrarse con el otro antes de su cita. No se detuvieron. Se miraron hasta que cada uno pasó por el lado del otro y se alejaron en direcciones opuestas.

Daniel no quería dejar pasar esa coincidencia, de modo que, antes de que el semáforo volviera a ponerse en rojo, dio la vuelta para darle alcance. Ella no se había dado la vuelta ni una sola vez, por lo que no sabía que él estaba detrás de ella.

Caminaron durante unos minutos uno tras otro, como si Daniel imitase lo que ella iba haciendo. De hecho, como por casualidad, ambos llevaban las bolsas en la mano derecha y andaban con el mismo pie.

—¿Te apetece desayunar conmigo? —preguntó a media voz en su oído, sobresaltándola.

—¡Oh, Dios! ¡Daniel, me has asustado! —Él sólo sonrió sin decir nada, esperando su respuesta—. ¿Desayunar? ¡Daniel, ya es mediodía!

—No importa. Hay gente que desayuna a esta hora. ¿Quieres?

—¿Este desayuno anula la cita de la noche? —El tono extraño con el que ella lo había dicho pareció como si realmente fuera lo que quería. En ese momento se arrepintió de querer tomar algo con ella—. ¡Es broma! —Sonrió—. ¡Vayamos a desayunar!

Estaban sentados uno frente al otro en la cafetería. Daniel sentía curiosidad por saber qué llevaba ella en la bolsa. Desde su lado podía ver que era algo azul, pero no atinaba a adivinar qué.

Esa mañana también él había salido a comprar algo: una corbata. Había mirado su veintena de trajes con su treintena de corbatas, pero no conseguía encontrar una que le gustase en ese momento. Optó por salir a por una nueva que fuese acorde para la ocasión.

La calle de las tiendas exclusivas quedaba cerca de su piso, así que decidió ir andando. De esa manera, no tendría problemas para aparcar. Como sólo iba a comprar algo ligero, no tendría problemas por cargar pesadas y molestas bolsas.

Estuvo una hora en una tienda. Después entró en otra. Finalmente, en la tercera encontró la corbata perfecta para la ocasión: una azul cobalto con rombos que contrastaban en el centro. Era fina, elegante e ideal para esa cena.

Sin poder reprimirse más, le preguntó a Vivian por el contenido de la bolsa.

—Un vestido —respondió ella—. Sólo tengo trajes y ropa informal.

—¿Como la que llevabas en mi casa?

—Sí. En realidad, el primer día fui vestida con traje. Pero, según los pronósticos, no ibas a despertar hasta pasados muchos días; así que pensé que vestir cómoda sería lo más apropiado. Para esta cena he comprado algo serio y elegante.

—¿Te has comprado un vestido serio para ir a cenar conmigo? —Ella asintió—. Podías haber vestido como en tu cita con ese chico del restaurante: vaqueros ajustados, un suéter ancho y sexy... —Sin querer, Daniel empezó a molestarse. ¿Por qué con el chico de la vez anterior tenía que vestir cómoda y desenfadada y con él debía ir tan seria y aburrida?

Estiró la mano y cogió la bolsa para mirar ese vestido, que casualmente era del mismo color que su corbata.

Al sacarlo miró al frente y se encontró con los ojos de ella. Como un *flash* le vino a la mente la escena del probador. La imaginó quitándose la ropa que llevaba puesta para, a través de unas cortinas, ver cómo se vestía.

—Te perdono porque hace juego con mi corbata. —Sonrió. Le tendió la pequeña bolsa en la que llevaba su nueva adquisición.

Vivian imitó a su jefe y sacó la prenda de su envoltorio para mirarla.

Pasaron cerca de dos horas, durante las cuales hablaron de todo un poco. Sin que se dieran cuenta, llegó la hora de comer. Daniel se sentía tan a gusto con ella que no dudó en preguntarle si quería comer también con él; esta vez Vivian rechazó la propuesta. Desayunar, comer y cenar con su jefe era demasiado, aunque se sintiera cómoda en su compañía.

—Está bien. Entonces nos vemos luego. Tengo algo importante que decirte.

—¿Importante? ¿Qué es? —preguntó Vivian curiosa.

—No. —Negó con la cabeza—. Luego te lo cuento. ¿Quedamos aquí a las ocho? —Le tendió la mano con una tarjetita de color negro mate con filigranas doradas y brillantes en los bordes.

—Está bien. —Sonrió—. Sólo dime, ¿es bueno o es malo?

—Es bueno. —Rió—. Nos vemos luego, Viv.

Daniel tocó su brazo como hacía con los socios con los que se reunía, dándole a esa «relación» un aspecto meramente laboral. Acto seguido se alejó de allí con una sonrisa en los labios.

Llegaba la hora de su cita y cada vez estaba más nerviosa por ese «algo importante» que tenía que decirle su jefe. Faltaba media hora para que el taxi pasase a buscarla y ya estaba duchada, vestida, peinada, sutilmente maquillada y preparada para salir.

El coche que la llevó se detuvo en la puerta de un precioso edificio, un hotel en realidad. El aspecto exterior estaba muy bien cuidado. Enormes plafones de mármol negro le daban un aspecto brillante y elegante. La guinda del pastel eran las letras doradas que lo bautizaban con su nombre: HOTEL LUXURY.

En la entrada la esperaba alguien. Cuando la vio descender del coche, supo rápidamente que era la chica a quien debía guiar. De modo que se acercó, se presentó y la acompañó al salón restaurante, donde su acompañante de esa noche la esperaba en una de las elegantes y bien vestidas mesas.

El lugar era imponente. Había enormes pilares rayados en mate y brillante; asombrosas bóvedas de las que colgaban bolas de cristal que eran en realidad lámparas; mesas exquisitamente decoradas...

Cuando Daniel la vio, sonrió para sus adentros. El vestido era más largo de lo que él creyó cuando por la mañana había tenido la prenda entre sus manos; tan largo que cubría sus rodillas, dejando al descubierto poco más de un palmo de pierna entre el tobillo y el bajo del vestido.

—Aquí está su acompañante, señor Gable.

—Gracias, Max —dijo con una sonrisa, mientras mostraba a Vivian dónde sentarse—. Eres incorregible, veo.

—¿Incorregible? ¿Incorregible por qué?

—El largo de la falda, Vivian. Las piernas de las mujeres...

—Ya sé, ya sé. Son perfectas y es inmoral llevarlas cubiertas —interrumpió—. Pero tengo algo que decir a mi favor. —Sonrió—. Hace frío y si caigo enferma no tengo a nadie que cuide de mí...

Excusa aceptada. Realmente llevaba días haciendo un frío espantoso y ni él mismo saldría menos abrigado de lo debido. Pese a todo ella iba elegante y él no podía negarlo.

Cuando llegó el segundo plato ambos analizaron que sólo estaban comiendo verduras. No pudieron evitar sonreír. Aquélla era otra de las cosas en común que empezaban a descubrir, aparte de su gusto por las prendas azules.

Pasó un rato y Daniel no le decía eso importante para lo que se suponía que la había citado. Vivian dudaba si preguntarle directamente por ello. Eso sí, se arriesgaba a que Daniel pensara de ella que era una impaciente. No sabía si esperar a que él voluntariamente le contase eso que no podía haberle dicho antes.

Entonces, como si él hubiera podido leer sus pensamientos, tomó aire para empezar a hablar.

—Sabes de nuestra reunión con Owen, ¿cierto? —Vivian asintió—. Nos ofreció asistir a la reunión de inversores de París. —Sonrió.

—¡Oh, Dios mío! —exclamó. Se llevó las manos a la boca—. El informe...

—Era perfecto. Era tan perfecto que, hasta que no lo has hecho tú, no hemos conseguido esta oportunidad. Pero eso no es todo, Vivian. Mi padre no puede asistir y me ha pedido que vayamos nosotros.

—¿Nosotros? ¿Tú y yo?

—Sí. Yo soy su representante sustituto. Soy el hijo del presidente y el director de Industrias Gable. Y tú... tú eres mi asistente. Además, el informe ha sido cosa tuya: tienes derecho a asistir. Así que... prepara tus cosas. ¡Salimos el lunes!

Vivian no podía creerlo. Pensó que la cena era una forma de agradecimiento por un trabajo bien hecho. Al menos ella lo tomaba así. En realidad, no era más que el medio para que su jefe le informase de que no sólo había hecho bien su trabajo, sino que su tarea había tenido una gran repercusión en la empresa. Se sentía tan emocionada que casi no podía responder.

—¡Vamos! —pidió él, levantándose y tirando de su mano.

—¿Dónde, Daniel?

—Te voy a mostrar el atuendo con el que debes venir a la próxima cena. —Rió, sabiendo que se escandalizaría en cuanto lo viera.

La tienda donde había comprado la corbata no quedaba muy lejos de allí. Ella llevaba tacones, pero pensaba que caminar cinco manzanas no le haría mucho daño.

Al llegar al enorme y bien decorado escaparate, tiró de ella y señaló un maniquí al fondo, un maniquí que llevaba un vestido azul. Vivian, sin saber si se refería al del vestido azul o a uno que había cerca con un traje de chaqueta y pantalón, lo miró con el ceño fruncido.

—El del vestido, Viv. —Rió.

—¿Eso? Debes de estar de broma. Eso no sólo no cubre prácticamente nada... Daniel, ¡Ese vestido no tiene tela!

Como era de esperar, el ejecutivo empezó a reír a carcajadas. Se agachó para sujetar su estómago y, en uno de sus movimientos, tropezó. Vivian, sin pensarlo, tiró de su brazo para que no cayera. Lo hizo tan fuerte que Daniel terminó apoyado contra el cristal del escaparate con ella a pocos centímetros, entre él y el grueso cristal.

En ese momento sus expresiones eran de sorpresa, pero sus ojos estaban fijos en los del otro.

—Lo siento. Yo... —dijo ella, esperando a que el directivo se apartase de ella y la dejase «libre».

Los ojos de Daniel se desviaron hasta sus labios. Sin pensarlo, llevó una mano a su cintura y otra a su nuca para atraerla hacia él. Iba a besarla, iba a actuar por impulso, del mismo modo que lo hizo en el probador, del mismo modo que lo hizo en el restaurante cuando interrumpió su cita. Pero esta vez el impulso iba más allá. Deseaba realmente probar esos labios y no podía pensar en nada más que no fuera eso.

Sus bocas estaban tan cerca que su cálido aliento le rozaba sutilmente. Vivian lo miraba completamente petrificada. ¿Qué demonios estaba pasando? Si no se apartaba iba a besarla, aunque ella no quisiera ese beso.

—Vivian... —susurró en sus labios con su aliento dulzón.

De pronto la asistente se apartó, sin decir nada, sin mirarlo. Puso las manos en su pecho y lo empujó para atrás. Dio un paso hacia adelante para ayudarse. Sin decir una sola palabra empezó a caminar, sin una dirección concreta, sólo tratando de alejarse de él.

Llegó a casa sin apenas darse cuenta. Estaba nerviosa por la sensación de tener a alguien tan cerca como lo había estado él, por la sensación de que alguien la agarrase como él había hecho con ella y el roce de sus labios en los suyos.

Sin tener ni idea de cómo enfrentarse a su jefe cuando lo viera el lunes siguiente, se dejó caer sobre la cama.

Daniel no podía creer que hubiera estado tan cerca de besar a su asistente. Paseó despacio mientras volvía al coche. Dio mil y un rodeos, pensando qué debía hacer ahora. La reacción de Vivian había sido la adecuada, o al menos es lo que pensó. Si ella no se sentía con él del mismo modo, era normal que le rechazase. Incluso habría sido normal un bofetón, un grito, un insulto en cualquier otra chica.

Subió al coche y, sin arrancar el motor, sujetó con fuerza el volante. Cerró los ojos y visualizo sin querer esos ojos azules, esos perfectamente perfilados labios rozando los suyos y el aroma que desprendía su pelo impregnándose en su piel.

Jamás le había pasado eso con ninguna chica, ni el sentimiento que Vivian le despertaba ni ser rechazado. Con ella, todas las experiencias pasadas parecían simples y poco emocionantes.

Se llevó la mano derecha hasta el bolsillo interno de la americana y buscó en él su teléfono. Iba a llamarla. No sabía cómo excusarse, pero iba a hacerlo. Necesitaba decirle que ése no era él, que había perdido la razón, que se había dejado llevar por un impulso estúpido en el momento menos oportuno. Sin embargo, al ver su número marcado en la pantalla, no fue capaz de pulsar la tecla verde y devolvió el móvil donde estaba.

Al entrar en su apartamento ya había encontrado la solución a su gran duda del momento: ¿qué hacer? Cuando llegase la mañana del lunes la llamaría como si no hubiera ocurrido nada, actuaría como si eso hubiera sido una alucinación. Su relación de trabajo se mantendría como hasta ese momento en el que se dejó llevar por algo que ni él entendía.

CAPÍTULO 12

Era extraño que hubiera contado las horas para volver a verla. Después del incidente que terminó con la agradable velada decidió actuar como si nada hubiera pasado. De hecho, siendo realistas, no había ocurrido nada. Pero no sabía cómo se lo habría tomado ella. El modo como se fue le dejaba intuir que seguramente estaría muy enfadada. A pesar de ello, tan pronto como se levantó, buscó su teléfono en la agenda y la llamó. Vivian no respondió.

La molesta melodía de la alarma rompió el silencio de la habitación, avisándola de que era la hora de levantarse y recordándole que tenía un vuelo al cabo de algo más de dos horas. Había pasado dos noches sin haber podido pegar ojo por culpa de ese beso que a punto había estado Daniel de darle. Se sentía molesta por ello. Se suponía que él tenía novia. Sin embargo, la estaba ignorando por culpa de un impulso sin razón.

Preparó su pequeña maleta violeta con un par de mudas elegantes y ropa cómoda. Después de recoger su larga y alisada melena en una coleta y de vestirse con algo apropiado, se marchó.

—Señorita McPherson. —Sonrió el recepcionista,

cuya jornada pasaba con creces de las ocho horas diarias.

—¡Chris! —exclamó sonriente—. Aún no ha amanecido.

—No. Lo que ocurre es que Johnson está enfermo y las jornadas dobles las pagan muy bien. ¿Vas de viaje? —Señaló el equipaje.

—Sí. Voy a París. Hay una reunión con Silverman y tengo que estar presente.

—¿Silverman? ¿El rubio de la cena? —Ella asintió—. Debes de ser imprescindible en tu puesto. Ese tipo parecía alguien importante.

El teléfono de ella empezó a sonar nuevamente. Esta vez no era el despertador sino su jefe. Esto hizo que arrugase la cara con expresión de fastidio y que cubriera el auricular con la mano, para evitar que el sonido retumbase en toda la recepción.

No respondió. Miró a Christian y éste asintió, como autorizándole a que se marchase. Así lo hizo: arrastró la maleta hasta la calle y empezó a caminar, esperando encontrar un taxi que la llevase al aeropuerto.

Bajaba del coche cuando encontró a Daniel apoyado en las enormes puertas de cristal que daban acceso al recinto del aeropuerto. Éste tenía su habitual actitud chulesca. Todo su cuerpo estaba en una postura que indicaba que él era el jefe, algo que ella ignoró. Tiró del asa de su maleta morada y pasó por su lado, como si él no fuera más que un extraño.

Siguió andando hasta los mostradores de facturación. Pasó varios minutos dando los datos correspondientes. Después se fue hasta las hileras de asientos donde estaba él. Se sentó, sin decir palabra, a un par de asientos de distancia. La actitud de Daniel no había dado resultado.

—¿Nunca has estado en París? —preguntó como si

nada. Ella no respondió—. Yo estuve por primera vez con quince años, en un *tour* por Europa. ¿Cuándo viajaste por primera vez?

—¿Por qué quisiste besarme, Daniel? —interrumpió ella con tono áspero y poco amigable—. ¿Es para eso para lo que me llevas a París? ¿Pretendes que, maravillada por visitar la ciudad del amor, me acueste contigo?

—¡Maldita sea! ¿Estás loca? ¿Acostarme contigo? Tú no eres ni la mitad de... —Daniel apretó los dientes conteniéndose de decir algo ofensivo.

—¿Ni la mitad de...?

—¡Ni la mitad que Rachel! ¡Maldita sea! —se defendió. Se apartó de ella aún más, con un movimiento rápido y brusco.

Estaba acusándole de algo que nunca pensó que pudiera pasar. Él nunca quiso nada con ella. Quizás alguna vez buscó saciarse con su presencia, quitársela de la cabeza, comprobar que no era para tanto. Él sólo quería realizar ese viaje tranquilo, como simples compañeros de trabajo. Sí, había intentado besarla. Pero aquello había sido producto de la situación, de la cercanía, de la atracción que sentía por ella y que se negaba a sí mismo.

En medio de la extraña discusión que habían tenido no habían oído la llamada para embarcar. Permanecían en silencio, sentado uno cerca del otro, sin mirarse, sin decir ni una palabra. Tan pronto como sonó el segundo aviso, Daniel se levantó y corrió hacia la puerta número cinco. Dejó sin querer su pasaporte y su billete en el asiento en el que había estado sentado.

Cuando él se alejó, se levantó ella. Vio los documentos de su jefe en el asiento. Sin querer se dibujó una sonrisa en su cara. Era increíble que alguien como él, tan meticuloso, tan ordenado y tan atento con sus cosas, olvidase algo tan importante como aquello justo antes de embarcar. Lógicamente, por muy enfadada que estuviera con él, lo cogió.

Al llegar a la puerta número cinco, Daniel no estaba en la cola. Quizás se había dado cuenta de lo que había perdido y estaba buscándolo. Esperó a que volviese. Sin embargo, la cola se vació y su jefe seguía sin regresar. De pronto se le ocurrió una travesura, algo que sabía que le iba a molestar, pero que le serviría para vengarse por lo de la última cena y a su vez por lo que él le había dicho un rato antes.

—¡Atención, atención! —alertó la chica del mostrador por megafonía—. Se ha perdido un niño. Responde al nombre de Daniel Gable. Mide... —dudó si decir lo que Vivian le había anotado en un papel, porque ésta reía a carcajadas, pero siguió cuando ella asintió efusivamente—. Mide alrededor de un metro ochenta y siete, tiene el pelo oscuro y viste un traje marrón arena. Su tutora espera preocupada en la puerta de embarque.

Cuando Daniel oyó su nombre miró hacia arriba, a los altavoces, como si ahí pudiera ver a Vivian. Resopló molesto. ¿Estaba tratándole como a un niño? ¿Tutora? Sin pensarlo corrió de nuevo hacia la puerta desde la que le llamaban, pero ésta ya estaba cerrada.

—Disculpe. Yo soy Daniel Gable.

—¿El niño extraviado? —preguntó sorprendida la muchacha de la megafonía. Él asintió serio—. Disculpe. ¿Puede mostrarme su identificación?

—¡Claro! —dijo. Buscó su cartera en el bolsillo interior de la americana— Aquí tiene.

La azafata comprobó los datos en la lista de pasajeros y, acto seguido, sacó de un cajón la documentación que Vivian había dejado ahí para él.

—La señorita dejó esto para usted. —Le ofreció el pasaporte y el billete acompañados de una nota.

—¡Oh, por favor! Muchísimas gracias. De verdad. ¡Estaba como un loco buscándolo!

—Pase, señor Gable. Es usted el último pasajero...

Daniel no lo pensó demasiado. Tan pronto como la azafata abrió la puerta de la pasarela corrió hasta el avión.

Vivian estaba sentada en su asiento, con el bolso colgando de un reposabrazos, con la mirada fija en la ventanilla. Se preguntaba si su jefe habría acudido a la llamada o no, si embarcaría antes de que el avión despegase y si debía bajar del avión si él no llegaba. De pronto, Daniel se sentó en el asiento contiguo sin decir una sola palabra, resoplando por la broma de su asistente.

—¡Oh! Así que estás aquí... —Sonrió.

—¿Un niño? ¿Mi tutora? Espero que se haya divertido, señorita McPherson.

Al ver su expresión, la sonrisa de la cara de Vivian desapareció. Era la misma mirada que le había dirigido Daniel un rato antes, cuando le había dicho que no era ni la mitad que su novia, la misma mirada de desaprobación que le dirigió la primera vez que se vieron. Sin decir nada más se volvió hacia la ventanilla y fingió que él no estaba allí, que volaba sola.

Cuando llevaban cuatro horas de vuelo, Daniel decidió mantener una conversación amigable con ella. Seguir enfadados no tenía sentido, y menos aún si todavía debían permanecer sentados uno al lado del otro durante al menos cinco horas más.

—¿Qué piensas de las relaciones extralaborales?

—Las salidas entre amigos son geniales, supongo. Si son compañeros de trabajo deben resultar entretenidas, imagino. Aunque hay que tener cuidado con lo que se habla.

—¿Entre amigos? —Daniel no se refería a eso, sino a las relaciones fuera de la oficina: jefe-empleada, compañero-compañera...

—¿A qué te refieres si no?

—En verdad quería besarte —dijo Daniel. «Fue algo irrefrenable que no podía ni quería controlar», se dijo mentalmente—. Quería comprobar que no eras para tanto —continuó, obviando mencionar que se sentía terriblemente atraído por ella.

—Para...

—Sí. Para demostrarme que no eras nada más que un par de piernas bonitas. —Supo salir del aprieto haciendo referencia al día que la vio semidesnuda en el probador.

Aquello, debía confesar que aquello la había pillado por sorpresa. Daniel acababa de demostrar ser un cretino ¿Quería besarla para demostrarse a sí mismo que ella no era más que un par de piernas? Aquello pasaba los límites de lo que quería oír.

Sin intención de compartir las horas de vuelo que le quedaban a su lado, se puso en pie. Se llevó consigo el bolso y empezó a caminar por el estrecho pasillo entre los asientos hasta la clase turista. Allí se detuvo al lado de un niño de unos doce años y le preguntó si quería cambiar su asiento de primera clase por el suyo.

—Dentro de un rato repartirán una comida deliciosa. —Sonrió amable.

—¿Por qué quiere usted cambiar el asiento con mi hijo? —le dijo la madre.

—Verá, mi compañero de asiento es mi jefe. Lleva todo lo que llevamos de vuelo acosándome. A su hijo no lo conoce, así que será tan amable con él como suele serlo con todo el mundo.

El niño miró con ojos suplicantes a su madre. Tan pronto como ésta asintió, corrió junto a la azafata.

Daniel se quedó helado al ver al muchacho ajustarse el cinturón en el asiento de Vivian y mirar, con una sonrisa de oreja a oreja, por la ventanilla, como si las vistas desde el asiento de primera clase fueran completamente distintas. Sin pensarlo dos veces se puso en pie y empezó a buscar a su asistente en los asientos de las clases inferiores. Como mínimo le debía una explicación.

—No quiero ir a tu lado, Daniel. No quiero tener

que compartir más tiempo del estrictamente necesario. Ni mucho menos pasar las horas sentada a centímetros de ti.

—Yo no pagué un billete de primera clase para que lo ocupase un niño desconocido.

—Pues considéralo una obra benéfica. Estás haciendo feliz a un niño que nunca ha volado en asientos para ricos —respondió ella hosca, reclinando su asiento y cubriéndose los ojos con un antifaz de dormir.

El ejecutivo volvió a su lugar de mala gana y completamente furioso, sabiendo que le tocaría volar «solo» por culpa de esa muchacha.

Tan pronto como el avión aterrizó, fue a buscarla. No podía creer que estuviera tan molesta como para cambiar su asiento con el de ese niño el resto del vuelo. Iba a reclamarle por ello tan pronto como saliesen. De eso podía estar segura.

Recogió el maletín del compartimento bajo su asiento y caminó por el estrecho pasillo, sorteando empleados y pasajeros. Al llegar a la clase turista, no vio a Vivian por ninguna parte.

Cuando el avión tocó tierra, Vivian ni siquiera dudó si esperar o no a Daniel. Bajó del aparato como alma que lleva el diablo y corrió a la cinta de recogida de equipajes a esperar su maleta que, por suerte, fue la primera en aparecer. Acto seguido salió del aeropuerto en busca de transporte. Estaba furiosa con él y tampoco quería sentarse a su lado en el taxi hasta Silver Industries.

No es que Vivian pretendiese agradar a su jefe. Se conformaba con que se llevasen medianamente bien como para poder compartir de forma cómoda las largas horas de oficina y reuniones. Pero mucho menos quería que Daniel intentase besarla cada vez que necesitaba asegurarse de que ella no era lo que él creía o que tratase de hacerlo cuando a él le apeteciera. Rachel debía de ser alguien muy bueno como para permitir esa actitud en su novio.

La reunión con los inversores se celebraría en la sucursal de París de Silver Industries, justo una hora después del aterrizaje. De forma que allí fue, suponiendo que Daniel también iría a la reunión antes que al hotel.

—¡Vivian! —exclamó Silverman con una sonrisa tan pronto como la vio aparecer por la puerta con su maleta a rastras.

—Buenas tardes, señor.

—Owen. Llámame Owen —interrumpió—. Has venido con...

—Ha venido conmigo —dijo Daniel mientras atravesaba las puertas de cristal también con su bolsa de piel en la mano—. A mi padre le era totalmente imposible asistir, por lo que vengo yo en su lugar.

Daniel intentó evitar mirar a su asistente. Estaba tan molesto con ella por la actitud que había tenido que, si se atrevía a dirigirle la palabra, podría despedirla sin miramientos.

Las recepcionistas se ocuparon de custodiar las maletas mientras ellos subían al último piso, exactamente al lugar donde se celebraría la reunión.

En el centro de la sala había una enorme mesa ovalada de color cerezo, rodeada por al menos dos docenas de sillas. En cada una había un hombre elegantemente vestido. Algunos iban bien peinados, otros no tenían pelo. Frente a todos ellos, un pequeño micro dirigible, un vaso con agua y un par de botellines de agua y de zumo.

Silverman señaló uno de los asientos vacíos y, sin dudarlo, pidió una silla para la acompañante inesperada de Gable.

—Me siento a tu lado porque no quiero que Owen sepa que estoy molesta con...

—¿Owen? —interrumpió— Vaya. Sí que tienes facilidad para que los hombres se acerquen a ti. —Habló en voz baja, casi en un susurro, pero con un tono tan grave como para llamar la atención del hombre que estaba a su lado. Éste lo miró como reprendiéndolos por no estar pendientes de lo que se hablaba.

—¿Qué insinúas?

—Que atiendas a la reunión. Nos ha costado mucho llegar hasta aquí. —Cortó tajante la conversación sin mirarla.

Vivian lo miró de reojo un par de veces, pero pronto obedeció. Desvió su atención hacia el asunto del que se hablaba.

Asentía con las explicaciones de los ponentes y sonreía cuando todos lo hacían como si ella fuera una inversora más.

Uno de los empresarios era un hombre alto, delgado y bien parecido, pero con una voz afeminada muy llamativa. Cada vez que pedía turno para hablar y empezaba con su discurso, tanto Vivian como Daniel se miraban y sonreían. Así dejaban a un lado, por un momento, el enfado que les había llevado a llegar por separado.

La reunión con los socios de Silverman fue excelente. Daniel había cerrado un par de tratos con un empresario ruso cuyo nombre era imposible de pronunciar. Después de muchas horas debatiendo sobre cambios y ajustes en un par de sucursales, fueron a comer. Habían pasado toda la noche y parte de la mañana en esa sala sin que se hubieran percatado del paso de las horas.

Todo fue bien. Las diferencias entre ella y su jefe desaparecieron paulatinamente a medida que les preguntaban o que tenían que hablar entre ellos por alguna duda. Incluso se habían golpeado suavemente los codos al cerrar uno de los tratos con el ruso.

Después del larguísimo viaje de avión, de muchas horas de reunión ininterrumpida y de una larguísima y más que copiosa comida-cena, tocaba al fin relajarse. Esperaban que fuera una noche comodísima en una cama que, aunque fuera ajena, seguramente les haría descansar como merecían hacerlo.

El coche de Silverman les dejó con sus maletas en la entrada del hotel.

—Yo no duermo en este hotel, Viv —explicó Daniel antes de dejarla en la puerta para marcharse, completamente ansioso por ver a su novia—. Rachel está en el Plaza y quiero pasar el resto de la noche con ella.

—Entonces, ¿te importa si cambio la *suite* por algo un poco más sencillo?

—No deberías, pero si vas a sentirte más cómoda no voy a negarme. —Ella le sonrió—. Nos vemos por la mañana. —Se despidió como días atrás, tocándole el brazo antes de alejarse.

—Daniel —llamó, elevando el tono de voz para que la oyese desde la distancia—, lo has hecho bien. —Sonrió, saludando a su vez con una mano.

—Tú también, Viv. ¡Buenas noches!

—¡Buenas noches!

Tras pedir el cambio en recepción subió a su nueva habitación. Un cuarto bonito y confortable, de tamaño medio, con una cama enorme y extremadamente bien equipado. A través de la ventana se veía un cruce de calles adoquinadas y, aparentemente, muy transitadas.

Observó durante unos minutos y, pasado un rato, al sentirse completamente agotada, se dio una ducha que la dejó muy relajada. Los chorros golpearon como masajes en su espalda. Se deslizó entre las sábanas sin pensar en nada más que en dormir.

CAPÍTULO 13

Toda la noche dando vueltas, en una cama que no era la suya, en una habitación extraña y en una ciudad lejana, hizo que, al amanecer, Vivian tuviera unas sombras del tamaño de rodajas de sandía bajo sus ojos azules.

El día anterior había sido de lo más agotador. No dormir adecuadamente hizo que, aparte de las horribles ojeras, arrastrase un cansancio terrible.

A pesar de no gustarle el maquillaje, cubrió su rostro con una fina capa, para ocultar el cansancio que mostraba. Bajó a esperar a Daniel, pues supuso que iría a buscarla por la mañana.

Pasó una hora y su jefe no acudió. Fue a preguntar por él a recepción.

—Señorita McPherson, lamento informarle que el señor Gable no se encuentra en este hotel. Cerca de las tres de la mañana pidió una *suite*, pero poco después anuló la reserva y se marchó.

—¿A otro hotel?

—No puedo asegurarle nada, pero, por la llamada que hizo, creo que volvía a su país.

—¿Cómo? —Vivian no entendía nada ¿Daniel se había ido? Su vuelo no salía hasta las nueve de la noche.

¿Qué diablos iba a hacer ella en una ciudad extraña y completamente sola?—. Gracias...

Sin saber qué hacer, decidió subir a por su maleta.

Daniel había ido al Plaza completamente impaciente por ver a su novia, a la que hacía meses que no veía por culpa de los desfiles y de las fotos. Pero al llegar, en lugar de su despampanante y preciosa modelo, le aguardaba una nota, una nota que ella había escrito un día antes.

Hola, cielo:

Siento mucho haberme ido antes de que pudiéramos vernos. Aunque el desfile empieza dentro de tres días, nos pidieron encarecidamente que llegásemos a Sidney un par de días antes, y ya sabes...

Ojalá que no te moleste esperar un poco más por mí. Después de Australia tendremos unos meses para nosotros solos.

Y espero que no te enfades mucho. Si lo haces, ya sabes: no puede haber reconciliaciones si antes no hay un enfado.

Ten cuidado en París con las parisinas.

—¿Puedo entrar en la *suite*?

—Lo lamento de verdad, *monsieur* Gable. *Mademoiselle* Gill vació su habitación ayer y hoy la ocupa otra persona...

En ese momento todo estaba saliendo al revés. Su novia no estaba, no tenía habitación y, a la hora que era, tampoco quería molestar a su asistente.

Sin pensar muy bien qué hacer, se agachó para coger su bolsa de viaje y salió de allí después de despedirse educadamente. Volvería al hotel donde estaba Vivian y esperaría allí a que llegara la hora de regresar.

Pidió una habitación, la más cara y además la más cómoda. Subió con la cabeza completamente hecha un lío.

Si Rachel le hubiera dejado un aviso de cualquier otro modo no habría hecho semejante ridículo; en cambio, se había ido de allí con un plantón y una nota de disculpa.

En la *suite* no prestó atención a la decoración. No buscó la cama, sólo el baño. Tras una ducha, cogió de nuevo su equipaje y bajó a devolver la llave. Volvería a casa en el primer vuelo que hubiera y trataría de olvidar lo ocurrido.

Vivian no podía creer que Daniel la hubiera dejado sola. Seguramente debía de tratarse de un error. Si le esperaba, seguramente iría a buscarla. Eran poco más de las ocho y quizás no se habría despertado todavía. O a lo mejor estaba recuperando el tiempo perdido con su novia y no había recordado que había ido a París con ella.

Bajó con su maleta hasta recepción. En uno de los asientos de la sala, que era enorme y espaciosa, esperó hasta que su estómago empezó a gruñir, pidiendo escandalosamente su primera ración del día.

Frente a ella dos hombres de bigote grueso y espeso la miraron, escandalizados por el sonido. Ella no les prestó atención y obedeció a su hambre, que seguía replicando un poco más abajo, a pesar de la vergüenza que mostraban sus mejillas.

Salió del hotel sin saber muy bien dónde ir. Se acercó al borde de la acera y esperó a que un carruaje de caballos terminase de pasar para poder cruzar. Había algo de lo que no se había percatado al llegar, ni tampoco al salir del restaurante donde tuvo lugar la cena, ni al ir hasta el hotel: París no olía como su ciudad. No podía describir cómo era ese olor, ni podía adivinar si era agradable o no. Los parisinos tampoco eran del todo igual que los habitantes de su país. Pese a ser tan normales como podía serlo ella, se notaba «algo» que les hacía diferentes, y eso le llamó la atención.

Sin darse cuenta, ya no sabía dónde estaba. Se había concentrado tanto observando todo a su alrededor de forma tan atenta, tan meticulosa, que había perdido la orientación de forma irremediable. Lo único que era capaz de ver con claridad era el paseo ajardinado por el que iba y el enorme coloso metálico que se alzaba a decenas de metros sobre el suelo al final de los jardines.

De la terraza de una cafetería le llegaba un exquisito aroma dulce que se mezclaba con el fuerte y agradable olor a café.

Bajo unas sombrillas rayadas bastante poco elegantes, había una curiosa pizarra en la que había escrito algo en francés con una descuidada caligrafía. A Vivian le sorprendió gratamente encontrar que aquellas letras anunciaban un completo desayuno parisino en su idioma un par de renglones más abajo. Se acomodó en una mesa en la que aguardaba solitaria una silla metálica y «sentó» a su lado a su única acompañante de viaje: su maleta.

Prácticamente acababan de servirle su desayuno cuando, de pronto, alguien apareció de la nada y chocó aparatosamente con la maleta. Cayó sobre su equipaje como si de un pesado saco de patatas se tratase y la tiró a ella de la silla.

—¡Oh, por favor! Discúlpeme. ¡Lo siento de veras! —dijo el muchacho mirando a Vivian en el suelo—. Me siento avergonzado por mi torpeza. Intentaba tomar una foto con un ángulo distinto y no he visto su maleta.

—No. No se disculpe. No pasa nada —respondió ella llevando una mano al codo que se había golpeado contra el suelo.

—¿Está herida? —preguntó preocupado.

—No. No se preocupe. Estoy bien. Es sólo que no esperaba que alguien me cayera encima así.

Ninguno de los dos se dio cuenta de que no hablaban en francés sino en el mismo idioma. Justo en el instante en el que se dieron cuenta empezaron a reír.

El muchacho se puso en pie y adecentó su ropa. Tendió una mano para ayudar a Vivian, que aún permanecía sentada en el suelo.

—Me llamo Gabriel. Gabriel Calliani.

—Yo soy Vivian McPherson...

—¿Negocios o placer? —preguntó él, sin saber muy bien cómo iniciar una conversación con ella.

Durante el tiempo que Gabriel había estado en París sólo se había encontrado un par de veces con alguien de su país. La primera vez con una conocidísima modelo de lencería, con la que se había citado en un par de ocasiones, y ahora con Vivian.

—En un principio fue por negocios, pero ahora es por placer, al menos hasta que salga mi vuelo de regreso. El indeseable de mi jefe me ha dejado tirada... —murmuró lo de su jefe pensando que Gabriel no le oiría—. ¿Y usted, señor Calliani?

Realmente no es que le interesase para qué estaba ese tipo en París. Solamente lo hacía por ser cortés con el chico que tan amable estaba siendo con ella, a pesar del aparatoso tropiezo.

—Yo estoy por placer. —Sonrió de una forma agradable, elevando con una mano la cámara de fotos que colgaba de su cuello—. Adoro hacer fotos a monumentos, a personas. Adoro fotografiar otros lugares. Pero, discúlpeme, señorita McPherson. He tirado su desayuno. Permítame invitarla a otro.

Gabriel parecía alguien soñador y con una visión de las cosas completamente distinta de lo habitual. Sus ojos tenían un brillo poco común. Aunque literalmente lo acababa de conocer, le transmitía confianza.

El muchacho pidió, en perfecto francés, un desayuno igual que el que había malogrado con su torpeza. Esperó a que se lo sirvieran y justo después se alejó de allí, dejando a la muchacha con una sonrisa en los labios.

Después de terminar todo lo que le habían traído se

levantó y empezó a alejarse de la cafetería, con su equipaje en la mano. Al fondo, en unos jardines perfectamente cuidados, había alguien fotografiando a una pareja de ancianos que se agarraban de las manos mientras permanecían sentados en uno de los bancos. Lo miró inconscientemente hasta que, sin darse cuenta, estaba justo tras él.

—¡Señorita McPherson! —exclamó.

—¡Oh! ¡Nos volvemos a encontrar! —respondió sorprendida y avergonzada.

—¿Casualidad o destino?

—Causalidad —confesó—. Vi a alguien haciendo fotos y me atrajo la curiosidad de saber quién era.

—Y me encontraste. —Sonrió, a lo que ella asintió con otra sonrisa.

Sin que ninguno de los dos pensase sobre lo que estaba sucediendo, terminaron paseando juntos. Vivian arrastraba una maleta pequeña y morada mientras Gabriel hacía fotos, como si la inspiración le hubiera llegado en ese mismo momento, a los pájaros, al cielo a través de las ramas de un árbol, a través de sus propios dedos...

A pesar de haberse quedado cerca de él no hablaban. Él seguía con sus fotos mientras ella observaba. Parecía como si se conocieran de mucho tiempo atrás. Al menos ése era el sentimiento.

De vez en cuando Gabriel se acercaba a ella y le mostraba las fotografías que iba tomando en la pequeña pantalla.

El objetivo de aquella cámara sólo atrapaba imágenes hermosas. Vivian nunca había visto tantas fotos bonitas juntas: las de los cisnes del estanque, las de las rosas con las perlas de agua de riego aún por encima, las fotos de la pareja anciana o la de la pareja besándose detrás de las flores. Una de ellas era de una chica, de una muchacha que vestía exactamente igual que ella, de una joven que llevaba una maleta morada como la suya. De alguien que, en definitiva, era ella.

—¿Soy yo? —preguntó frunciendo el ceño.

—Sí. ¿Puedo decirte algo atrevido?

—¿Atrevido? Es...

Él nunca había sido así. Jamás había conocido a una chica y le había dicho el mismo día las cosas que le gustaban de ella. Pero, con el tiempo, aprendió de sus ex que lo ideal en toda relación, ya sea de amistad, laboral o amorosa, es decir las cosas que te gustan y las que no. Descubrió que eso crea un vínculo de confianza. Aunque no estaba seguro de si su relación de amistad con ella terminaría cuando tomase el avión de vuelta, quería decir las cosas de forma sincera. Así, sin duda, le recordaría por ser alguien franco y directo.

Vivian lo miró con expresión simpática, con el ceño fruncido y una media sonrisa.

—No. No es nada pervertido. —Rió de forma exagerada, echando la cabeza hacia atrás como si hubiera adivinado mentalmente qué era lo que ella pensaba—. Adoro la forma en la que el pelo te cae por la espalda y necesitaba esa foto. Todo a tu alrededor me invitaba a inmortalizar el momento. Pero si quieres...

—No. No la borres. Es sólo que no sabía que de espaldas me veía de esa manera. Pero dime, ¿eso es lo atrevido?

De pronto Gabriel se detuvo. La Torre Eiffel se alzaba imponente a unos cientos de metros. El sol se filtraba entre los travesaños de metal y alcanzaba un banco de madera cuya pintura se había desgastado por el uso. Quizás algún enamorado de esas vistas pasaba horas ahí sentado o quizás algún amante de los rayos de sol que doraba su piel en ese asiento. Quizás...

—No. Lo atrevido es que, aunque no nos conocemos y puede sonar extraño, ¿quieres ser mi modelo hoy? —propuso con un tono de voz suave y retraído.

—¿Tu modelo? Yo no soy modelo, Gabriel. Sólo soy la asistente del director de una empresa.

—No importa en lo que trabajes. Eso no te hace menos hermosa. Además, la belleza está en los ojos de quien mira y quiero fotografiarte.

—Me da un poco de vergüenza. Nunca antes he hecho algo parecido.

—Mira.

Gabriel cogió la cámara que colgaba de la cinta de su cuello y, tras enfocar al banco vacío frente al que estaban, disparó una foto. Acto seguido la agarró a ella por el brazo y la sentó en el mismo banco. Mirando de lado, con el sol y la imponente torre de frente, y tras esperar unos instantes a que todo estuviera como él quería, disparó nuevamente.

Al buscar las fotos en la pantalla de la cámara, sus ojos brillaron de un modo especial. Ella, curiosa, se acercó a ver.

La iluminación en aquella fotografía no era la misma que se apreciaba a simple vista. Aquella imagen tenía un tono como envejecido, una magia que no podía describir con palabras. Era simplemente única.

—¡Es una foto increíble! —Sonrió alucinada.

—¿Entiendes la diferencia entre un banco vacío y un banco ocupado?

—Lo entiendo. Seré tu modelo durante unas horas. Pero a cambio quiero copias de las fotos —pidió risueña. Gabriel asintió encantado.

El tiempo pasó más deprisa de lo que ambos hubieran querido. Inevitablemente llegó la hora en la que Vivian debía tomar su avión de vuelta, tanto a su país como a la realidad.

Ése había sido el primer viaje de su vida y, aunque hubiera empezado con un enfado y un cambio de asiento, aunque su jefe la hubiera abandonado sin miramientos y aunque ese primer encuentro con Gabriel hubiera sido aparatoso, el resto del día había sido entretenido, divertido y genial.

La muchacha miró el reloj en su muñeca derecha y miró a Gabriel con pesar.

—¿Debes irte? —Ella asintió—. Déjame hacerte una última foto, por favor. Conozco el lugar perfecto y queda de camino.

—No quiero llegar tarde. No puedo perder el avión...

—Descuida. Confía en mí —pidió. Entonces cogió la maleta morada en una mano y la muñeca de su modelo en la otra.

Él tenía razón. El lugar en el que quería hacer la foto quedaba de camino. Era una de las salidas de la enorme plaza.

Gabriel se detuvo y le indicó a Vivian con la mano dónde debía ponerse. De hecho, parecía conocer perfectamente el punto exacto en el que ella tenía que colocarse, dónde debía hacerlo él y el momento preciso en el que disparar.

Su espalda, su cabello cayendo sobre su hombro izquierdo, sentada en aquella baranda de piedra con la Torre Eiffel de frente, al fondo, con un tono en escala de grises hacía de aquélla la mejor de las fotos que había tomado en París. La maleta, al lado de ella en ese asiento improvisado, le daba a la imagen cierto sentimiento, algo parecido al sentimiento que produce un adiós.

Vivian podría ser su compañera de viajes perfecta. Con ella estaba seguro de poder lograr sus mejores fotos. Pero ella debía regresar.

Gabriel no dudó en acompañarla al aeropuerto. Incluso fue él quien la llevó con el coche que tenía alquilado. La guió hasta que facturó su equipaje y le indicaron su puerta de embarque. Por raro que pudiera parecer, después de un día tan agradable con ese chico le dio pena despedirse de él. Había pasado un día muy divertido, había comido cosas deliciosas y había terminado riendo como nunca.

En el momento de la despedida, Vivian saludó a lo lejos con una mano mientras Gabriel disparaba una última foto. Minutos después, cada uno estaba donde debía: él, camino de dondequiera que se hospedase y ella, en el asiento del avión. Sin duda ése sería el viaje más inolvidable de su vida.

Puesto que su billete de vuelta tenía un asiento de primera clase reservado, no le quedó más remedio que sentarse en él. Esta vez a su lado viajaba una chica, más o menos de su edad que, sin saber por qué, la miraba de reojo como si ella fuera su peor enemiga.

De pronto su compañera de asiento empezó a estornudar y a limpiarse la nariz continuamente con un pañuelo que parecía de seda.

—¿Qué miras? —preguntó con tono áspero y poco amigable justo cuando Vivian iba a preguntarle si se sentía bien.

—Nada. Perdona.

—Es por tu culpa, ¿sabes? —advirtió. Esto hizo que Vivian la mirase extrañada—. Sí. Por tu culpa. Apuesto a que has paseado durante horas por el Campo de Marte y a que tampoco te habrás duchado antes de venir.

Vivian miró por la ventanilla sin saber qué responder, mientras la otra muchacha empezaba a despotricar por sentirse ignorada.

La joven del pañuelo tenía una alergia horrible a los árboles que decoraban las cercanías de la torre, tanto que no podía permanecer mucho rato en ninguna calle cercana al Campo de Marte. Vivian había pasado todo el día por aquella zona y llevaba la piel y la ropa impregnada con aquel polen que tan mal le hacía a su compañera de viaje.

Al igual que en el primer vuelo, cansada de su compañera de asiento, buscó a alguien en la clase turista. Después de un pequeño cambio terminó su viaje de vuelta sin más quebraderos de cabeza.

Por si fuera poco, aún no había llegado a casa. Estaba cansada, molesta y su maleta se negaba a salir. La chica de los estornudos se colocó a su lado en los alrededores de la cinta y se reía de ella cada vez que Vivian suspiraba y se ponía de puntillas para ver el equipaje que retiraba la gente.

Al fin salió la última maleta. Las dos muchachas la miraron hasta que se acercó lo suficiente. Una de las dos maletas no acompañaría a su dueña hasta casa. Y como si todo hubiera sido un juego de los dioses, la de Vivian no era la de la cinta.

—Que pases buena noche —saludó engreída la chica de los estornudos, mientras se alejaba de allí con una sonrisa hipócrita en los labios.

—Bien. Muy bien. Y ahora, ¿qué?

Estaba cansada de ese viaje y no quiso esperar más, ni hacer cola para reclamar su maleta. No deseaba perder más tiempo en el aeropuerto, de forma que se fue a casa. Ya lo arreglaría al cabo de unas horas, cuando se levantase de su cama, a la que tenía unas horribles ganas de llegar.

CAPÍTULO 14

Se levantó tan pronto como lo hizo el sol, sin esperar siquiera a que sonase el despertador. A pesar del bonito día que había pasado en compañía de aquel fotógrafo, seguía furiosa con Daniel: haberla dejado sola en París era imperdonable, e indiscutiblemente iba a recriminarle por ello.

Se enfundó uno de sus trajes. Cambió su habitual falda por un pantalón. Después de peinarse el cabello y de sujetarlo en una apretada coleta, salió del apartamento.

Al llegar al Edificio B subió directa a la oficina. Daniel quizás habría llegado ya, y entonces le diría todo lo que había pensado decirle.

La puerta no estaba cerrada. Tomó aire para empezar con su repertorio tan pronto como lo viera. Pero, al entrar, justo al alcanzar la mesa de su jefe, se vio interrumpida por el tintineo del teléfono que había sobre su mesa.

—¡Señor Gable, buenos días! —Clifford siempre era cordial con ella. Sus saludos telefónicos siempre eran amables a más no poder—. Enseguida le digo que vaya. ¿Los dos? De acuerdo. Muy bien. Entonces nos vemos dentro de unos minutos.

Daniel supo que era su padre y que debían ir a su oficina. De modo que, sin dar tiempo a que ella le dijera nada, se puso en pie y salió del despacho.

Clifford desconocía que habían vuelto por separado. No sabía que su hijo había abandonado a su asistente en París o que Daniel no había podido ver a Rachel, con quien se suponía que pasaría la noche.

Vivian se sentó a dos sillas de Daniel y evitaba cruzar miradas con él. Esto alimentó la imaginación del presidente, llenándole la cabeza de suposiciones de lo más variopintas. Llegó a pensar que estaba celosa por la relación de su hijo con la modelo y que quizás habían discutido por ello en la Ciudad del Amor.

—¿Puede saberse qué os pasa? —preguntó al ver que ni tan siquiera se miraban.

—No es nada —respondió Daniel con tono hosco.

—¿No es nada? —Sus ojos se desviaron hacia la muchacha, que no levantaba la vista de la mesa—. Vivian...

—Si su hijo dice que no es nada, supongo que no es nada.

La mirada de Daniel se clavó en su asistente, como advirtiéndole de que no dijera más de lo necesario. Pero Vivian no le prestó atención. Continuó revisando el documento que tenía entre las manos e informando al señor Gable sobre la reunión.

Vivian nunca antes se había mostrado interesada por la fotografía. Sin embargo, no pudo evitar fijarse en el enorme mural que decoraba la pared izquierda de aquel enorme despacho: una foto en blanco y negro del Empire State Building que llegaba desde el suelo hasta el techo.

Cuando Daniel se marchó a su despacho se sintió atraída por el póster que pendía de la pared, protegido con un fino cristal.

—Ésa es la primera fotografía que hizo mi hijo —dijo

el hombre, acercándose y poniéndose al lado de la asistente.

—Es preciosa.

—Lo es. Lo lleva en la sangre. Mi padre era fotógrafo —explicó.

—¿En serio? Nunca lo hubiera imaginado. Siempre pensé que sería empresario y que usted lo estaba sucediendo.

—Mi padre se enfadó tanto cuando le dije que estaba formando Industrias Gable que me echó de casa diciendo que era una pérdida de tiempo y que no iba a llegar a ninguna parte. —Vivian lo miró de reojo pensando que se burlaba de ella porque su padre la había echado de casa por no estudiar lo que él quería—. Pero eso ya te lo contaré en otro momento. —Sonrió—. Anda. Ve con Daniel.

Aquel hombre era tan agradable que incluso una orden suya sonaba encantadora. Se acercó a la mesa, recogió sus cosas y las de su jefe, y salió en dirección a su despacho, un par de plantas más abajo.

Entró en la oficina e inmediatamente fue directa a su escritorio. Se sentó en su sitio tan silenciosamente como siempre.

Daniel la miraba incrédulo. ¿Realmente estaba tan enfadada por que la hubiera dejado sola? No le había dirigido la palabra ni una sola vez desde que se habían visto y tampoco la había sorprendido observándole, como pasaba a veces. Actuaba simplemente como si él no estuviera allí, con una expresión que nunca antes había visto.

De pronto, Vivian, que llevaba toda la mañana guardando en su boca esas palabras que le quemaban, ahora ya no estaba dispuesta a callarlas y a permanecer en su silla como si de una idiota se tratase. Olvidándose de que su enfado había desaparecido por completo cuando se despidieron en el vestíbulo del hotel, pensó que dejarla abandonada en París era una forma de venganza por lo de la megafonía, o lo del avión, o incluso por haberse ido del aeropuerto sin él.

Se puso en pie golpeando la mesa con la palma de las manos y le miró como si pudiera fundirlo.

—¿Puedo saber por qué te marchaste y me dejaste sola en París? —preguntó a voz en grito, acercándose a su mesa.

—No te importa.

—¡Oh, sí! Claro que me importa, Daniel. Me llevaste a un país extranjero y me dejaste sola y sin una explicación. ¿Pensaste siquiera que podría haberme pasado algo? En París habrá amor por doquier, y todo lo que tú quieras, pero como en todo el mundo, ¡también hay maleantes! —exclamó con el ceño fruncido.

—Rachel no estaba en su hotel, ¿de acuerdo? Hace más de un mes que no la veo. Creía que estaría con ella, que podría verla. Me moría por un beso suyo, por sentirla entre mis brazos, por escuchar su voz. Pero ella, simplemente no estaba. ¿Por qué me fui? Es fácil, Vivian. Estaba tan cabreado que quería golpear a alguien y no quería desahogar mi enfado contigo. Preferí que me maldijeras de mil formas por dejarte en París a que tuvieras que lidiar conmigo, a que te gritase sin tener culpa, a que dijera algo que pudiera ofenderte. ¿Te haces una idea de lo que se siente cuando la persona a la que amas te deja tirado de esa manera con una simple nota?

Daniel hablaba con un tono bajo, dirigía sus ojos a su mesa sin levantar la mirada hacia ella. Parecía tenso. Sus puños se cerraban con tanta fuerza que la piel de sus nudillos ahora estaba blanquecina.

—No pensé que pudiera pasarte nada, simplemente porque eres increíble y capaz. Seguramente te las arreglaste bien. Quizás hasta incluso pasaras un día agradable, o al menos más agradable que yo.

La excusa de Rachel había sido creíble, pero no pensaba que Daniel hubiera estado tan afectado como para preferir marcharse antes que hacerle pagar a ella por todo lo que le había salido mal.

—Pensé que quizás en París podrías haber subido a la Torre Eiffel, o haber paseado por los Campos Elíseos. El hotel estaba tan cerca que habrías llegado sin mucha dificultad —añadió.

Pese a lo sorprendida que estaba, prefería que Daniel se sintiera mal por dejarla allí tirada; así que no pretendía contarle que en París había conocido a Gabriel. Tampoco iba a decirle que había pasado todo el día con él, y mucho menos que lo había pasado tan bien con ese desconocido que repetiría sin pensarlo.

—Vayamos a comer —pidió ella, intentando disimular su mal humor.

—No. No tengo apetito. Ve tú sola.

—Hoy no hay informes que escribir, ni reuniones a las que asistir. Tu agenda está vacía hasta dentro de unos días. De modo que vayamos a comer. —Vivian llevó las manos hasta las de él y tiró con fuerza para ponerle en pie.

Daniel dejó que tirase de él. Cuando salió de detrás del escritorio dio un par de pasos rápidos al frente. La acorraló y la bloqueó con su cuerpo a sólo unos centímetros, casi repitiendo lo de unos días atrás. En un movimiento rápido había puesto una mano en su cintura y la otra contra la pared, rozando su hombro.

Ella era más baja que él, pese a esos enormes tacones que la hacían parecer unos centímetros más alta. Tener el cuerpo de Daniel bloqueándola la hizo sentir pequeña, fácil de dominar por alguien tan alto y fuerte como lo era él. Los primeros botones de la camisa de Daniel estaban, como siempre, desabrochados. No pudo evitar fijarse en la piel de su cuello y de su pecho, que quedaba al descubierto.

La mano que Daniel tenía en su cintura hacía que el calor se filtrase a través de la camisa, como si la hubiera puesto bajo la ropa. De pronto sintió cómo se aceleraba su corazón, no del mismo modo que por la mañana, cuando quería gritarle. Ahora palpitaba de forma distinta, haciendo que todo su cuerpo se estremeciera.

Alzó la mirada despacio. Se encontró con su boca y luego con sus ojos. Esta vez no había enfado en ellos. Su expresión era completamente diferente, parecida a la que tenía en ese paseo después de la cena, cuando casi la besó. Recordó sin querer el roce de sus labios y la fuerza con la que la atraía contra él. Eso la puso aún más nerviosa. Conteniendo la respiración, llevó las manos a los lados de su cintura y antes de que Daniel pudiera decir nada lo empujó suavemente hacia atrás, para ensanchar el espacio entre ellos.

Como por arte de magia, el enfado de ambos se había esfumado en el instante en el que sus ojos se encontraron.

—Vayamos a comer —pidió él con tono grave, con una media sonrisa en la cara que le daba una expresión graciosa.

Llevó su mano derecha hasta la muñeca izquierda de su asistente y tiró de ella. Salió de la oficina con ella a su lado.

Ninguno dijo nada en el coche de camino al restaurante. El haber estado tan cerca un rato antes hizo que Daniel se olvidase por completo de la existencia de Rachel. Ahora sólo podía pensar en lo cerca que había vuelto a estar de Vivian, de lo pequeña e indefensa que se veía al tenerla tan pegada a él, en el calor de su cintura. Miraba sus piernas de reojo, cubiertas con un pantalón.

—¿Esto es tu venganza por lo de París? —preguntó. Pellizcó con dos dedos un poco de la tela que se ceñía a su piel.

—No vuelvas a mencionar París, Daniel —pidió seria—. Y no. No es una venganza. Es sólo que hoy no tenía humor y que no me apetecía vestir como me ordenaste.

—¡Qué rebelde! —Sonrió él levemente—. Lo siento. Debí haberlo pensado. Quizás si en lugar de marcharme te hubiera buscado...

—No lo menciones otra vez, Daniel. Sólo olvidemos lo ocurrido.

Al entrar en el restaurante, no vieron que Clifford estaba allí, reunido con un par de amigos. Ellos no lo vieron, pero él sí los vio entrar. La expresión de ambos ya no era de enfado, como horas atrás; ahora se les veía bien. Su hijo caminaba de la mano de su asistente, gesto que hizo sonreír al presidente.

Ambos se sentaron a la mesa para dos que Daniel pidió a la encargada del atril.

La comida terminó tranquila y apenas hablaron. Pero el ambiente entre ellos era muy distinto del que había en la oficina tan sólo una hora atrás.

—¿Qué te trajo a Industrias Gable, Vivian? —Daniel quería romper el hielo y actuar con ella de forma amigable.

Nunca antes había mantenido una conversación con una chica inteligente. Nunca había mantenido una charla de más de dos palabras con una chica del estilo de su asistente.

Escucharla hablar, escucharla contarle cosas sobre sí misma le ayudaría a conocerla mejor poco a poco.

—Si te refieres sólo a Industrias Gable, al terminar la carrera se me presentó la oportunidad y la aproveché. Si te refieres al Edificio B, a tu oficina, sabes que fue cosa de tu padre.

—Pero ¿por qué? ¿Qué le llevó a ofrecerte ese ascenso de la noche a la mañana? Ni siquiera trabajabas en el mismo edificio. —La respuesta a esa pregunta le carcomía desde el primer instante en que la vio.

—Bueno. Tu padre descubrió que vivía en el almacén abandonado de un callejón y...

—¿Cómo? ¿Que vivías dónde? —interrumpió incrédulo.

—Sí. No es algo de lo que esté orgullosa, pero tampoco me avergüenza.

—No puedo creerte —dijo sincero. Ponía en duda lo que ella decía.

—¿Quieres verlo? —preguntó, dispuesta a mostrárselo si él se lo pedía.

Se puso en pie e hizo un gesto retórico para que la acompañase si no lo creía. Daniel no podía creer que hubiera vivido en un almacén, ni siquiera que no se hubiera alojado en un lugar decente. Aun así, no se negó a ir con ella dondequiera que le fuera a llevar.

El ejecutivo caminó a grandes zancadas detrás de su asistente. La miraba con satisfacción mientras ésta le guiaba a paso ligero.

Clifford había estado pendiente de su conversación sabiendo que no le habían visto. Sonrió al verles juntos. Sabía que si continuaban así Daniel terminaría enamorado de ella. A él, al contrario de lo que pasaba con otros padres ricos, no le importaba en absoluto que esa chica no tuviera dinero. Era inteligente y eso era algo que empezaba a escasear. Las jóvenes ya no buscaban amor; ahora estaban más pendientes de encontrar un novio adinerado, de tener cosas banales o de vestir a la moda.

Vivian obligó a Daniel a ponerse a su altura y ambos caminaron uno al lado del otro hasta las cercanías de su antiguo domicilio.

—Espero que no me menosprecies aún más cuando lo veas.

—¿Menospreciarte? Yo no te menosprecio, Vivian. Siento haberte dicho que no valías ni la mitad de Rachel.

Sólo estaba molesto. Para serte sincero, no tenía respuesta a la pregunta que me hiciste y tus insinuaciones...

—Olvidemos el viaje a París —insistió por enésima vez—. Desde el principio. Ahora... no te asustes. ¿Vale? Puede imponer un poco —advirtió. Se detuvo en la entrada de un callejón oscuro que apestaba a basura y a orín reseco.

Agarró fuertemente la mano de su jefe y le condujo hasta el interior del callejón, caminando con cuidado, esquivando charcos y montones de basura. Las paredes estaban descuidadas, pintarrajeadas con horribles garabatos, húmedas por la parte inferior...

Daniel observaba completamente horrorizado. Mientras se dejaba guiar no perdía de vista la entrada al callejón. Tenía intención de huir de allí al mínimo descuido de su asistente, pero de pronto se detuvo.

Al fondo del callejón, a la izquierda, había una persiana metálica caída en el suelo, mojada por algo de un color que, supusieron, serían heces. En el interior del pequeño local había un colchón en el suelo, un espejo en la pared y una lámpara de techo. Todo estaba lleno de basura y sucio, y desprendía un olor pútrido que resultaba casi irrespirable.

Daniel no quiso contemplar aquel panorama durante mucho más tiempo, por lo que apretó la mano de su asistente con la suya y tiró de ella para salir de allí y volver al trabajo.

—Es el sitio más horrible que he visto nunca, Vivian. No vuelvas a llevarme jamás a un sitio como ése, y mucho menos a decirme que vivías en un lugar semejante.

—Pero no es mentira: la lámpara, el espejo... Ahí vivía yo. No tenía ese aspecto, claro. Lo mantenía todo perfectamente limpio y era confortable.

—¿Confortable eso? Debes de estar bromeando. No puede ser que digas en serio que ése es el sitio donde vivías. Te perdono que no quieras decirme el lugar dónde residías, pero no vuelvas a decirme que te quedabas en algo como eso.

—Has visto el callejón, ¿no es así? —interrumpió Clifford, que en ese momento entraba tras ellos en el Edificio B y había oído parte de la conversación. Puso una mano sobre el hombro de su hijo—. Te aseguro que tampoco yo pensaba que alguien pudiera vivir en un sitio como ése.

La tarde pasó despacio, al menos para Daniel.

Se moría por exigirle la verdad acerca de dónde había vivido, pues se negaba a aceptar que alguien pudiera haberlo hecho en un lugar como aquél, que ella, que su asistente se hubiera alojado en un sitio así. De pronto recordó su segunda mañana con ella allí, el incidente que la mantuvo cautiva en su oficina durante toda la noche y cuando le dijo que no se había podido cambiar de ropa porque alguien había robado en su almacén.

Al salir ambos se dirigieron a sus respectivos coches. Vivian esperó a que Daniel subiera al suyo para seguir hasta su plaza de aparcamiento, que estaba al fondo del mismo.

—Dime dónde vives ahora —exigió, sorprendiéndola por la espalda.

—Dios, Daniel ¡Me vas a matar de un susto! —exclamó. Se llevó una mano al pecho—. Ya no vivo en aquel callejón.

—Dime dónde es. No. Mejor, llévame. Quiero verlo con mis propios ojos.

—¿No es excesivo? —Sonrió—. Eres mi jefe, tampoco es que vayas a mudarte conmigo.

—¿Has visto dónde me has llevado? Desde entonces no he podido dejar de imaginar todo tipo de lugares horribles, de rincones sucios y malolientes... Vamos, llévame donde vives. Te prometo que jamás volveré a pedirte algo así.

No esperó siquiera una respuesta. Dio la vuelta al coche, se sentó en el asiento del copiloto y se ajustó el cinturón. Vivian lo miró a través del cristal de la ventanilla, sin acabar de creerse que lo que estaba pasando fuera cierto. Daniel, preocupado por su lugar de residencia...

Sin pretender alargar más esa situación, subió al vehículo. Aseguró el cinturón y arrancó, saliendo del aparcamiento segundos más tarde.

CAPÍTULO 15

La zona a la que Vivian le había llevado no era, ni de lejos, parecida a lo que había estado imaginando durante toda la tarde. De hecho, era un lugar bastante similar a donde él vivía. La asistente condujo el coche a un área de aparcamientos exclusiva para los vecinos y dejó el vehículo en una de las plazas, que eran bastante espaciosos.

—¿Vives aquí? —preguntó incrédulo—. ¿En Black Diamond 2? —Ella asintió con una sonrisa.

—Sí. Ya sabes que tu padre me obligó a cambiar de residencia si quería el aumento. Si me negaba, tenía que dimitir.

—¿Puedo subir?

—Quieres asegurarte de que vivo aquí, ¿no es así? —Él asintió.

Por un momento dudó si dejarle subir o no. Invitar a su jefe a su apartamento no era algo que hubiera pensado en hacer cuando le conoció. Ni siquiera imaginó que tendría que llevarle hasta la entrada. Pero Daniel se adelantó hasta la recepción sin que le diera lugar a pensar en una excusa para que no subiera.

Al entrar en el edificio, se encontró de frente con el chico que acompañaba a Vivian el día de la cena. Éste lo miró serio, pero pronto desvió la mirada hacia su asistente, que venía detrás de él. Su expresión seria cambió por una sonrisa. Ella tampoco dudó en sonreírle.

—¿Te traes el trabajo a casa? —preguntó Chris, y miró a Daniel de reojo con cierto aire provocador.

—Algo así —respondió ella. Empujó ligeramente a su jefe en un gesto simpático—. ¿Otra jornada doble?

—No. Esta vez llega tarde.

—Tendré que ponerle una reclamación para que te deje ir a casa a descansar.

Caminaron hasta el ascensor mientras el recepcionista cruzaba miradas envenenadas con Daniel.

El ascensor era espacioso, pero el ejecutivo se colocó al lado de ella, casi rozando su brazo, para que el recepcionista lo viera bien desde donde estaba.

Al pensar que ese tipo podía verla cuando quisiera se sintió extraño. No eran celos, estaba seguro. Él no la amaba. Sin embargo, le molestaba mucho y le exasperaba aún más ver que la relación entre ellos era tan afable.

Cuando el ascensor se detuvo en el piso treinta y dos, Vivian sonrió sutilmente, algo de lo que él se percató.

—Vale. Me he excedido imaginando dónde debías vivir, pero he de decir a mi favor que ese callejón...

—Ya sabes dónde vivo. Y ya conoces a mi recepcionista —dijo, insinuando que debía marcharse.

Le resultaba demasiado raro tener allí a Daniel, sobre todo después de haber salido de ese apartamento completamente enfadada, por el incidente de París que se negaba a volver a recordar.

—¿No me vas a dejar entrar? Tú has estado en mi apartamento.

Su propósito en ese momento no era ver la decoración del piso de Vivian, ni la distribución interior. En ese momento no pretendía descansar en el sofá, que seguramente sería cómodo, ni tratar sobre ningún informe o reunión. Quería permanecer el tiempo suficiente como para que el tipo de la recepción olvidase cualquier intención que tuviese con ella, para que creyera que entre él y Vivian había algo más que una relación laboral.

Cuando Vivian abrió la puerta, Daniel sonrió en su interior. ¿Qué patrañas podría inventar para permanecer al menos una hora más ahí dentro?

—Te ofrecería algo de beber, Daniel, pero yo no bebo —se excusó, tratando de que se marchase. Pero en ese momento le supo mal intentar echarlo—. ¿Quieres..., quieres cenar algo? No tengo gran cosa, pero si te apetece...

—¿Me estás invitando a cenar en tu casa? Señorita McPherson, ¿tiene usted idea de lo atrevido que suena eso? —bromeó—. ¡Claro que quiero! Recuerde que hace poco yo cociné para usted.

Sin pensarlo lo empujó hasta el sofá y corrió al dormitorio para ponerse cómoda. Le resultaba agradable tener a alguien a quien preparar la cena, aunque ese alguien fuera su jefe. Salió y se dirigió a la cocina, provocando que el ejecutivo la siguiera. Del frigorífico sacó un par de ajos y una cebolla, de un armario sacó un par de latas de atún y un envase de tomate frito, y de otro mueble sacó un gran tarro lleno de macarrones.

—¿Pasta?

—Adoro la pasta. ¿No te gusta? —preguntó. Empezó a dudar de si esa cena en concreto le gustaría a Daniel.

—No. No me gusta —Vivian suspiró como si se desinflase y empezó a pensar rápidamente en una alternativa—. ¡Me encanta! Tenemos otra cosa en común. —Rió. Vivian le empujó suavemente como había hecho en el vestíbulo.

Se quitó la americana y la dejó en el respaldo de una de las sillas, justo antes de arremangarse la camisa hasta los codos y acercarse a ella. Mientras Vivian cortaba las verduras y escurría el aceite de las latas en el fregadero, Daniel preparó la olla donde poner a hervir el ingrediente principal.

—Nunca había comido la pasta de este modo.

—¡Oh! ¡Pues está deliciosa! —Sonrió.

Por la mañana odiaba a Daniel por haberla abandonado en París, odiaba haberse sentido ridícula esperando a alguien que jamás llegó y odiaba haber tenido que volver sola. Pero extrañamente sólo podía sentirse enfadada cuando estaba lejos de él. Con él cerca, le resultaba imposible mantener su enfado.

Se acercó a uno de los armarios superiores. Sacó de allí un par de copas y las dejó sobre el mármol, al lado de la nevera. Las rellenó con zumo de frutos rojos sin que Daniel lo viera. Puso una sonrisa en sus labios y le ofreció una.

Él la miró con el ceño fruncido. Un rato antes le había dicho que no bebía. Además, tampoco tenía vino. Pero, en cambio, le ofrecía una copa. Vivian no pudo evitar ponerse a reír. Sabía que su jefe estaba pensando lo que no era. Estaba completamente segura de que bebería pensando que se trataba de alcohol.

—Pensaba que no tenías vino —dijo con la mirada traviesa, como si la hubiera pillado en medio de una travesura.

—Bueno... Eso... ¿Por qué no bebes? —respondió, conteniendo una carcajada.

Daniel movió la copa en círculos. La acercó a sus labios y dio un pequeño sorbo al supuesto vino. Tan pronto como entró el líquido en su boca frunció el ceño. Vivian estalló en risas. Aquello era lo más gracioso que había visto nunca. La expresión de su jefe parecía un poema. Le había engañado de la forma más simple del mundo.

Ella se agachó con su copa en la mano mientras él degustaba el líquido intentando descifrar qué era, con una cara de lo más divertida.

—¡Hmm! Delicioso. Un vino muy...

—¡Sabía que dudarías de mí! —Siguió riendo.

Al intentar ponerse en pie Vivian pisó algo de líquido de su copa que se había derramado en el suelo y resbaló. Los reflejos de Daniel fueron tan rápidos como los suyos el día de la cena. Tiró de su brazo rápidamente para evitar que cayera al suelo. La atrajo contra su pecho y quedó de esta forma, entre la nevera y ella.

Por un momento ambos se miraron a los ojos. Luego a los labios, como esperando algo más. Pero Daniel carraspeó levemente y la apartó despacio, desviando sus ojos hacia el sofrito que tenía a un lado. Su corazón se había acelerado tanto que podía ver la camisa moverse con cada palpitación. Ella se había ruborizado, algo que no pasó siquiera cuando la vio semidesnuda días atrás en el probador de la tienda.

Aquel movimiento rápido hizo que el resto del contenido de la copa de Vivian terminase entre el pantalón y la blanca y reluciente camisa de su jefe.

—Lo... Lo siento... Quítate la ropa enseguida, Daniel. No quiero que se quede manchada por mi culpa. Ven —pidió. Apartó la sartén del fuego y tiró de su muñeca hasta el dormitorio.

Corrió hacia el armario y sacó una sudadera ancha y un pantalón de deporte que, aunque era ajustado, podría servirle mientras se lavaba la ropa. Daniel la miró de reojo. Dudaba de si realmente quería que se pusiera eso. En vista de que ella esperaba impaciente a que se quitase la ropa, la empujó despacio fuera del dormitorio y cerró la puerta.

Definitivamente se sentía atraído por ella, de un modo que nunca antes había experimentado. Al ver el armario abierto, lleno de trajes, recordó París. Se sintió el mayor estúpido por haberla dejado a su suerte. Se acercó a la cama y, un tanto nervioso, empezó a quitarse la ropa y a dejarla sobre el edredón blanco que la cubría. Empezó a mirar la almohada, la mesita de noche...

El chándal de su asistente no le quedaba del todo mal a pesar de que sentía una opresión molesta en ciertas zonas. La parte de arriba era ancha, pero lo suficientemente pequeña como para apretarle en las axilas. El pantalón era lo bastante elástico como para que le entrase. Y, a pesar de ello, la prenda le quedaba corta.

Cuando salió del dormitorio, Vivian empezó a reír nuevamente.

—Te diviertes conmigo, ¿no es así?

—Es que estás muy gracioso con mi ropa.

Él no respondió. La miró de reojo, sonriendo de medio lado mientras le ofrecía la ropa manchada de zumo. Vivian programó la lavadora y corrió a la cocina, donde el ejecutivo seguía preparando la cena.

Daniel la miraba descaradamente mientras comían. Estaban uno frente a otro, a cada lado de la mesa. Vivian reía y apartaba la cara cuando no podía evitar avergonzarse. Ella siempre se ruborizaba si alguien la miraba durante mucho rato. No soportaba ser el centro de atención.

—Dime, Viv, ¿cómo son los tipos con los que has salido? —preguntó él, como quien no quiere la cosa. Trataba de romper el hielo y a su vez averiguar cuál era su estilo de hombre.

—No he salido con nadie. Siempre he estado ocupada con los estudios o con el trabajo. Salir con alguien no era una buena opción si quería ser la mejor. ¿Cómo es Rachel?

—¿Rachel? Ella es increíble. Es la mejor —explicó. La hizo sonreír—. ¿Conoces a Rachel Gill? La modelo de lencería...

—¡Claro! Pero... Daniel ¿Es esa Rachel? —Él asintió con una sonrisa—. ¡No me lo puedo creer! ¡¿El novio de Rachel Gill es mi jefe?! ¡Es increíble! ¡Es preciosa!

Verla tan impresionada hacía que se emocionase por momentos. Él también se sintió así cuando la conoció.

Estaban en una fiesta cuando un conocido se acercó con Rachel y los presentó. Se sintió eufórico cuando, esa misma noche, le llamó para preguntarle si quería cenar con ella al día siguiente.

Vivian sólo tenía palabras agradables hacia la modelo: lo simpática que parecía en las entrevistas, lo bonita que quedaba en las fotografías, lo esbelta, lo... A pesar de ello, con cada halago que su asistente decía de su novia, él no podía evitar compararla con ella. En ese momento, si tuviera que elegir entre una de las dos, probablemente se quedaría con Vivian, aunque quizás se sintiera así por lo ocurrido con Rachel días atrás.

Cuando terminó la cena la ropa de Daniel aún no se había secado, de modo que se sentaron en el sofá mientras esperaban a que el aviso sonoro de la secadora indicase que ya estaba lista.

Con total confianza, Daniel se dejó caer de espaldas contra el sofá y quedó tumbado boca arriba.

—Pensé que tu apartamento se parecería al mío...

—Yo también pensé que White Diamond sería igual que Black Diamond, pero sólo se parecen un poco en el nombre...

—Es acogedor...

—Sí. Lo es. —Sonrió—. Me gusta mucho.

Permanecieron en silencio durante un rato, mirándose de vez en cuando y sonriéndose de forma cortés.

El pitido de la secadora la sobresaltó. ¿Se había dormido? Él permanecía tumbado, con los ojos cerrados justo donde se había dejado caer. Corrió por la ropa limpia y de nuevo al salón.

Parecía dormido. Permanecía inmóvil, respirando profundamente y con expresión tranquila. Sin querer recordó los días en los que estuvo enfermo y en cama. Se acercó a él y le puso la mano en la frente, como queriéndose asegurar de que no tenía fiebre.

Después de verle tan sereno no podía despertarlo para que se marchase, de modo que le cubrió con una manta y se fue a la cama. Era extraño ir a dormir con un hombre en su casa, alguien que dormía a sólo unos metros de ella.

Se puso el pijama todo lo deprisa que pudo y se metió rápidamente entre las mantas. Se cubrió con ellas a conciencia, por si Daniel entraba en el dormitorio.

CAPÍTULO 16

Cuando amaneció no pensó que se hubiera dormido. Pero realmente había sido así: había dormido como hacía mucho tiempo que no lo hacía. Seguía con las mantas hasta el cuello. El calor se acumulaba dentro de la cama. Rodó mientras se estiraba y disfrutó de la calidez antes de poner los pies en el suelo, que estaba gélido.

A través de la puerta se colaba un aroma más que delicioso: olor a bollos recién horneados, mezclado con el tostado aroma del café recién hecho. Se mordió el labio inferior imaginando el manjar y se dibujó una sonrisa en su cara.

Vivian supuso que Daniel estaría en el salón o quizás en la cocina. Pero en su lugar encontró una nota sobre la ropa doblada que había sobre la mesa.

Buenos días, señorita McPherson:

Le he dejado el desayuno preparado. Sólo tiene que degustarlo y, después de arreglarse, acudir a su puesto de trabajo. Hay algo sobre lo que le quiero hablar.

Por cierto, su sofá es muy cómodo (~.o)

Atentamente:

SU JEFE

Vivian sonrió. Era la primera vez que alguien hacía algo así por ella. Se mordió nuevamente su labio inferior antes de destapar los platos con el desayuno que su ahora «menos detestable» jefe le había preparado en completo silencio antes de marcharse.

Aún no había amanecido cuando rodó sobre lo que él creía que era su cama y casi se cayó por el borde. Abrió los ojos y miró extrañado a su alrededor. Se detuvo a contemplar su atuendo.

—Vivian. —Sonrió.

El lado del sofá que ella ocupaba cuando se estiró hacia atrás ahora estaba vacío. Se levantó después de mirar la hora en su reloj de pulsera. La ropa que Vivian le había lavado estaba perfectamente planchada y colgada de una percha en el respaldo de una de las sillas.

Antes de vestirse, quiso asegurarse de que no estaba solo. Se acercó al dormitorio con sigilo y ahí estaba ella, en la que unas horas atrás había sido una cama perfectamente estirada. Estaba medio destapada. Su cabeza y su brazo colgaban por fuera del colchón. La pernera del pijama estaba subida hasta el muslo y uno de los calcetines pendía, medio salido del pie. Aquello fue superior a él. Empezó a reír a carcajadas. Su asistente, esa chica que siempre iba bien preparada, que siempre iba pulcra y bien arreglada al trabajo, tenía una forma de dormir de lo más cómica y peculiar. Sin pensarlo dos veces fue a buscar su teléfono móvil. Aquélla era una estampa que no quería olvidar.

Al desbloquear la pantalla, la imagen de fondo borró la sonrisa de sus labios: una foto de Rachel y él dándose un beso apasionado. Miró a Vivian, esta vez sin sonrisa en los labios y, tras ir a dejar el móvil donde estaba antes, volvió al dormitorio.

Con sumo cuidado le colocó bien el calcetín y le deslizó el pijama hasta cubrir la pierna por completo. Suavemente, tratando de no despertarla, la puso en una posición cómoda y la dejó perfectamente arropada. Sin pensar en lo que hacía, llevó la mano hasta su pelo y lo acarició despacio. Imaginó sin querer cómo serían las cosas si no existiera su relación con Rachel. No podía quedarse más tiempo en el apartamento de esa chica, aunque lo deseara con todas sus fuerzas. Pero, antes de marcharse, le prepararía un desayuno sorpresa.

Una hora después, salió del apartamento. Al pasar por recepción Chris no estaba. En su lugar había un hombre mayor que parecía dormir sobre su silla giratoria.

Vivian disfrutó como nunca con ese desayuno. No podía creer que su jefe lo hubiera preparado para ella. Después, corrió a vestirse para ir a la oficina. Dejó sobre la mesa del salón la ropa que había llevado su chef particular.

Daniel estaba sentado tras su mesa, con el auricular del teléfono en una mano y un bolígrafo en la otra, cuando su asistente entró en la oficina. Tan pronto como sus ojos se encontraron le hizo un gesto apremiante con el boli y le señaló la silla que había frente a su escritorio. Había algo importante que tenía que decirle y no quería que se fuera hasta su mesa sin saberlo. Después de soltar el bolso, se aproximó al director y se sentó justo donde él había señalado.

—¿Sabe usted que ha estropeado un traje de dos mil quinientos dólares? —dijo serio. Colocó el auricular en su lugar tan pronto como terminó la llamada.

—¿Cómo? La mancha...

—No es la mancha. ¿Miraste en la etiqueta si podía meterse en la secadora? —Ella negó con la cabeza, con expresión de horror.

—No pensé que fuera a encoger.

Daniel se puso en pie y, de detrás de su silla, descolgó una funda para trajes con la ropa que llevaba el día anterior. Aparentemente estaba bien: las costuras parecían estar en su lugar y no había arrugas extrañas que indicasen que la prenda había cambiado de tamaño.

—Créeme. Al salir de tu apartamento la gente me miraba —exageró. Sacó de la bolsa el traje perfectamente colgado en la percha.

—Daniel, no parece que haya encogido.

—¿Insinúas que crecí durante la noche? Observa...

Sin dudarlo, se puso en pie. Se quitó la americana que vestía y, acto seguido, la camisa. Vivian miraba hacia la puerta de la oficina avergonzada, tanto por lo que su jefe estaba haciendo como por haberle estropeado la ropa.

Cuando Daniel estaba abotonándose la camisa de la noche anterior con dificultad, la secretaria de Clifford entró sin previo aviso, para llevarles unos documentos que el presidente deseaba que comprobasen.

Daniel se volvió tan pronto como la vio aparecer. Charleen los miró con una ceja arqueada, preguntándose qué demonios estaban haciendo. Sin decir una palabra, soltó la pila de papeles que llevaba sobre la mesa y se dio la vuelta. Les dio la espalda y regresó a su lugar de trabajo.

—¿Ves? —dijo dándose la vuelta y mostrándole las horribles y tensas aperturas que quedaban entre botón y botón.

La asistente no pudo decir nada. A pesar a haber estropeado un traje tan caro, su reacción fue empezar a reírse de forma incontenible. La cara de Daniel era de lo más graciosa. Se miraba a sí mismo con expresión de incredulidad, haciendo que Vivian no pudiera dejar de reír como una loca.

Daniel sabía que ella iba a reírse cuando le mostrase cómo le quedaba la camisa. Y aunque el buen humor con el que había despertado en ese sofá había desaparecido al ver la fotografía de su móvil, no estaba dispuesto a echar a perder el fantástico ambiente que flotaba a su alrededor desde la comida del día anterior.

En cuanto llegó a su apartamento esa mañana tenía pensado probarse la camisa que había encogido delante de ella. Sería una excusa para hacerla reír. Pero eso no era todo: el destrozo de la secadora también iba a servirle, en otro momento, como pretexto para obligarla a ir con él a comprar un traje nuevo.

Mientras volvía a ponerse la camisa que llevaba puesta ese día empezó a sonar el teléfono de la mesa de Vivian. A pesar de la risa, descolgó el auricular.

—¡Vaya! ¡Qué buen humor tienes! —dijo la voz al otro lado del teléfono.

De repente, Vivian palideció. Su sonrisa radiante se transformó en una expresión seria.

—Eh... Humm...

—¿Tan difícil es hablar con tu hermano? No ha pasado tanto tiempo... Sólo algo más de dos años, Viv.

—¿Qué?

—Sabes que el sábado es el cumpleaños de papá. No lo has olvidado, ¿verdad? Joe y yo queremos que vengas y que arregléis vuestras diferencias.

—No lo sé Airam. No...

Vivian no esperaba esa llamada y mucho menos que le recordaran que era el cumpleaños de su padre. Esa mañana no se había levantado preparada para saber nada de su familia. Tampoco estaba preparada para oír de nuevo la voz de su hermano menor.

No llegó a decir nada coherente. Dejó caer el auricular sobre la mesa. Sin respuesta ni despedida huyó al baño.

Daniel se acercó a la mesa de la muchacha con el ceño fruncido. No dudó dos veces en coger el teléfono, con la esperanza de saber quién había provocado semejante reacción en ella.

—¿Hay alguien? —preguntó.

—Hola. ¿Puede pasarme con Vivian McPherson?

—Ella está ocupada en este momento. Yo soy su jefe. ¿Puede decirme qué desea?

—No creo que sea de su incumbencia. Si me disculpa voy a colgar. Dígale a mi hermana que llamaré en otro momento para terminar de hablar sobre nuestro pequeño asunto.

Cuando entró por la puerta, Daniel la miró fijamente. Aún seguía rígida, pálida y le temblaban las manos exageradamente. No entendía por qué se ponía así por una llamada de teléfono. La había observado mientras atendía mil y una llamadas, pero jamás la había visto actuar de ese modo.

El chico que había al otro lado del teléfono dijo que llamaría «a su hermana», por lo que entendió que era alguien de su familia. Entonces, no era un desconocido que pretendía hablar con ella sobre quién sabe qué. Además estaba el tono chocante que había usado ella con ese chico. Lo que no llegaba a deducir era el porqué de su reacción.

No pasó mucho hasta que el tintineo de otra llamada la sobresaltó en su silla. La expresión de su cara hizo que Daniel se pusiera en pie. Vivian tenía la mano sobre el auricular sin atreverse a descolgar, pero Daniel no se lo pensó dos veces. Puso la mano sobre la de ella en el auricular y tiró para responder.

—Sí. Perfecto. En un par de minutos subimos —dijo. Colgó rápidamente e instó a su asistente a ponerse en pie frente a él.

—Y ahora, dime qué pasa. ¿De qué iba esa llamada que te tiene así de tensa?

—No es nada, Daniel. No te preocupes.

—¿Que no me preocupe, dices? ¿Te has visto? ¿Vas a actuar de ese modo cada vez que suene el teléfono?

—He dicho que no es nada.

Daniel se acercó a su mesa y apoyó el trasero en el

grueso cristal. Cruzó las piernas y los brazos, con actitud regia y desafiante. Esperó que ella entendiese que no iba a moverse a menos que empezase a explicarse.

Vivian lo miró. Buscó alguna excusa. Pensaba que a su jefe no tenía por qué importarle. Pero recordó que él mismo le pidió, semanas atrás, que no contase a nadie el secreto sobre su enfermedad. Entonces decidió decirle la verdad.

—Es el cumpleaños de mi padre —dijo rompiendo el silencio. Él asintió alzando las cejas y la invitó a que siguiera hablando—. Hace veintisiete meses que no hablo con él.

—¿Y la llamada? ¿Era él?

—No. Era Airam, mi hermano. Me invitaba a que fuera a la fiesta que le están preparando.

—Y no quieres ir.

—No. No quiero. No sé si estoy preparada para enfrentarme a él.

—Mi padre quiere vernos. Subamos. No pienses en eso ahora. Vamos. Distráete.

Daniel se acercó a ella y la cogió del brazo. Mientras avanzaban por el pasillo él iba pensando en un remedio para aquel asunto. Sabía que no debía entrometerse: los asuntos de cada familia pertenecen única y exclusivamente a esa familia. Pero, aun así, quería ayudarla. Después de conocer lo solitaria que era su vida fuera de la oficina, no quería que ningún asunto pudiera desanimarla.

Apenas prestaron atención a Clifford durante la reunión. Habían ignorado por completo la información y los detalles del nuevo viaje a París. Ambos seguían pensando en esa llamada y en buscar una solución.

De vuelta a la oficina cada uno fue a su sitio. Daniel la miraba buscando palabras de ánimo para que pudiera enfrentarse a su padre, pero lo único que se le ocurría era ir con ella y ofrecerle su apoyo pasase lo que pasase.

A la hora de la comida y en vista de que Vivian no hacía amago de levantarse de su silla, Daniel se acercó.

—He encontrado una solución para que te sea más sencillo. Déjame acompañarte. Deja que vaya contigo como amigo.

—Pero no somos amigos, Daniel. Tú eres mi jefe y lo nuestro es una relación meramente laboral.

—Entonces, sé mi amiga —le pidió mientras le ofrecía una mano—. Sé mi amiga y deja que te acompañe. —Ella lo miraba sin decir nada—. ¡Vamos! Hemos salido a comer juntos, hemos paseado juntos, hemos estado juntos en los apartamentos de ambos y hasta hemos cocinado juntos.

—Dios, Daniel. Por la forma en que lo dices parece otra cosa.

—¿Otra cosa? ¿Qué otra cosa? ¿Acaso los amigos no hacen eso? ¡Vamos! —insistió. Sin embargo, ella lo ignoró—. Bien. Entonces, como jefe tuyo que soy, te ordeno ser mi amiga. Y, como tu amigo, te pido a que me lleves a esa fiesta.

No sabía cómo comportarse con ella de una forma amistosa sin que resultase forzada, así que la empujó suavemente, imitando el mismo gesto que había tenido ella con él en la recepción de Black Diamond 2.

Sin darle la oportunidad de decir nada al respecto, se colocó tras ella y la guió hacia la puerta, con las manos en sus hombros, para ir a comer. Vivian lo miró con una expresión un poco más suave. Incluso podía verse el atisbo de una sonrisa mientras recorrían el pasillo hacia el ascensor.

Por suerte esa fiesta de cumpleaños era en sábado y no tenía nada previsto para ese fin de semana.

CAPÍTULO 17

Desde que Daniel le había ofrecido ser su amigo, después de esa desafortunada llamada de teléfono, no se había despegado de ella. Supuso que sabía cuánto debía costarle enfrentarse a su familia. Se esforzaba por tratarla de un modo más amistoso, algo que ella agradecía de verdad.

Tras la visita al callejón, la relación entre ambos se había estrechado bastante. Habían pasado de forma radical de ser jefe y empleada, con ciertas diferencias, a ser algo parecido a amigos. Desde su regreso de París habían comido juntos todos los días, habían cenado y habían dormido en el mismo apartamento en una ocasión. El trato que mantenían había cambiado de forma notoria.

Vivian se sentía cómoda con él. Cada vez se encontraba más a gusto en su compañía. Pero, por muy unidos que empezasen a estar, Vivian no lograba verlo como nada más que su jefe. Daniel no sabía muy bien cómo ganarse su confianza.

Llegó la tarde del viernes. Vivian recogió deprisa, metió sus pocas pertenencias en el bolso y se acercó a la puerta.

—¿Pasa algo? —preguntó Daniel extrañado.

—No. Es sólo que voy a ir a comprar algo de ropa. Me gustaría ir presentable.

—¿Quieres que vaya contigo?

—No. Preferiría ir sola. Es un poco intimidante ir a comprar ropa con tu jefe.

—Vivian, quedamos en que era tu amigo, ¿recuerdas? Además, yo también necesito hacer unos recados.

—Sí. Lo recuerdo. Pero aun así me sigue chocando que pasemos tanto tiempo juntos. —Ella sonrió y ladeó la cabeza como si le pidiera que la dejase ir sola. Cuando él asintió, con resignación, se marchó a toda prisa.

Más tarde, mientras caminaba despacio observando los escaparates se encontró con su reflejo. Como si de un acosador se tratase, Daniel miraba distraídamente en su dirección desde la otra acera. Lo hacía disimuladamente, como fingiendo que era casualidad que se hubieran encontrado. Pero en ese momento Vivian quiso jugar y, justo cuando pasó un autobús, empezó a correr. Se alejó de allí lo suficiente como para cruzar la calle sin que Daniel la viera.

Entró en una cabina telefónica para esconderse y poder observarle. Daniel, sin embargo, no la buscaba como ella había creído que haría al perderla de vista. Al contrario, paseaba despacio, mirando los escaparates de las tiendas por las que pasaba. Al parecer encontró lo que buscaba en una joyería. Se detuvo frente al cristal, sonrió levemente y entró en el establecimiento.

En ese momento se sintió estúpida. De verdad había pensado que él la estaba siguiendo. Creyó que lo de comprar algo no era más que una excusa para no dejarla sola. Sonrió al verse a sí misma caminando hacia el mismo lugar en el que estaba él.

—Muchas gracias, señor Gable. Esperamos que le guste —decía el empleado mientras él atravesaba las puertas, esta vez hacia la calle.

Salió sin mirar y chocó con Vivian, que lo esperaba de

frente. Quería sorprenderlo como había hecho él el día del «casi beso».

—¡Ay! —se quejó ella cuando Daniel la pisó accidentalmente con sus enormes zapatos.

—¡Oh, lo siento! Discúlpeme. Lo lamento mucho —dijo—. ¡Vivian! —La muchacha se agachó para tocarse el pie mientras le miraba con el ceño fruncido—. Vaya. No sabía que...

En vista de que se quejaba del pisotón, Daniel no dudó en agacharse a su lado y levantarla en volandas, aunque sabía que eso no iba a gustarle.

—No, Daniel. Para. ¿Qué haces?

—No te muevas. Estate quieta. Con ese dolor en el pie no puedes caminar. —Rió.

Mientras ella pataleaba exageradamente, Daniel comenzó a andar hasta una plaza. Se acercó a uno de los bancos y se sentó con ella sobre las piernas.

—¿Estás loco? —Se puso en pie completamente ruborizada—. ¡No vuelvas a hacer eso nunca más! Esto es acoso y yo soy tu asistente.

—¡Oh! Así que puedes caminar... Además, fuera de la oficina eres mi amiga, ¿recuerdas?

—¡Claro que puedo caminar! —No sabía por qué empezaba a ponerse tan nerviosa cuando Daniel estaba cerca de ella, cuando podía respirar el aroma que desprendía su piel.

Sin decir una palabra más empezó a alejarse de él con paso ligero, pero Daniel le dio alcance.

—Lo siento. ¿Vale? Sólo quería molestarte por haberme seguido.

—No te seguía. ¡Eras tú quien me seguía a mí! —Aceleró hasta el punto en el que casi iba corriendo.

—Yo no te seguía, Vivian. Te dije que tenía que comprar algo, pero... —Estiró el brazo y la detuvo—. ¿Me odias? —Vivian lo miró con la duda dibujada en sus ojos, como si no entendiese esa pregunta—. Rehúsas ser mi amiga. Te niegas a que vaya a comprar contigo. Te molesta cuando bromeo. Dime, ¿me odias? No pretendo forzarte a ser mi amiga, Viv. Ni siquiera a que me hables fuera del trabajo. Pero no te entiendo, porque tampoco te comportas como si me rechazases del todo. Después de lo de París empezamos a comportamos como amigos: fuimos juntos a comer, cenamos en tu casa. Al contarme lo de tu padre yo sólo pretendía ser amable. Cuidaste de mí cuando lo necesité y ahora siento que eres tú quien me necesita. En cambio, cuando yo me acerco, por poco que sea, tú sólo huyes.

Sin saber qué contestarle bajó la mirada. Daniel tenía razón. Aunque quisiera ocultarlo y fingir ser fuerte necesitaba a alguien en quien apoyarse en ese momento. Todavía no entendía por qué Vivian le rechazaba, pero menos aún por qué no era capaz de aceptar su amistad.

En vista de que ella no respondía, empezó a caminar. Se alejó, molesto. Se sentía un estúpido al pensar que ella le aceptaría como a un amigo. Vivian se mostraba cortés con él, como cualquier empleado con su superior, pero tenía la certeza de que ella no iba a cambiar su actitud. Al ver la bolsa en su mano, se acercó a una papelera y la lanzó molesto.

Vivian siguió de pie, incapaz de moverse, en el mismo sitio durante varios segundos más. Después de analizar la situación, corrió tras su jefe. Éste se había deshecho de la bolsita con la que salía sonriente de la joyería. Sin pensarlo dos veces la recuperó y continuó su carrera hasta darle alcance.

—Nunca he tenido amigos —confesó ella. Sujetó el brazo de Daniel y miró hacia arriba, esperando encontrarse con sus ojos—. No sé cómo se supone que debería actuar contigo. Pasamos muchas horas en la oficina, pero no sé cómo debo comportarme cuando estamos juntos fuera de ella.

—Pues con naturalidad, Vivian, con naturalidad. Pero, ¿sabes?, olvídalo. Mejor sigamos como hasta ahora: yo seguiré siendo el jefe y tú mi asistente. No pretendo complicarte la vida ni complicármela yo. —Se liberó de su agarre y siguió caminando.

Cuando Daniel se alejó de ella, Vivian no supo muy bien qué hacer. No quería correr detrás de él para suplicarle. No quería repetirle que no había tenido amigos. No quería volver a pensar en que acababa de rechazar a la única persona que le ofrecía su amistad. Le observó hasta que desapareció en la lejanía. Continuó sus compras con la pequeña bolsita de la joyería en las manos antes de ir a casa.

Al llegar al apartamento colocó sobre la cama lo que acababa de comprar: una hermosa chaqueta blanca de cachemir, una bonita y elegante falda plisada y una camiseta de cuello de barco. A su lado, sobre la mesita de noche, estaba la pequeña bolsa azul que Daniel había tirado. Sintió curiosidad por saber qué contenía y la abrió.

En su interior había una caja pequeña muy bien envuelta en papel de regalo brillante. No quiso abrirla. Se vistió deprisa y salió del apartamento con la bolsa de Daniel en las manos. Necesitaba verle y aclarar lo que sentía.

Llegó a White Diamond en menos tiempo de lo que dura un suspiro. Después de atravesar el vestíbulo a toda velocidad, cogió el ascensor y subió al apartamento de Daniel. Llamó a la puerta insistentemente. El conserje no le había dicho que no hubiera nadie, por lo que era evidente que Daniel estaba dentro. Si no abría era porque estaba enfadado con ella.

—Daniel, ábreme, por favor. Necesito hablar contigo. Yo... —decía ella, con la mirada fija en la puerta. Sin embargo, él seguía sin abrir—. Está bien. Me quedaré aquí hasta que abras —replicó.

Una hora más tarde, cansada de esperar de pie, apoyó

la espalda en la fría pared, se deslizó hasta el suelo y contempló las luces a través de los cristales.

Frente a White Diamond, a unas decenas de metros, había un edificio en el que se podían ver ventanas iluminadas. Se fijó en una de ellas. Se adivinaba la silueta de dos personas que se abrazaban. Sonrió cuando la luz se apagó.

—¿Puedo saber qué haces aquí? —preguntó Daniel, sorprendiéndola al salir del ascensor.

—¡Oh! Pensaba que estabas dentro. El recepcionista no me ha dicho nada.

—¿Qué haces aquí, Vivian?

—Yo... Te dejaste esto —le dijo. Le dio la bolsa que había rescatado de la papelera de la calle.

Él no respondió. Ignoró el ofrecimiento y siguió caminando hasta la puerta. Entró en el apartamento y dejó la puerta abierta, para que su asistente le siguiera. Todo en aquel piso estaba exactamente igual que semanas atrás. Todo en la misma posición. Todo en el mismo lugar, incluso el aroma era el mismo. Todo salvo Daniel, que no estaba enfermo y en cama, sino molesto y en la cocina.

—¿No vas a coger la bolsa?

—¿No viste que la tiré?

—Siento no haberte dado una respuesta antes, Daniel. No te odio. Es sólo que, como te dije antes, nunca he tenido amigos. Pero... quiero intentarlo. Suena infantil pero, ¿quieres ser mi amigo? Por favor.

Daniel le dio la espalda con una sonrisa en los labios. Aquélla estaba siendo una sorpresa tan inesperada como grata. Se dirigió al salón, donde estaba ella, y cogió de sus manos la pequeña bolsa.

Después de mirar dentro, la dejó con cuidado sobre la mesa y se colocó frente a ella.

—Entonces, ¿quieres ser mi amiga? —Ella asintió—. Está bien, pero con una condición.

—¿Cuál?

—No quiero que te fuerces en darme un trato distinto fuera de la oficina. No quiero que haya obligaciones de ningún tipo. Los amigos son la familia que uno elige. ¡Ah!, y... necesito que confíes en mí. Yo confío en ti y, hagas lo que hagas, no voy a juzgarte. Pero tampoco quiero que me juzgues tú a mí. Los amigos se apoyan, pase lo que pase... —Ella escuchaba atenta y asentía a todo lo que él decía.

—¿Me... quieres...? ¿Vendrías conmigo a...?

—Claro que sí, tonta. Recuerda que fui yo quien se ofreció. —Guiñó un ojo—. Ahora, dime, ya que estás aquí, ¿quieres quedarte a cenar?

—No. Lo siento, pero no. Estoy demasiado nerviosa como para llevarme nada a la boca... Sólo vine a traerte esto y... ya sabes...

Después de despedirse rápidamente, Vivian volvió a casa, esta vez con una sensación distinta. Estaba feliz por haber hecho las paces con Daniel y por saber que no iba a estar sola cuando se enfrentase con su padre unas horas después.

Cuando la asistente se fue del apartamento, Daniel no pudo evitar darse cuenta de lo agradable que resultaba sentirse el primer amigo de alguien, de lo maravilloso que era poder contar con alguien de verdad. La mayoría de la gente de su entorno eran contactos meramente laborales. Algunos de los conocidos eran más cercanos que otros, pero en el mundo en el que Daniel se movía no resultaba fácil tener amigos de verdad. Vivian era la primera a quien le ofrecía su amistad. Además, ella había reconocido entre líneas que la necesitaba.

Daniel se fue a dormir con la agradable sensación de saber que iba a estar al lado de ella en ese momento importante de su vida. Vivian pasó la noche inquieta, tensa. Tan pronto sentía calor como frío. Los nervios no la dejaron pegar ojo. Por la mañana se levantó con la extraña sensación de que algo iba a ir mal.

CAPÍTULO 18

En cuanto se puso en pie, Vivian corrió al armario. Necesitaba mirar la ropa que había comprado el día antes. En ese momento ya no estaba segura de que el atuendo elegido fuera el apropiado: la falda le parecía corta, la camiseta demasiado ajustada, la chaqueta demasiado clara...

Desesperada, entre el miedo y los nervios, no pudo pensar en otra cosa más que en salir a la calle. Necesitaba correr, que le diera el aire, por frío que fuera. Por encima de todo, tenía que despejarse.

La mañana de Daniel había empezado ligeramente distinta. Él también estaba nervioso, más que por conocer a los padres de su asistente, por el hecho de estar a la altura si algo salía mal. Estaba convencido de que no podía evitar esa atracción que sentía por ella. No quería propasarse si la veía débil o sensible.

Se puso en pie y seleccionó uno de los trajes de su vestidor: una camisa, unos zapatos, una corbata... A un lado del armario estaba la bolsa en la que estaba el traje que Vivian le había lavado. No pudo evitar sonreír cuando recordó esa noche.

De pronto el sonido de su teléfono se coló en su recuerdo y le devolvió a la realidad. Su padre le requería.

—Dime, papá...

—Buenos días primero, ¿no?

—Sí, sí. Buenos días. Dime, ¿qué quieres?

—Necesito que te reúnas por mí con Frank Prime. Me ha surgido un imprevisto y no puedo ir yo.

—¿Qué te ha pasado? —preguntó preocupado.

—No es nada importante. Puedes ir a esta comida por mí, ¿verdad? —Daniel asintió con un sonido nasal y cortaron la llamada.

Daniel odiaba los cambios repentinos que hacen que los planes se vayan al traste por algo de última hora. Además, por si fuera poco, la comida era con Frank Prime, el director guaperas del Edificio G, alguien a quien no soportaba.

Se acercó al armario de mala gana. Este cambio requería que fuera vestido de otra manera, por lo que debía ponerse algo un poco más formal. Salió a la calle para hacer tiempo mientras esperaba que llegara el momento de comer.

A la hora de la cita, Daniel se presentó en el restaurante. Como era de esperar, le acompañaron hasta la mesa reservada. No siempre llegaba a tiempo a las citas. Algunas veces se retrasaba por motivos ajenos a él. A veces era un atasco. En otras ocasiones, una eterna llamada de teléfono con algún socio de Industrias Gable. Otras veces era él quien tenía que esperar. Se extrañó cuando, después de estar una hora allí sentado, pendiente del reloj cada minuto y medio, su cita no se presentaba. En el momento en el que decidió marcharse, un mensaje de texto en su móvil le avisó de que Frank no iba a poder asistir a la reunión.

—Perfecto... Maldito Prime... —murmuró. Apretó los dientes y se lamentó por el tiempo perdido.

Dejando de lado el hecho de que el tipo que menos gracia le hacía de todo el conglomerado empresarial le hubiese plantado sin previo aviso, llamó a Vivian. Faltaban cerca de tres horas para que fueran a la casa de los McPherson, así que podían permitirse comer juntos tranquilamente y luego encaminarse hacia la fiesta.

Como si Frank y Vivian se hubieran puesto de acuerdo, ella tampoco quería comer con él.

—Vamos, Viv. Quedan tres horas y estoy aquí solo. Han cancelado una cita que tenía y parezco un idiota. Vístete y ven. Luego podemos ir donde viven tus padres.

—No sé, Daniel.

—¿No sabes si quieres venir?

—Estoy muy nerviosa. No tengo apetito. No sé si me apetece sentarme en un lugar lleno de gente y ver mis piernas temblar bajo el mantel...

—Estoy yo. ¿Recuerdas lo que hablamos anoche sobre la confianza? —Ella asintió con un sonido nasal—. Bien. Pues como amigo tuyo que soy necesito que me saques de este apuro. Es vergonzoso verse sentado en un restaurante esperando a alguien que no va a venir.

—Dime dónde es —le pidió desganada.

—¿Recuerdas el día del vestido azul? —Ella asintió—. Pregunta por mí en recepción. Avisaré al encargado de que tú serás mi acompañante.

Daniel nunca imaginó ver a alguien en ese estado de tensión. Su ayudante se sujetaba las manos con nerviosismo, entrelazando los dedos, mientras miraba inexpresiva. Parecía un cordero de camino al matadero. Enroscaba el borde del mantel. Bebía pequeños sorbos de agua cada medio minuto. Cansado de verla así, Daniel llevó una mano hacia la de ella y la apretó con fuerza.

—Por Dios, Viv. Tienes la mano helada. ¿Te encuentras bien?

—Sí. Es sólo que... Daniel, me aterra ver a mi padre.

—Pero ¿qué ocurrió para que le tengas tanto miedo? ¿Te golpeó?

—¡Oh, no! ¡Por favor! Mi padre jamás nos ha puesto

una mano encima. Me gritó. Me gritó como nunca y me lanzó algunas de mis cosas mientras me echaba a la calle y me decía que para él había muerto.

—Vas a tener que contarme lo que ocurrió con un poco más de detalle. Tienes que explicarme por qué razón un padre diría eso a su hija. —Vivian lo miró atemorizada, como si esperase que él fuera a exigirle que hablase sobre lo que no quería ni recordar.

—Hoy no. Tranquila. Pero algún día me lo tendrás que contar.

El rato de la comida se hizo eterno para ambos. Al fin llegó la hora en la que debían acudir a la fiesta. Subieron al coche de Daniel, quien condujo sin rodeos hasta la dirección de los McPherson.

Al llegar, Daniel se sorprendió. Había supuesto que eran una familia pobre. Sin embargo, la casa era muy bonita, una vivienda de dos plantas pintada en un verde grisáceo muy clarito, con una gran puerta de doble hoja lacada en blanco perla muy cuidada. En la entrada había dos pequeños parterres con setos y rosales. En medio, un camino corto que conducía a la escalera de la puerta principal.

Vivian llamó, con pulso firme esta vez, como si todos sus nervios se hubieran convertido de pronto en coraje. Ambos esperaron a que les abrieran.

El hermano de Vivian corrió a saludarla. Lo hizo de forma fría y distante, como si la culpase de algo, aunque disimulaba, intentando ser cortés. Tanto Daniel como Airam se miraron y se estudiaron sin decir una palabra.

Airam era bastante más alto que Vivian. Sus ojos también eran azules tirando a turquesa, en un tono más bonito que el de su hermana. Su cabello era castaño. Su piel, clara como la de ella. Su cara era fina y de facciones delicadas. En definitiva, un hombre muy atractivo.

En ese momento pasó una mujer, sin decir nada. Únicamente los miró y siguió su camino, como si Vivian hubiera sido una perfecta desconocida que no mereciera ni tan siquiera un saludo.

—Ella es mi madre —susurró.

—Lo he imaginado —respondió él.

—Pasad. Papá está en el jardín —invitó el muchacho—. Él no sabe que vienes, y tampoco que tienes novio.

—Él no es mi novio. Es mi jefe —dijo sincera.

—Ya —respondió mirando a Daniel, que no sabía cómo actuar en un ambiente tan aparentemente hostil.

El hermano mayor de Vivian había oído la puerta y bajaba las escaleras a mirar. Al contrario que su hermano o que su madre, él sí la saludó de forma cariñosa. La abrazó y dio un par de vueltas con ella colgada de su cuello.

Joe era un tipo grande y fuerte. Sus brazos se marcaban por debajo de la camiseta. Los músculos del pecho se pusieron tensos cuando elevó a su hermana en el aire. Sus ojos tenían el mismo tono que los de Vivian, y su cabello también era rubio. En cambio, su aspecto no parecía tan delicado como el de Airam.

—No sabía que tenías novio —murmuró. Se agachó de lado y le dio un toque con el codo en el brazo.

—Yo tampoco. ¿Dónde está? —respondió graciosa. Miró a su alrededor en un gesto simpático.

—Él...

—Él es mi jefe. Se ha ofrecido a venir conmigo. Sólo eso. No es mi novio ni nada por el estilo —explicó. Estas palabras hirieron durante un momento los sentimientos de Daniel, que había estado tratando de comportarse como el mejor de los amigos desde el día en que Airam llamó a su hermana.

Caminaron por el pasillo hacia el jardín. Primero salió Joe. Vivian dudó un instante si hacerlo o no. Temía que su padre no la hubiera perdonado. Entonces Daniel puso una mano en su espalda, para recordarle que no estaba sola. Después de mirarle y de sonreír de forma sutil, abrió la puerta. Salieron uno detrás del otro a lo que hacía años había sido un pequeño parque infantil. Ahora no era otra cosa más que un precioso y bien cuidado jardín. Todo estaba sembrado de césped. Un caminito de losas de piedra con forma de hojas llevaba a un bonito cenador decorado con telas de gasa turquesas, azules y blancas. En una de las esquinas había un pequeño estanque con nenúfares y un par de flores de loto de intenso color rosa y penetrante aroma. Vivian sonrió, pues las flores de loto siempre fueron sus favoritas.

Al llegar al cenador, su padre estaba de espaldas y no la vio.

—Te ha quedado precioso, papá. —Vivian empezó a hablar como si no hubiera ocurrido nada. Su voz sonaba nerviosa. Daniel pudo ver cómo apretaba los puños dentro de los bolsillos de la chaqueta.

—¿Tú? ¿Qué haces tú aquí? Aquí no eres bienvenida —gritó al girarse y verla de frente—. ¡Largo! —exclamó con el rostro desencajado—. ¡Te quiero fuera de mi casa! ¿Has venido a reírte de mí? Has venido a... —El hombre salió del cenador y la empujó haciéndola chocar contra Daniel, que miraba incrédulo y sin saber qué hacer—. ¿Y te traes a tu novio para que la gracia sea completa?

—Es su jefe, papá —dijo Airam, que se había acercado a ellos al oír los gritos de su padre.

—Me importa un bledo. ¡Largo!

Vivian no sabía qué hacer. Su madre miraba desde la puerta, de brazos cruzados y con aire displicente. Joe permanecía inmóvil en el cenador contemplando la escena totalmente desconcertado.

El hombre, completamente fuera de sí, agarró con fuerza el brazo de su hija y la arrastró hacia la calle. La trató como si fuese el ser más indeseable del mundo.

—No quiero que vuelvas. Ya te lo dije. Olvídate de que

ésta fue una vez tu familia. ¡Maldita desagradecida! Te criamos bien y nos pagaste engañándonos. Te burlaste de nosotros y lo vuelves a hacer. ¡Largo! ¡No quiero volver a verte nunca más!

La muchacha obedeció, titubeando a cada paso que daba. Daniel la seguía completamente impactado. Cuando el hombre cerró la puerta, de un sonoro golpe, Vivian no pudo más que empezar a caminar para alejarse de allí.

El ejecutivo la miró, indignado. Aquello estaba siendo una injusticia. No podía permitir que la tratasen como a una basura Dios sabe por qué motivo. Así que, sin decir nada, se dio la vuelta y volvió a la casita verde de la que habían salido a empujones unos segundos antes.

Llamó bruscamente a la puerta. Esperó a que alguien abriera para defender a su amiga como era debido. Pero Vivian corrió hasta él e impidió que lo hiciera otra vez. Sujetó en el aire su mano antes de que golpeara la entrada nuevamente.

—Vamos, Daniel —pidió con un tono de voz suave.

—No, Viv. Ésas no son maneras de tratar a una persona, y menos a un hijo.

—No hagas que se enfaden más conmigo, por favor —suplicó con la mirada—. Sólo vámonos. ¿Sí?

Daniel se soltó de ella, molesto por haber consentido que le hicieran lo que le que le habían hecho sin decir una sola palabra en su defensa.

Tan pronto como doblaron la esquina, Vivian se detuvo. Se llevó las manos a la cara y empezó a llorar desconsoladamente. Ser echada por segunda vez de su casa y con esos gritos le había destrozado de nuevo el corazón. Volvió a sentirse igual de mal que cuando tomó la decisión de estudiar lo que quería en lugar de lo que le imponía su padre.

—¿Te encuentras bien?

—Sí. Estoy bien. Gracias por venir conmigo. De verdad.

Daniel se acercó a ella. Apartó las manos de su cara y la abrazó con fuerza. Ella también le abrazó.

—No tienes nada que agradecerme. Quedamos en que éramos amigos, y los amigos están para lo bueno y para lo malo. Pero vas a tener que explicarme por qué tu padre ha actuado de esa manera porque, lo confieso, no entiendo nada.

—Llévame a casa. Luego te lo explico. Por favor.

Daniel la cogió de la mano y tiró de ella. La acercó a su lado y la guió hasta el coche.

Condujo callado, dejando que ella sola encontrase consuelo en sus pensamientos. De vez en cuando la miraba. Cuando ella le devolvía una sonrisa, por sutil que fuera, volvía la vista al frente un poco más relajado.

Al llegar a Black Diamond, Daniel detuvo el coche en la entrada. Le abrió la puerta para que bajase y volvió a su asiento de conductor.

—¿Vas a aparcar?

—No, Viv. Voy a casa.

—¿No quieres subir? —preguntó con una leve sonrisa.

—¿Quieres que suba? —Ella asintió con la cabeza—. Espérame aquí, que enseguida vuelvo —pidió. La asistente asintió nuevamente.

Había oscurecido y ambos estaban sentados en el sofá. Vivian empezó a hablar.

—El padre de mi padre murió. Parece ser que los médicos no hicieron nada por salvarle la vida. Por eso, él quería que yo fuera médico y que ayudase a tantas personas como pudiera.

—Y tú no querías estudiar Medicina. ¿Me equivoco?

—No. No te equivocas. Mi padre sabía que yo no quería ser médico, pero lo ignoró tantas veces como se lo dije. Simplemente fingí estudiar lo que él quería y le engañé. Un día, mi hermano Joe me delató. Fue sin querer, pero puedes imaginar cómo se lo tomó mi padre.

—Siento que pasaras por eso...

—No lo sientas. No es tu culpa. —Sonrió y se reclinó hacia atrás en el sofá.

Viéndola mucho más relajada que horas antes, se levantó y fue a la cocina. Sólo había estado allí una vez, pero no importaba. Iba a prepararle una deliciosa cena en compensación por el mal trago que había tenido que pasar.

Apenas había dispuesto los ingredientes sobre la encimera cuando se percató de que le hacía falta uno. Fue a preguntarle a Vivian, que seguía en el salón.

Estaba medio tumbada en el sofá, con los ojos cerrados. Daniel llevó una mano a su hombro y la movió despacio para preguntarle, pero se había dejado llevar por el cansancio de no haber pegado ojo la noche anterior. Estaba completamente dormida.

—Vivian, ¿me oyes? ¿Estás..., estás dormida? —preguntó nuevamente. Esta vez tampoco obtuvo respuesta.

Sin darle más vueltas se agachó frente a ella despacio. Respiró su aroma y la observó detenidamente. Cuanto más la miraba, más hermosa le parecía. Acercó lentamente su boca a la de ella. Se moría por besarla.

Aunque sus labios estaban a escasos milímetros, no pudo hacerlo. No si ella no estaba consciente para permitir o para rechazar ese beso. Además, como por obra del destino, su teléfono móvil vibró en su bolsillo. Esto le hizo recordar que existía una foto de fondo en la que estaban él y su novia. Cerró los ojos con fuerza y se apartó. Se avergonzó de sí mismo por sentirse como un loco adolescente.

Estando en su casa, no iba a dejarla dormir en el sofá, por muy cómodo que éste fuera. Decidió cogerla en brazos y llevarla a la cama. La dejó delicadamente sobre el edredón blanco. Besó su frente y salió del dormitorio.

Habría querido quedarse con ella, tumbarse a su lado

sobre la cama y observarla mientras dormía. Pero, lamentablemente, él se debía a Rachel. Le preparó una cena ligera y se marchó de allí. Como la vez anterior, le dejó una nota.

Cuando al fin pasase esa noche todo volvería a la normalidad: Vivian volvería a ser la chica de siempre y se olvidaría del asunto de su familia.

CAPÍTULO 19

Salían como tantos días del restaurante. De pronto, el camarero tropezó con la servilleta de uno de los clientes y fue hacia ellos con el bailoteo previo a la caída. Aterrizó inevitablemente encima de Vivian y vertió el líquido de la jarra de agua sobre su falda.

Daniel no pudo evitarlo. En lugar de ayudar al camarero a ponerse en pie, o preguntar al menos si estaban bien, empezó a reírse a carcajadas, lo que provocó que medio salón comenzara a reírse con él. Vivian los miraba avergonzada. No podía creer que estuvieran riéndose de algo así.

Haciendo caso omiso a su jefe, se agachó y ayudó al camarero a ponerse en pie.

—¿Te has hecho daño? —preguntó mientras tiraba de su brazo hacia arriba.

—Lo siento. No era mi intención.

—¡Dios mío! ¡Estás sangrando! —exclamó. Cogió la mano del muchacho, que estaba manchada de lo que parecía sangre.

—Es ketchup —dijo Daniel—. No eres la única a la que han manchado. —Continuó riendo.

El hombre al lado de Vivian los miraba con expresión

de incredulidad. Su camisa blanca estaba salpicada de salsa de tomate. Del borde de su espeso bigote se escurría una perla de agua. La mujer que lo acompañaba los miraba con la boca abierta y una mano sobre su frente.

El camarero se puso en pie y se disculpó debidamente. Entonces Daniel tomó a su asistente por el brazo y ambos salieron en dirección a la oficina.

Daniel no pudo dejar de reír en todo el camino. No paró de hacerlo ni en el ascensor, mientras subían al piso cincuenta y nueve, en el que estaba su despacho.

—Ja, ja —replicó ella, fingiendo mal humor y mirándose la mancha de la falda.

—Es que tenías que haberte visto la cara.

—Ese chico podía haberse hecho daño.

—Pero te dijo que estaba bien. No le des más vueltas.

Vivian fue directa hasta su mesa y del cajón del escritorio sacó una caja de pañuelos de papel para secarse un poco la falda, que aún estaba húmeda. Frotaba la tela mojada vigorosamente, mientras Daniel seguía riendo.

De pronto, él se puso en pie y salió de la oficina sin decir nada. En su ausencia, ella empezó a contestar las llamadas que entraban y que eran para él.

—Señorita McPherson, usa usted una treinta y cuatro, ¿cierto? —preguntó una mujer al otro lado de la línea.

—Sí. Claro —afirmó intuitivamente, sin pensar—. ¿Quién es usted?

—Gracias. Pase buena tarde —se despidió. Cortó la llamada y la dejó completamente descolocada.

Vivian colocó de nuevo el auricular en su sitio. Justo cuando iba hacia su mesa, el teléfono empezó a sonar otra vez.

Corrió a descolgar y preguntó:

—¿Por qué me pregunta eso en el teléfono de mi jefe? ¿Cómo sabía que uso esa talla? —inquirió.

—¿Disculpe? —Vivian acababa de meter la pata. Automáticamente se le subieron los colores a las mejillas, como si quien estaba al otro lado de la línea pudiera verla—. Creo que me he equivocado. Éste no es el número de Daniel Gable, ¿verdad?

—Sí. Discúlpeme. Lo siento. Yo... —No sabía cómo disculparse con aquel tipo—. Lo siento. Soy su asistente. En este momento no está. Pero, por favor, déjeme el mensaje y en cuanto llegue yo...

—No importa. ¿Puede decirle que ha llamado Frank Prime y que me viene bien la reunión de mañana?

—¿Frank...? —preguntó impactada por oír ese nombre.

—Sí. Frank Prime, de Red Ink Enterprise. ¿Se lo dirá? —preguntó. La muchacha asintió, antes de que su interlocutor cortase la llamada.

Hacía mucho que Vivian no oía esa voz, mucho tiempo desde que oyó por última vez ese nombre incluso de sus propios labios. Y de repente, él iba a tener una reunión con Daniel.

En su fuero interno tenía sentimientos contradictorios. Por un lado tenía ganas de verlo y, a la vez, paradójicamente, no las tenía.

Se acercó a su silla y la hizo girar. Quedó de frente hacia la ventana desde la que se veía la ciudad. Un recuerdo aceleró su corazón: estaban un compañero de estudios y ella en la biblioteca, cansados de estudiar. De pronto, el muchacho se puso en pie sonriendo y corrió con cuidado de no hacer ruido hacia las estanterías. Vivian se quedó en la mesa, y miró hacia donde había desaparecido el joven. Minutos después él apareció con una pila de libros entre sus brazos.

—Mira, Viv. Ojeemos esto mientras nos tomamos un café.

—Pero, Frank, ¿y el café?

Él sonrió de manera pícara. Ella entendió que le tocaba ir a buscarlos a ella.

Cuando regresó, el muchacho miraba una imagen completamente fascinado. Era una foto que mostraba las increíbles vistas de una ciudad desde un rascacielos.

—Algún día tendré unas vistas así desde mi propia oficina. —Sonrió.

De pronto algo frente a sus ojos la devolvió a la realidad. Daniel había vuelto de dondequiera que hubiera ido y en las manos llevaba una bolsa de papel rosa con el logotipo de una prestigiosa tienda.

—¿Ya has vuelto? —preguntó él sonriendo—. Anda. Ve a cambiarte.

—¿Qué es esto, Daniel?

—No pensarías que iba a dejar que te resfriases por llevar la ropa mojada...

—Yo no soy como tú. No voy a enfermar por un poquito de humedad. —Sonrió. Había atacado con gracia en su punto débil.

—*Touché*, señorita McPherson. Pero no deje que descubra su punto débil. Entonces la hostigaré hasta la saciedad, sin descanso. —La miró de una forma lasciva y ambos rieron.

—Odio las cosas moradas —mintió, mientras pasaba por su lado para ir al baño a quitarse la prenda mojada.

Al contrario de lo que suponía, dentro de la bolsa no había una falda, sino un vaquero ajustado hasta los tobillos, con zonas desgastadas en los muslos. Sin querer sonrió pensando en aquello que le había dicho en su primera semana: «Las piernas de las mujeres son tan perfectas que es inmoral llevarlas ocultas bajo unos pantalones».

De vuelta a la oficina, Daniel se acercó a ella e hizo que se diera la vuelta para ver cómo le quedaba.

—¡Sí, señor! ¡Tengo buen ojo! —exclamó él. Dio una sonora palmada y caminó hacia su escritorio.

—Mentiroso. El buen ojo es el de la dependienta de la tienda que, después de confirmar mi talla por teléfono, ha sido capaz de darte la prenda que iba a quedarme bien.

Esa afirmación borró la sonrisa tonta de la cara de Daniel. Él frunció el ceño, fingiendo estar molesto.

Nunca antes se había llevado tan bien con una chica, ni siquiera con Rachel. Pese a estar sintiendo esa irremediable atracción por ella, se sentía cómodo y siempre de buen humor.

—¿Alguna llamada en mi ausencia? —preguntó hosco y con una mirada hostil, algo que nuevamente les hizo sonreír.

—Sí... Llamó F... —titubeó, recordando nuevamente a ese alguien de su pasado—. Frank Prime.

—¡Oh! —Su sonrisa se torció en una expresión de fastidio—. Y ¿qué quería?

—Confirmar la reunión de mañana.

Daniel se levantó de su silla y se acercó a la ventana. Realmente aborrecía a ese tipo.

Pasaron el resto de la tarde en completo silencio. Ella lo miraba cuando él no se daba cuenta y viceversa, o, al menos, cuando creía que no se daba cuenta. A la hora de salir recogieron sus mesas y cerraron la oficina para bajar juntos al aparcamiento.

Daniel había permanecido tan callado que su asistente empezaba a preguntarse si estaba bien. Caminaron uno al lado del otro hasta el ascensor. Cuando las puertas se cerraron, se volvió hacia él.

—¿Está todo bien? —preguntó. Apoyó una mano en el antebrazo de su jefe.

—Sí. Es sólo que me molesta esa reunión.

—Siento que...

—¿Vendrás conmigo? Sé que es viernes y que... —interrumpió.

Vivian lo miró horrorizada. Ir con él ya no era un problema. Acompañaba a Daniel a comer a diario y habían cenado juntos en varias ocasiones. Habían estado en reuniones fuera de su horario laboral y ella había atendido alguna que otra llamada de la oficina desde casa. Pero no sabía si estaba preparada para volver a ver a Frank.

Con la mirada suplicante de Daniel, era imposible negarse. Cuando buscaba rápidamente cualquier pretexto con el que excusarse, él dio un paso y se puso frente a ella.

—Vamos, Viv. Te necesito. Si vienes conmigo serás mi superheroína. Y te deberé una. ¿Sí?

—Daniel, no... Está bien. Iré. Supongo que será rápido, ¿no? Una hora, dos como mucho, y estaré libre, ¿no?

—Sí. Probablemente no nos lleve mucho más que eso. Entonces, ¿vienes? —Ella asintió desganada.

De nuevo se le venía encima una situación indeseable. Otra vez aparecía su pasado para torturarla.

Llegó a su apartamento con el estómago encogido por los nervios. Veinticuatro horas más tarde iba a encontrarse con ese chico, al que hacía al menos dos años que no veía.

De pronto se sintió estúpida al pensar cuántos Frank Prime podría haber en el mundo. Se sintió como una tonta al pensar que estaba nerviosa por encontrarse con alguien que ni siquiera sabía si era quien ella suponía.

El pensamiento de que quizás él no era el tipo que creía le ayudó a conciliar el sueño. Seguramente se trataría sólo de una coincidencia. Supuso que su jefe la dejaría volver a casa para arreglarse antes de la cena con Prime, por lo que se vistió con su traje habitual. Tras un desayuno rápido, se peinó adecuadamente y salió hacia el Edificio B.

Daniel tampoco vestía de un modo especial. Él siempre llevaba ropa más elegante que de costumbre cuando tenía una cita de negocios importante, por lo que supuso que antes de la reunión también él se cambiaría.

Las horas de oficina fueron largas y pesadas, para uno más que para otro. Aun así, poco a poco llegó la tarde.

—Vivian, quiero cambiarme de traje. ¿Vienes conmigo?

—Yo también debería cambiarme de ropa. No me siento a gusto vistiendo así para una reunión. —Daniel la miró de arriba abajo y sonrió.

—Yo creo que estás perfecta —confesó.

—¿Vamos a mi apartamento y luego al tuyo? Así luego podremos ir juntos al restaurante.

—Vivian, ten cuidado con tus palabras. Suena a proposición indecente —bromeó Daniel, logró, con esa afirmación, hacer que ella se ruborizase, al imaginarse una situación con él que no venía a cuento—. Era broma, tonta. Es sólo que hoy el ambiente está un tanto más hostil de lo habitual y no quisiera ir a esa dichosa cita sin verte sonreír al menos una vez.

Dicho y hecho. Salieron del despacho un poco antes de lo habitual. Se metieron en el coche de Daniel y fueron primero a Black Diamond.

Vivian se dio una ducha rápida y se vistió, mientras Daniel ultimaba unos detalles con su padre. Después fueron al apartamento de él. Cuando éste también estuvo listo, se presentaron en la entrada del hotel donde tendría lugar la cena.

—¿Estoy bien? —preguntó Vivian, nerviosa, cuando se sentó en una elegante silla.

—Estás preciosa. No te preocupes. Pero dime una cosa, Viv, ¿por qué estás tan nerviosa en esta reunión? ¿Por qué te noto más inquieta?

—Buenas noches —interrumpió de pronto una voz tras ella.

Vivian se sobresaltó y abrió los ojos de par en par. Daniel se alarmó y enseguida supo que algo no iba bien. Frank retiró una silla y le ofreció asiento a la hermosa joven que le acompañaba. Entonces saludó a Daniel, que no había dejado de mirar a su asistente.

—Ella es Beverly Harris, mi secretaria —presentó cortés—. Se moría de ganas de conocerte, Daniel.

—Ella es Vivian, mi amiga y mi asistente —respondió de mala gana.

Frank miraba a Vivian y, en ocasiones, le preguntaba cosas directamente. Sin embargo, no parecía haberla reconocido. Eso la hacía sentir aún peor que si la ignorara intencionadamente.

Habían estudiado y crecido juntos desde los cuatro años, aunque no fueron grandes amigos hasta los dieciocho años. Cuando, a pesar de las muchas opciones que había para estudiar, coincidieron en la misma universidad, no pudieron evitar el acercamiento. Desde ese momento su relación de meros compañeros de colegio se convirtió en una relación de buenos compañeros de estudio. A partir de entonces se encontraban a diario en las aulas y luego en las mesas de la biblioteca, donde compartían horas y horas.

Y ahora Prime estaba sentado a su lado y no la reconocía. Sólo habían pasado veinticuatro meses y ni siquiera le había sonado su nombre.

Beverly miraba continuamente a Daniel, como si con la mirada le suplicase un acercamiento íntimo, como si le pidiese con cada pestañeo que se fueran juntos de allí y que subieran a una de las habitaciones del hotel. En cambio, él seguía mirando detenidamente a su compañera, que no apartaba la mirada del plato.

—¿Cómo lleváis la relación dentro de la oficina? —preguntó Frank. Parecía insinuar que entre ellos había algo más que una simple relación laboral.

—Entre nosotros no hay nada de eso —murmuró Vivian. Se defendía de lo que estaba tomando como una acusación directa.

—Y de haberlo tampoco es algo que quisiéramos compartir con terceros, ¿no crees, Viv?

Al escuchar a Daniel llamarla de esa forma, el director de Red Ink la miró como escudriñándola, como si buscara encontrar algo que se le había pasado. Entonces Daniel dio por terminada la reunión. Habían intercambiado información y documentos. Permanecer más rato juntos no era algo grato para ninguno. Frank y su asistente se pusieron en pie. Después de los apretones de manos pertinentes, se marcharon. Daniel se quedó molesto en la mesa y Vivian, callada e inmóvil.

CAPÍTULO 20

Despertó envuelta con un agradable aroma masculino. No abrió los ojos, pues pensaba que se trataba de un sueño muy vívido. Se acomodó contra el cuerpo que tenía detrás. Acarició el brazo en el que se apoyaba y que le rodeaba el cuello.

En su cara se instaló una sonrisa, una sonrisa de satisfacción, como si el mejor de sus sueños se hubiera hecho realidad. Pero de pronto abrió los ojos de par en par y empezó a analizar la situación. Se dio cuenta de que aquello no estaba siendo un sueño. El olor de la estancia se mezclaba con ese perfume masculino que ella tan bien conocía. La suavidad de aquellas sábanas de satén no coincidía con la textura del algodón de la ropa de su cama. Y ese calor que se pegaba a su cuerpo no era algo que hubiera experimentado antes. Se volvió despacio y se liberó del brazo que la retenía en esa posición. Al ver quién la acompañaba en esa cama se quedó helada.

Daniel la miraba con una sonrisa en los labios.

—Buenos días, señorita McPherson —dijo de forma seductora.

—¿Daniel? ¿Qué ha pasado? ¿Qué hago aquí?

—¿Qué ha pasado? ¿No recuerdas nada de lo que

pasó anoche? —Sonrió. Vivian miró bajo las sábanas intentando hallar ahí una respuesta. Ella llevaba puesta su ropa interior y la parte superior de un pijama de cuadros grises; él, el pantalón a juego con lo que vestía ella.

—¿Qué ha pasado? ¿Por qué estoy así? —repitió desubicada. Daniel no llevaba nada que cubriera su torso. Eso la ponía nerviosa.

—Si no lo recuerdas, es que no fue importante para ti. Así que no tiene importancia si te lo cuento o no, ¿verdad?

Seis horas antes...

Estaban en el restaurante. Beverly y Frank ya se habían marchado. Vivian estaba demasiado angustiada como para articular palabra.

Se puso en pie y pidió una botella de lo más fuerte que tuvieran en el bar. Tenía intención de emborracharse hasta perder la razón. Eso no era algo normal en ella. De hecho, hasta que no empezó a salir habitualmente con Daniel, nunca antes había bebido. Pero ahora lo necesitaba.

—¿Puedo saber qué ocurre? No te había visto así antes —preguntó Daniel, preocupado. Le sujetó la mano en la que ella sostenía el primer vaso.

—Frank no me ha reconocido, ni siquiera cuando le has dicho mi nombre —respondió sin apartar la mirada del plato vacío de Frank.

—¿No te ha reconocido? ¿Puedes ser un poco más explícita? ¿Lo conocías de antes? —Ahí estaban otra vez los celos de Daniel.

—Fuimos compañeros en el colegio, en el instituto. Luego también en la universidad. De eso no hace tanto, sólo unos cuantos meses. Estaba enamorada de él, pero nunca se lo dije.

—¿Enamorada de él? —preguntó casi en un grito.

—Enamorada, Daniel. Enamorada. Compartimos horas, muchas noches de estudio, reímos, nos divertimos, nos contamos nuestros deseos...

Sin decir una palabra más él se puso en pie y se apartó de la mesa para ir al baño. Necesitaba despejar su mente de las ideas que empezaban a cobrar vida propia.

Vivian no lo pensó. Se levantó de un salto y corrió detrás de su jefe. Le rodeó la cintura por detrás tan pronto como le dio alcance. No tenía otros amigos. El único que tenía se encontraba ahora en el círculo de sus brazos.

Daniel llevó sus manos a las muñecas de la muchacha. Quería liberarse de su agarre y huir de ella. Pero, cuando intentó apartarlas, ella se aferró a él aún más fuerte.

—No me dejes sola, Daniel. Te necesito —pidió con voz queda, conteniendo unas horribles ganas de llorar.

—No voy a dejarte. Sólo necesito aclararme un poco —confesó—. Vuelve a la mesa. Estaré contigo dentro de un par de minutos.

—Daniel... Está bien.

Vivian se apartó cabizbaja y se alejó de él despacio. Dejó a Daniel en el pasillo, mirándola tenso y con los puños apretados.

De repente algo la frenó. Dos fuertes brazos rodearon sus hombros. Enseguida creyó saber de quién se trataba. Sonrió antes de volverse para encontrarse con quien, segundos antes, estaba entre los suyos.

La sorpresa fue mayúscula cuando al girarse se encontró con Frank. Éste la miraba con una sonrisa de oreja a oreja. Sus ojos brillaban como si mil estrellas se alojasen en su interior y sus mejillas se condensaban, rosadas, bajo sus bonitos ojos.

No podía creer lo que estaba pasando. Habría jurado

que aquellos brazos tenían la fortaleza de los de Daniel. Habría jurado que era él. Le había gustado la idea de ese abrazo cuando más abatida estaba. Pero Frank acababa de romper todos sus esquemas. Acababa de sorprenderla como nunca la había sorprendido nadie. Eso movió el suelo bajo sus pies.

—Frank... —musitó en un tono casi inaudible—. ¿Qué...?

—Siento mucho no haberte reconocido antes, Viv. Has cambiado mucho. —La señaló de arriba abajo con la mano como insinuando que su atuendo no era el que solía llevar, para intentar con ello justificar el haberla tratado como a una extraña—. Ha sido justo cuando iba a subir en el coche cuando he recordado tus preciosos ojos. —Hacía pequeñas pausas esperando que ella hablase, pero sólo lo miraba sin decir nada—. Estás radiante.

La mirada de la muchacha se desvió por encima de su hombro. Localizó a Daniel, que no había podido evitar ver esa escena. Sin mediar palabra, aun sorprendiéndose de sí misma, esquivó a su primer y único amor (no correspondido) y se situó justo al lado de su jefe, que permanecía inmóvil, escudriñando a Frank en busca de la excusa perfecta para golpearle.

Cuando Vivian rozó su brazo con la mano supo que intentaba resguardarse de sí misma. Después de mirarla a los ojos un segundo, despidió al director de Red Ink Enterprise. Luego, guió a su asistente hacia la mesa con una mano en su espalda y la vista al frente.

Allí esperaba la botella de alcohol recién abierta y las pertenencias que ella había dejado: su bolso, su chaqueta...

La botella se vaciaba ante la atenta mirada de Daniel, quien no había probado ni una sola gota. Vivian seguía murmurando algo mientras llenaba el vaso una y otra vez, y se secaba las lágrimas con el dorso de la mano.

—Creo que ya es suficiente —dijo Daniel. Apartó la botella de ella.

—No. Aún no estoy lo suficientemente borracha.

—¡Oh, sí! Claro que lo estás. Es sólo que bebes tan deprisa que no has dado tiempo a que la primera copa llegue al estómago. Levanta. Vamos.

—¿Dónde?

Daniel no dijo más. Tiró para ponerla en pie, recogió sus cosas y salieron del salón del restaurante.

Empezó a andar con ella de la mano por el pasillo, frente al que estaban las puertas de salida. Lejos de lo que ella pensó, siguió caminando.

—¿Dónde vamos, Daniel?

Sin haber respondido a su pregunta la llevó al baño de hombres. Allí había un empleado elegantemente uniformado con una toalla en el brazo.

La arrimó hacia uno de los lavabos. Con una mano tras su cuello la obligó a agacharse para poder limpiarle la cara. El rímel se le había corrido por culpa de las lágrimas.

El hombre los miraba de reojo y contenía la sonrisa. Vivian gimoteaba, haciendo sonidos más que extraños mientras Daniel mojaba su cara con el agua helada de su mano. Cuando consideró que ya estaba decente, la dejó erguirse.

—No soporto las manchas de maquillaje en la cara de las mujeres. Si te maquillas, no llores. —Su voz sonaba áspera pero amable, pese a estar loco de celos por lo que le había confesado acerca de ella y de Frank.

El empleado le tendió una de las toallas enroscadas que mantenía calientes en la bandeja de un estante detrás de él. Después de secarla, salieron del hotel.

Al salir del edificio, Vivian empezó a no saber dónde ponía los pies. Perdía el equilibrio cada dos por tres y chocaba con él cada dos pasos.

Daniel no dudó sobre lo que debía hacer. La cogió en brazos y llamó al primer taxi que pasó. La metió en la parte trasera del coche y dejó al taxista instrucciones para que la llevase a Black Diamond 2. Pensó que, si la acompañaba a casa, no podría evitar la tentación de meterla en la cama. La deseaba demasiado. En ese momento le importaba poco que ella no pudiera ni reaccionar. Lo mejor era apartar la tentación para no arrepentirse después.

—¿No vienes conmigo? —preguntó ella.

Si no estaba siendo víctima de su propia imaginación, habría jurado que había cierta insinuación en su mirada, en su voz, en esa pregunta.

—No, Viv. No voy contigo. Me voy a mi apartamento.

—Entonces déjame ir contigo. Hoy estoy... Hoy quiero... contigo...

Daniel no le dejó que dijera nada más. Aquella oferta no podía rechazarla. La cogió del brazo para sacarla del coche. El conductor se puso a protestar por haberle hecho detenerse y perder unos minutos que otro cliente hubiera podido aprovechar. Entonces Daniel le hizo callar lanzándole un billete de cien dólares directo a la cara.

—¡Quédese con el cambio! —exclamó antes de cerrar la puerta de un golpe seco.

Levantó a Vivian en volandas. La apretó con fuerza contra su pecho y comenzó a caminar en dirección a su coche, que estaba aparcado en las cercanías.

En el momento de entrar en el apartamento, Daniel acercó las manos al cuello de su asistente y la atrajo hacia él. La besó como si fuera a terminarse el mundo, beso que ella le devolvió con la misma intensidad.

—No te imaginas cuánto te deseo —confesó. Acarició sus labios con los suyos.

La asistente no hablaba. Sólo esbozaba una sonrisa. Nunca antes la habían besado así. Nunca antes la habían acariciado de ese modo.

Iba ebria, pero era consciente al cien por cien de lo que hacía. Se daba cuenta de lo que estaba pasando y quería participar en ese juego. Devolvía las caricias y los besos como si la vida le fuera en ello, obedeciendo sin querer a sus instintos más primitivos. De un pequeño salto se colgó del cuello de su ahora amante, gesto al que él la ayudó con las manos en sus muslos. Ella empezó a desabotonarle la camisa con una sonrisa traviesa.

—¿Qué es lo que pretendes, Viv?

Él sabía de sobra lo que quería, pero pretendía avergonzarla, saberla tímida entre sus brazos, algo que no consiguió. El alcohol la había desinhibido por completo. Le estaba mostrando una parte de sí misma que ella desconocía por completo.

—Jugar contigo, igual que tú quieres hacerlo conmigo. —Rió seductora, mirándole a los ojos con cierto aire provocador.

Sin miedo ni vergüenza llevó la mano entre las piernas de Daniel, hasta el borde de su apretado pantalón, cuyo botón parecía querer huir de allí.

—Espera. Bájate. Así te será más cómodo —ofreció, deseando que siguiera sin reparos.

Obediente, se soltó de él y puso ambos pies en el suelo, con un equilibrio casi nulo, por lo que Daniel la levantó en volandas sonriendo.

—¿No decías que me resultaría más cómodo? —replicó.

—Y lo será. Vamos al dormitorio.

Entraron por la puerta. Daniel se acercó a la cama y sentó a Vivian allí con cuidado. Se desprendió de la camisa que previamente había desabrochado ella y llevó nuevamente las manos de la asistente hasta el borde de su pantalón, donde estaban antes de interrumpirla.

Por más que lo intentaba, no era capaz de pasar el botón por el ojal. Su frustración hacía que él riera sin parar. También reía por las cosquillas que el roce de sus dedos le provocaban en su abdomen, por la expresión que Vivian ponía cuando él se carcajeaba y por saber lo que vendría después de despojarse de la ropa.

—Imposible. No puedo —se quejó ella. Se dejó caer de espaldas sobre la bien estirada cama.

—Espera. Yo lo hago por ti. ¿Podrás quitarme el resto? —preguntó nada más aflojar el pantalón.

Al mirarla empezó a reír nuevamente. Vivian peleaba con su camisa. Intentaba deshacerse de ella, pero lo único que lograba era enredarse. Había sacado los brazos de las mangas sin desabotonarla, lo que daba la impresión de ser una extraña camisa de fuerza. Se agachó justo frente a ella y llevó las manos lentamente hasta los primeros botones. Mientras ésta observaba, él iba aflojando esa prenda que se moría por arrancarle.

Su piel era tal y como imaginó que sería: fina, suave, con un bonito tono entre pálido y dorado. Llevó los labios a la parte baja de su cuello y perfiló la marcada clavícula con sus labios, mientras tiraba de la blusa hacia atrás. La dejó casi desnuda de cintura para arriba.

La tela brillante del sostén de satén que llevaba se abultó ligeramente cuando él se llenó las manos con sus pechos aún cubiertos. Mientras se dejaba caer de espaldas con un excitante gemido, Daniel se abalanzó sobre ella. Volvió a besarla como deseaba hacer a cada segundo.

Ahora le tocaba el turno a la ceñida falda.

Se apartó de ella ligeramente y se desplazó por la cama hasta tener la parte más alta de sus muslos a la altura de su cara. Deslizó las manos de sus pechos a su cintura, donde se encontraba la cremallera del cierre.

—¡Me haces cosquillas! —exclamó, moviéndose de lado a lado.

—¡Estate quieta! ¡Si no, no podré quitártela! —Sonrió. La detuvo con las manos en los huesos de la cadera.

—¡Espera, que te ayudo!

Vivian se incorporó deprisa sin medir la distancia a la que estaba su jefe y sin poder controlar sus propios movimientos. Chocó su frente con la de él. Los dos sonrieron, mientras se llevaban las manos a sus respectivas cabezas.

—¡Estate quieta! —La empujó de los hombros hacia atrás para que permaneciera tumbada.

Con prisa pero sin pausa bajó la cremallera. Después de apretar ligeramente su cintura con un deseo que quemaba en sus dedos, empezó a deshacerse lentamente de la prenda, lo que hizo que aún subiera más la temperatura. Se detuvo a la altura de las braguitas de satén blanco, que hacían juego con el sujetador. Acarició la tela con la yema de los dedos y se mordió el labio inferior con unas ganas locas de quitárselas. Le gustaba ese juego de seducción, ese juego de ir despacio, poniendo a prueba sus propios deseos.

Al llegar a las rodillas, llevó las manos a sus muslos y los apretó. Hundió ligeramente los dedos en su piel mientras besaba sus piernas, antes de dejar caer la falda a sus pies.

Extrañamente Vivian no sonreía, ni emitía ningún sonido provocativo. De hecho, tampoco se movía.

Daniel, cuando se puso en pie, sentía todo su cuerpo arder en deseo. Tenía a la única persona a la que había deseado de esa manera justo frente a él, prácticamente desnuda y con sus piernas rozando las suyas. Pero cuando la miró no pudo evitar empezar a reír. Vivian le estaba regalando otra de las experiencias inolvidables de su vida. En lugar de dejarse llevar por la lujuria y el placer, se había dejado llevar por el alcohol y ahora estaba dormida, con una expresión de paz que jamás podría olvidar.

—Definitivamente eres única, Vivian McPherson. —Sonrió. La acarició despacio, sabiendo que quizás no volvería a repetirse esa situación.

Del armario sacó un pijama limpio y como pudo la cubrió con la mitad de arriba, mientras memorizaba las líneas de su cuerpo. Le quitó las medias y acarició la piel de sus piernas. Sintió como, pese a todo, seguía completamente excitado. La contempló durante un rato antes de meterla entre las sábanas.

Después de una ducha relajante y de un enorme vaso de agua fría, corrió a la habitación. Tenía claro que su oportunidad con Vivian quizás no volvería a repetirse y al menos no quería que amaneciera sin haber tenido la experiencia de sentir su cuerpo y su calor entre sus mantas.

Seis horas después...

Vivian se sentía avergonzada, por lo que creía que había pasado, por el modo como la miraba Daniel y por lo que recordaba, a pesar de fingir lo contrario.

—Entonces, ¿quieres repetir? —preguntó él. Se tumbó boca arriba y la arrastró contra su pecho.

—Es..., es tarde. Deberíamos irnos a la oficina —respondió, nerviosa y avergonzada.

Daniel metió la mano bajo la melena de la muchacha y la atrajo contra su boca. No dudó en besarla del mismo modo intenso que había hecho la noche anterior. Vivian devolvió ese beso de modo inconsciente. De pronto ella recordó la existencia de Rachel y se apartó deprisa. Puso las manos en su pecho y se quedó sentada sobre él.

—Daniel, no vuelvas a besarme —le pidió, y nada más decirlo salió de la cama.

—¿Puedo saber por qué?

—Porque no quiero, porque tienes novia, porque trabajo para ti y porque no quiero mezclar contigo asuntos de oficina y asuntos de cama.

—Fue solamente el acto espontáneo de dos personas que pasan mucho tiempo juntas, Vivian. Bebiste y te dejaste llevar por lo que...

—Por nada, Daniel. No me dejé llevar por nada. Iba borracha y no sabía lo que hacía. —Justificó con la bebida el no haberse podido resistir a él, a lo que empezaba a sentir de un modo irrefrenable—. Aún tengo tiempo. Voy a casa a cambiarme. Nos vemos en la oficina.

—Vivian, no ha pasado lo que crees. Sólo hemos dormido juntos —intentó aclarar él. Lo último que quería era que entre ellos hubiera tensión por algo que aún no había ocurrido.

—No me importa, pero me has besado, Daniel. Ese beso debía haber sido para Rachel, no para tu asistente.

—No vayas a la oficina. Es sábado —le dijo un tanto molesto, antes de que ella saliera de la habitación.

Casi sin darle tiempo a decir nada más, salió por la puerta.

Esa noche sin duda alguna había crecido en ellos algo más que mera atracción. Había nacido en ellos un sentimiento que crecería sin detenerse.

Con el paso de los días, tanto Daniel como Vivian fingieron que nada había pasado, que no habían estado juntos esa noche, que no se habían besado como lo hicieron. Simularon que no empezaban a verse de otro modo y que aún eran amigos. Los mejores amigos, de hecho.

CAPÍTULO 21

La hora se les había echado encima y no se habían dado cuenta. Vivian estaba terminando de redactar un documento para la reunión a la que llegaban ya tarde y Daniel ultimaba la reserva de los billetes para la próxima cita con Silverman en París.

Cuando Vivian miró el reloj y se dio cuenta de la hora, se puso en pie inmediatamente haciendo tambalear el monitor de su mesa. Salió de detrás del escritorio a la carrera, lo que llamó la atención de Daniel.

—Por Dios, Viv. ¿Qué pasa? —preguntó asustado al ver su reacción.

—¡La hora...! —exclamó. Se quedó petrificada en medio del despacho. Daniel miró su reloj e imitó a su asistente: se levantó casi de un salto sin decir nada más.

Se acercó a las perchas de las que colgaban sus abrigos. En vista de que Vivian no se movía, se dirigió hacia ella y colocó su chaqueta en sus manos.

—Hey, despierta. ¡Llegamos tarde! ¡Mi padre nos va a matar!

El restaurante de la cita quedaba a sólo ocho manzanas de allí. Si se daban prisa no tardarían más de diez minutos en llegar.

Iban corriendo uno al lado del otro, cuando de pronto sonó un crujido, seguido de un golpe. Daniel siguió avanzando a toda prisa hasta que se dio cuenta de que su asistente no iba a su lado.

Al mirar extrañado hacia atrás vio a Vivian tendida en el suelo. Se asustó por lo que le hubiera pasado. Corrió hacia ella y apartó con brusquedad a un par de hombres y a una mujer que se habían detenido a su alrededor.

—¿Estás bien? ¿Qué te pasa? ¿Qué ha pasado?

La muchacha gimoteaba con expresión de dolor mientras trataba de incorporarse. Se frotaba las manos y la rodilla derecha sin decir qué era lo que le había pasado.

—Debe de doler. Ha sido un buen golpe —murmuraba una de las mujeres que se acercaba a ellos.

—No debería correr con semejantes tacones. ¿A quién se le ocurre esa locura? —criticó otra mujer que iba con ella.

Él no dijo nada. Se agachó a su lado y la cogió en brazos. Le sujetó firmemente por la espalda y por los muslos.

—Daniel, ¿qué haces? —preguntó, viendo que él regresaba sobre sus pasos.

—Vamos al hospital. Debería verte un médico para asegurarnos de que no estás herida.

—Sólo ha sido una caída. Dentro de un rato ya no me dolerá. Volvamos. Esta reunión con tu padre es importante. Por favor. —Él no hizo caso y siguió caminando en dirección contraria—. Por favor —susurró ella. El ejecutivo se detuvo inmediatamente y le obedeció.

—Está bien, pero...

Retomando la dirección tropezó con algo. Al mirar hacia el suelo encontró el tacón del zapato de Vivian, algo que le hizo sonreír. No pretendía llegar a la reunión corriendo. Un solo accidente había sido suficiente y no quería que se repitiese. No le importaba llegar tarde y tener que dar explicaciones.

El calor del cuerpo de Vivian se filtraba a través de sus

ropas. Sin querer empezó a sentirse inquieto. Recordó cuando después de la cena con Frank la tuvo cogida de igual manera. Recordó el tacto de su piel y el aroma de su cuerpo. Sin darse cuenta hundió con fuerza los dedos en los muslos de la asistente.

—Daniel, no me voy a escurrir. Si me aprietas tan fuerte me vas a cortar la circulación —pidió ella suavemente, a pesar de que le estaba apretando demasiado fuerte.

—Lo... Lo siento. Lo siento. Pensaba en la hora y simplemente no me he dado cuenta —mintió.

Al fin llegaron al restaurante. Clifford miraba a su hijo con furia. De todas, ésa era la única reunión a la que debía asistir a tiempo. Sin embargo, se había presentado con más de media hora de retraso y con su asistente a su espalda.

Los hombres se pusieron en pie cuando éstos se aproximaron a la mesa. Daniel la bajó y la ayudó a sentarse en el lugar que le correspondía.

—Señores, papá, lamento la tardanza. Nos entretuvimos en la oficina ultimando los detalles para la reunión. Veníamos corriendo para no llegar tarde cuando mi asistente sufrió un pequeño incidente. —La cara de Vivian enrojeció. De forma inconsciente, Daniel la había culpado de que llegaran tarde y todos los hombres la miraban.

—Señorita, ¿se encuentra usted bien?

—¿Vivian? —preguntó el presidente con una expresión un poco más suave.

—Sí. Veníamos corriendo y se me ha roto uno de los tacones. Por suerte no he pasado del suelo —bromeó. Se tocó las manos aún coloradas por la caída.

—Esos tacones —dijo uno de los hombres—. Mi nieta se rompió un tobillo por culpa de uno de ésos. No sé qué les ven. Hacen daño en los pies y tampoco son tan cómodos.

El resto de los hombres miraron con expresión de sorpresa a aquel hombre. Acababa de mencionar la comodidad de ese tipo de calzado como si alguna vez los hubiera usado. El hombre sonrió mientras los colores subían a sus mejillas y hacían reír a carcajadas al resto.

Aquélla era la primera vez que Clifford asistía a una reunión con esos tipos y la primera vez que los veía hablar y reír de ese modo. Sin duda esa chica tenía un poder extraño que hacía que todos los que estaban a su lado se sintiesen bien.

La cena resultó ser mucho mejor de lo esperado. Tuvo sus momentos de seriedad, sus momentos de discusión y sus novedosos momentos de risas.

Cuando se pusieron en pie, Vivian se dio cuenta de que su rodilla había empezado a inflamarse por el golpe. Dolía como nunca. A duras penas podía sostener la sonrisa. Daniel se dio cuenta y permaneció inmóvil a su lado, mientras sus compañeros de mesa iban despidiéndose de ellos.

Cuando todos los hombres se marcharon, Clifford volvió a entrar. Se acercó a la asistente de su hijo con expresión de preocupación.

—¿Te sientes bien? —preguntó preocupado. Ella asintió como si nada y se sentó de nuevo, fingiendo estar cansada—. Llévala al hospital, Dan. Que le hagan las pruebas que sean necesarias.

—¡Oh, no! Por favor. No es necesario. Sólo ha sido una caída. Me siento bien. No me duele nada. ¿Ve?

Tan pronto como se levantó y dio el primer paso, su rodilla dolorida no aguantó el peso de su cuerpo y cayó de nuevo al suelo, aterrizando sobre la misma pierna.

En ese momento no quiso contenerse. Empezó a llorar y se abrazó a su muslo. Los dos hombres se agacharon inmediatamente a su lado y la levantaron para que Daniel volviera a cogerla en brazos. Pese a la insistencia de la asistente, Daniel la llevó al hospital. Si le dolía tanto como para llorar no debía de tratarse sólo de un golpe, sino de algo más.

Entraron por la puerta de urgencias y dieron los datos

necesarios en el mostrador. Se sentaron en unas sillas a esperar a que llegase su turno.

—No teníamos que haber venido, Daniel. Sólo me duele por la caída.

—No me importa lo que digas. Te examinarán como es debido y así sabremos con seguridad si te ha pasado algo serio.

Vivian se apoyó en el respaldo de la silla, con la cabeza en la pared. Se quedó con los ojos cerrados mientras esperaba que la llamasen para entrar.

Muchos de los que venían detrás de ellos eran atendidos antes. A Daniel empezó a molestarle aquello. Observaba a quienes entraban y de lo que se quejaban. Cuando ya se cansó de que les ignorasen, se puso en pie y se acercó nuevamente al mostrador.

—No sé bajo qué criterio trabajarán ustedes, pero nosotros llegamos hace ya dos horas. Aquí nadie sale para atender a mi...

—Tranquilo, señor. A su novia la atenderemos enseguida —le dijo la enfermera del mostrador—. Por favor, siéntese en la sala de espera.

Las palabras «su novia» le dejaron completamente bloqueado. ¿Ella, su novia? Esa idea dibujó una sonrisa en su cara.

Su novia... Hacía tres meses que no veía a Rachel. Durante todo ese tiempo, quien había estado a su lado había sido Vivian. Poco a poco sus sentimientos por ella se habían ido haciendo más fuertes. Que alguien pensase que era su pareja le hizo extrañamente feliz.

Cuando volvió a la sala de espera, Vivian no estaba en su silla. Miró a ambos lados, pero no la encontró. Había desaparecido como por arte de magia. Una señora mayor señaló tras su andador, hacia la puerta de pacientes.

—Gracias. —Sonrió. Asintió con la cabeza y se dirigió hacia la silla donde ambos habían estado sentados.

Cerca de una hora después, las puertas se abrieron por decimosegunda vez. Esta vez, por suerte, sí era ella. Una enfermera empujaba una silla de ruedas en la que estaba sentada, con una escayola aparatosa que le inmovilizaba la pierna desde el pie hasta el muslo.

Cuando sus ojos se encontraron, Vivian sonrió y golpeó el yeso aún húmedo con los nudillos.

—Tenías razón, pero no es una fractura ni nada parecido. Dentro de una semana me lo quitan.

—Señor McPherson, su esposa tiene un esguince. Debe llevar la escayola durante diez días. Necesitará reposo absoluto.

—Él no es mi marido. ¡Es mi jefe! —exclamó exagerada. Miraba a la enfermera con los ojos abiertos de par en par, con un extraño nerviosismo. Mientras, Daniel negaba con ambas manos.

—Lo siento. En ese caso, su empleada necesitará unos días de reposo.

—Gracias —respondió serio. Cogió los salientes de la silla de ruedas para llevarse de allí a su asistente.

Igual que habían tomado un taxi para ir al hospital, ahora necesitaban otro que les llevase de vuelta. Daniel la acomodó como pudo en el asiento trasero del coche. Dobló su americana y la colocó a la altura de la cabeza, para que se apoyase en la ventanilla y pudiera estirar la pierna escayolada en todo el asiento. Él se sentó en el asiento de copiloto. Le dio la dirección de destino al chófer.

Cuando el coche se detuvo en la puerta de Black Diamond, Vivian se había dormido. Era culpa de los antiinflamatorios que le habían administrado. Daniel no quería despertarla, pero no le quedó más remedio que hacerlo. Había intentado cogerla en brazos y subirla así hasta su apartamento. Sin embargo, el caparazón blanco que cubría su pierna se lo impedía. Así que tuvo que tocar su hombro y zarandearla suavemente.

—¿Hemos llegado? —preguntó somnolienta. Miró confusa a su alrededor.

—Sí. Apóyate en mí, ¿de acuerdo?

Justo al arrancar el coche y alejarse de allí, Chris les vio a través de las cristaleras. No dudó en correr hacia ellos para ver qué había pasado y cómo podía ayudarlos. Daniel lo recibió y fingió que no le molestaba su presencia, cuando en realidad le hervía la sangre al verle tan amable con Vivian.

La ayudaron a subir entre los dos. La sujetaron en el ascensor para que no tuviera que apoyar la pierna en el suelo. Al entrar la ayudaron a tumbarse en el sofá y le colocaron un cojín bajo la pierna herida.

—¿No tienes que guardar la recepción? —preguntó Daniel. Le estaba invitando a marcharse y a dejarles a solas.

—En efecto. Debería irme. Mañana vendré un poco antes para verte, ¿de acuerdo? —dijo. Tocó el yeso con la yema de los dedos.

—No te preocupes. No os preocupéis. Estoy bien. De hecho, quiero ir a dormir. Daniel, tú también deberías irte. —Esto hizo reír a Chris.

Daniel remoloneó, pero tampoco podía quedarse en su casa por la fuerza. Tuvo que salir de mala gana al lado del recepcionista.

La mañana fue más difícil de lo que pensó. Entrar en la oficina sabiendo que no iba a ver a Vivian era molesto, pero aún lo era más al haberse acostumbrado tanto a su asistente que ahora le era imposible vivir sin ella. Pasó las horas yendo de una mesa a la otra, imaginando que ella entraría por la puerta en cualquier momento.

La hora de la comida tampoco fue agradable. Por primera vez, desde que compartía oficina con Vivian, tenía que ir a comer sin ella, con la recepcionista, con el chico que repartía el correo, con cualquiera menos con ella.

Al fin llegó la hora de salir. Había terminado los informes que la asistente tenía adelantados sobre su mesa, había concretado un par de reuniones para la semana próxima y había dejado todo recogido como siempre hacía ella.

Cuando corría por el pasillo, chocó contra su padre.

—*Wow!* ¿Dónde vas tan deprisa? —preguntó. Se llevó una mano al codo—. ¿Sacasteis los billetes para París? —preguntó. Clifford esperaba que ella también apareciese, pero no lo hizo—. ¿Dónde está?

—No ha podido venir. La caída de ayer fue peor de lo que parecía. En el hospital le inmovilizaron la pierna y debe guardar reposo absoluto.

—¿Ella está bien?

—No lo sé. Hoy no hemos hablado.

—Podrías trasladar la oficina de forma temporal. Podrías cuidarla como hizo ella contigo.

Justo después de darle la idea, puso una mano sobre su hombro y siguió caminando por el pasillo con una sonrisa en los labios.

No se le había pasado por la cabeza semejante idea. Pero, si quería estar cerca de ella sin que resultase sospechoso, trasladar la oficina al apartamento de Vivian era la opción ideal. Podrían tratar temas de trabajo en «horario laboral» y podrían comportarse como amigos después de terminarlo.

Al llegar al apartamento de Vivian, vio que el recepcionista no estaba tras su mostrador. Eso disparó sus alarmas. Subió al ascensor y presionó el botón que le llevaría a la planta treinta y dos. Estaba impaciente por evitar que esos dos estuvieran juntos y a solas.

—Vivian, abre. Soy yo —dijo, después de llamar insistentemente durante varios minutos.

Se suponía que estaba herida. No podía caminar, o en teoría no podía hacerlo. Pero por más que llamaba más se convencía de lo obvio: Vivian no estaba en casa.

Tomó el ascensor hacia abajo. Al llegar a la recepción,

ahí estaba ella, acompañada por el guapo y simpático recepcionista. Por un momento quiso acercarse a ella, zarandearla y preguntarle por qué andaba paseándose con ese tipo en lugar de estar guardando reposo. Pero reparó en que de su mano colgaba una pequeña bolsa de papel con el logotipo de una farmacia y que se ayudaba de un par de muletas para caminar.

—¡Daniel! —exclamó al verle.

Él no respondió. Se acercó a ellos y los miró completamente serio.

—Su jefe se ha enfadado, señorita McPherson.

A Chris le resultaba totalmente indiferente Daniel. Se mostraba amable y simpático con él del mismo modo que lo hacía con cualquier persona. Pero no era tonto y sabía que éste le detestaba por la cercanía que tenía con Vivian.

—Por supuesto que estoy molesto, ¡y mucho! ¿No se suponía que tenías que guardar reposo absoluto?

—Vamos, Daniel. La enfermera se refería a que no fuera a correr una maratón con la escayola. Además, Chris me ha traído sus muletas y puedo caminar sin apoyar esta pierna. —Golpeó con los nudillos la escayola, y sonó un ruido seco.

—Vamos.

Sin esperar a que ninguno dijera nada más, agarró el brazo de su asistente y la obligó a caminar hasta el ascensor.

Una vez en el apartamento, mientras Vivian hervía agua para hacerse una infusión para el dolor, Daniel le habló de su idea de instalar una oficina temporal en el apartamento. Ella lo miró extrañada. No sabía a qué se refería, pero rápidamente le aclaró por qué quería hacerlo.

—Hoy en la oficina te he necesitado para un par de informes —mintió—. Luego, el teléfono no ha dejado de sonar —volvió a mentir—. Y a la hora de la comida he tenido que comer solo. Tú estás sola también, y además convaleciente. Así que tú me ayudas haciendo tu trabajo y yo te ayudo a ti. Ya sabes que puedo preparar deliciosos manjares. —Rió.

—Pero podemos desviar las llamadas y estar en contacto por correo electrónico...

—Sí. Y también podemos hacerlo desde aquí mismo. —Golpeó con la palma de la mano el sillón que había a su lado.

Aquello no era algo discutible. Si él decía que se iba a montar una oficina en el salón, lo haría, usando cualquier pretexto.

CAPÍTULO 22

Llevaban una semana juntos en su apartamento, completando informes, concretando citas. Extrañamente, Daniel no se comportó como si quisiera ser amigo de Vivian, sino con total seriedad, como su jefe. Por suerte, además, también respetaba sus horarios. Nunca llegaba antes de las nueve de la mañana y nunca se iba después de las ocho de la tarde. Algunos días incluso se había ausentado un par de horas, al mediodía, para reunirse con algunas de sus citas o simplemente para darle un respiro.

A ratos se sentía inquieta. Aunque había puesto de su parte, no había logrado sacarse de la cabeza la noche que durmieron juntos o el apasionado beso que se habían dado justo al despertar. Temía que en cualquier momento Daniel intentase besarla de nuevo y ella no pudiera huir por culpa de la escayola. Sin embargo, se comportó correctamente en todo momento, como si lo de aquel día hubiera sido un sueño.

Al fin llegó el día de que le quitaran el yeso. Estaba harta de no poder mover la pierna, de los picores que el vendaje interno le producía, de no poderse mover como era debido, de no poder caminar.

Llegó sola al hospital, a pesar de haber oído a Daniel

decir un centenar de veces que quería acompañarla. Aprovechó que él tuvo que salir a una cita para coger un taxi y dirigirse a la clínica. Entró a la consulta del médico y salió varios minutos después sin la molesta escayola.

Al llegar a Black Diamond, Chris se sorprendió al verla entrar a pie, completamente liberada de aquello de lo que tanto se había quejado. Llegaba sin muletas y caminando despacio. Aún sentía cierto dolor, pero ya no era insoportable, sino algo un poco más fuerte que una simple molestia, algo que no le impedía valerse por sí misma.

—Pero bueno. ¿Y esto? —preguntó el muchacho con expresión de sorpresa.

—Esto es que... ¡hoy me quitaban el armazón! —bromeó ella—. He dejado las muletas en el lugar que me dijiste, así que no me preguntes por ellas. —Rió exagerada—. Por cierto, he pensado que voy a celebrarlo. Esta noche estás invitado a cenar.

—¿Yo? ¿Por qué?

—Pues por haberme «vigilado» —hizo el gesto de las comillas con los dedos— las horas en las que no estaba mi guardián.

—Sólo intentaba cuidarte. Seguro que tu guardián también pretendía lo mismo y puso como excusa traer la oficina a tu casa.

—Lo sé. Él también está invitado a mi fiesta. —Sonrió mientras se alejaba hacia el ascensor.

Se sentó en el sofá después de haberse cambiado de ropa y al momento sonó el timbre. Por la forma de llamar supo que era Daniel: dos toques cortos y uno largo. Sonrió. Se puso en pie y caminó lentamente hasta la puerta. Sabía que se sorprendería, incluso que la regañaría por haber ido sin él. Pero bastante le había incordiado como para que, además, hubiera tenido que dejar sus obligaciones para acompañarla.

Abrió la puerta con una sonrisa en la cara. Lo primero que hizo Daniel fue desviar su atención hacia esa pierna, que, a pesar del frío, lucía descubierta.

—¡Vivian! —Frunció el ceño e hizo que ella sonriese—. Pero ¿qué...?

—He aprovechado que tenías una cita para ir a la consulta.

—Te dije que quería ir contigo, que te llevaría yo.

—Lo sé. Pero no quiero interferir en tu trabajo. Has hecho mucho por mí.

Daniel se agachó frente a ella. Colocó una mano detrás de su rodilla y adelantó su pierna lo suficiente como para ver correctamente la zona. Aún seguía un tanto amoratada, y el tobillo todavía estaba un poco inflamado.

—¿Te duele?

—Sí. Aún me duele, pero puedo caminar. Prefiero mil veces tener libertad de movimiento, aunque duela, antes que volver a llevar eso. ¡Oh, por cierto! Esta noche estás invitado a mi fiesta. —Al igual que Chris, Daniel la miró extrañado—. Has cuidado de mí y quiero agradecértelo con una cena, así que...

Pasadas las ocho, cuando su particular jornada laboral terminó, Vivian decidió vestirse apropiadamente. Se pondría algo normal para una cena entre amigos, cómoda pero no descarada.

Mientras Daniel guardaba todo en el maletín y lo dejaba en el recibidor, ella fue a la cocina para preparar la cena. Casi en el mismo momento en el que él se daba la vuelta para ir con ella, sonó el timbre de la entrada. Al abrir la puerta se encontró de frente con el recepcionista, a quien cada vez soportaba menos. Chris le sonrió de forma amable, mientras éste se hacía a un lado para dejarle pasar, sintiendo como le hervía la sangre. A duras penas podía entender por qué le molestaba tanto.

La cena estaba resultando tranquila. El recepcionista

bromeaba con ambos, como si realmente fuera una fiesta de verdad. Vivian hacía lo mismo: reía y bromeaba con los dos, pese a la cara de pocos amigos de su jefe.

De pronto y sin previo aviso, Daniel soltó los cubiertos sonoramente sobre la mesa, al lado del plato en el que tenía servidos, y a medio comer, unos tallarines con salsa verde que Vivian había preparado. Sin decir una sola palabra, se levantó. Se dirigió al sofá. Allí estaba, perfectamente doblada, la americana de su traje. La cogió y después, ante el asombro de los otros dos, salió del apartamento.

—¿Qué le pasa? —preguntó Chris.

—No lo sé. Espera.

Sin pensarlo dos veces, Vivian se dirigió rápidamente hacia la puerta, soportando el dolor de su rodilla. Tomó el segundo ascensor, que por suerte estaba arriba.

Al llegar a la recepción, Daniel había salido ya. Mientras caminaba por la grava, Vivian logró detenerle con un grito. Corrió hacia él, hasta que una fuerte punzada en su rodilla la hizo caer de bruces contra el suelo.

—¿Acaso eres idiota? —gritó Daniel, molesto. Se acercó a ella a paso rápido.

—¿Por qué te vas así, Daniel? No has terminado la cena y ni siquiera te has despedido.

—Ponte de pie.

Vivian sujetaba su pierna apretando los dientes con fuerza, mientras él tiraba de su brazo hacia arriba.

—Vivian, levántate.

—Te has ido así...

—¡Por supuesto que sí! ¿Acaso creías que iba a quedarme en tu fiestecita, soportando cómo actuáis tú y ese tipo? Se supone que para ti los dos somos tus amigos. Sin embargo, hay una clara distinción en cómo tratas al uno y al otro. No pienso estar en el mismo sitio donde esté él, y menos aún donde estéis los dos juntos. Si no te vas a levantar, pasa la noche aquí —dijo. Soltó su brazo y la dejó de nuevo en el suelo.

Vivian vio, impotente, cómo se marchaba y la dejaba allí tirada. Dio por hecho que Daniel no regresaría, así que dio por terminada la cena. Cuando Vivian llegó al apartamento, Chris lo había recogido todo, incluso había lavado los pocos platos que se habían ensuciado.

—Esto... He supuesto que la fiesta había terminado cuando tu jefe se ha marchado de esa forma —dijo el recepcionista mientras terminaba de secarse las manos.

—Tienes razón. Lo siento. Siento mucho que haya acabado así.

—No te preocupes, Viv. Lo pasaremos bien en otra ocasión. Yo... Creo que debería marcharme también. ¿Estarás bien? —Ella asintió—. Entonces... Buenas noches —se despidió. Se acercó a ella y le plantó un cálido beso en su frente.

—Buenas noches, Chris. Y gracias por ser así.

Podría negarlo decenas de veces, pero no le había resultado nada agradable ver a Daniel tan enfadado. No le había gustado que le gritase, pero menos aún que se marchase del apartamento de la forma en que lo hizo.

Pasó la noche inquieta, dando mil y una vueltas, levantándose y volviendo a acostarse.

Al fin amaneció. Se aseó, desayunó, se vistió como de costumbre y salió de Black Diamond en dirección a la oficina. La única diferencia con su atuendo habitual era que llevaba una rodillera muy apretada, algo que le había costado más de una lágrima ponerse. Al menos iba a permanecer ahí hasta la hora de dormir.

Llegó al Edificio B en taxi. Con la pierna así no podía conducir. De hacerlo, podría haber provocado un accidente. Subió a la oficina tras responder una veintena de preguntas de sus compañeros sobre qué le había pasado y al fin llegó al despacho. Daniel estaba tras su mesa, concentrado o fingidamente concentrado en algo. Ignoró su presencia por completo. Así le demostraba que seguía enfadado por el asunto de la cena.

Sobre su mesa había una carpeta de terciopelo azul.

—Daniel, ¿qué es esto? —preguntó. Señaló la carpeta y lo miró, esperando una respuesta que no llegó.

Rodeó su mesa y se sentó en la silla giratoria. Se acercó a la mesa para echar un ojo en su interior. Clifford había recibido esos días los billetes del viaje a París. Los había estado guardando en su oficina hasta que se le ocurrió dejarlos en el despacho de su hijo. Así no olvidaría dárselos cuando regresaran de nuevo.

Vivian abrió la carpeta y al ver los billetes se acercó hasta el escritorio de Daniel. Éste la miró de reojo.

—Son los billetes de París.

—Déjalos ahí —contestó de mala gana.

Vivian los dejó con cuidado sobre el cristal y volvió a su sitio. Vigilaba cada paso que daba para evitar hacerse más daño en la pierna.

Al llegar la hora de comer, Daniel se puso en pie. Como siempre, su idea era ir al restaurante. Creía que, pese al incidente de la cena, ella se levantaría e iría con él, pero Vivian no se movió de su asiento.

Daniel caminaba por el pasillo esperando oír sus pasos tras él, pero ella no apareció. Llegó al restaurante confiado en que su asistente entrase en cualquier momento, pero eso tampoco ocurrió. Después de pensarlo detenidamente, llegó a la conclusión de que lo que le estaba pasando era por su propio mal genio. Si hubiera hecho el esfuerzo de soportar al indeseable recepcionista, quizás ahora estaría sentada frente a él.

Pensando en las cosas que le había hecho, como encerrarla en la oficina o abandonarla en París, recordó la caída del vestíbulo de la noche anterior, y apretó los puños sobre sus rodillas. Ésa era otra cosa que Vivian debía añadir a su lista de agravios. Se había comportado como un cretino. Para colmo, después de verla en el suelo, siguió su camino y la dejó allí.

Engulló la comida tan pronto como el camarero le sirvió los platos y regresó a la oficina.

Cuando su jefe salió de allí, Vivian llamó al restaurante donde siempre comían. Sabía que no era un lugar donde pedir comida a domicilio, pero quería probar. El encargado de la recepción descolgó el teléfono y ella le explicó quién era y lo que le había pasado. Le contó que no podía caminar adecuadamente por culpa del dolor. Para su sorpresa, no le puso objeción alguna. El restaurante quedaba relativamente cerca de la oficina y, tras anotar su pedido, él mismo se lo llevó.

—Nunca había entrado en este edificio —confesó mirando a su alrededor.

—Sí. Es increíble. Por dentro se ve a mucho más grande, ¿verdad? —Sonrió mientras cogía la bolsa que el muchacho le ofrecía.

—Sí. Es brutal. Pero dime, ¿qué te pasó? ¿Por eso no viniste con el señor Gable? —Ella asintió.

—Llegábamos tarde a una reunión. Íbamos corriendo por las calles cuando el tacón del zapato se rompió.

—¡Uff! Eso tiene que doler —dijo. Arrugó el gesto como si doliese con sólo pensarlo.

—Sólo un poco. —Rió—. Espera aquí. Ahora mismo vuelvo con los envases...

El muchacho del restaurante esperó en la oficina, mirando por la ventana hasta que ella volvió un par de minutos más tarde. Vivian había ido a la cocina de la planta. Allí había de todo: cafeteras, microondas, horno, nevera, batidora, utensilios de cocina. Había, además, una enorme mesa y sillas de diseño. Nunca entendió por qué todos comían fuera en lugar de prepararse su propia comida. En todo caso, en ese momento a ella le venía como anillo al dedo. De uno de los armarios superiores sacó un par de platos y distribuyó en ellos lo que había pedido al restaurante. Limpió los envases que debía devolver y regresó al despacho para dárselos al muchacho.

—¡Qué rápida! —Sonrió amable mientras cogía la bolsa.

—Gracias por hacer una excepción conmigo.

Cuando el chico se marchó, ella corrió a la cocina. Quería comer deprisa antes de que llegasen sus compañeros o su jefe.

Daniel entró en el despacho. Al no verla supuso que habría ido al baño. No imaginó que estaba comiendo sola en aquella cocina que nadie usaba. En vista de que no volvía, fue a buscarla. Vivian tenía todas sus cosas sobre la mesa, por lo que era imposible que se hubiera marchado.

Aún no había vuelto nadie del restaurante y la planta parecía desierta. Caminó por los pasillos entre las mesas y fue hasta el servicio de mujeres, que estaba al fondo a la derecha. Entró sin pensarlo, después de llamarla un par de veces, pero tampoco estaba allí.

De refilón pudo ver movimiento a través del cristal de la puerta de la cocina.

—Estás aquí —dijo al verla. Su tono sonó más suave de lo que había hecho por la mañana. Y mucho más que en su discusión en Black Diamond—. ¿Por qué no has venido al restaurante?

—Pensaba que estabas enfadado conmigo y que no querías verme. He pedido que me trajeran algo y me lo he comido aquí.

—¿Te han traído la comida aquí?

—Sí. Le he contado al encargado lo de mi pequeño accidente y ha aceptado traérmelo.

Daniel la miró. No podía evitar seguir estando molesto con ella. Chris parecía contar con su simpatía de un modo natural; en cambio él debía pelear contra su rechazo, y más aún desde el día en que durmieron juntos. Desde entonces Vivian se había comportado aún más seria con él.

—¡Vamos!

Sin dejar que diera un solo paso más con aquella pierna, agarró su brazo izquierdo, llevó la mano a su cintura por la espalda y, con un movimiento un tanto brusco, la levantó del suelo.

—Daniel, no. ¿Qué haces? ¿Estás loco? ¡Pueden vernos!

—No me importa. ¿Crees que otro no te llevaría hasta la oficina para que no tuvieras que caminar? —Hubo una pausa en la que sólo sonaron los pesados pasos de Daniel—. Te hiciste daño anoche, ¿no es verdad? —le preguntó mientras la dejaba sobre su silla.

Ella asintió

—Lo siento. Siento haberme comportado como un cretino y haberte dejado en el suelo.

—No te preocupes.

La tarde transcurrió mejor que la mañana. Al menos sus miradas se habían cruzado en varias ocasiones, algo que los había hecho sonreír aunque fuera de forma sutil.

A la hora de salir, Daniel esperó a que ella se levantase. Entonces se ofreció a llevarla a casa, aunque en la entrada se encontrase con Chris.

—Siendo viernes, podías haberte quedado en casa, Vivian —dijo. Entró en el ascensor llevándola del mismo modo que lo había hecho antes hasta la oficina—. Un poco más de reposo no le habría venido mal a tu pierna.

—No. Sabía que tú no faltarías en tu puesto. No quería que no me tuvieras cerca si me necesitabas.

En realidad, había ido a la oficina para verle, para asegurarse de que su berrinche no causaba ningún problema. Y, ¿por qué no decirlo?, estaba tan acostumbrada a pasar tantas horas con él que se sentía sola cuando Daniel no estaba cerca.

Al acercarse a Black Diamond, Daniel empezó a sentirse incómodo otra vez, tanto que ni siquiera aparcó. Al llegar a la esquina dobló en otra dirección sin saber dónde ir.

—¿Dónde vamos? —preguntó ella con tono suave y despreocupado.

Ciertamente ella tampoco tenía ganas de que su jefe se encontrase con el recepcionista. No quería volver a sentirse mal por culpa de que Daniel se disgustase de nuevo.

—A tomar un poco el aire. ¿Te apetece? —Sonrió de forma forzada pero amable.

De pronto recordó el zapato roto y decidió que ése era el momento perfecto para ir de compras.

Condujo hasta la zona comercial y buscó aparcamiento lo más cerca posible de la zapatería más grande y lujosa. Por suerte, justo frente a la entrada principal había un hueco enorme y pudo dejar el vehículo allí sin problema.

Bajó del coche y lo rodeó a toda prisa para abrir la puerta de copiloto, donde estaba Vivian.

—¿Por qué aquí, Daniel? —preguntó extrañada. Él la cogió de la mano para ayudarla a ponerse en pie.

—Porque necesito comprar una cosa. —Sonrió sutilmente.

Rodeó su cintura como si fuera su novia y, del mismo modo que en el Edificio B, la alzó para evitar que forzase esa pierna en la que se había herido dos veces por su culpa.

Todo estaba perfectamente iluminado en ese establecimiento. La luz no era ni excesivamente brillante ni demasiado tenue. El local estaba repleto de estanterías de cristal de media altura. Asomando entre ellas se veía a las empleadas caminando de un lado a otro, atendiendo a clientas indecisas que quizás se probaban una docena de zapatos antes de decidirse por unos.

En la parte de la derecha había pequeños sillones colocados en círculo que simulaban pequeños saloncitos, con una mesa blanca en el centro y diversos estantes tras ellos.

Daniel bajó los tres escalones de la entrada y se acercó hasta una de las estancias.

—¡Quédate aquí! —le pidió a Vivian mientras la sentaba en uno de los sillones de piel.

—Daniel, no... Yo... ¿Por qué estamos aquí? —preguntó un tanto incómoda.

—Voy a comprarte unos zapatos. Por mi culpa se rompieron los tuyos y te pasó esto. —Llevó los dedos a la apretada rodillera.

—No. No se rompieron por tu culpa. No es necesario, de verdad...

—Te los quiero regalar yo, Viv —interrumpió—. Si no quieres aceptarlos a cambio de los que se rompieron, acéptalos como agradecimiento por ser la mejor asistente.

Esa afirmación la ruborizó. ¿Realmente pensaba que era la mejor asistente? Ella asintió con una sonrisa tímida justo antes de que él se diera la vuelta y desapareciera en el enorme establecimiento.

Después de dar vueltas en busca de los mejores zapatos para Vivian encontró el par perfecto. Se encontraban tras uno de los mostradores, en la vitrina de una llamativa y luminosa esquina, decorada como si de un cuento de hadas se tratase. Eran unos zapatos de color cava transparente, con centenares de brillos y con una preciosa mariposa de cristales en uno de sus lados, cerca del tacón, y otra mariposa en la parte delantera.

Los contempló embobado antes de pedir a la empleada que se los mostrase.

—Éstos son un diseño único. Sólo existe este par.

—Sólo este par. Está bien. Déjemelos. Quiero probar si le sirven. —Estaba entusiasmado imaginando lo bien que le quedarían a Vivian y lo hermosa que se vería con ellos. Unos zapatos únicos para una chica única.

Daniel tomó la bandeja sobre la que estaban cuando la

muchacha levantó la cubierta de metacrilato en la que permanecían protegidos. Corrió con ella hasta su asistente.

Sin decir ni una sola palabra, se agachó frente a ella, con una rodilla en el suelo, en un gesto que parecía que estaba proponiéndole matrimonio, algo que llamó la atención de los empleados.

Tomó su pierna por el tobillo y la descalzó. Colocó lentamente el hermoso zapato en el pie de Vivian. Encajaba perfectamente, tan bien como si hubiera sido hecho para ella.

—Es precioso, Daniel. Es...

—¡Es perfecto! ¡Te queda perfecto! —Sonrió.

—Parecen caros. Parecen... —Aquellos brillantes no parecían simples cristales. Los había llevado en una bandeja que parecía de cristal y eso indicaba que no eran un modelo cualquiera. Probablemente serían caros, muy caros. Le asustaba que realmente lo fueran—. Creo que no soy tan buena...

Antes de que ella siguiera hablando, se puso en pie y se apartó. Se dirigió de nuevo hacia el mostrador, donde la empleada miraba a Vivian, con cierta envidia dibujada en la cara.

La asistente miraba desde su asiento. Daniel no había pagado en metálico, sino con tarjeta. Eso la puso nerviosa.

—¿Cuánto han costado? —le preguntó cuando llegó hasta ella con una flamante bolsa negra en las manos—. Has pagado con tarjeta. Son... No los quiero. Te lo agradezco, pero...

Daniel llevó la mano hasta sus labios para callarla.

—He pagado con tarjeta porque nunca llevo metálico —susurró—. Tampoco han sido tan caros. Apuesto a que algunas prendas de otros diseñadores cuestan mucho más.

Sin dejar que respondiera la alzó de nuevo y regresaron al coche. Atrás quedó el murmullo de las empleadas que se arremolinaban alrededor de la cajera. Al llegar a

Black Diamond no estaba Chris en la recepción. Esto hizo sonreír internamente a Daniel. Subieron al apartamento. Lejos de lo que ella pensó, Daniel se despidió en cuanto el ascensor se detuvo arriba.

—¿No vas a entrar? —preguntó extrañada.

—No. Quiero ultimar unas cosas para el viaje a París.

—Pero aún quedan dos semanas.

—Lo sé. Pero quiero volver a casa pronto. No dormí demasiado bien anoche. —Vivian lo miró con el ceño fruncido y expresión de duda—. No vayas a creer que me gustó marcharme así. Pasé la noche culpándome por no haberte ayudado a levantarte. Ahora, señorita McPherson, entre y descanse. Nos veremos de nuevo el lunes. —Colocó una mano tras su cuello y la atrajo contra sí. Cuando la tuvo muy cerca posó los labios en su frente—. Buenas noches.

Vivian no pudo responder. Por un momento pensó que iba a besarla y se puso terriblemente nerviosa. Daniel sólo sonrió y guiñó un ojo antes de entrar en el ascensor y dejarla sin saber qué hacer.

Sin poder evitarlo, pasó ese fin de semana inquieta. Cada vez que sonaba el teléfono temblaba al pensar que podía ser Daniel. Ese beso en la frente la había trastocado, más incluso que la noche en que durmieron juntos, no por el beso en sí, sino por descubrir que le habría gustado que fuera en los labios. Temía que llegase el lunes y tuviera que verle de nuevo.

CAPÍTULO 23

Aunque no quisiera, el lunes llegó. La alarma del despertador la avisó de que ya era hora de levantarse, de que ya era hora de ir a trabajar.

Se puso en pie pesadamente y se acercó al armario. Ese día no quería ir con falda. Hacía frío y con nervios lo sentía aún más. Descolgó una camisa blanca entallada y una americana. Finalmente, en lugar de una falda sacó uno de esos vaqueros ajustados que tanto le gustaban a Daniel, casualmente los que él mismo le había comprado.

Al llegar a la oficina, su pulso no era el de siempre. Tenía el corazón tan acelerado que podía sentirlo en sus oídos.

—Debo de estar loca —dijo. Se dio palmadas en las mejillas, aprovechando que no había nadie en el ascensor.

De pronto, sin que lo esperase, entró Daniel. Iba hablando con Paige, la guapísima abogada que trabajaba tres plantas por debajo de ellos. Ella llevaba una falda diminuta y un escote extremadamente provocativo. Llevaba recogido el cabello en un apretado moño. Lucía una postura sexy y elegante a la vez, algo que hizo que Vivian se mirara a sí misma durante un momento.

—Buenos días —saludó Paige. Daniel no la había visto, y de haberlo hecho la había ignorado completamente.

—Buenos días —murmuró Vivian. Intentó ocultar su repentina vergüenza por haberle mirado sus marcados pechos.

—No te preocupes, bonita. —rió la abogada—. Las mujeres también pueden mirar —añadió, pensando que provocaba celos en Vivian por tener unas curvas mucho más marcadas que ella.

Daniel miró hacia atrás para ver a quién le hablaba Paige. Encontró a su asistente ligeramente girada hacia la pared con la vista puesta en el suelo. Sonrió al ver cómo iba vestida, pero no le dijo nada. Ignoró a Paige y su extraña conversación sobre los pantalones que marcan trasero en los hombres y se limitó a observar a Vivian.

Cuando el ascensor se detuvo en la planta cincuenta y seis, la abogada salió sin que Daniel le dijera nada. Molesta porque no le había prestado atención, salió y se quedó frente a él hasta que las puertas del ascensor se cerraron.

—Hoy está faltando al código de vestimenta, señorita McPherson. —Sonrió. Se puso junto a ella con una pose recta y elegante.

—No pretenderás que venga a trabajar con una falda como la de la señorita Carrington, supongo. —Su tono sonó extraño. ¿Celos tal vez?

Daniel empezó a reír a carcajadas. Sabía que Vivian iba a responderle de esa manera.

—No te negaré que sería espectacular, pero sabes que me gusta más cuando llevas esos pantalones.

—Y ¿dónde queda eso de que las piernas de las mujeres...?

—¡Espera! —interrumpió—. ¿Lo dices en serio, Vivian? ¿Tan inocente eres que no te has dado cuenta de que con esos pantalones ajustados por todos lados es como si no llevases nada? Puedo ver la forma de tus gemelos bajo la tela, la forma de tus muslos, Vivian, la línea que se forma bajo tu...

En ese momento la asistente lo miró completamente colorada, con los ojos abiertos como platos y con las manos sobre la boca. Daniel reía tanto que podía oírse desde fuera. Cuando las puertas se abrieron, llamaron de forma automática la atención de todos cuantos había por allí, algo que aún empeoró más la situación.

Vivian estaba cerca de la esquina. Después de lo que le dijo no se atrevía a pasar por delante de él. Se arrepentía profundamente de no haberse puesto una de las faldas de su armario.

Sin esperar a que se moviera, Daniel se acercó a ella y, con el mismo gesto del día anterior, la alzó del suelo y caminó hacia su oficina.

Cuando necesitaba levantarse, se sentía desnuda ante los ojos de su jefe. Por ello trataba de permanecer sentada el mayor tiempo posible, sin mirarle ni una sola vez.

—Por cierto —Daniel rompió el silencio y la miró directamente—, no sé si has visto el calendario. El jueves, el viernes y el lunes tenemos unas pequeñas vacaciones de Navidad.

—¿Vacaciones?

—Mi padre dice que nunca te has tomado unas vacaciones. Durante esos días no habrá nadie en el Edificio B, así que no podrás venir a trabajar.

—Y ¿qué haré en casa tantos días? —Él se encogió de hombros con una sonrisa y volvió a lo suyo.

Daniel había oído a su padre decir que July, su hermana pequeña, iría a casa con su marido para Navidad. De modo que él ya tenía planes para esos cinco días.

Las horas pasaron, y con ellas los días. Llegó la tarde del miércoles, día en el que empezaban esas pequeñas vacaciones que el señor Gable había reservado para que sus empleados celebrasen aquellas fiestas con sus familias o donde quisieran. Bajaban en el ascensor, camino del aparcamiento, cuando a Daniel se le ocurrió una idea.

—Sé que te vas a negar, pero no pierdo nada por intentarlo. Mi padre me insinuó hace días que podías pasar estas fiestas con nosotros —mintió—. Le dije que te negarías y me pidió que al menos te convenciese para cenar con nosotros en Nochebuena, con mi familia y conmigo.

—¡¿Cómo?! ¡No! Yo sólo soy una empleada. No pienso ir a cenar con el presidente y con el director general en Navidad —replicó.

—Tómatelo como si fuera una reunión de empresa. Vienes, te reúnes y después de la cena te vuelves a casa.

—Gracias, Daniel. Pero preferiría no ir.

—Entonces le daré tu número a Frida para que te convenza ella.

Vivian empezaba a notar que no iba a tener más opción que aceptar esa invitación, aunque eso no le gustase.

Cuando dejó a Daniel en su coche, se fue caminando despacio hasta el suyo.

—¿Celebrar la Nochebuena con los Gable? —murmuró, como si oyendo su voz hiciera que la invitación sonase de un modo más aceptable.

—No aceptaré un no por respuesta, señorita McPherson —gritó el ejecutivo, como si hubiera podido escucharla.

Cuando amaneció el jueves, su primer día de vacaciones, Vivian miró por la ventana sin saber qué iba a hacer esos días. De haber logrado hablar con su padre, quizás habría pasado las fiestas con su familia. Pero la reconciliación entre ambos resultó todo un fracaso. Por lo tanto, pasaría sola otra Navidad.

Cerca de la tarde sonó el teléfono.

—Te dije que no iría, Daniel. Sólo soy una empleada y no pienso...

—Disculpa, querida. Soy Frida, la madre de tu jefe —dijo una voz dulce al otro lado del teléfono.

—¡Oh, por favor! Discúlpeme. Lo siento. No pretendía ser descortés.

—Sólo llamaba para invitarte mañana. Es Nochebuena y mi marido y mi hijo me han dicho que la pasarás sola.

Vivian arrugó la cara con expresión de fastidio. Se lo pedía de un modo tan dulce que no podía negarse.

—Yo...

—Bueno. Te esperamos mañana, ¿de acuerdo? Mi hijo Daniel irá a recogerte. —Vivian se quedó sin saber qué decir—. ¿Sigues ahí?

—Sí, sí. Perdone.

—Entonces, ¡no se hable más! Me muero por conocerte —dijo Frida emocionada—. Hasta mañana, Vivian.

—De acuerdo. Hasta... ¿mañana?

Ya no había marcha atrás. Acababa de confirmar, sin saber muy bien por qué, que asistiría a una cena familiar en una casa ajena, con una familia de la que sólo conocía a dos miembros y cuya posición social, jerárquica y económica estaba muy por encima de la suya.

Pasó horas buscando excusas para no asistir. ¿Una cita? No. Era poco creíble. ¿Dolor en su pierna? No. Probablemente pasaría más rato sentada que de pie y, por el contrario, eso sólo conseguiría que Daniel la presionase más. Era imposible zafarse de esa encerrona, así que preparó la ropa con la que asistió al cumpleaños de su padre. Deseaba que todo pasara lo antes posible.

A las doce en punto, y muchas horas antes de lo que pensaba, llegó su jefe.

—¿Aún no te has vestido? —le preguntó Daniel después de mirarla de arriba abajo.

—No te esperaba tan pronto. ¿No era una invitación a cenar?

—He pensado que también podías comer con nosotros. Vamos, vístete. El canal del tiempo dice que va a nevar.

—¿A nevar?

—Sí. ¡Vamos! —le dijo exigente. Le estaba metiendo prisa.

Mientras iban de camino, Vivian movía las piernas frenéticamente en el asiento del copiloto. Estaba muy nerviosa por tener que pasar todo el día con esa familia. Miles de preguntas le rondaban en la cabeza. Se preguntaba si todos sabrían que había vivido en un almacén antes de su ascenso o si pensarían que su atuendo no era el más indicado para alguien de su edad. También se preguntaba si al igual que su familia creerían que ella era pareja de Daniel...

De pronto, él puso una mano sobre una de sus rodillas y detuvo el inquieto movimiento.

—Me pones nervioso. Estate quieta.

—Pero ¡si no me muevo!

—¿Y esto? —dijo apretando los dedos alrededor.

—No lo puedo evitar. Lo siento.

—Pues...

Y de repente, tal y como pronosticaba el parte meteorológico, empezó a nevar. Grandes copos de nieve se posaban lentamente sobre el cristal delantero. Como si estuvieran sincronizados, ambos se miraron y empezaron a sonreír.

—Adoro la nieve —dijo él.

—Odio el hielo y el frío —respondió ella.

Minutos después, Daniel detuvo el coche frente a una bonita casa de piedra y madera. A simple vista, se veía imponente: dos plantas y una buhardilla, un porche y un jardín delantero aparentemente cuidado pero cubierto por la nieve. El ejecutivo bajó deprisa y abrió la puerta del pasajero, de donde Vivian salió ligeramente pálida. Colocó una mano en su espalda para indicarle que fuera a su lado. Caminaron despacio hasta la entrada. Vivian cuidó de no tropezarse, pues aún tenía resentida la rodilla.

Al entrar por la puerta, Daniel seguía a su lado, con la

mano en su espalda, tal y como lo había hecho cuando salieron del coche.

—Vivian, querida —saludó Frida, la madre de Daniel.

Ellas aún no se conocían. Clifford le había contado todo lo que sabía de Vivian. Su hijo tampoco se había quedado atrás en cuanto a detalles halagadores para llevarla a esa cena.

Frida se acercó a Vivian y, como si la conociese de toda la vida, la abrazó con fuerza.

—Encantada de conocerla, señora Gable.

—¡Oh, por favor! ¡Llámame Frida! Ése es mi nombre —exclamó—. Ven. Te voy a presentar al resto de la familia —le pidió. La condujo hacia el salón, donde estaban los hermanos de Daniel con sus respectivas parejas—. Éstos son mi hija July y Carl, su marido. Y éstos son Donovan y su esposa Emma —señaló—. A Gabriel lo conocerás más tarde. Tiene que estar a punto de llegar.

—Encantada —saludó con una sonrisa—. Yo soy Vivian McPherson, la asistente de vuestro hermano.

—¿Y Daniel trae a su asistente a casa por Navidad? ¿Seguro que no sois nada más? —inquirió July con una sonrisa pícara.

—Seguro, enana —respondió Daniel. Había aparecido de repente. Colocó nuevamente la mano en la espalda de su asistente.

—No me llames así otra vez. ¿Me oyes? —gritó la más pequeña de los Gable y le lanzó un cojín a su hermano, que se alejaba de allí con Vivian. Mientras, todos sonreían.

Daniel la guió a través del comedor hasta el porche trasero, que habían cubierto con cristaleras. Aquello le daba un aspecto invernal muy acogedor.

Él apartó una de las sillas metálicas que había junto a la mesa y con un gesto de su mano la invitó a sentarse. Después, él se sentó a su lado.

La nieve caía copiosamente sobre el jardín trasero y

sobre la cubierta de cristal que les protegía. Enseguida se deslizaba y se acumulaba junto a la vidriera. De fondo se oían las risas de la hermana y de la cuñada de Daniel. Eso hacía que, de vez en cuando, Vivian se volviese para mirarlas con cierto anhelo. Quizás sus hermanos tendrían novias. De ser así, seguramente estarían todos riendo en familia, mientras ella estaba usurpando el puesto de otra al lado de su jefe.

De pronto la puerta de la entrada se cerró de un golpe. Segundos después apareció en el salón un chico con una maleta. Salvo Daniel, toda la familia se congregó alrededor de ese muchacho, sin dejar un solo hueco por el que Vivian pudiera verle.

—¿Curiosa? —Daniel sonrió.

—No especialmente —mintió. Todos allí eran atractivos y sí, sentía curiosidad por saber cómo luciría Gabriel.

—Vamos.

Daniel se puso en pie y se acercó a su familia para saludar a su hermano. July seguía como loca abrazada al recién llegado. Emma se burlaba de ella y la imitaba con su marido, haciendo que todos rieran por el espectáculo. De pronto, Daniel tosió y llamó la atención de Gabriel, que, lejos de mirarle a él, fijó su mirada en su acompañante.

—¿Gabriel? —preguntó Vivian en un murmullo.

—¡Vivian! —exclamó el fotógrafo. Toda la familia los miró, completamente asombrada.

¿De qué se conocían? ¿Por qué Gabriel sabía el nombre de la asistente de su hermano?

—¿Puedo saber de qué os conocéis? —preguntó Daniel, mirando a su hermano como nunca lo había hecho.

Vivian dirigió su vista a Daniel sin saber qué responder. Siempre le había ocultado el encuentro con el fotógrafo en París. No sabía cómo iba a tomarse cuando le contase que no lo había pasado tan mal como se suponía.

CAPÍTULO 24

Salvo Daniel, nadie más preguntó por qué o de qué se conocían. Pero tampoco dejaron de mirarlos, como si con ese gesto estuvieran obligándoles a que contasen su pequeño secreto.

—No imaginaba volver a verte —dijo el muchacho. Se acercó a ella y le dio un abrazo amistoso, que, lejos de agradar a Daniel, hizo que a éste le hirviera la sangre.

Gabriel se dirigió entonces a todos.

—No miréis así. Nos conocimos en París, cuando su jefe la dejó tirada en un país extranjero con un idioma que ella no sabe hablar.

—¿Que hiciste qué? —preguntó Clifford horrorizado, interrogando con la mirada a Daniel.

Éste no respondió. Miró a su asistente y se dio la vuelta para marcharse de allí. Aquélla no era una situación en la que quisiera estar presente. Además acababa de sentirse traicionado. Vivian había conocido a alguien en París y no le había dicho nada.

Gabriel pasó un rato explicando cómo se conocieron y lo que habían hecho durante las horas que estuvieron juntos. Daniel escuchaba desde arriba. Estaba terriblemente celoso por no haber sido él quien pasease con ella. Se había sentido culpable por haberla abandonado pero ahora se sentía ridículo al escuchar a su hermano.

Después de aclarar con la familia por qué se conocían y aprovechando que Daniel no estaba cerca, Gabriel cogió a Vivian por el brazo y se la llevó hasta el porche cubierto de detrás, donde un rato antes habían estado ella y el directivo.

—No me habías dicho que eras la asistente de mi hermano —dijo Gabriel con una sonrisa radiante.

—Tampoco tú me dijiste que eras hermano de mi jefe.

—*Touché* —respondió con una reverencia—. Tienes razón, pero no lo sabía —dijo tocándose la frente en un gesto simpático—. Hola, señorita. Mi nombre es Gabriel Gable. Soy hermano de su insufrible jefe. —Rió al repetir lo que ella había dicho en Francia.

—¡Oh! —exclamó simpática—. Yo soy Vivian McPherson, la asistente de su hermano. ¡Encantada de conocerle! —Ella rió. Le tendió una mano como saludo—. Pero Calliani...

—Es el apellido de soltera de mi madre. Lo uso para que nadie crea que mis logros se los debo al apellido Gable.

Toda la familia los miraba desde el salón. Se preguntaban sobre qué hablaban, viendo cómo reían. Todos salvo Daniel, que fingía no escucharlos, mientras revisaba la madera veteada de la barandilla.

Justo cuando Frida avisó de que era la hora de comer, Gabriel subió a buscar a su hermano. Éste se negó a bajar y puso como excusa que estaba atendiendo unos asuntos importantes. Pasado un rato, también subieron su padre y su madre. Él siguió negándose a bajar.

La comida fue amena, aunque extraña. En lugar de a Daniel tenían en la mesa a su asistente, no a su novia o a alguna amiga. Tenían sentada a la mesa a la chica que trabajaba para él, la que le hacía los informes, la que le llevaba el café, la que organizaba su agenda y le acompañaba a las reuniones de empresa.

La tarde pasó entretenida. Los Gable preguntaron a Vivian por su opinión de Daniel, por su opinión acerca del trato que le daba. Se interesaron incluso por sus sentimientos hacia su jefe. Luego sacaron juegos de mesa y jugaron una y otra vez, como si de niños se tratase. Daniel seguía sin bajar. Se estaba acercando la hora de la cena.

Por mucho que le gustase esa familia y por mucho que se hubiera divertido, si Daniel no iba a cenar con ellos, ella tampoco lo haría. Llamaría a un taxi y cenaría tranquilamente en su casa.

Vivian pidió a Frida que le indicara dónde estaba el dormitorio de su hijo y se dirigió allí. Daniel estaba parado frente a la enorme estantería que tenía en la pared de la derecha. Tenía ambas manos sobre los cascos que llevaba puestos en las orejas. Estaba escuchando música a todo volumen, tanto que se oía desde la entrada.

Ella lo miró atentamente por la rendija de la puerta, apoyada en el marco. Daniel parecía vivir la música. Fruncía el entrecejo, gesticulaba, sonreía...

Algo dentro de ella empezó a inquietarla. Daniel estaba tan atractivo que, sin pensar en lo que hacía, se dejó llevar por un impulso. Abrió la puerta despacio y se acercó a él. Acarició su brazo cuando lo tuvo de frente. Él entreabrió los ojos y se encontró con ella a sólo medio metro.

Nunca antes había sentido lo que experimentaba cuando tenía a Daniel tan cerca. Su instinto la empujaba con fuerza para avanzar un paso más. Estiró los brazos y lo atrajo hacia ella. Apoyó sus labios en los de él y pegó su cuerpo al suyo. Él llevó una mano a su cintura y la subió por su espalda hasta el cuello, dejándole saber cuánto la deseaba. Con la mano acariciaba su fino cabello, enredando los dedos entre su pelo y apretándola contra él, profundizando aún más ese beso.

—¿Estás bien? —preguntó alguien, chasqueando los dedos delante de sus narices.

—¡Oh, señor... señor Gable! —exclamó. Extrañada y sorprendida por la jugarreta de su imaginación.

Rápidamente desvió la mirada hacia Daniel, que seguía escuchando música sin haberse percatado de la presencia de ninguno de los dos.

—Estás ruborizada. ¿Seguro que estás bien? —Ella asintió efusivamente—. Venía a avisaros de que os preparéis. Falta media hora para que la cena esté lista.—Vale. Gracias. Aviso a su hijo y bajamos enseguida.

Cuando Clifford desapareció por el pasillo, Vivian suspiró. Se llevó la mano al pecho. ¿Había soñado despierta que besaba a Daniel? Con ambas manos cacheteó sus mejillas para demostrarse a sí misma que estaba consciente. Antes de entrar en la habitación de Daniel, llamó a la puerta de madera con dos sonoros golpes. Tomó aire con fuerza mientras la abría.

—La cena está lista —dijo acercándose a él. La música estaba tan alta que Daniel ni siquiera la oyó llamar.

Vivian acercó la mano a su hombro para tocarle con un dedo, pero le pareció demasiado impersonal. Pensó en poner la mano en su brazo. En ese momento su fantasía volvió a jugar con su cordura. Imaginó de nuevo cómo lo besaba. Al menos esa vez era consciente de que sólo era su imaginación. Sacudió la cabeza como para desechar esas ideas y respiró hondo.

—Daniel —agarró su antebrazo con una mano y apartó los auriculares con la otra—, la cena está lista. Tu padre ha subido a avisarnos.

—No voy a cenar —respondió de mala gana. Volvió a ponerse los cascos en su sitio.

Vivian no respondió. Si él no iba a cenar, ella tampoco.

Se dio la vuelta y bajó la escalera. Abrió el guardarropa y sacó su chaqueta y su bolso. Entró en el salón para despedirse de todos. Se inventó que le había surgido un imprevisto y que se tenía que marchar.

Donovan y Gabriel se ofrecieron para llevarla a su casa, pero ella se negó. Dijo que podía ir en taxi. Y, sin dar tiempo a que dijeran nada más, salió de allí corriendo en dirección a la parada del autobús que había visto al llegar.

Donovan, el hermano mayor de Daniel, subió a toda prisa para preguntar qué demonios había pasado para que esa chica se fuera en medio de la nevada que estaba cayendo.

—Ha rechazado cualquier ofrecimiento y ha dicho que se iba en taxi.

—¿Estás de broma? No voy a bajar a cenar. No tratéis de engañarme.

Para no dejar que siguiera con su estúpida pataleta, Donovan tiró del brazo de Daniel. Hizo que diera un par de pasos y que los auriculares se le cayeran al suelo, lo que provocó que aún se enfadase más.

Cruzaron la planta de arriba y Donovan le obligó a mirar por la ventana. Vivian estaba en el borde de la calzada, en medio de la nieve. Cubría su cabeza con el bolso. Levantaba primero el pie derecho y luego el izquierdo, como si diera pequeños pasos, para evitar que el hielo congelase sus pies a través de las botas.

—¿Vas a dejarla ahí fuera?

Daniel lo miró con los dientes apretados. Soltó el agarre de su brazo y volvió sobre sus pasos. Bajó la escalera con pasos firmes y sonoros en lugar de entrar en su habitación.

—Daniel, hijo... —empezó Frida.

—Ya lo sé, mamá —respondió. Se dirigió hasta la puerta de la entrada y cerró tras él.

Frida había notado que su hijo sentía algo por esa chica desde el mismo momento en que llegaron esa mañana y él la miró. Daniel no había llevado a muchas chicas a casa. Quizás sí a su apartamento. Pero, como relación seria, sólo había estado allí con Rachel. Sin duda Vivian era para él alguien importante. El no apartar sus ojos de Vivian también había sido otro indicativo indiscutible. Ni qué decir de su enfado al saber que su hermano menor había conocido a esa muchacha en París.

Pese a que Vivian había dicho que se trataba de un imprevisto, Frida sabía que era una táctica para hacer que Daniel bajase a cenar. Al verle salir por la puerta, sonrió. Era muy probable que Rachel no hubiera hecho eso, que no se hubiera expuesto al hielo y al frío para hacer entrar en razón a ese hijo terco que tenía. Por un momento deseó que esa chica llegara a ser la verdadera novia de su hijo.

Avanzó entre resbalones por el hielo hasta alcanzarla y, sin decirle nada, agarró su brazo y empezó a tirar de ella para hacerla volver a entrar. A medio camino, pisó una placa de hielo y cayó de bruces contra el suelo llevándose a Vivian con él.

—Lo siento, lo siento.

—¡Esto es por tu culpa! —gritó enfadado—. ¿Dónde demonios vas con este temporal?

—Sólo es nieve, Daniel. —Sonrió al recordar la caída, a pesar de seguir en el suelo.

—¡Es hielo! Y tú odias el hielo.

Al hacer el gesto para levantarse, Vivian se acercó y besó su mejilla, haciendo que la mirase con los ojos abiertos de par en par.

—¿Por qué? —preguntó mientras llevaba su mano hasta el lugar del beso.

—Porque agradezco que hayas salido antes de que muriera congelada —dijo. Se levantó y ayudó a su jefe a ponerse en pie—. Sin embargo, no voy a entrar. No pienso sentarme en esa mesa si te niegas a cenar con tu familia.

Daniel la miró completamente serio sin saber qué hacer.

—¿Por qué me ocultaste que habías conocido a mi hermano?

—No sabía que fuera tu hermano. El apellido que me dio fue el de tu madre. Además, que pensases que pasé un día horrible y solitario en Francia era tu castigo por abandonarme —admitió.

Daniel volvió a llevar su mano a la de ella y comenzó a guiarla hacia la casa, pero Vivian se detuvo nuevamente.

—Cenaré, ¿de acuerdo?

Entraron en la casa con la ropa mojada por la nieve y por el hielo con el que se habían manchado por la caída. Tanto Frida como Clifford miraron a la asistente de Daniel con una sonrisa. Ésa era la primera vez que veían a alguien doblegando la voluntad de su hijo. Toda su vida había sido alguien obstinado. Cuando algo se le metía en la cabeza siempre lograba su propósito, aunque ellos insistieran hasta la saciedad en que cambiara de idea. Ella no se lo había repetido, ni le había estado rogando y eso era lo que más les gustaba.

La madre se fijó qué ropa traían y rogó a Daniel que se cambiase las prendas mojadas. Después agarró la mano de Vivian y la llevó a su dormitorio. Ella la observó sonriente. Aquella habitación no tenía nada que ver con la de sus padres, donde todo estaba apretujado y quedaba poco espacio entre los muebles; por el contrario, era muy espaciosa, con la decoración muy cuidada y un espacio tan grande que podían estirarse los brazos completamente sin tocar nada con las manos.

Frida le ofreció un vestido de lana verde botella. Aunque a Vivian no le gustaba, no puso ninguna objeción y, en cuanto se cambió la ropa húmeda por aquella seca, y que además tenía un agradable aroma, las dos bajaron junto al resto de la familia.

Cuando July y Emma vieron la ropa que la señora Gable le había prestado, se pusieron en pie y corrieron hacia Vivian.

—¡Oh, mamá, no! —exclamó July.

Se agarraron a sus brazos y tiraron de ella hasta el dormitorio de la menor. No iban a dejar que Vivian pasase toda la cena con ese vestido, y más sabiendo que esa chica le gustaba a Daniel y a Gabriel.

—Por suerte tenemos más o menos la misma talla.

—No, gracias. Estoy bien así, de verdad. —Sonrió cortés.

Emma empezó a sacar prendas de una maleta y July hizo lo mismo con otro equipaje. Dispusieron sobre la cama tanta ropa como para abrir una tienda de moda. La llevaron frente al espejo y empezaron a ponerle prendas por encima para ver cómo le quedaban. Vivian sólo las miraba y sonreía. Aquellas dos chicas se comportaban como si fueran amigas de toda la vida. Eso la hacía sentir bien, como en familia.

Sin pedirle opinión eligieron un vestido corto y unos zapatos a juego. Bajo el criterio de las chicas, aquello le quedaría genial.

Cuando Vivian se vio con aquel vestido rosa, que cubría como mucho hasta medio muslo, y que no sólo no tenía tirantes, sino que dejaba toda su espalda al descubierto, se negó a llevarlo.

—No puedo salir con esto, chicas. Es demasiado...

—¿Sexy? —Rió Emma.

—Mi padre está acostumbrado y, créeme, a Daniel no le importará. —Las dos muchachas empezaron a reír viéndola ruborizarse.

—¡Vamos! —dijeron. Salieron de la habitación entre gritos y risas y llevaron a Vivian prácticamente a rastras. Frida subió a ver el motivo de aquel jaleo. Las tres muchachas estaban en medio del amplio pasillo y vio a su hija y a su nuera tirando de una preciosa joven cuyo atuendo era muy distinto del que había traído al llegar.

Vivian miró a Frida como suplicando, pero ésta seguía completamente sonriente. Se acercó a ella e hizo que las otras dos se detuviesen. Cuando su víctima se confió tiró de ella hasta la escalera.

—Vamos, señorita McPherson. Estás preciosa. Ya verás cuando te vea mi hijo.

—No, por favor —pidió.

Al llegar abajo las dos cuñadas iban de la mano. Miraban con expectación la cara de todos los hombres del salón, pero en especial la de dos de ellos. La expresión de todos allí fue la esperada. Daniel no había visto aún a Vivian, ya que estaba discutiendo con su padre de espaldas a la puerta y no las vio llegar.

—Deberías darte la vuelta —interrumpió Cliff, señalando con la mirada hacia la puerta.

Al volverse, todos empezaron a reír. Todos menos Gabriel, que seguía contemplándola como si no pudiera apartar sus ojos de ella. Vivian no sabía si cubrir su pecho o si cubrir sus piernas. Aquel vestido era lo más atrevido que había llevado nunca. Le parecía precioso, no iba a negarlo. Pero precioso para que otra lo luciera, no ella.

Daniel se levantó y se acercó a su asistente con una sonrisa que se hacía más amplia a cada paso que daba. Se detuvo frente a ella sin decir nada. Levantó una de sus manos y la hizo girar sobre sí misma.

—Preciosa... ¡Y yo que pensaba que el azul era tu color!

Sin que pudiera evitarlo, verlo acercarse tan despacio y con esa sonrisa le aceleró el corazón. Cuando lo tuvo delante y la hizo dar una vuelta no pudo negarse. No pudo ni siquiera pensar qué hacer.

La mesa estaba dispuesta de modo mucho más elegante que en la comida. Todo tenía un aspecto delicioso. Las parejas se sentaron uno frente al otro. Daniel se sentó en el extremo opuesto a su padre y Vivian a su lado, frente a Gabriel. Por un momento, tras observarlos detenidamente a todos, sus expresiones, sus miradas, sus sonrisas, deseó poder cenar en esa mesa el resto de su vida.

CAPÍTULO 25

Pasaba de la medianoche cuando terminaron de cenar. Frida había preparado, como remate a los manjares que se habían servido, unos pequeños sorbetes de fresa y mora y, por supuesto, más de uno quiso repetir.

Esperó un rato en el salón, sentada en el sofá. Se estaba haciendo ya demasiado tarde y debía marcharse aunque quisiera quedarse allí ésa y mil noches más.

—¿Por qué no te quedas a dormir? —preguntó Donovan—. Arriba hay una habitación abuhardillada.

—¡Oh, no, por favor! Se suponía que tenía una invitación a cenar y sin embargo también he comido aquí. Quedarme a dormir sería demasiado.

—¡Es una idea maravillosa! —exclamó la madre—. Si tienes prisa por marcharte, mañana puede llevarte Daniel. Incluso Gabriel estaría encantado de hacerlo. Imagino que no tienes mucho que hacer a esta hora.

—¡Sí! —pidieron las dos muchachas.

—Vamos, Viv. No te hagas de rogar. —Sonrió Daniel —. Sabes que terminarás cediendo.

La asistente sonrió por el modo como lo había dicho. No pudo más que asentir y aceptar la propuesta de dormir otra noche bajo el mismo techo que él.

Las mujeres de la casa subieron hasta la segunda planta. Allí había una coqueta buhardilla con una chimenea, una cama y cuatro muebles más. Todo estaba forrado en madera y tenía un aspecto cálido y acogedor.

Vivian caminó por la estancia con una sonrisa. Siempre había soñado con una habitación parecida. Quizás no en madera, pero sí similar, con los techos inclinados, con enormes ventanas desde donde se viera el mar o la montaña.

La señora Gable había desaparecido. Sobre la cama había un pijama de seda de un tamaño bastante pequeño para ser de ella. Mientras lo cogía por los hombros para verlo, las chicas entraron en el dormitorio vestidas con pijamas similares y empezaron a saltar sobre la cama.

—Es una pena que la novia de Daniel sea Rachel.

—¿Bromeáis? —preguntó exagerada—. Rachel es preciosa y seguro que son tal para cual.

—En verdad hace unos meses que ni siquiera se ven —dijo July—. Mi hermano no ha traído a muchas chicas a casa, pero, de todas, tú eres la mejor. Eres con la que más cómodo se le ve. Sus ojos brillan de otro modo cuando te mira.

—Vamos. No digas eso. Yo sólo soy su asistente.

—¿Él te gusta? —preguntó. Vivian no respondió—. ¡Claro que te gusta! ¡Cómo no te va a gustar! ¿Por qué aguantarías a esta familia si no fuese así?

—No me gusta el modo en que pensáis. Daniel es mi jefe. Adoro mi profesión y me siento cómoda trabajando en Industrias Gable con él. Eso es todo.

Antes de que pudiera seguir hablando, alguien gritó desde abajo: la película ya estaba lista.

Las muchachas invitaron a Vivian a que se uniera a la familia después de ponerse cómoda y bajaron corriendo al salón. Vivian se puso el pijama y los calcetines gruesos que también le habían dejado y bajó al salón a unirse con todos ellos. Todo estaba medio en penumbra. La familia se repartía entre los sofás y la alfombra, todos arropados con mantas. Vivian evitó sentarse junto a Daniel en el sofá, pese a que éste había levantado la manta para hacerle sitio a su lado. Finalmente se sentó en el suelo con July y con Gabriel.

A ratos Daniel daba pequeños toques con los pies en la espalda de Vivian, para llamar su atención. Cuando ella miraba hacia arriba, él sonreía y disimulaba.

Clifford no tardó en empezar a roncar. La familia empezó a reír.

—¡Papá! —exclamó el fotógrafo desde el suelo, dando un toque en el pie de su padre.

—¡Vamos, hijo! ¡Déjalo! —Frida rió—. Hace mucho que no hace esto.

Vivian lo miraba sonriendo. Poco después Frida acompañó al presidente con su extraña sinfonía. Tuvieron que elevar un poco el volumen del televisor para poder escuchar mejor los diálogos.

Aún no había llegado la película a la mitad cuando July y Emma también cayeron rendidas. El salón fue vaciándose. Las mantas se amontonaban en los sofás mientras quienes las habían utilizado minutos antes iban yéndose a sus respectivas camas.

Quedaban Carl, Gabriel, Daniel y Vivian. Todos miraban la pantalla atentamente menos Daniel. Aunque cansado, se negaba a marcharse de allí y dejar a Vivian al lado de su hermano. No quería que se quedasen a solas y hablasen de cosas que él desconocía. Mucho menos que entre ellos hubiera más que saludos corteses. Sin pensarlo dos veces, se puso en pie, cogió la mano de Vivian y la levantó del suelo.

—No ha terminado la película, Daniel. Deja que se quede aquí —replicó Gabriel, mirando a su hermano con cierta hostilidad.

—Estoy seguro de que a ella no le importa la película.

Es horrible y aburrida, ¿verdad, Viv? ¿O prefieres seguir aquí escuchando los ronquidos de Carl? —Ella negó tímidamente y juntos salieron de la sala.

Al llegar a la buhardilla, Vivian pensó que Daniel se marcharía. Sin embargo, entró y cerró la puerta tras ellos. Ella empezó a ponerse nerviosa. Ahora estaban en la habitación más retirada, juntos y a solas. El vestido estaba perfectamente colocado en la percha, colgado del travesaño superior del diván.

—Estabas preciosa.

—No me sentía cómoda con ese tipo de ropa. Es demasiado atrevida.

—Yo creo que te quedaba perfecta.

Daniel quería decirle que le gustaba, pero tenía miedo de que ella lo tomase a mal y que empezase a actuar de nuevo con la actitud fría que ya conocía. Sin decir nada más decidió bajar. Quizás podría llamar su atención si le mostraba algo que nunca había visto nadie.

Vivian se puso a mirar por la ventana. Al rato, después de un par de toques, Daniel entró de nuevo en la habitación. Llevaba un grueso álbum en las manos. Se sentó en la cama y esperó a que ella le imitase. Y así fue. Vivian sintió curiosidad por lo que iba a mostrarle.

—¿Qué es? —preguntó ella.

—Esto... Verás. Durante un tiempo quise ser fotógrafo, como mi abuelo y como Gabriel. Tomaba fotos a escondidas.

Vivian le quitó el álbum de las manos para verlo. Pasaba páginas, una detrás de otra, sin decir una palabra. Sonreía al ver algunas y se emocionaba con otras. De pronto se detuvo en una en la que una chica rubia ayudaba a cruzar la calle a una anciana. La foto era en blanco y negro, con mucho contraste.

—Esa... Me enamoré de esa escena en cuanto la vi. La señora cruzaba la calle y ella apareció como un ángel.

De repente reparó en por qué miraba esa foto de esa manera, de forma completamente distinta de las demás. La chica de la foto era ella, Vivian, sólo que con un aspecto distinto. Se volvió para mirarla sin saber qué decir.

—Recuerdo a esa señora.

—Nunca supe que eras tú.

Cuando sus ojos se encontraron, se quedaron mirándose fijamente. Daniel quiso acortar la distancia entre ellos. Se acercó despacio, sin apartar la mirada de su asistente, y continuó acercándose lentamente. Vivian tragó saliva. Él pensó que ella quería besarle y siguió aproximándose, despacio, hasta que sus labios se rozaron.

—Daniel, no —pidió. Negó con la cabeza y se apartó al darse cuenta de que si se besaban era inevitable dar otro paso. Eso distaba mucho de lo que significaba haber aceptado una invitación a cenar—. Creo que los sorbetes tenían demasiado alcohol y que no estoy pensando con lucidez. —Él se echó hacia atrás y se dejó caer en el lado de la cama.

—No. Lo siento. Soy yo el que no estaba pensando con claridad —mintió.

—Esto no puede repetirse otra vez, Daniel. Sólo somos... amigos. Ni hay más ni puede haberlo. En primer lugar, está Rachel. Luego, ésta es la casa de tus padres. Además, trabajamos juntos y yo no quiero una relación tan complicada.

De pronto Daniel empezó a sentirse un perfecto idiota. Ella nunca iba a aceptarle. Si estaba Rachel porque estaba Rachel, si estaban en su apartamento porque estaba Rachel, si estaban en casa de sus padres porque estaba Rachel... Sabía que, si un día Rachel no estaba, ella seguiría poniendo excusas.

Vivian pasó más de una hora en aquella habitación abuhardillada, viendo la nieve caer a través de los cristales, con su jefe acostado a unos centímetros. Pese a no tener intención de dormir nunca más con él, estaba tan cansada que se tumbó a su lado. Guardó, eso sí, una distancia de seguridad de al menos veinte centímetros y procuró que sus piernas no se tocasen. Ella lo miró durante unos minutos, para vigilar que no se acercase más de la cuenta. Al final, el sueño la venció.

Cuando amaneció, Vivian estaba atravesada en la cama, con la cabeza y un brazo descolgados por el borde y las piernas sobre él. Le había empujado tanto que estaba a punto de caerse por el otro lado.

July no pensó ni por un momento que Daniel hubiera pasado la noche con su asistente. Entró en la habitación despacio para despertar a su invitada. Al acercarse a la cama vio a la pareja en una posición tan extraña que no pudo evitar estallar en risas. Su hermano se despertó.

—Pero ¿qué? —dijo Daniel. Miró a su alrededor como si no supiera dónde estaba—. ¿Enana?

—¿Habéis dormido juntos, hermanito? —July rió de nuevo. Esta vez la que se despertó fue Vivian, que se sonrojó al ver con quién lo hacía y quién era la espectadora.

—¿Puedes salir? —Daniel hablaba con un tono entrecortado, mientras ayudaba a su compañera de cama a sentarse como es debido.

La menor de los Gable salió riendo y cerró la puerta suavemente.

Daniel contuvo la risa hasta que su hermana se fue, pero en cuanto lo hizo no pudo aguantarse por más tiempo. La primera vez que había visto a su asistente durmiendo así se había reído un buen rato, y ahora era igual. Definitivamente esa chica tenía una forma de dormir demasiado peculiar, muy en contraste con su actitud diaria.

—¿Te ríes de mí? —preguntó ella, seria y colorada. Él asintió.

—Señorita McPherson, es usted un caso en la cama.

Aquella afirmación fue lo peor que podía haberle dicho. Vivian salió de debajo de las mantas y corrió contra el helado cristal de la ventana con los ojos abiertos de par en par y las manos sobre la boca.

—No he insinuado nada pervertido, Viv. ¿Has visto cómo duermes? —Rió.

—Sí. Bueno... ¡Pues tú roncas! —Se acercó y le acusó con el dedo de forma graciosa.

—¡No ronco!

—¡Sí! ¡Claro que roncas! Recuerda que hemos dormido juntos más de una vez.

Daniel sonrió ante esa afirmación. Ella se apartó de inmediato e intentó ignorar la insinuación de sus propias palabras.

Se dio la vuelta para que él no la siguiera mirando de ese modo y fijó su vista en el jardín.

Había nevado silenciosa e intensamente durante toda la noche. Se había acumulado al menos medio metro de nieve por dondequiera que se mirase: sobre el suelo, sobre los coches, en los tejados, incluso en las finas y estrechas ramas de los árboles.

Vivian miró a Daniel con una expresión que mezclaba horror y expectación. Él se levantó para ver qué era lo que tanto había llamado su atención. Tan pronto como vio lo que pasaba, se dio la vuelta. Maldijo en voz baja y bajó a la planta de abajo, para ver si la parte delantera de la casa, donde había dejado aparcado el coche con el que debían volver esa misma mañana, se encontraba en mejores condiciones.

La figura del vehículo prácticamente había desaparecido sobre el camino de la entrada. Sólo podían verse las ventanillas. El resto estaba completamente cubierto por un grueso manto blanco.

—¡Maldita sea! —se quejó.

Carl, su cuñado, colocó una mano en su hombro, como pretendiendo darle ánimos.

—Menos mal que estamos de vacaciones.

—Quedarme por voluntad propia está bien, pero no me gusta verme obligado a estar aquí por esto.

—Vamos, Daniel. Apuesto a que lo que llena tu cabeza lo tienes cerca en este momento. —Daniel le miró de forma hostil. Sin embargo, cuando su cuñado miró hacia arriba, indicándole con ello a quién se refería, su expresión se suavizó.

—¿Habéis llamado a los quitanieves?

—Creo que van a estar ocupados antes de llegar aquí. Relajaos, porque supongo que no podréis volver hasta dentro de un par de días.

—Un par de días —murmuró con desgana.

—¡Feliz Navidad!

—¡Ho! ¡Ho! ¡Ho!... —respondió el ejecutivo.

Ahora tocaba decirle a Vivian que iban a estar retenidos en esa casa, con su familia, durante al menos cuarenta y ocho horas. Cuando llegó a la buhardilla, July estaba sentada en el borde de la cama. Emma estaba a los pies, con las piernas cruzadas. Vivian reía. Se cubría la cara con una mano y negaba con la otra.

Desde que Donovan empezó a salir con Emma, July empezó a comportarse como una adolescente chiflada. Es cierto que eso es lo que era por aquel entonces. Ambas eran adolescentes. Cuando Emma y su hermano se casaron, toda la familia comenzó a ser un poco más feliz. Esa chica era pura alegría. Cada vez que las dos cuñadas se juntaban en casa terminaba siendo una fiesta. Pasado un tiempo, July conoció a Jace. Ella estaba como loca por él. Desgraciadamente, después de pasar dos meses en el hospital por un accidente de coche, Jace murió, y July quedó destrozada.

Carl era el médico que había atendido a Jace. Hizo todo lo que estuvo en sus manos, pero al final no pudo evitar el fatal desenlace. Después del funeral volcó en ella todas sus atenciones: la llamaba, la buscaba, aunque ella le rehuyese. Aun a riesgo de parecer un acosador, un día se presentó en casa de los Gable para pedir su mano, pese a que ella seguía negándose a verle.

Cuando accedió, gracias a una trampa de Emma, se dio cuenta de que Carl era el mejor de los hombres. No era tan atractivo como Jace, pero era mucho más atento, más romántico y más cariñoso. Con unas pocas citas se ganó su cariño. Después de un par de años se casaron también.

Ahora Daniel las miraba desde el marco de la puerta. Trataban a Vivian como si fuera parte de su familia, como si fuera una más. Por un momento, eso le hizo sentir mal. Vivian no había tenido amigos. La relación con su familia era nula y tampoco tenía un novio que la colmase de felicidad. Por el contrario, vivía sola en un apartamento amplio y frío. Trabajaba diez horas en una oficina, ayudando a un tipo como él. Aun así seguía riendo despreocupada con dos chicas a las que posiblemente no volvería a ver después de esas Navidades.

—¡Y descolgaba la cabeza de este modo! —July rió, tras mostrar a Emma la extraña postura.

—¡No era así! —se quejó Vivian.

—¡Oh, y tanto! Además, Daniel estaba en el borde de la cama. Estabas acostada ocupando todo el espacio para ti sola y mi pobre hermanito se esforzaba por mantenerse sobre el colchón. Vivian, eres perversa.

A duras penas podían hablar entre tanta risa. Eso había llamado la atención de los dos maridos, que se habían unido a Daniel y las miraban desde la puerta.

—No imagino a Rachel bromeando de ese modo.

—Vamos, Don —respondió Carl—. Rachel también es un encanto. El problema que tiene es que trata con demasiada gente. Aun así, es muy agradable.

—No he dicho que no sea agradable. Lo es, pero es muy rígida también. ¿Te has fijado en esa chica? Sólo lleva unas horas en esta casa y ya todos la adoramos —se defendió el mayor.

—Habláis de mi novia como si yo no estuviera aquí. —La boca de Daniel defendía a Rachel mientras su mirada no se apartaba de su invitada.

Rachel no era mala, ni tampoco tan rígida como decían. Era sólo que las dos veces que había estado allí se había esforzado, quizás de forma artificial, en caer bien a su familia, colmándolos de regalos y de detalles innecesarios.

Pese a no gustarle la idea de permanecer un par de días más en casa de los Gable, Vivian lo pasó mejor que nunca. Cada vez se sentía más a gusto con esa familia: habían cantado, habían jugado, habían bailado en el salón intercambiando parejas... Todo fue como soñó siempre que sería una familia de verdad.

Después de que las máquinas quitanieves despejasen el montón de hielo que bloqueaba calles y caminos, Daniel y Vivian regresaron, cada uno a su solitario apartamento, con el extraño anhelo de pasar más tiempo uno al lado del otro. Los días que quedaron de sus vacaciones fueron grises, largos y solitarios. Pero finalmente volvieron a la rutina, a las diez horas seguidas de trabajo y a estar en mutua compañía.

CAPÍTULO 26

Habían ultimado todo lo necesario para su segundo viaje a París. Sólo faltaban unas horas para su vuelo. Al igual que la vez anterior, su avión saldría por la mañana temprano. Cuando llegó a casa después del trabajo, Daniel llamó a su asistente para asegurarse de que llevaría consigo todos los documentos necesarios para la reunión. A pesar de que estaba seguro de que los llevaría, y de que él también tenía una copia, no se le ocurrió otra excusa para llamarla y poder escuchar su voz al otro lado del teléfono.

—Lo llevo todo —respondió. Vivian sonrió silenciosamente sabiendo que era un pretexto.

—Bien. También llevas...

—Déjame hacer el equipaje, ¿quieres? Lo llevo todo. ¿Quieres venir a ver?

—¡Sí, quiero! ¿Puedo ir? —preguntó sin disimular su impaciencia, aun a sabiendas de lo que ella iba a responderle.

—Buenas noches, Daniel.

Al cortar la llamada ambos sonrieron: él, porque sabía que se estaba comportando como un crío y ella, porque empezaba a adorar esa faceta tierna e infantil de Daniel, que le sacaba más de una sonrisa en una simple conversación telefónica.

Esa vez, en lugar de ir al aeropuerto por separado, acordaron ir juntos. Como Vivian era la que vivía más lejos, fue ella quien pasó a buscar a su jefe en coche.

Al entrar, Daniel fue directamente a la zona de facturación. Vivian, en lugar de acompañarle, le dijo que le esperaría en los asientos.

—¿No vas a facturar tu maleta? —preguntó dubitativo.

—No. Ni hablar. A la vuelta del primer viaje mi equipaje terminó en Australia y tuve que llamar mil veces hasta que logré que me lo devolviesen. Tardé un mes y medio en recuperar la maleta. He preguntado las dimensiones máximas del equipaje que se puede llevar en cabina y el mío está dentro del límite. Así que ¡se viene conmigo! —Ella se agachó para abrazar la pequeña maleta—. Además, también te ahorras colas y así no tienes que esperar después a que salga el equipaje por la cinta.

Daniel miró la bolsa de piel marrón medio vacía que llevaba en la mano. Dudó un momento si ahorrarse las colas de facturación y hacer lo mismo que ella o si facturar y despreocuparse del equipaje. Finalmente se sentó a su lado, haciéndola sonreír con una expresión de conformidad.

El viaje fue infinitamente mejor que el anterior. Un vuelo tranquilo, sin preguntas ni respuestas extrañas u ofensivas, sin compañeros de asiento desconocidos. Sólo ellos, uno al lado del otro.

Al llegar a París era entrada la noche, cerca de las ocho. El taxi los llevó hasta el hotel donde debían hospedarse. Clifford se había encargado de cambiar las dos *suites* individuales por una doble. Al preguntar en recepción, la persona que les atendió no pudo ocultar lo que Gable padre había hecho.

—Entonces, por favor, vuelva a cambiárnosla por dos

individuales —pidió Daniel con tono enfadado. Nunca le habían gustado los cambios de última hora ni que su padre obrara a su santa voluntad.

—No, Daniel —dijo la asistente—. Disculpe. La *suite* tiene un par de habitaciones, ¿verdad? —preguntó amable y educada. El francés asintió—. Bien. Entonces no se preocupe. Nos quedamos con ella. —Sonrió.

El hombre de la recepción hizo un gesto al botones para que arrastrase el carrito donde estaba el equipaje de ambos.

—Vas a tener que dormir en la *suite*. A ti no te gustaba.

—No te preocupes, Daniel. Sólo será esta noche. No voy a hacer un drama por ello.

Al abrir la puerta de la habitación, Vivian se quedó petrificada. No era una *suite* extremadamente grande, pero era preciosa.

Las habitaciones estaban una frente a la otra, igual que los cuartos de baño. Las paredes eran gris oscuro y los techos blancos. El suelo estaba enmoquetado en negro, con finas líneas plateadas y grandes ornamentos en morado. Enfrente había un sofá de piel blanco, una mesa ovalada de cristal delante, una ventana detrás y una lámpara a un lado.

Sin dudarlo entró a la habitación de la izquierda para ver cómo era. La cama era enorme, con un cobertor del mismo tono que el adorno de la moqueta, un mueblecito con un televisor plano y enorme, y un cabecero con dos mesillas del mismo estilo que el sofá de fuera. La cortina dejaba entrever lo que había detrás.

—La Torre Eiffel por la noche... —murmuró con una sonrisa iluminada.

—Bonitas vistas, ¿verdad?

—¿Bromeas? Es espectacular, es maravilloso, es increíble cómo un montón de hierro y unas pocas bombillas pueden hacer algo tan hermoso.

—Unas pocas bombillas... Vivian, ese montón de hierro tiene doce mil bombillas, de las que funcionan ochocientas.

—Siguen siendo unas pocas, ¿no? —Ella rió con cara de circunstancias.

Sus estómagos empezaron a rugir al unísono y ambos comenzaron a reírse. Sin decir nada, Daniel miró la hora. Al ver que no pasaban de las ocho, cogió de la mano a su asistente y fue con ella hacia la puerta.

Se suponía que tenían que preparar la reunión durante toda la noche, pero ya habían adelantado el trabajo en la oficina y en el avión. Por lo tanto, no tenía sentido estar toda la noche en vela, y mucho menos quedarse sin cenar apropiadamente.

Al salir a la calle no se veía la torre, por culpa de los edificios. Vivian centró su atención nuevamente en el aroma de esa ciudad. Se fijó en las calles adoquinadas, en esas luces que no pudo apreciar en el viaje anterior, y en las extrañas y hermosas farolas que adornaban las fachadas.

Antes de salir, Daniel preguntó al botones en perfecto francés dónde había un restaurante en el que pudieran comer sin reserva previa y a esa hora. El muchacho le indicó un lugar y señaló con la mano. Daniel asintió. Le dio un toque en el brazo a Vivian y se dirigieron hacia allí.

Caminaban despacio. Daniel se percató de que ella no hablaba, de que sólo miraba a su alrededor, con un brillo inusual en su rostro.

—¿Qué te ocurre?

—¡Chssst! Sólo mira.

—¿Que mire qué, Vivian?

—¡Todo! Este lugar no se parece en nada a nuestra ciudad. Mira, respira, no huele igual. El suelo, las fachadas, todo es distinto. Incluso las personas tienen otro aspecto.

Durante un momento Daniel quiso dejarse llevar por

ese sentimiento bohemio y ralentizó aún más el paso. Vivian tenía razón: aquella ciudad era realmente diferente.

Había estado en Francia una docena de veces, por placer, por negocios, pero nunca antes se había parado a paladear algo tan sutil como el aroma de París.

Llegaron al restaurante, pero estaba tan repleto de gente que se tenía que hacer cola fuera. Vivian no quería esperar allí y se le ocurrió que podían tomar algo en una cafetería, un café con *macarons*, un zumo y un pastel. Algo dulce y delicioso que Daniel no olvidaría, dado que era tan escrupuloso con la comida.

—Daniel, ¡vamos! —pidió ella. Tiró de su brazo y abandonaron la cola.

—¿Dónde? ¿No quieres cenar?

—No. Quiero... ¡Quiero un café con dulces!

—¿Eres una niña? —preguntó extrañado, quizás un tanto molesto por sacarlo de ese modo de la cola.

—Sí. ¡Soy una niña! —Rió mientras tiraba de él.

Empezaron a correr por las calles uno detrás del otro: ella buscaba un lugar que estuviera abierto y donde sirvieran un delicioso café con dulces y él corría detrás, intentando mostrarse despreocupado como ella. Llegaron a un lugar que parecía el indicado, con una preciosa fachada de mármol color café y crema, y un toldo a rayas de los mismos colores. El interior era un sueño para cualquier amante de los dulces.

Había un enorme mostrador repleto por todos lados de bollos, de pasteles, de *macarons*, de galletas y de caramelos. Al fondo, toda una pared llena de tartas.

El aroma era embriagador, a café tostado, a caramelo, a vainilla.

—Huele delicioso.

—Vivian, ¿quieres cenar esto? —señaló dubitativo.

—¿Has cenado algo así en tu vida? —Él negó con la cabeza—. Entonces nunca olvidarás esta cena. —Sonrió.

—No. Definitivamente no la olvidaré. —Rió—. Y a ti tampoco —añadió sin pensar.

Lamentablemente no podían tomar su «cena» en ese maravilloso escenario. El hombre que tan atentamente les estaba atendiendo dispuso su pedido con cuidado en bandejas de cartón que introdujo en pequeños maletines del mismo material. Después de cobrarles les acompañó hasta la puerta. Les saludó con una mano y una sonrisa mientras se alejaban.

Vivian había sido una chica previsora. En el bolsillo de su abrigo llevaba un callejero de París, donde había marcado expresamente los lugares que quería visitar si tenía tiempo.

Esa vez tenía toda una noche y prácticamente todo el día siguiente para poder hacerlo.

—¿Quieres volver al hotel? —preguntó él.

—¿Te apetece cenar a orillas del Sena? —propuso ella.

—Vivian...

—¿Quieres? No queda lejos. ¿Quieres?

Daniel sonrió y negó con expresión graciosa. Vivian lo interpretó como una negativa. En ese momento, él llevó una mano hasta la de ella. Ambos caminaron rumbo hacia la romántica orilla del río guardián del amor.

No hubo que caminar demasiado. No se habían movido mucho de las cercanías del hotel. Éste estaba relativamente cerca de la torre, por lo que el río también quedaba cerca.

Vivian volvió a sonreír como una niña. Ése era uno de sus objetivos.

Se sentaron frente al río, en un banco de madera gastada que había en un paseo, escondido de los turistas.

Aquel escenario invitaba a que dieran un paso más, a que se cogieran de las manos y a que se besaran apasionadamente mientras disfrutaban del café caliente a orillas del Sena y bajo aquel frío parisino de invierno.

Daniel miraba los dedos de su asistente y cómo se los llevaba a la boca para calentarlos con su propio aliento. Sonreía al verse a sí mismo haciendo algo que nunca había hecho. Hasta hacía poco había pensado que estaba enamorado de Rachel. Sin embargo, nunca se había inquietado de ese modo con una chica, ni había visto en cada movimiento un gesto de seducción en estado puro. Vivian actuaba con naturalidad, sin forzar lo que no era. Eso era lo que más le atraía y al mismo tiempo lo que más empezaba a ponerle enfermo y celoso.

En cuanto la muchacha se terminó su parte, Daniel se puso en pie y le invitó a que le imitase.

—¿Dónde vamos ahora? —preguntó Vivian sonriente.

—Al hotel. Si quieres, cruzamos el puente. Pero luego iremos al hotel. Tengo frío —mintió—. Además, mañana temprano tenemos la reunión.

—Daniel, quería preguntarte por qué tu padre quiso que viniéramos otra vez. ¿No podías asistir a esta reunión por videoconferencia? Es algo que has hecho otras veces.

—Supongo que... No lo sé, sinceramente.

Fueron caminando hacia el puente y Vivian decidió darse la vuelta. El aire no era fuerte pero sí gélido y él se había quejado de frío. De modo que tomaron rumbo al hotel.

Vivian se había dejado la ventana abierta. Al llegar a la habitación su dormitorio estaba completamente helado. Tomó de la mesilla el mando del aire acondicionado y pulsó la tecla de subir la temperatura hasta que dejó de sonar al aumentar cada grado. Dormir con ese frío habría sido una tortura. Se acercó al armario para comprobar si había mantas que echarse en la cama hasta que se caldease la estancia. Entonces oyó a Daniel estornudar.

Sin pensarlo dos veces corrió a su cuarto, pues temía que se hubiera puesto enfermo como la otra vez.

Daniel había olido uno de los jabones del cuarto de baño y sin querer le había entrado un poco de espuma en la nariz. Estuvo conteniendo los estornudos hasta que volvió a su dormitorio. Pero, mientras se quitaba la ropa para ponerse cómodo, se le escapó uno.

La puerta se abrió de repente. Él estaba sin camiseta.

—¿Estás bien? —preguntó alarmada.

—Vivian...

Ella no pensó que estaba medio desnudo. Se fue hacia él y puso una mano en su brazo y la otra en su frente. Aquello sorprendió tanto a Daniel que no supo cómo reaccionar. Ella tenía las manos tan frías que a Daniel se le erizó la piel. Se marcaron los círculos sombreados de su pecho, algo de lo que se Vivian percató rápidamente.

—Lo siento —dijo. Ella se apartó con los ojos abiertos de par en par—. Sólo quería...

—¿Dormir conmigo? —preguntó. La lanzó contra el colchón y se puso justo frente a ella para evitar que pudiera escapar.

—Lo siento. No pretendía...

—Otro día piensa lo que haces, Viv. —Se agachó sobre ella y tiró de su brazo para ayudarla a levantarse—. Aparte de ser tu jefe, también soy un hombre. ¿No recuerdas aquella noche?

Estaba bromeando, o al menos fingía hacerlo. Sin embargo, la cara de Vivian enrojeció en un instante. Se fue a su habitación casi sin pisar el suelo. Cerró la puerta y apoyó la espalda en ella.

No podía creerlo. Sólo recordar el apasionado beso que se dieron aquella mañana hizo que se pusiera nerviosa, tan nerviosa que le temblaban las rodillas.

—Tonta —se dijo. Se dio con los dedos en la frente—. Sólo juega contigo.

Ambos miraron la puerta durante unos minutos, pensando qué decir si el otro entraba con cualquier excusa.

CAPÍTULO 27

Por fin amaneció. A duras penas habían logrado dormir un poco. La culpa la había tenido el impulso de Vivian de la noche anterior.

Aún faltaba un rato para la reunión. Tenían tiempo de desayunar. Ambos hicieron lo mismo. Con una sincronía perfectamente orquestada, se levantaron, miraron por la ventana y se fueron a la ducha. Se relajaron bajo el agua caliente y después se vistieron. Daniel ya estaba listo, pero Vivian aún tenía que maquillarse y peinarse.

Al abrir la puerta de la habitación Vivian encontró a su jefe justo de frente, como si hubiera estado esperándola.

—¿Me vigilas? —preguntó riendo.

—Sí. Te vigilo. Lo hago constantemente. —Sonrió.

Aquélla podía ser la expresión que más le gustaba de él, una expresión medio seria y medio risueña. Los ojos le brillaban de un modo especial y su mirada tenía cierto toque perverso pero simpático.

—No..., no he tardado demasiado, ¿verdad?

—¡Oh, sí! ¡Claro que has tardado! Son más de las nueve. Tendremos que darnos prisa para llegar, como la otra vez.

Vivian miró su reloj y vio que no eran más de las ocho

y media. Se acercó para empujar a Daniel. Él llevaba la camisa abierta, como acostumbraba. Pero, después del incidente de unas horas atrás, tan pronto como se fijó en la piel de su cuello y de su pecho se apartó deprisa. Entonces se dio cuenta de que ese nerviosismo extraño que sentía cuando estaban juntos y esas ganas de verle cuando estaban separados no eran otra cosa que lo que más temía. Daniel le atraía y le gustaba más de lo que en un principio podía llegar a imaginar.

—¿Vamos? —preguntó un tanto seria.

Mientras bajaban en el ascensor, ella le pidió que fuera presentable y que se pusiera la corbata. La verdad es que no le importaba si llevaba la camisa así o abierta de par en par. Él era el ejecutivo y ella no era más que su empleada. Pero, por su propia salud mental, debía pedirle que se adecentase.

Entraron en la cafetería. Mientras Daniel pedía, ella buscó una mesa para dos. Ella le observaba mientras él señalaba la pizarra tras el mostrador. Era realmente atractivo. Como mujer, resultaba imposible que no se sintiera atraída por él. Se fijó en que un par de chicas, varias mesas más allá, también lo miraban. Murmuraban y sonreían. Vivian se sonrió para sí misma.

—No es amor. Es sólo una reacción normal ante un hombre así —murmuró mientras miraba sus finos dedos.

—¿Cómo dices?

—No sabía que venías. Hablaba conmigo misma.

—¿Te gusta escuchar tu propia voz?

—Supongo. Viene bien para convencerse de algunas cosas.

—No quiero este *croissant*, no quiero este *croissant*, no quiero este *croissant* —repitió. Después se llevó a la boca el dulce y delicioso bollo—. Señorita McPherson, su método para autoconvencerse no me sirve. ¿Puede repetírmelo usted? —Sonrió travieso.

—No quiero este *croissant*, no quiero este... —De pronto el ejecutivo llevó una mano al plato y se llevó a la boca el último bollo, que era parte del desayuno de ella—. ¡Hey! ¡Tramposo!

—Has dicho que no querías el *croissant*.

—¡No! He dicho que tú no lo querías. —Se detuvo. Miró a un lado y de pronto golpeó su brazo—. Es usted un tramposo, señor Gable. Un tramposo y un...

—Llevo más para después de la reunión —murmuró. Levantó una cajita de cartón serigrafiada con lo que Vivian intuyó que serían más dulces.

Se pusieron en pie y terminaron de un sorbo el café que quedaba en sus tazas. Después se encaminaron a su cita.

Esa vez no era una reunión con Silverman, sino con su mano derecha, una ejecutiva con aspecto de dura y de inflexible. Sus profundos ojos negros se ocultaban tras unas gafas. Su larga melena negra estaba sujeta en una apretada y lisa coleta. Su cuerpo, un tanto entrado en carnes, se embutía en un traje ligeramente pequeño para la talla que le correspondía.

Charlotte Cenne los esperaba tras una mesa, acompañada por los que ambos creyeron que serían sus socios. Al entrar en el despacho, tanto la mujer como los hombres se pusieron en pie.

—Buenos días —saludaron casi al unísono.

—*Bonjour*. —Vivian sonrió. Creía que lo hacía bien, pero Daniel le dio un ligero toque en el brazo.

—Siéntense. —El tono de la mujer era hosco y malhumorado. Vivian entendió a qué se refería él con ese gesto.

La reunión empezó a las nueve en punto, justo a la hora a la que se había acordado. No hubo ni una sonrisa, ni una palabra más amable que otra. Todo era muy técnico, muy monótono.

Tanto Daniel como Charlotte intercambiaban documentos y firmas.

En todo el tiempo que había estado trabajando con Daniel, nunca antes se había aburrido tanto en una reunión. Incluso contuvo un bostezo y miró el reloj en más de una ocasión.

Al llegar la hora de comer, Charlotte dio por terminada la reunión. Habían tratado todos los temas y no era preciso alargarla más tiempo. Se puso en pie y los dos hombres que se sentaban a su lado la imitaron. Después de una despedida seca pero cordial, todos salieron hacia el ascensor.

La mujer detuvo a la asistente de Gable y dejó que los hombres se adelantaran.

—Perdona que haya sido tan ruda —le dijo amablemente y con una sonrisa. Contrastando completamente con lo que Vivian había visto en la reunión—. Si no soy así de borde no me respetan. En la oficina nunca me han visto sonreír. Si soy ruda todos cumplen con su trabajo a la perfección.

—Yo...

—No digas nada. Sé que estás sorprendida. Sólo quería decirte que me encantan tus gafas. ¿Dónde puedo conseguir unas iguales?

—Bueno. Éstas son de mi país. —La sonrisa de esa mujer parecía tan falsa que temía que la atacase en cualquier momento—. Puedo... Si quieres, puedo comprar una montura y enviártela.

—¡Hecho! Ahora finge que te he regañado por entrar saludando en francés. —Sonrió antes de volver a la actitud de la reunión.

Las dos chicas salieron de la oficina y caminaron hasta el ascensor, donde les esperaban Daniel y los otros dos. Aquélla había sido una conversación surrealista y extraña.

El vuelo de regreso era a la misma hora que la vez anterior, a las nueve de la noche. Aún tenían unas horas para pasear. Caminaban uno al lado del otro en silencio y se buscaban de reojo de vez en cuando. Daniel se moría de curiosidad por saber qué era lo que le había dicho Charlotte. Vivian lo sabía. Cada vez que la miraba, ella sonreía y llevaba la vista al frente.

Siguiendo la calle sin pensar dónde iban, llegaron al puente por el que Vivian no había querido pasar la noche anterior. De pronto vio, a un lado, una enorme barandilla llena de candados con nombres grabados. Quiso verlos y tocarlos. Había leído algo sobre esos candados por Internet cuando buscaba información sobre París.

—Daniel, mira. ¡No pensaba que el puente de los candados estuviera tan cerca del hotel! Las parejas ponen aquí un candado con su nombre y lanzan al río la única llave que lo abre. Así el río se convierte en el guardián de su amor.

—Sí. Ya lo sabía. —Sonrió.

Ambos se agacharon frente a los candados y empezaron a mirar los nombres: Alexa y Raoul, Maddie y Josh, Françoise y Charlie, Esmeralda y Antonio... Centenares de candados con nombres grabados, todos apretujados entre sí. De pronto, ambos encontraron algo que, aunque no dijeron nada, les molestó.

Frente a ella apareció uno distinto del resto. Era brillante, dorado y con aspecto de caro. Las letras no estaban sólo escritas con rotulador sino grabadas en el metal, con bonitas letras: «Rachel y Daniel». Vivian sabía que Daniel tenía novia. Le habían hablado todos de ella. Pero en los últimos días esa atracción que sentía por él le había hecho olvidar ese detalle. Se sintió la más estúpida de todos, porque al ver esos nombres se había sentido celosa.

Luego estaba Daniel, que había encontrado, sin proponérselo, otro candado con los nombres de su asistente y de su hermano, ese con el que paseó alegremente por París y del que no supo nada hasta la cena de Navidad. Se puso en pie y, sin decir palabra alguna, salió corriendo y terminó de cruzar el puente.

Vivian lo miró atónita. ¿Qué ocurría? ¿Por qué se marchaba? No sabía muy bien qué hacer. Se sentó en el pequeño bordillo al lado de los candados y se rodeó las piernas con sus brazos para no congelarse por el frío y el aire que corría sobre el río.

Pasó un rato. Se puso en pie para volver al hotel, con la esperanza de que Daniel no hubiera hecho como en el viaje anterior y se hubiese marchado sin ella.

—¡Vivian! —gritó. Daniel venía corriendo hacia ella con algo en las manos.

—¡Daniel! Pensaba que te habías ido. Podrías al menos haberme dicho dónde ibas —respondió molesta.

—He ido por esto. —En las manos llevaba un rotulador indeleble y del bolsillo del abrigo sacó un candado.

—¿Qué es?

—¿No lo sabes sólo con verlo? Es un candado, pondremos nuestros nombres para dejarlo en la barandilla.

Vivian dio un par de pasos atrás. ¿Pretendía escribir sus nombres en un candado y dejarlo junto al de centenares de parejas enamoradas? ¿Pretendía acaso poner el candado con sus nombres al lado de donde estaban él y Rachel? No. Se negaba.

Dijo que no con la cabeza y empezó a caminar hacia el hotel.

Daniel corrió tras ella y la detuvo agarrándola por un brazo.

—¿Puedo saber qué te pasa? ¿Tanto te ha molestado que me haya ido así? Sólo quería mantener la expectación y sorprenderte.

—¡Oh! ¿Sorprenderme? Tranquilo. Sorprenderme me has sorprendido. ¡Y tanto que lo has hecho! —En su cara había una sonrisa sarcástica, aunque sus ojos mostraban enfado y decepción.

—¿Qué te pasa?

Vivian llevó una mano hasta la de Daniel y tiró de él

hasta la barandilla. Buscó el candado brillante y se lo mostró.

—¡Vaya! —Rió exagerado.

—Ya.

—Yo también he encontrado uno. —Dio un par de pasos hacia la izquierda y se agachó para buscar el de ella y Gabriel—. Mira.

—¿Gabriel y Vivian? —Daniel la miraba como esperando una respuesta—. Sin duda son nuestros nombres, pero no somos nosotros —aclaró.

—Entonces son dos extrañas casualidades —dijo. Se guardó el candado en el bolsillo y se olvidó de la idea de poner sus nombres en el puente del guardián del amor.

Caminaron durante un rato más. El ambiente era extraño y tenso entre los dos. Ninguno hablaba, ninguno decía nada y tampoco se miraban. Las coincidencias no existen y si esos candados estaban ahí con esos nombres era señal de que su destino no era estar juntos. Pero ¿cómo evitar los sentimientos?

Daniel sabía que Vivian quería ver la pirámide de cristal del Louvre. Disimuladamente guió el paseo hasta allí. Calculó el tiempo exacto que podrían estar antes de tener que volver por las maletas y no perder el vuelo de regreso a casa.

La plaza donde se hallaba la pirámide estaba bastante vacía. Daniel supuso que nadie se sentaría allí a contemplar nada con ese frío y acertó.

Se acercaron casi al centro de la plaza, al punto exacto donde estaban los focos de luz que iluminaban las pirámides. Vivian se dirigió hacia éstas y apoyó sus manos en el cristal, para ver esa parte del museo desde arriba.

Después de haber visto el candado con el nombre de ella y el de su hermano, Daniel pensó si decirle o no lo que sentía. Era mejor ser sincero, pero...

—Es increíble. ¡Daniel, ven! —lo llamó. Movió la

mano e hizo que de repente se riera de sus propios pensamientos. Decirle lo que sentía sería perderla como amiga, como compañera, como lo que fuera—. Ven. Es increíble desde arriba.

—No. Voy a ir por unos cafés. No hace temperatura como para estar aquí sin algo caliente en el cuerpo.

—¡Yo voy! —exclamó ella—. Adoro París —dijo. Se volvió y empezó a andar rumbo a la cafetería. Aquello era una oportunidad para que Daniel se confesase, tal como había pensado.

—Y yo te adoro a ti, Vivian. Te deseo de un modo que ni yo mismo entiendo. Te quiero a mi lado cada segundo. Odio cuando nos separamos cada día. Odio buscarte cuando no te veo durante más de cinco minutos seguidos. Odio pensar en ti más que en cualquier otra cosa. —Vivian se alejaba sin oír nada de lo que decía, mientras él se estremecía por el frío—. Si pudiera hacer que te sintieras igual... Si pudiera regresar hasta cuando te conocí...

El aire gélido llenaba sus ojos de lágrimas. Se sintió congelado. Se puso en pie y arrancó a correr tras ella.

Caminó varios metros detrás de Vivian y entró tras ella en una cafetería, donde el ambiente era cálido. Daniel se abrazaba el cuerpo para no tiritar. La observó mientras ella miraba la carta.

Dudando qué pedir, señaló un par de renglones. El camarero le preguntó algo en francés, pero ella no supo qué responder. Tan sólo se encogió de hombros.

—Sí, por favor. Con nata, pero que sean calientes en lugar de con hielo. —Al oír la voz de Daniel, Vivian miró hacia atrás y se lo encontró a unos pocos centímetros.

—Pensaba que ibas a esperar allí.

—Hace demasiado frío. Además, señorita McPherson, yo pensaba que sabía algo de francés. Ha pedido dos cafés helados.

—¡Ups! —Rió.

El camarero les sirvió las dos bebidas. Nada más tomárselas se encaminaron hacia el hotel. Estaba oscureciendo y ya debían ir al aeropuerto.

—Me encanta el francés —dijo Vivian. Le dio un sorbo de su vaso caliente mientras lo sujetaba con ambas manos.

—Yo odio Francia —se quejó él.

Francia era el lugar donde debía encontrarse con su novia la primera vez después de un mes y medio y donde Rachel le había dejado plantado. Y era el lugar donde se había acercado más a su asistente. París, la llamada Ciudad del Amor, había sido el detonante de sus sentimientos retenidos y ya no quería guardarlos más.

Después de recoger sus maletas y de dejar la habitación fueron al aeropuerto. Antes de irse a sus casas aun debían pasarse por la oficina para enviar por fax unas copias de los informes y hacer llegar a Clifford los documentos que habían firmado.

CAPÍTULO 28

Como habían hecho en el viaje de ida, a la vuelta tampoco facturaron sus maletas. Así, una vez hubo aterrizado el avión, ambos fueron directamente al coche en lugar de a la cinta de equipajes.

—Si un día vuelve a haber un viaje a París, necesitaré un par de días de vacaciones. —Sonrió—. ¡Quiero poder visitarlo todo!

—En el caso de que haya otra reunión en París a la que mi padre quiera que vayamos nosotros, me encargaré de que sea un lunes para poder tener todo el fin de semana libre.

—Entonces, ¡olvida lo de las vacaciones!

Al llegar al Edificio B, en los cristales de las puertas se anunciaba un baile. Era una fiesta de fin de año que tendría lugar al día siguiente por la noche.

Vivian recordó haber oído algo sobre esa fiesta antes incluso de las Navidades, pero no había tenido tiempo de concentrarse en nada más que en la reunión con Cenne y en preparar el equipaje para el viaje a París.

Daniel y Clifford eran las dos personas más importantes en esa fiesta. Desde hacía unos años daban un pequeño discurso en el que saludaban y felicitaban a los empleados por su trabajo. Ese año no podía ser menos. Como asistente, ella tampoco podía faltar.

Después de acabar todo lo que tenían que hacer en el edificio principal de Industrias Gable, cogieron el ascensor. Al fin podrían ir a casa a descansar.

En el piso cincuenta y seis subió Paige, la abogada sexy. Echó a un lado a Vivian, como dando a entender que ella era más importante para Daniel por llevar más tiempo en el edificio. Pero sus celos no iban a durar mucho más. En el piso cuarenta y dos subieron Gregory, el encargado de mantenimiento, y Paul, que repartía el correo.

Los dos trabajadores entraron y se situaron al lado de Vivian, que estaba al fondo del ascensor. Daniel no iba a permitir que su asistente estuviera detrás de él y menos con dos tipos jóvenes y bastante atractivos, así que se dirigió hacia atrás. El tipo de mantenimiento se quedó al lado de la abogada.

—¿De qué te ríes? —preguntó en voz baja.

—De nada importante —respondió ella mientras miraba la pantalla en la que indicaba el número de piso por el que iban.

Al llegar al piso treinta y cuatro las luces parpadearon y el ascensor se detuvo de forma brusca, haciendo que todos se apretasen contra las paredes. Se miraron entre ellos antes de tocar los botones para abrir las puertas y salir de allí. Sin embargo, por más que probaron, las puertas seguían cerradas.

La abogada empezó a gritar, a sacudir la cabeza y a patalear de un modo exagerado. Los hombres murmuraban lo poco seductor que resultaba eso. En cambio, Vivian se mantenía tranquila, pues alterarse no iba a solucionar antes el incidente.

Gregory y Paul intentaron salir por la parte superior del ascensor. Pero, desde el piso en el que estaban, una caída habría sido fatal. Tampoco podían descender como si nada desde la altura en que se hallaban por la escalerilla del hueco del ascensor. De modo que les tocó esperar. Al volver a entrar se sentaron en el suelo, cada uno en una esquina. Daniel se puso entre las dos chicas.

—A veces estas encerronas sirven para conocerse mejor. Vivian, ¿qué te trajo al Edificio B? Se rumorea que vivías como una mendiga —empezó Gregory con un tono gracioso.

—¡Maldita sea! —se quejó Daniel—. ¿Puedo saber quién diablos se ha inventado algo así?

La abogada tosió. Miró en el interior de su bolso como si repentinamente necesitase algo. Vivian llevó una mano sobre la de él y la apretó durante un segundo. Parecía decirle a Daniel con ese gesto que podía defenderse sola.

—No vivía como una mendiga. ¡Por favor! —Sonrió amable—. Vivía en un almacén. Hoy día mucha gente habita en sitios muy distintos: hay gente que lo hace en yates, otros en vagones de tren, otros en geodomos... Otros, más desafortunados, viven en sus coches. Yo simplemente vivía en un coqueto almacén. —Decoró sus palabras con una bonita sonrisa.

—Y ¿qué te trajo aquí? Se dice que Clifford sintió lástima de tu estado y te ofreció trabajo —continuó inquiriendo, mientras miraba de reojo a la abogada.

—Pues no. Las notas de mis estudios fueron brillantes. —Por primera vez alardeaba de sus calificaciones—. Empecé con mis prácticas en el Edificio A. Luego, cuando comprobaron mi valía y el señor Gable vio el informe con las notas de mi jefe, simplemente me ascendió, aumentó mi salario y aquí me tenéis. Esa posibilidad sólo se presenta si eres lo suficientemente bueno, ¿sabéis?

Daniel empezó a reír. Ésa era la primera vez que veía a su asistente defendiéndose con esa gracia, mientras acusaba a Paige con esa forma tan sutil y directa.

La abogada sexy tosió y miró hacia arriba, como si la conversación no tuviera nada que ver con ella.

—Y... Daniel —Paige lo miró directamente a los ojos—, ¿qué opinas del romance entre compañeros de trabajo? ¿Te gusta alguien de la oficina?

En ese momento tanto Daniel como Vivian se pusieron tensos. Ella sabía que le estaba preguntando indirectamente si ella le gustaba. Parecía casi proponerle, sin rodeos, que tuvieran una relación. Esta vez fue ella quien tosió y rebuscó algo en su bolso.

Sabía que su jefe levantaba pasiones. Al menos tres chicas del edificio estaban enamoradas de él: la recepcionista, la abogada de la planta cincuenta y seis y la directora de la veinticinco. Todas ellas se le insinuaban abiertamente, le invitaban a comer o a cenar, o le pedían citas sin rodeos de vez en cuando. Él siempre respondía que tenía a Rachel.

Rachel, la gran desaparecida, alguien que se suponía que salía con él, pero a la que hasta el momento nadie había visto.

—A mí me gusta la recepcionista. Siempre es tan... Además es simpática y tiene un buen trasero —dijo uno de ellos. Hizo reír sarcásticamente a la abogada, que en su interior creía que también le gustaba a él.

—A mí me gusta... —Sin que Vivian se diera cuenta, la señaló, lo que hizo reír al de mantenimiento pero puso celoso a Daniel. Éste lo había visto y, sin embargo, fingía no haberse dado cuenta—. ¿Y a ti, Daniel?

Por suerte el móvil empezó a sonarle en el momento preciso y se libró de tener que decir nada.

No pasó mucho tiempo hasta que les rescataron. El ascensor había quedado frenado entre dos pisos. Los bomberos tuvieron que forzar las puertas del piso superior para poder acceder a él. Como era de esperar, Paige fue la primera en salir. Al oír los golpes comenzó a gritar desconsolada otra vez. Quería salir aunque tuviera que derribarlas ella misma. Luego, por orden de Daniel, lo hicieron los dos muchachos. Por último, Vivian y él.

Cuando llegaron al aparcamiento, ninguno de los dos se había atrevido a decir nada, por culpa de cierta pregunta. Montaron en silencio en el coche de Vivian y condujeron hasta White Diamond.

Daniel la invitó a subir. Llevaba todo el camino pensando cómo dar respuesta a esa pregunta a la única persona que de verdad debía saberla. Había incluso memorizado las palabras que debía usar cuando estuvieran a solas en el apartamento. Sin embargo, Vivian declinó la invitación.

—Estoy cansada. Preferiría ir a casa. Mañana nos vemos, ¿de acuerdo?

—Está bien. Que descanses. —Sonrió nervioso.

—Igualmente, Daniel. Buenas noches.

Casi de forma instantánea, en cuanto Daniel cerró de un golpe la puerta del coche, ella aceleró. Quería alejarse de él y de la posible atracción que sentía por esa abogaducha provocadora a la que cada vez soportaba menos.

Al llegar a su apartamento vio que la luz del contestador, que nunca antes había utilizado, parpadeaba con un azul intenso. Vivian sintió curiosidad por saber quién le había dejado el primer mensaje en ese contestador. Se acercó y presionó el botón blanco. Esperó expectante a que la voz robotizada terminase de decir la fecha y la hora de la llamada.

—Hola, Vivian. Soy yo —empezó a decir la voz del otro lado, aparentemente nerviosa. Vivian frunció el ceño extrañada—. En el ascensor no he podido contarte la verdad, no he podido responder a la pregunta de Paige. —Daniel hizo una pausa, que le encogió algo en el pecho durante un segundo. ¿Realmente le gustaba esa abogada?—. No quería decirlo delante de esos tres, no quería admitirlo más que delante de ti. La verdad es que sí hay alguien que me atrae, alguien que me gusta y que no puedo sacarme de la cabeza por más que lo intente. —Hizo otra pausa, que Vivian aprovechó para tomar aire. Sabía que la respuesta vendría justo después de ese silencio—. Al principio, no quería oír hablar de tener una asistente, no quería saber nada sobre tener a alguien a mi cargo. Pero poco a poco empezamos a llevarnos bien y no pude evitarlo, no pude dejar de fijarme en todas las pequeñas cosas que compartimos cada día, el modo en que acomodas tus gafas sobre la nariz, la sonrisa con la que siempre te despides tras las llamadas, la posición de tus dedos al teclear en el ordenador. —Esa respuesta había movido el suelo bajo sus pies. Apoyaba la frente contra la pared conteniendo la respiración por lo que acababa de oír, con el corazón completamente acelerado—. Lo lamento. Sé que tú no sientes lo mismo. Debí haberlo pensado dos veces antes de llamar. Ojalá nunca escuches esto.

Cuando el mensaje terminó, se dio la vuelta. Apoyó su espalda contra la pared y se dejó caer hasta el suelo. En su rostro podía percibirse esperanza, ilusión, felicidad. Pero de sus ojos empezaron a brotar lágrimas. Éstas no eran por saber la verdad, sino porque la verdad era que él tenía novia, alguien que estaba desaparecida físicamente, pero que estaba bien presente en la cabeza de su jefe.

Corrió al dormitorio y se tumbó sobre la cama con el corazón a mil por hora. Le golpeaba el pecho desde dentro como si quisiera escaparse. Por momentos dudaba que realmente existiera semejante mensaje en su contestador. Ya había imaginado más de una vez que Daniel la besaba, que ella lo besaba a él. Ese mensaje podía ser otra hermosa alucinación.

Se levantó más de una veintena de veces para escuchar aquellas palabras. En cambio, cuando tenía el contestador delante no era capaz de darle al botón de reproducir.

No era capaz de escuchar a su jefe diciéndole que le gustaba y menos cuando ella sentía lo mismo por él.

¿Por qué le confesaba algo así una noche antes de la fiesta? Después de haber escuchado sus palabras, sabía que no iba a poder negar sus sentimientos, sabía que si se acercaba a ella y le preguntaba lo que sentía no iba a poder callarse, no iba a poder fingir.

CAPÍTULO 29

Vivian pasó la noche dando vueltas, sin pegar ojo. En su cabeza se repetía mil y una veces el mensaje que no había sido capaz de volver a escuchar. Se levantó cuando aún no había amanecido y salió a correr. El frío de la calle calaba a través de la ropa, haciendo que se estremeciese. A pesar de ello no dudó ni un segundo y se puso en marcha.

Sólo le venían recuerdos de Daniel a la cabeza, los mismos pequeños detalles que él mencionaba en el mensaje eran los que la habían enamorado: su camisa desabrochada con ese aspecto informal, su aroma, su voz, su adorable sonrisa, su expresión cuando sus ojos se encontraban o el tono con el que hablaba cuando otro se acercaba a ella. Se preguntó cómo demonios no se había dado cuenta antes de los sentimientos que albergaba él hacia ella, y sobre todo se preguntaba cómo no había sido capaz de aceptar antes los suyos.

Llevaba tres vueltas a la manzana cuando el sol empezó a iluminar los pisos más altos de Black Diamond. Aun así, siguió corriendo. En ese momento la melodía de su móvil empezó a sonar y notó la forma en la que los nervios empezaban a apoderarse de ella. Era la hora a la que debía haberse levantado y al cabo de poco debería ir a la oficina. Sabía que no podría disimular delante de él ni fingir que no había oído aquel mensaje.

Subió deprisa. Se dio una ducha rápida y se vistió apropiadamente. Corrió de nuevo hacia abajo, esa vez hacia el aparcamiento. Aún podía sentir el aroma de su jefe dentro del coche.

A medida que se acercaba más al Edificio B, más le inquietaba su situación.

Después de aparcar en la plaza que Gable padre le había asignado subió al vestíbulo, con la intención de hacer lo de siempre: saludar a las recepcionistas de forma educada y dirigirse al ascensor. En ese momento, alguien la interrumpió. La hermana pequeña y la cuñada de Daniel se dirigían velozmente hacia ella como si de dos niñas se tratase.

—¡Vivian! —exclamaron justo antes de colgarse de su cuello.

—¡Oh, chicas! ¡Cuánto me alegro de veros! —Sonreía.

Antes de que pudiera decir más, aparecieron Clifford, Daniel y Gabriel. Los tres caminaban juntos en dirección hacia ellas.

Cuando los ojos de Daniel se encontraron con los de Vivian, ella empezó a sentir cierto nerviosismo. Se ruborizó de inmediato, detalle que dejó bien claro que había escuchado el mensaje.

Se encaminaron todos hacia el ascensor, ellas delante y ellos detrás. El mayor de los Gable aprovechó el momento para preguntarle a Daniel si pasaba algo. Era evidente que tanto su hijo como su asistente se habían puesto tensos al verse. Eso no hacía más que alimentar su imaginación.

—No, papá. No pasa nada. ¿Qué iba a pasar?

—No lo sé. Ilústrame. Por eso te lo pregunto. Ella se ruboriza y tú te pones nervioso.

—Pues no. No ocurre nada. Quizás sea por la fiesta de

esta noche. A lo mejor no tiene un vestido apropiado o quizás no tenga ganas de asistir. O quizás...

El hombre dejó de escuchar al oír lo del «vestido apropiado». Cuando llegaron al piso cincuenta y nueve, sólo se bajaron Daniel y Vivian. Gable pidió a su hija y su nuera que subieran con él un segundo, así que, al llegar al piso cincuenta y nueve, sólo bajaron con Daniel y Vivian.

—Buenos días, Viv —dijo Daniel nervioso mientras entraban en la oficina.

—Buenos días, Daniel. ¿Qué tal has dormido? —fingió lo mejor que pudo. Le estaba preguntando lo mismo que le preguntaba cada día.

—Pues bastante inquieto. ¿Y tú?

—He de ir al servicio. —De pronto se dio la vuelta sin saber dónde huir. No podía estar cerca de él y mostrarse tranquila e indiferente.

Justo cuando llegaba al baño, la puerta del ascensor se abrió.

Tanto July como Emma sonreían radiantes. Cogieron a Vivian entre las dos y la metieron casi a la fuerza en el ascensor.

—¿Qué hacéis, chicas?

—Hoy tu día está ocupado. Gabriel se ocupará de tus asuntos por ti —dijo Emma con una sonrisa maquiavélica y divertida.

—Papá nos ha encargado algo y ya sabes que somos chicas obedientes. —July rió e hizo que su cuñada riera con ella.

Sin decirles nada, se giró para mirarse al espejo. Aún seguía ruborizada y nerviosa. ¿Y si ellas lo notaban?

Aunque Vivian les había preguntado dónde iban, ellas no le contestaron. Al salir del Edificio B, lo primero que hicieron fue ir a una cafetería cercana.

Se sentaron a una de las mesas triangulares y empezaron a mirarse seriamente la una a la otra, jugando a contener la risa.

De pronto, detrás de Vivian se sentó un chico. No calculó bien dónde ponía el trasero y cayó al suelo. Golpeó la silla de la asistente y provocó que ésta se vertiese el café sobre la camisa.

—¡Oh, Dios mío! ¿Estás bien? —preguntó el muchacho, que se levantó en una décima de segundo, como si hubiera rebotado en el suelo.

Sin darle tiempo a responder, las dos chicas empezaron a reír a carcajadas. El muchacho se ruborizó y las personas que le habían visto caer empezaron a reír también.

—Sí. Estoy... Estoy bien. ¿Tú estás bien? —preguntó amable, pese a haberse quemado con el café.

—Sí. Estoy más avergonzado por mi torpeza que... ¿Vivian? —preguntó el chaval, que llamó la atención de Vivian inmediatamente. Ella alzó la mirada para verle.

—¡Chris! —De pronto ambos sonrieron y la muchacha se puso en pie para abrazar a su amigo—. Hacía días que no te veía.

—He estado de vacaciones. Me dieron unos días libres, pero cuando subí a avisarte no estabas. Supongo que estarías celebrando la Navidad.

Tanto Emma como July se sorprendieron al ver que se conocían. Se dieron cuenta de que ese chico podía ser un serio competidor para Daniel y Gabriel: no sólo era guapo, sino además simpático y cariñoso.

Chris se sentó al lado de la inquilina del apartamento del piso treinta y dos después de pedir permiso a las chicas.

—Ellas son July y Emma. —Señaló—. Son la cuñada y la hermana de mi jefe.

—Yo soy Christian Perry, recepcionista en Black Diamond 2 y amigo de la hermosa Vivian.

—¡Vamos! —dijo empujándolo simpática—. Cuando me mudé, él fue la primera persona a la que conocí.

Ahora sí, ahora quedaba confirmado que era otro más que iba tras Vivian.

Al cabo de un rato, el recepcionista recibió una llamada y tuvo que abandonar la mesa, mucho antes de lo que hubiera querido. Se despidió de su amiga con dos besos en las mejillas. A sus acompañantes les dedicó un guiño y una sonrisa de lo más seductora.

Las tres muchachas permanecieron sin decir una palabra hasta que el camarero llegó con la cuenta. Luego se pusieron en marcha con su plan matutino.

Salieron de la cafetería y caminaron en dirección a la oficina. Emma había aparcado muy cerca de la puerta. De pronto agarraron a Vivian de los brazos y la metieron, por la fuerza, en el deportivo blanco.

—Pero ¿dónde vamos? ¿Qué pasa? —preguntó. Se sentía secuestrada.

—Vamos. Vas a asistir a la fiesta, ¿verdad? —Vivian asintió poniendo cara de circunstancias, como si no le apeteciese en absoluto—. ¿A que no tienes vestido?

—¿Vestido? Es sólo una ceremonia de fin de año...

—Es una fiesta. Y a las fiestas se lleva vestido, señorita McPherson. De haber sabido que no tenías nada apropiado para ponerte habríamos traído el rosa que usaste en Navidad.

—No. Ni hablar. Ni loca volveré a ponerme algo así. Es demasiado atrevido...

—¡Eh, idiota! —gritó Emma a un muchacho que cruzaba por donde no debía y al que casi arrolla—. Disculpad. Entonces, vamos a comprar uno. Un vestido de auténtico ensueño para esta noche.

Detuvieron el coche en la entrada de una tienda de diseño. Por más que Vivian pedía que ahí no comprasen nada, las muchachas la obligaron a entrar. Todo estaba perfectamente ordenado, perfectamente distribuido y diseñado para incitar a dejar el saldo de la tarjeta a cero.

Vivian caminó hasta la zona de los trajes de hombre. Sin querer, sus ojos se fueron directamente a uno parecido al que se le había encogido a Daniel en la secadora, aquel traje que había estropeado por su falta de cuidado. Disimuladamente llevó la mano a la manga, como para fijarse en los botones. Al ver la etiqueta dio dos pasos hacia atrás. No le había mentido cuando le dijo el precio del traje.

Las chicas iban y venían mostrándole vestidos, a cual más atrevido y más caro.

—Vamos, Viv. No estás eligiendo ninguno —replicó una de ellas.

—No. Claro que no. Ni me gustan ni puedo pagarlos.

—Sí que te gustan, pero te parecen caros. Lo que no sabes es que mi padre es quien va a pagar el vestido. Nos ha dicho que probablemente no tuvieras ninguno adecuado llevar a una fiesta como ésta, así que tu vestido de esta noche lo elegiremos nosotras y lo pagará Industrias Gable.

Vivian no respondió. Salió del establecimiento con una sensación extrañamente desagradable. ¿Insinuaban que si no llevaba un traje caro no estaría a la altura? Sabía de sobra que todos iban a ir elegantes, que todas llevarían vestidos sexys y provocativos, que sus actitudes no iban a ser las rectas y serias de siempre. Ella no había estado antes en una fiesta como ésa, pero sabía perfectamente cómo tenía que vestir para esa ocasión, aunque no estaba dispuesta a gastarse el sueldo de un mes en algo que sólo usaría un par de veces en su vida.

Sin decir nada a las chicas, se encaminó a Rainbow Dream Dresses, la tienda donde compró lo que vistió el día del casi beso. Buscaba lo más atrevido de la tienda. Vio un vestido azul de tubo, de tela fruncida, corto, sin mangas ni tirantes.

—¡Dios mío! ¡Es horrible! —murmuró.

Un poco más allá había otro, largo, liso y transparente. Ése tampoco era pasable. Al final había otro azul celeste muy bonito y sexy, pero la talla era demasiado grande.

Salió de la tienda con un nudo en el estómago. Se odiaba por momentos a sí misma por todo: por su extraño gusto, por su timidez y por sentir ganas de ahorrar y no de derrochar.

Sacó el teléfono de su bolsillo y buscó en la agenda el número de su banco. Quería saber cuánto saldo tenía, cuánto podría gastar en alguno de esos vestidos.

—Madre mía, Vivian. ¿Estás bien? ¡Llevamos rato buscándote! —exclamó July.

—Estoy bien. Volvamos a...

—¿A por esto? —dijo Emma mostrándole una bolsa de tela blanca que llevaba en las manos—. Pensábamos que sólo habías salido a respirar y aprovechamos para comprar el vestido ideal.

—¿Cuánto ha costado? Os haré una transferencia inmediatamente...

—Nada de eso. ¿Me oyes? —dijo de pronto July, con un tono seco—. Mi padre no hace estas cosas por cualquiera. Si lo hace por ti es porque te aprecia. Fuiste tú quien cuidó de mi hermano cuando recayó de su enfermedad, ¿verdad? Has sido tú la que ha atendido sus cosas, la que le ha acompañado a todos lados, ¿no? Mi padre te aprecia, Vivian. No seas desagradecida y acepta un regalo. Tampoco es que te esté comprando una mansión en los Hamptons. Sólo es un vestido para una fiesta en la que acompañarás a mi hermano. ¿Acaso crees que su secretaria puede ir vestida con una camiseta y un vaquero? Vamos. Sólo es dinero. Ni que estuviera donándote un riñón.

Vivian no sabía qué decir. Apenas conocía a aquella chica, pero sabía que le había molestado el rechazo. Sin decir una palabra más, las tres chicas se dirigieron al coche. Se suponía que Vivian debía volver al trabajo. En ese momento ni siquiera estaba pensando en los sentimientos que Daniel le había confesado, sino en el enfado de esa chica. La habían tratado como a una amiga, como a una hermana, como a alguien más de esa familia que había empezado a adorar desde el primer segundo en que la conoció.

Al llegar al Edificio B, Vivian bajó del coche. July no la miró.

—Lo siento.

—No lo sientes. Crees que no lo mereces y por eso no sientes rechazar los detalles que mi padre tan amablemente tiene contigo.

—No es...

—Vámonos, Emma —interrumpió. Le pidió a su cuñada que arrancase el coche.

En ese momento, sólo July sabía por qué le molestaba tanto ese rechazo. Su primer novio también pensaba igual acerca de los detalles caros. Él también rechazaba los regalos de su padre y evitaba que le regalasen cosas costosas. Recordarlo hizo que se sintiera mal.

Vivian quiso tener un detalle con ellas y con toda la familia. Se habían portado muy bien con ella y se lo agradecía de verdad. Con la bolsa de su vestido en la mano, se acercó hasta una famosa tienda de cristales tallados. Paseó despacio, fijándose en los objetos más que en el precio. Todo era precioso y durante unos momentos dudó qué regalarles.

Al final se decidió: para Clifford eligió una pinza para la corbata con cristales incrustados y su inicial en el extremo; para las chicas y sus parejas escogió un par de juegos de copas con el pie de cristal facetado; a Frida le compró un pequeño cofrecito con chatones tallados; para Gabriel, optó por una original memoria USB para sus fotos digitales; para Daniel, un bolígrafo de tinta negra, como los que siempre usaba, pero con la mitad superior de cristal. Aquél sería su agradecimiento por tan grato trato.

Compró algo más, algo que no iba a mostrar a ninguno de ellos, algo que se guardaría para sí misma y que jamás mostraría a nadie: un candado de cristal con una preciosa llave. El candado no se abría. Sólo servía de decoración. En su corazón simbolizaba aquel candado que Daniel quiso poner con sus nombres en el puente de París.

Al llegar al Edificio B subió directamente al despacho de Clifford.

—Les dije que te llevaran de compras mientras Gabriel se ocupaba de tus tareas —explicó con una sonrisa.

—Lo siento, señor Gable. Yo... Traté de rechazar el regalo del vestido y su hija se enfadó conmigo.

—Entiendo... —El hombre le regalaba una sonrisa, a pesar de lamentar su decisión.

—¡Oh! Pero al final me convencieron y el vestido está aquí... —Mostró la bolsa que colgaba de sus dedos—. Además les he comprado unas cosas como agradecimiento, por tratarme tan bien y por ser tan amables conmigo. —Se acercó a la mesa y dejó sobre ella tres bolsas azules etiquetadas con un nombre cada una: Frida, Emma y July—. Ésta es la suya. —Sonrió—. Espero que también lo lleve esta noche —añadió antes de salir de la oficina con tres bolsas más y su vestido.

Daniel estaba en su despacho, en su mesa. Gabriel en la de su hermano. No entendía nada. A pesar de ello se acercó al menor primero y le dejó sobre la mesa una de las bolsitas.

Daniel miraba desde su silla sin saber por qué traía algo para su hermano, pero luego se volvió y se acercó a él con una sonrisa tímida, de esas que le encantaban.

—Y éste es para ti. —Le ofreció la suya.

—¿Qué es?

—Te digo lo mismo que a tu hermano: ábrelo mientras bajo a dejar las cosas en el coche. Luego me decís qué os parece.

La noche llegó antes de lo que esperaba. Al regresar a casa, Vivian aún no había podido ver el vestido, por miedo a lo que se iba a encontrar. Confiaba en que las chicas hubieran escogido bien.

Colgó la percha sobre la barra del vestidor y deslizó la cremallera de la funda. Lo primero que vio es que era de color azul, de una tela fina y suelta, con cierto brillo, incrustaciones de piedras perfilando los tirantes y el borde del escote. Al tirar de la percha vio que se trataba de un vestido largo, muy largo. Al menos eso lo agradecía. Hasta que le dio la vuelta...

Los tirantes de brillantes se unían en la espalda en uno solo, justo a la altura de su columna vertebral. Dejaban toda la espalda al aire. El enorme escote trasero en V también estaba rematado con brillantes. En el punto donde se unía con el tirante caían las piedras hacia abajo como si fueran una cascada.

—¡Dios mío! —exclamó mientras miraba horrorizada el vestido.

En la bolsa también había un par de zapatos en una bonita bolsa de tela azul marino. Éstos, a pesar de tener mucho tacón, no eran muy extravagantes y hacían juego con el vestido.

La fiesta daba comienzo a las once y en ese momento eran las nueve, así que aún tenía tiempo de cenar rápidamente y de arreglarse el pelo antes de acudir a su primera fiesta de fin de año.

CAPÍTULO 30

La fiesta dio comienzo a las once en punto, justo a la hora que se indicaba en el cartel de la puerta. Los hombres vestían elegantes trajes y las mujeres, bonitos y atrevidos vestidos, tal y como Vivian había sospechado.

Al acercarse a la zona donde estaban Clifford y su hijo, los ojos de Vivian se encontraron con los de Daniel. Éste la miró de arriba abajo de un modo que hizo que se pusiese aún más nerviosa. Sonrió sutilmente al contemplar la curva de su cintura. Vivian se ruborizó al instante.

Por un momento pensó en salir corriendo de allí. Se sentía desnuda ante él con ese vestido. Pero, de pronto, vio a las chicas y a Gabriel, que también asistían a la fiesta, lo que desvió su atención. Todos iban perfectamente arreglados.

—Sabía que te quedaría precioso —dijo la menor de los Gable. Vivian se acercó a ella con una sonrisa y suspiró al darse cuenta de que ya no estaba enfadada.

—Es muy atrevido, July. Casi se me ve...

—¿Les pregunto a mis hermanos si les parece atrevido o si les gusta? Todos te están mirando.

Daniel se dio cuenta de que el repartidor del correo miraba a su asistente con los ojos desorbitados. Entonces se quitó la americana color arena que llevaba y le cubrió la espalda.

—Vamos, Dan. No seas aguafiestas —replicó July con el ceño fruncido. Tiró de la americana y dejó la espalda de Vivian nuevamente al descubierto—. Este vestido no es para que lo arruines con un color espantoso como el de tu traje.

—Yo... Como queráis. Vivian vas... vas preciosa. Preciosa de verdad —confesó Daniel nervioso. Le rozó el brazo con la yema de los dedos antes de darse la vuelta y volver con su padre.

El acercamiento de Daniel, el haber sentido en su espalda el calor de su cuerpo, el eléctrico roce de sus dedos en su brazo y oír directamente de su boca que iba preciosa la puso tensa, tanto que no se atrevía ni siquiera a volver a mirarle.

Después de saludar a los empleados, Clifford y Daniel subieron al escenario. Vivian y Charleen se colocaron tras ellos, con una copa de champán que Emma y July le habían puesto en las manos.

Sin querer, Vivian empezó a analizar a sus superiores. Como padre e hijo tenían sus diferencias, no se podía negar, cada uno tenía sus gustos y opiniones. Pero en cuanto a negocios ambos eran parecidos. El discurso de Clifford estaba siendo divertido, algo insólito pero divertido. Sus compañeros reían y ella no podía evitar sonreír también con alguna de las ocurrencias del señor Gable.

Cuando terminó de hablar, llegó el turno de Daniel. A diferencia de su padre, hizo que su asistente se colocase a su lado. Cuando terminó con las felicitaciones, halagó su trabajo y todo lo que había conseguido por la empresa. El enorme aplauso que siguió logró ruborizar a Vivian más de lo que ya estaba por el hecho de tener a su jefe al lado y tan cerca.

La fiesta quedaba oficialmente iniciada.

El encargado de la música empezó poniendo algo rápido y animado y los invitados comenzaron a bailar, algunos de forma un tanto provocativa, lejos de su actitud cotidiana. Vivian aprovechó entonces para alejarse de Daniel. Le ponía nerviosa saber que en cualquier momento buscaría la ocasión para preguntarle por el mensaje.

En el otro extremo de la recepción estaba Charleen, que no había sido informada sobre el negocio con Silverman. No dudó en llamarla aparte para felicitarla por algo que a su jefe le había llevado años.

—¡Es increíble! ¿Cómo lo conseguiste? —preguntó con una sonrisa de oreja a oreja.

—No hice nada. Sólo preparé un informe con todos los documentos que Daniel tenía en su despacho.

—Por cierto, Daniel no te quita el ojo de encima. Se rumorea que entre vosotros dos hay algo. —Golpeó su brazo con el codo.

—¡No! Él tiene novia. Ya sabes, la supermodelo...

—Aun así te mira como si quisiera desnudarte con los ojos.

—¡Por favor, Charleen, no digas eso! —exclamó Vivian escandalizada. Dio un paso hacia atrás y miró a su alrededor para asegurarse de que nadie más había oído ese comentario.

Poco a poco el ritmo de la música se hizo más lento. Se formaron parejas, que llenaron la pista de baile. Gabriel se moría por acercarse a Vivian, pero hasta ese momento no había tenido ni la más mínima oportunidad. En ese momento, aprovechando que ninguno de los dos hablaba con nadie, se acercó a ella y le tendió su mano.

—¿Bailas? —preguntó Gabriel con una sonrisa.

—Bailo —respondió ella.

—No estaba seguro de que fueses a aceptar —susurró mientras la tomaba de la mano y la guiaba hasta el centro. Ella sonrió.

Daniel los seguía con la mirada. No había podido apartar la vista de su asistente ni un solo momento, y menos aún desde que su hermano se había acercado a ella.

La música era lenta y por lo tanto ambos cuerpos tenían que estar cerca. A Daniel le hervía la sangre ver cómo su hermano acariciaba disimuladamente la piel desnuda de su espalda. Aun así, no podía dejar de mirar. Ése no era ni el sitio ni el momento para montar un escándalo. Además, en teoría él estaba con Rachel y su relación con Vivian se restringía al ámbito laboral.

Bailar con Gabriel estaba siendo una grata experiencia. Sin querer cruzó miradas con su jefe, que se hallaba en el fondo de la sala, muchos metros más allá. A pesar de la distancia que los separaba podía notar cómo sus ojos se clavaban en ella, como reclamando su atención.

En cuanto la canción terminó, July se acercó al muchacho y le tiró de la manga.

—Yo también quiero bailar contigo, hermanito —dijo con voz de niña. Él y Vivian se echaron a reír.

—Baila con ella, Gabriel —le pidió la asistente. Cuando se separaron, Vivian se volvió al fondo de la recepción.

Vivian observaba a todos los invitados detenidamente: unos hablaban mientras tomaban sus copas y otros parecían discutir sobre algo. Los de la pista bailaban, unos más cerca que otros. Finalmente, estaban los que sólo miraban, entre ellos Daniel.

Los ojos de Vivian y de Daniel se encontraron nuevamente. Ella supo que no había dejado de mirarla ni un segundo y sus latidos se multiplicaron por mil. Estaba nerviosa. Se sentía como una quinceañera, ridícula. Aunque lo negase, era tan inexperta en el amor como cualquier niña.

A pesar de los nervios no iba a rechazarle esa vez. Daniel le gustaba y estaba cansada de negárselo a sí misma. Habían compartido demasiado como para seguir diciendo que no cuando su corazón, su cabeza y todo su cuerpo decían que sí.

Él parecía haber recibido el mensaje. En su cara apareció una sonrisa de satisfacción. Caminó despacio entre la multitud, haciéndole saber que iba por ella.

Todos ignoraban lo que ambos sabían que iba a pasar cuando él la alcanzase. De pronto, Daniel se puso serio, muy muy serio. Vivian buscó el motivo de tal expresión.

Como si todo hubiera estado siniestramente sincronizado, la música cesó y todo el mundo se quedó en silencio.

—¡Daniel! —exclamó sonoramente la chica que había frente a él.

Él no respondió. Sólo la miraba atónito, como si fuera la persona a la que menos ganas tenía de ver en ese momento, como si hubiera llegado en el peor momento de su vida, en el momento menos indicado.

Cuando todos se apartaron para dejar a la pareja reencontrarse, Vivian vio a Rachel. Ésta miraba a su novio con una sonrisa radiante y ella no pudo hacer otra cosa que darse la vuelta y marcharse. Ésa no era una escena de la que quisiera ser testigo.

Salió del edificio con un nudo en la garganta y los ojos llenos de lágrimas. La que iba a ser la primera declaración de amor de su vida acababa de ser interrumpida por la verdadera dueña del dueño de su corazón. Jamás pensó que aquello pudiera doler tanto.

Miró hacia el vestíbulo. A través del grueso cristal pudo ver a Rachel y a Daniel uno frente al otro, con toda la gente a su alrededor aplaudiendo como si fuera un acontecimiento esperado.

Esa chica era realmente bonita. Había llegado a la fiesta con un precioso y entallado vestido de cuello de cisne y sin espalda, que la hacía verse aún más alta y esbelta de lo que podía parecer en fotos.

Daniel buscó a su asistente con la mirada, entre los

invitados, pero no estaba. No lograba encontrarla. Llevó las manos a la cintura de su novia y la apartó despacio.

—¿A qué has venido, Rachel? —preguntó cuando la modelo se soltó de su cuello.

—¡Oh, vaya! ¿Es así como me recibes después de tantos meses? —Daniel no respondió. Sólo la miró esperando una respuesta—. Vale. Lo siento. El año pasado insististe en que no podía faltar y por culpa de mi trabajo no pude venir. Este año no quería defraudarte. Por eso adelanté mi regreso. No sabía que iba a molestarte tanto.

—No me has molestado, Rachel —mintió. Miró hacia la puerta por la que sabía que Vivian había salido.

Sin pensarlo buscó con la mirada a su hermana y a su cuñada. Parecía pedirles que la encontrasen. Sin embargo, éstas estaban hablando entre sí, como si no se hubieran percatado de nada.

Al llegar a casa, Vivian se apoyó contra la puerta y se tapó la cara con las manos. Tomó aire con fuerza haciendo un esfuerzo por olvidar todo lo ocurrido y lo que podía haber pasado.

Se dio una larga y relajante ducha y se sentó en la cama, de espaldas a la pared. Cerró los ojos y respiró pausadamente hasta que, sin darse cuenta, se quedó dormida.

Eran cerca de las dos. De repente, sonaron unos golpes en la puerta. Vivian se acercó a la entrada asustada. ¿Qué estaría pasando para que llamasen así? Al mirar por la mirilla vio a Daniel con algo en las manos. Tomó aire y abrió para ponerse frente a él.

—Lo siento —dijo Daniel.

—¿Que sientes qué, Daniel?

—Siento que no... Siento... Estaba a punto de pasar algo, pero ha aparecido Rachel.

—No iba a pasar nada —mintió. En ese momento reemplazó por orgullo la angustia que había sentido hasta llegar a su apartamento.

—¿Puedo pasar? —preguntó Daniel.

Estaba dispuesto a ignorar la presencia de Rachel en la ciudad. Necesitaba poder hablar con ella, necesitaba explicarle en persona lo que sentía, no con mensajes de contestador. Quería pensar junto a ella cómo decirle a su novia lo que ocurría.

—No, Daniel. No puedes pasar. Estoy muy cansada y me gustaría volver a la cama. Si quieres hablar, hagámoslo en la oficina; en mis horas libres, no.

Sin dar tiempo a que él replicase tomó de sus manos el bolso y el abrigo que había olvidado en la fiesta y cerró la puerta. Se llevó una mano al cuello, donde se había instalado un nudo que no la dejaba respirar. Acababa de darse cuenta de que Daniel no sólo le atraía físicamente, sino que sentía algo más por él. Estaba celosa de verdad, celosa de esa chica que se había lanzado a sus brazos sin miedos ni vergüenza.

Sin conocerla, odiaba profundamente a Rachel, por haber aparecido y por haberle robado la oportunidad de decirle a Daniel que estaba enamorada de él. Miró la puerta cerrada. Se debatió entre mirar por la mirilla para ver si él seguía ahí o acostarse de nuevo e ignorar que Daniel pudiera continuar en el descansillo.

Se dejó caer sobre la cama sin saber cómo debía actuar el lunes en la oficina.

Pasó toda la noche sin dormir. Si esa chica hubiera tardado un par de minutos más en llegar, Daniel habría dejado sus sentimientos al descubierto y ella habría desnudado su corazón para que él simplemente lo ignorase al ver a su novia supermodelo.

Después de haber pasado la noche analizando la situación, pensó que Rachel había llegado en el momento preciso. Aquello era una señal de que lo suyo con su jefe era un absurdo.

CAPÍTULO 31

Cuando amaneció, Vivian se levantó para desayunar y salir a pasear. Iba a tomarse con calma el fin de semana. Pensaría con tranquilidad lo que había ocurrido esa noche; más bien, lo que pudo pasar y no pasó.

De vez en cuando, cuando veía algún cartel en el que aparecía una modelo, Vivian corría con todas sus fuerzas para olvidarse de la novia de su jefe. Al encontrarse con alguna pareja, simplemente se daba la vuelta para no verlos. Aún tenía pendiente decidir cómo actuar frente a ellos cuando los viera.

Llegó de vuelta a Black Diamond hacia el mediodía. Su salvador le regaló la más radiante de las sonrisas.

—¡Chris! —exclamó. Se olvidó por un momento de su jefe y de lo que sentía por él.

—Señorita McPherson... —El recepcionista hizo un gesto con las manos y ella corrió para abrazarle—. La he extrañado.

—¡Yo también a ti! Úrsula es una vieja urraca. —Rió. Se refería a la mujer que había ocupado el puesto de recepcionista durante las vacaciones del muchacho.

—¿Te apetece comer? Hoy sólo estoy para cubrir a la vieja urraca durante un par de horas. —Los dos rieron—. Si aceptas iremos donde nadie pueda interrumpirnos.

—Nadie... —Rió. Sabía perfectamente a quién se refería—. ¡Acepto! Me cambio y bajo enseguida.

Subió a pie diez de los treinta y dos pisos que le separaban de la recepción. Cuando llegó arriba pensó en la suerte que tenía de conocer a alguien como Chris.

Caminaron despacio hacia el restaurante mientras se ponían al corriente de lo que habían hecho en esos días en los que no se habían visto. Cuando Chris le estaba explicando cómo lo había pasado con sus amigos la noche de fin de año, de pronto, frente a ellos aparecieron Daniel y Rachel, que iban del brazo. Las dos parejas se detuvieron en la puerta del restaurante a la vez.

Cuando Chris vio la expresión de Vivian, la detuvo para irse de allí. Lo último que quería era incomodarla. Pero ella le miró y, después de sonreírle, entraron en el restaurante, ignorando por completo la existencia de la otra pareja.

Después de que Vivian le cerrara la puerta en las narices, Daniel se sentó en el suelo, con la espalda pegada a la pared. No tenía ni idea de cómo resolver ese asunto. La forma como ella le miraba antes de que apareciese Rachel era completamente distinta al modo como lo había hecho momentos antes de cerrarle la puerta en la cara. En sus ojos había algo que no había visto antes. La llegada de su novia lo había mandado todo al traste.

Esperó durante horas allí sentado, con la esperanza de que en cualquier momento Vivian abriera la puerta. Cuando la luz del día empezó a entrar por la ventana, dedujo que no saldría, así que volvió a su casa.

Al entrar en su apartamento encontró a Rachel sentada en el sofá, reclinada hacia atrás.

—¡Daniel!

—¿Qué haces aquí, Rachel? —preguntó. Estaba fingiendo una sorpresa que no sentía.

—Vengo a estar contigo. ¿No puedo? ¿En estos meses me has vetado la entrada a tu apartamento sin que lo sepa?

—No me malinterpretes —dijo. Se quitó la americana y la colgó en una de las sillas—. Es sólo que como nos hemos visto hace unas horas...

—Antes nunca te cansabas de verme —añadió mientras se ponía en pie—. No importa. ¿Comemos juntos? Tengo reserva.

Daniel asintió. Se acercó a ella y le dio un beso en la frente. Se sintió culpable por haberla echado de su corazón sin miramientos.

Cuando la modelo salió de su apartamento, corrió a la ducha. Necesitaba que el agua se llevase todo su cansancio. Se apoyó contra la mampara con las dos manos y dejó que el agua cayera desde arriba como si fueran gotas de lluvia.

—Si hubiera esperado un poco más. Si hubiera llegado un poco más tarde...

Casi sin darse cuenta llegó la hora de comer. Aunque no quería, debía ir con su novia. Con un poco de suerte quizás podría quitarse de la cabeza a su asistente, aunque fuera por un rato.

Se vistió con su ropa habitual y bajó a recepción. En ese momento acababa de llegar la modelo. Rachel corrió y le abrazó. Le besó en la mejilla antes de agarrarse a su brazo para ir al restaurante.

Cuando estaban casi en la puerta, fijó su vista en la pareja que venía de frente. Ambos sonreían.

Miró a Vivian antes de mirar a Chris. Éste se detuvo, como si no quisiera enfrentarse a ellos. Vivian siguió caminando y entró en el mismo sitio en el que ellos tenían reserva.

Por suerte para él, sus mesas eran contiguas. Daniel podría estar cerca de Vivian, a pesar de haberlo ignorado un par de minutos antes.

Rachel hablaba sobre el período de descanso que le habían dado, pero Daniel no tenía más que oídos para escuchar la conversación de los otros dos. Al parecer después irían a pasear.

Tan pronto como Vivian y Chris se pusieron de pie, Daniel propuso a su novia ir a pasear. Nunca antes habían paseado como novios. Sólo se habían limitado a pasar tiempo juntos en el apartamento de uno o en el del otro y en algunas fiestas.

Vivian se había dado cuenta de que Daniel los seguía casi desde que salieron horas antes del restaurante. Ella se había propuesto ignorarle, de cualquier forma y en cualquier lugar. Bromeaba con Chris, reían juntos y hasta jugaron a cargarse en sus espaldas.

La tarde pasó deprisa. Habían parado en una cafetería en la que comieron dulces hasta saciarse por completo. Entonces decidieron evitar la cena e ir a Green Grant Park, un enorme jardín que hacía de pulmón para la ciudad.

Allí el frío se notaba mucho más. Los edificios ya no les resguardaban del aire, que era gélido como el hielo.

—Vivian, tienes la nariz...

—¡Congelada! —Rió. Se llevó la mano a ella—. Pero no sé qué está más frío, si la nariz o mis dedos.

Chris llevó las manos de la muchacha hasta su boca y echó su aliento caliente en ellas. Enseguida las frotó con las suyas.

—¿Mejor? —preguntó. Miró de reojo a quien les iba siguiendo.

—¿La verdad? No.

—Entonces, ven. —Chris abrió su chaqueta y la rodeó con ella—. ¿Vamos al cine?

—Al cine... ¿Quieres...? ¿Quieres que vayamos mejor

a mi apartamento? —preguntó ella. Una idea se le había pasado por la cabeza al sentirse bajo su abrigo. Tenía prisa por ponerla en práctica. Por suerte, él no se negó, sino que asintió y sonrió.

Al entrar, no había nadie en la recepción. Vivian no se lo pensó: llevó los labios a la boca de Chris y le besó. Él no dudó ni un segundo en devolverle ese beso. Pero inevitablemente llegaron las comparaciones. Ese beso no era ni la mitad de intenso que el que le había dado Daniel. Sus manos no ardían en deseo y, aunque se notaba que Chris era romántico, no era como Daniel. No era Daniel.

Continuó besándole con la esperanza de que de pronto su cuerpo estallase de ganas por dar el siguiente paso. Pero ese momento no llegaba, y Chris lo notó.

—No es como esperabas. ¿Me equivoco? —preguntó Chris. Ella lo miró con una ceja arqueada.

—Pensaba que sería como una bomba, que me haría sentir un millón de cosas.

—Pero no ha sido así. —Él negó con cara de circunstancias.

—¿Quieres que...? ¿Quieres intentarlo de nuevo? ¿Subimos a mi apartamento? —propuso Vivian. Chris asintió.

Cuando el ascensor se detuvo, ambos pensaron cómo empezar de nuevo, cómo besarse, cómo despertar un deseo que parecía no estar ahí.

Cuando Vivian abrió la puerta, Chris la asaltó. La empujó bruscamente contra la puerta del armario, apresando sus manos por detrás de su espalda con una mano y metiendo la otra bajo el vestido. Acariciaba la piel de sus muslos mientras la besaba. Parecía estar asomando algo de ese deseo que los dos pedían a gritos. Vivian se liberó del agarre de Chris y metió las manos bajo su camiseta. Acarició la piel de su espalda con la yema de sus dedos. Sintió su calor a través de ellas. Sin embargo, no podía evitar pensar que era Daniel quien estaba entre sus brazos. Era su aroma el que percibía, y no el de otro hombre.

Úrsula llevaba rato observando el piloto del monitor que indicaba que la puerta del apartamento treinta y dos no se cerraba. Llamó al interfono, pero nadie respondía. Pensó entonces que quizás Chris había salido sin que lo viera. Subió para comprobar que todo estaba en orden.

Como imaginaba, la puerta estaba abierta y las luces encendidas. Llamó al timbre, pero no obtuvo respuesta. Nadie acudió a abrir, así que, con sigilo, accedió al interior. En la mano derecha llevaba la táser que la agencia de seguridad le había proporcionado como protección.

El apartamento estaba aparentemente vacío, pero las luces estaban encendidas. En el dormitorio creyó oír una risa ahogada. Sujetó el arma con más fuerza y se acercó sigilosamente para ver qué ocurría.

Vivian se hallaba tendida sobre la cama y Chris estaba sobre ella, entre sus piernas. Ella tenía la falda subida hasta la cintura y él no llevaba camiseta. Ambos se besaban despacio, entre sonrisas y murmullos. Úrsula, sorprendida ante esa visión, dejó caer la táser al suelo para llamar la atención de ambos.

—¿Úrsula? —preguntó Chris. Se apartó deprisa y bajó el vestido de la muchacha.

Vivian se había ruborizado por completo. Era la primera vez en su vida que hacía algo así por voluntad propia, y acababan de interrumpirla de la forma más embarazosa posible: en su propia casa, el único lugar que era completamente íntimo.

—Yo... Lo lamento mucho. Lo siento de verdad, señorita McPherson. Me siento terriblemente avergonzada por esto.

La mujer corrió hacia la entrada sin recoger siquiera la táser del suelo. Chris se acercó a Vivian, le dio un beso y se dirigió hacia la puerta.

—¿Cómo ha entrado? —le preguntó a Úrsula, a la que dio alcance en la puerta del ascensor.

—La puerta estaba abierta. El piloto del monitor no dejaba de parpadear en el número treinta y dos y ya sabes... Lo siento de verdad —repitió ruborizada.

—No se preocupe. No iba a pasar nada de todos modos —admitió—. Hay cosas que están destinadas a ser de una manera y no se pueden cambiar aunque lo intentemos.

Vivian había oído eso último. Se llevó una mano al pecho. Nuevamente Daniel era lo único que estaba en su cabeza.

Cuando la mujer volvió a la recepción, Chris se acercó a Vivian, que esperaba en la puerta sonriendo.

—El destino... —Sonrió.

—Sí. El destino.

—Realmente me habría gustado que esto fuera de otra manera. Hay química entre nosotros. La hay desde que entraste con tus cajas en mi recepción.

—La hay, pero supongo que no de esa manera. Anda. Entra. Tomemos un café.

Chris se sentó en el sofá y observó a Vivian. Se preguntó por qué no había saltado esa chispa. Desde que se mudó a Black Diamond había habido química entre ellos, esa sensación de que serían en algún momento algo más.

Ella lo miraba desde la cocina y sonreía. Sabía que, aunque Úrsula no hubiera interrumpido, tampoco habrían avanzado mucho más. Tampoco ella entendía por qué. Chris era atractivo, era simpático, era alguien encantador...

Daniel los había seguido hasta Black Diamond. Rachel dormía en el asiento del copiloto, mientras él buscaba a Vivian con la mirada. Entonces vio cómo se abalanzaba sobre su acompañante y cómo se besaban.

No quiso ver más. Su imaginación y sus celos podrían matarlo en cualquier momento si seguía visualizando en su mente cómo estarían jugueteando con sus bocas antes de dar otro paso. Y luego otro y otro más... Era algo que nunca había hecho con él.

Arrancó el coche y aceleró. Se alejó de allí a una velocidad supersónica. Intentaría olvidar lo que había visto hasta el lunes, cuando pudiera tenerla cara a cara y recordarle que él la besó primero y que él la tuvo en la cama antes que nadie.

CAPÍTULO 32

El lunes llegó y dejó atrás un domingo lleno de pensamientos autodestructivos, negativos y mortificadores.

Vivian y Daniel se levantaron esa mañana con unas extrañas ganas de no volver a verse. Pero, como tantas otras veces, llegaron al mismo tiempo al trabajo. Se encontraron de frente en el aparcamiento y entraron a la vez en el despacho. La diferencia es que ese día Daniel iba acompañado de Rachel.

—Por cierto, no nos han presentado. Daniel a veces es muy desconsiderado —empezó la modelo con una sonrisa amable—. Me llamo Rachel Gill.

—Hola, Rachel. Yo soy Vivian McPherson, la asistente del director Gable. —Su voz no sonó tan amable como la de Rachel, sino cortante, áspera.

Ninguna de las dos dijo nada más, una por miedo a ser devorada por cualquiera de las dos bestias que se destrozaban con la mirada y la otra por miedo a ser demasiado hostil y maleducada con la novia de su jefe.

Llevaban horas en la oficina, en silencio. Rachel estaba sentada en el sofá con una pila gruesa de revistas. Oyó a Vivian carraspear por enésima vez. Sin decir nada, se volvió y se apoyó en el respaldo del sofá para poder mirarlos con atención. Allí estaba pasando algo que a ella se le escapaba.

Observó que tanto Daniel como su asistente evitaban mirarse, algo totalmente atípico entre compañeros de trabajo. Al final, decidió intervenir.

—Y ¿dónde vais a comer? —preguntó mirando a Vivian, que la ignoró como si no estuviera allí. Daniel tampoco respondió—. ¡Ah! ¡Qué interesante!

Daniel la miró de reojo sin saber muy bien qué pretendía. Estaba incordiando demasiado. No sabía qué hacía en la oficina ni por qué estaba allí desde una hora tan temprana. Lo que sí sabía era que necesitaba que se marchase para poder hablar con Vivian, necesitaba hablar con ella sobre lo que pensaba de ese mensaje que sin lugar a dudas había escuchado.

La modelo se acercó a la vidriera tras la asistente y se volvió ligeramente para ver su escritorio. Lejos de lo que pensó, la mesa de Vivian estaba vacía de enseres personales. Lucía completamente impersonal, sin las típicas fotos, sin un lapicero relleno de marcadores o de bolígrafos. Sólo un ordenador, un teléfono, una pila de carpetas y un teléfono móvil.

A la hora de comer, Daniel se puso en pie y Rachel le imitó. Esperaba que la asistente hiciera lo mismo, pero ésta no se movió. No prestó atención a ninguno de los dos, sino que siguió tecleando como si eso fuera su única prioridad en la vida.

—Vivian, ¿no quieres venir? —le preguntó la modelo. Se acercó a ella y llamó su atención repiqueteando con los dedos en la mesa. Vivian negó con la cabeza sin mirarles. ¿Ir con ellos a comer? Debía de tratarse de una broma.

Justo cuando la pareja salía por la puerta entró Gabriel en el despacho. Daniel se extrañó de verle allí, pero vio que su hermano pasaba de largo por su lado y se paraba frente a la mesa de Vivian. Entonces empezaron de nuevo esos celos que le reconcomían cuando cualquier tipo se acercaba a ella.

Vivian ni siquiera lo miraba, pues pensaba que era Daniel el que estaba allí. En ese momento, Gabriel tosió y ella alzó la vista.

—¡Gabriel! —exclamó sorprendida.

—Te envié un mensaje ayer. ¿No lo leíste? —le preguntó, fingiendo estar molesto. Vivian sonrió de un modo que aún hizo irritar más a su jefe.

—No. —Entonces ella miró el móvil y vio que el icono de un sobre parpadeaba en la barra superior.

Rápidamente lo abrió para ver qué ponía, pero Gabriel cubrió la pantalla con la mano.

—Dice que si quieres comer conmigo y que te iba a traer algo. Toma. —Dejó sobre la mesa un sobre grueso de papel marrón—. Son las fotos de nuestro trato en París.

Sin pensarlo, Vivian se puso en pie y se fue a su lado. Lucía una sonrisa radiante, algo que todos interpretaron como un sí al ofrecimiento de Gabriel.

—¿Coméis con nosotros? —preguntó la modelo con una expresión amable y risueña.

—Ehm... —Gabriel no sabía qué responder. Ésa no era su intención. Sin embargo, al mirar a Vivian, ella asintió—. ¡Claro! ¡Vayamos juntos!

Vivian se acercó al perchero y descolgó su abrigo antes de volver con el fotógrafo.

Rachel y Daniel los miraban desde la puerta. Gabriel y Vivian pasaron por su lado y los dejaron atrás.

—¡Os esperamos allí! —gritó a lo lejos Vivian.

—¿Qué le pasa a tu asistente, Daniel? —En vista de que no respondía, Rachel planteó otra pregunta, una que quizás llevaba algo de veneno—. Están saliendo tu hermano y esa chica, ¿no?

—¿Saliendo? ¿Estás loca? —respondió él escandalizado—. La verdad es que no lo sé. De hecho, espero que no.

Su respuesta le había revelado cuanto necesitaba saber. Daniel sentía algo por ella y de ahí su actitud tan extraña también.

La encargada del atril, que conocía a la modelo, los colocó en una mesa retirada. Sabía que todos querrían fotografiarse con ella y que podrían molestar al resto de los clientes si no les daba un lugar un poco más íntimo. Vivian se sentó al lado de Gabriel, frente a Daniel. Rachel estaba a su derecha.

La comida parecía divertir mucho a Gabriel y Vivian. Ambos hablaban sobre detalles de su encuentro accidental en París. Entonces ella decidió ser un poco perversa. Sabía que con el comentario que pensaba hacer a continuación heriría a Daniel. Aun así, lo hizo.

—¿Sabes, Gabriel?, en el puente del amor hay un candado con nuestros nombres. —Los ojos del ejecutivo se clavaron directamente en los suyos. Ella le ignoró.

—¿Nuestros nombres? ¿En serio? Será...

—¿Cosa del destino? —interrumpió con una expresión extraña. El fotógrafo se dio cuenta de que su hermano la miraba fijamente con el ceño fruncido, y que ella evitaba continuamente dirigirle la mirada. Rachel también parecía haberse percatado de que los contemplaba con una sonrisa dubitativa, como si no supiera qué hacer o qué decir.

Hacía rato que habían terminado con el postre. Se pusieron en pie y volvieron a la oficina.

Gabriel sabía que necesitaban hablar. A él le gustaba Vivian. No había dejado de pensar en ella después del encuentro tan accidentado en París. Menos aún después de los días que pasó en su casa en Navidad. Pero se daba cuenta de que entre ella y su hermano había algo. Aunque no iba a ponérselo fácil a Daniel, no quería complicarle las cosas a ella. De modo que invitaría a la modelo a tomar algo como tantas otras veces había hecho sólo para que ellos aclarasen lo que tuvieran que aclarar.

Rachel siempre se había llevado bien con el hermano de su novio. Cuando en la fiesta en la que se conocieron se negaron a darle el número de Daniel, Gabriel se lo ofreció en una tarjeta y le pidió que no le dijera que había sido él.

También ella se había dado cuenta de que aquellos dos necesitaban hablar. Así que, en cuanto el fotógrafo le ofreció salir, se puso en pie. Ambos se despidieron y se fueron tranquilamente, con intención de darles unos minutos para conversar.

Entonces, Daniel se acercó a la mesa de su asistente.

—Vale. Y ahora dime, ¿qué te pasa conmigo? El sábado no me dirigiste la palabra. Es más, me ignoraste por completo. Y hoy...

—No me pasa nada.

—Claro que te pasa. No voy a dejar que te vayas hasta que me lo expliques. —Con un movimiento rápido la levantó y la acorraló contra la ventana de cristal que había tras ella.

Los corazones de ambos se aceleraron de forma instantánea. En ese momento, Vivian lo empujó con fuerza para apartarle. Daniel tropezó y dio un par de pasos tratando de recuperar el equilibrio. Finalmente se cayó contra el suelo y se golpeó la espalda con el reposabrazos del sofá. Gesticuló y soltó aire como si se hubiera hecho daño. Vivian lo miraba sin decir nada.

—¿Esto es lo que vas a hacer ahora cuando quiera hablar contigo? —preguntó Daniel. Alzó una ceja y ladeó la cabeza, señalando lo que acababa de pasar.

—Estabas acosándome. Yo sólo me he defendido.

—Bien.

—Bien —resolvió Vivian. Se sentó de nuevo en su silla,

más molesta que nunca. ¿Él traía a su novia a la oficina después de esa declaración en el contestador y pretendía que le siguiera el juego?

Daniel no se ponía en pie. Vivian seguía sin prestarle atención. Fingía ignorarlo, pero al final empezó a preocuparse. Él permanecía ahí, sentado sobre la moqueta y apoyado en el sofá, tapándose la cara con una mano.

Esperó unos minutos. Pero la impaciencia por asegurarse de que estaba bien pudo con ella. Se levantó y se acercó a Daniel, quien seguía con la mano sobre el rostro y con los ojos cerrados.

—Daniel, ¿estás bien? —le preguntó. Se agachó y acercó su mano al brazo de él.

Él no lo dudó. Con otro gesto rápido, la tumbó sobre la alfombra. Se colocó sobre ella y le sujetó los brazos a los lados de la cabeza.

Vivian estaba tan sorprendida que no pudo decir nada. Abrió los ojos de par en par, mirándole sin saber qué hacer.

—Demándame por acoso, Viv, pero dime, ¿qué es lo que te pasa conmigo? ¿Por qué no me hablas? ¿Por qué no me miras? ¿Por qué evitas cualquier cosa que tiene que ver conmigo?

—No me pasa nada.

Daniel tenía las manos ocupadas, de modo que se acercó lo suficiente como para que sus bocas se rozasen.

—Si no me dices la verdad, te besaré hasta que hables. Sé que no quieres que lo haga, pero tampoco yo quiero estar pensando todo el día qué es lo que he hecho tan mal como para que, justo después de esa fiesta, seas otra persona conmigo.

—Es Rachel, ¿vale? Después de ese mensaje en el contestador pensé toda la noche en qué responderte. Cuando estaba a punto de hacerlo, apareció ella. ¿Te sirve así? ¿Puedes hacerte una idea de lo que siento?

—Tú también estás enamorada de mí, ¿no es eso? —Vivian no respondió. Volvió el rostro para no tenerle de frente. Daniel apoyó su cara entre el cuello y el hombro de ella, para inspirar su aroma. Después se apartó de ella con cuidado—. Y ahora, ¿qué vamos a hacer? —murmuró.

—¿«Vamos»? —Rió sarcásticamente mientras se ponía en pie—. Yo no estoy enamorada de ti, Daniel, sino de otra persona —mintió deliberadamente.

Entonces, sin decir nada más, salió de la oficina. Necesitaba despejarse, respirar aire que no estuviera impregnado de él, de ese perfume de hombre que tanto le gustaba.

Paseó durante varios minutos por la planta y respiró hondo un par de veces antes de regresar. Aunque no quería volver al despacho, no podía desatender su trabajo.

Al entrar en la oficina, Daniel seguía en el suelo. Eso ya le resultó extraño y sospechoso. Se acercó, temiendo que intentase de nuevo algo con ella. Al estar lo suficientemente cerca, pudo ver una lágrima deslizándose por el rabillo del ojo de él.

Ésa era la primera vez que lo veía así. Puso a un lado su enfado, le apartó la mano de la cara y, con los dedos en su mentón, hizo que la mirara de frente.

La expresión de Daniel seguía siendo la misma que un rato antes, cuando se golpeó con el sofá.

—Daniel, ¿estás bien? —murmuró.

—No lo sé. Es gracioso ver a otros caerse, pero no lo es tanto cuando es uno el que se hace daño.

—¿Dónde te duele? ¿Ha sido el golpe con el sofá? ¿Dónde te has dado, Daniel?

Él se llevó la mano hasta las costillas, donde se había golpeado. Vivian no dudó en levantarle la ropa.

Un poco más arriba de su cintura, a la altura de las costillas, había una enorme rojez que parecía querer convertirse en un horrible moratón. Vivian le tiró del brazo para ponerle en pie. Daniel se quejó de dolor. Pero, a pesar de ello, se dejó guiar sin decir nada. Vivian le condujo despacio hasta la puerta y le rodeó con su brazo. Ambos se encaminaron hacia los baños.

Entraron en uno de ellos, pasando por alto que fuera el de hombres. Llegaron hasta los lavabos. De la pila de servilletas, Vivian cogió unas cuantas. Las empapó de agua y las puso sobre la rojez. En cuanto Daniel notó el roce se dobló hacia ese lado.

—Entonces, no se hable más.

—¿Qué quieres decir? No he dicho nada.

—No es necesario. Nos vamos al hospital.

—No es nada. Eso se pasará dentro de un rato.

—Ya. Eso mismo dije yo cuando me caí. Sin embargo, tú quisiste asegurarte de que estaba bien. Espérame aquí —le ordenó mientras le ayudaba a apoyarse en el marco de la puerta del ascensor—. Voy por las cosas y a avisar a tu padre.

Mientras ella se acercaba a la oficina, él sonrió. Realmente sentía dolor. Pensaba incluso que por culpa de ese golpe se había fracturado alguna costilla. Por otro lado, saberla preocupada, saberla pendiente e imaginarla cuidándolo nuevamente hacía que se sintiera feliz.

Habían pasado sólo unos minutos cuando Vivian ya estaba de vuelta con los abrigos y su bolso. Con cuidado de no hacerle daño, llevó una mano hasta la cintura de él, por debajo del golpe, y lo atrajo contra sí. Así podría ayudarlo a andar.

—Vivian, me he golpeado las costillas, no los pies. Puedo caminar. No te preocupes.

—Bien. Pues entonces ve solo —dijo ella. Se apartó bruscamente y fingió que le había molestado.

—Vamos, ven aquí. —Daniel tiró de ella y la acercó a su cuerpo nuevamente. Hizo que le rodease para «ayudarle» a bajar al aparcamiento.

En el centro sanitario le atendieron de inmediato. Vivian exageró lo ocurrido explicando que el golpe había sido mucho peor de lo que realmente había sido. Dijo que Daniel no había podido levantarse y que lloraba de dolor. A eso le ayudó que la zona roja ya había empezado a amoratarse.

Mientras esperaba, empezó a sonar el móvil de Daniel que ella sostenía entre sus manos. La foto de Rachel apareció en la pantalla. Vivian dudó un momento si atender la llamada o no, pero al final decidió que la situación bien merecía que aparcara a un lado las diferencias que tenía con ella.

Cuando ésta respondió, la modelo la trató amablemente, como había hecho antes en la oficina. Al preguntarle por él, Vivian le respondió con la verdad, o al menos con la verdad a medias. Le contó que Daniel había tropezado y que se había hecho daño con el reposabrazos del sofá, pero omitió que fue ella quien le empujó cuando él le recriminó que le ignorase.

Cuando acabaron de hablar, Vivian se quedó mirando el teléfono. Sentía unas horribles ganas de ver lo que Daniel guardaba ahí.

Lo miró una y otra vez. Llevó el dedo a la tecla de desbloqueo, pero no se atrevía a presionarla. Tosió disimuladamente, como si pareciera un accidente, y en la pantalla apareció una imagen que hubiera preferido no ver. Una foto en la que se la veía a ella mirando por la ventana de aquel hotel de París, con la Torre Eiffel en frente. Aquella imagen era especial, todo en ella brillaba como si estuviera viéndolo en directo. Volvió a pulsar el botón y bloqueó el aparato. Sentía un nudo en el estómago. De nuevo recordó la imagen de Rachel en esa fiesta en la que a punto había estado de confesar sus sentimientos. Se sintió incómoda al verse aguardando en la sala de espera de un hospital con un hombre que era de otra.

Vivian se puso en pie, se acercó a la puerta de cristal de

la entrada y miró hacia la calle. El frío se colaba a través del vidrio. Se apartó al sentir un escalofrío. Al darse la vuelta apareció Daniel con la camisa semiabotonada y el brazo atado al pecho. Vivian lo abrazó con fuerza, sin darse cuenta de que podía hacerle daño.

—¿Y esto? —le preguntó él después de apartarla despacio con la mano en su cintura.

—Esto es que lo siento, que lo siento mucho, Daniel, que... —hizo una pausa y contuvo una lágrima— que yo no quería hacerte daño. Estaba molesta y no actué de forma civilizada. De verdad que lo siento.

—No importa. —Con cuidado de no moverse de forma brusca, la acercó a él y le devolvió el abrazo.

Justo en ese momento llegaban Gabriel y Rachel. Habían acudido enseguida al hospital tras la llamada de la modelo a Vivian, para saber qué era lo que le había ocurrido a Daniel.

Cuando los encontraron abrazados se miraron. Rachel no entendía nada. Sabía que había algo entre ellos, pero un rato antes ella ni le miraba y ahora parecía extrañamente feliz.

Al salir decidieron ir a White Diamond en lugar de a la oficina. Sin embargo, Vivian tenía un par de llamadas pendientes, así que, lamentando no poder acompañarlos, se despidió de los tres para volver a sus obligaciones.

Una vez en su apartamento, se preguntaba si habría alguien cuidando de Daniel. Era tarde, más de las once, pero aun así decidió llamarle. Necesitaba saber que estaba bien.

—¿Estás bien?

—Sí. Estoy bien —respondió con la voz un tanto apagada—. Estaba tratando de quitarme la camisa para ponerme cómodo.

—¿Estás solo? —le preguntó extrañada. Rachel, su novia, era quien debía estar con él.

—Sí. Rachel... Ella se ha ido hace un rato. Mi hermano la ha llevado a casa. Supongo que vendrán mañana.

—¿Puedo ir contigo? —Su boca habló por ella, sin darle tiempo a pensar—. Sólo será un rato. Si quieres...

—No me preguntes, Viv. Jamás te diría que no.

Vivian salió deprisa hacia White Diamond. Extrañamente le urgía estar con él.

Daniel estaba tendido de lado, sin la parte superior del pijama. Las vendas le apretaban las costillas y le sujetaban el brazo. Las mantas le cubrían sólo hasta la cintura, dejando visible lo que ella había provocado al empujarle.

Vivian lo miraba desde la puerta. Se sentía un ser despreciable por lo que había hecho. Él en ocasiones la había tratado duramente, pero nunca la había lastimado, nunca le había hecho daño. Siempre la trató con cuidado, de una forma tan cariñosa que parecía que, si se descuidaba, le haría el amor en cualquier momento.

—¿Qué miras? —preguntó él.

—Siento mucho lo que ha pasado.

—No lo sientas. Si con eso he conseguido que vuelvas a comportarte como antes, estoy bien así.

—Tonto...

—Tonto no. Ven aquí. —Señaló el lado vacío de la cama—. Ya son las dos. Me imagino que ya no querrás irte a casa a esta hora. Quédate conmigo.

Aunque no le parecía buena idea, Vivian rodeó la cama y se tumbó a su lado, de cara a él. De no haber existido Rachel, habría acortado la distancia entre los dos y le habría abrazado toda la noche. De no haber existido Rachel, él no estaría herido. De no haber existido Rachel, probablemente la relación entre ambos sería muy distinta de la que era. Pero en ese momento todo estaba bien si podía estar allí, cuidándolo.

CAPÍTULO 33

Aún no había amanecido cuando Vivian se despertó. Estaba rodeada por un cálido abrazo y, a pesar de que no veía a su acompañante, supo que era Daniel quien la tenía contra su pecho y que no era un sueño, como la vez anterior. Conocía su aroma, su calor y la fuerza de sus brazos.

Aunque su corazón le decía que se quedase ahí, que no se apartase de él, su cabeza le recordaba continuamente la existencia de la modelo. Rachel no le parecía ahora tan despreciable como ella se había empeñado en verla.

Levantó con cuidado el brazo de Daniel para salir de la cama, pero éste lo bajó de nuevo, impidiéndole levantarse.

—Aún no ha salido el sol, Vivian. ¿Dónde vas?

—Yo... Voy a prepararte el desayuno y a marcharme. Hay cosas que tengo que hacer en la oficina. Además, tampoco quiero que llegue Rachel y se dé cuenta de que he dormido contigo.

—A Rachel no le importará que hayamos dormido juntos. Ella no es de las que sospechan de los demás sin motivos.

—Aun así, no quiero que...

—Y yo no quiero que te muevas. Ven. —La acercó a su cuerpo con más fuerza aún.

A Vivian se le aceleró el corazón. Realmente lo amaba y le dolía pensar que esa novia que nunca estaba a su lado hubiera aparecido justo en el momento en el que deseaba confesarle sus sentimientos.

Cogió nuevamente la mano de Daniel para apartarla, pero él entrelazó sus dedos con los suyos.

—Por favor, Viv, no te vayas. Quédate conmigo —susurró.

Al final doblegó la voluntad de Vivian. Ambos se miraban directamente a los ojos, sin apartarlos ni un segundo. Lentamente Daniel llevó la mano hasta el cuello de ella y la acercó despacio a él, lo suficiente como para besarla. Y lo hizo sin que ella le rechazase.

Vivian devolvió ese beso con toda la pasión contenida. Poco después se apartó despacio. Lo miró un segundo y se apoyó en su brazo.

—Por favor, Daniel, no vuelvas a besarme. No... No vuelvas a hacerlo, te lo ruego.

—Ya conoces mis sentimientos.

—Los conozco, pero está Rachel. No podemos hacerle esto. No quiero sentirme así.

—Déjame besarte una vez más, sólo una. Una vez más y jamás volveré a pedírtelo.

Su voz sonaba a ruego. La expresión de su cara hablaba por sí sola.

Vivian dudaba de si lo que hacía era correcto o no. Se acercó despacio a su boca, rozó sus labios con los suyos y cerró los ojos con fuerza...

No podía hacerlo, no podía dejar que traicionasc a esa chica, no podía dejar que hiciese lo que no le gustaría que le hiciesen a ella. Subió la cabeza hasta su frente y lo besó allí. Lo había dejado con la miel en los labios.

—No me pidas que sea tu cómplice para engañar a Rachel. Ella no lo merece.

Daniel apretó los ojos con fuerza y abrazó aún más fuerte a su asistente.

Pasaron un par de horas hasta que Daniel despertó, sin saber que se había dormido de nuevo. Vivian dormía del mismo modo como la había visto hacerlo un par de veces antes. Pero esa vez, además, le asomaba un hilillo de saliva por la comisura de los labios, algo nuevo que hizo sonreír a Daniel, pese al dolor de sus costillas. La miró durante unos minutos, antes de agacharse a su lado para despertarla. Sabía que, si Rachel llegaba, se sentiría culpable por haber dormido en su cama.

—Me he dormido —dijo sonriendo. Se secó la cara con el dorso de la mano, como si fuera algo que hiciese habitualmente al despertar.

—Sí. Te has dormido, pero dudo que los vecinos hayan podido hacerlo. Roncabas como un bisonte —bromeó. Vivian frunció el ceño en una expresión simpática y le lanzó uno de los cojines directo a la cara.

—Yo no ronco, señor Gable.

—Vamos, levanta, perezosa. —Dio un par de palmadas sobre las mantas—. Seguro que mi hermano estará a punto de llegar con Rachel.

Vivian salió de la cama de un salto y sin decir nada se fue a la cocina.

Después de preparar el desayuno de Daniel, empezó a sonar la alarma de su móvil, avisándole de que ya era la hora de levantarse, de que era la hora de arreglarse para ir a trabajar. Sin dejar que Daniel le dijera nada, besó su mejilla y se dirigió hacia la puerta. Lógicamente él no acudiría a la oficina, pero eso no significaba que ella tuviese que faltar a su puesto de trabajo.

Al llegar a Black Diamond, Vivian se tiró sobre su cama y ahogó un grito sobre la almohada. Había besado a

Daniel y él la había besado otra vez. La emoción le salía por los poros.

Se duchó, se vistió y, después de comer algo, se fue a la oficina, intentando que no se le notase en exceso la sonrisa de felicidad.

Al llegar al Edificio B la chica de la recepción le informó de que tenía una visita imprevista. Al parecer alguien había llamado repetidas veces a la oficina la tarde anterior y, como no había podido hablar con Daniel, había decidido presentarse en persona esa mañana.

Vivian subió deprisa y fue al despacho.

—¡Frank! —exclamó horrorizada. Se detuvo de pronto como si fuera el mismísimo diablo.

—¡Vaya! Buenos días, señorita McPherson. Vengo a ver al señor Gable. —Le hablaba con amabilidad, pero con el tono serio que su reunión requería.

—Él... Él no vendrá hasta dentro de unos días. Si se trata de un asunto muy urgente, puedo concertar una cita con el presidente.

—Olvídalo. No importa. Puedo volver en otro momento. Es urgente pero no tanto.

Entonces se acercó a ella y le tendió una mano como saludo antes de marcharse.

A pesar de lo que sentía por su jefe, Prime seguía poniéndola nerviosa. Le aceleraba el corazón. Quizás no era amor lo que había sentido durante tantos años, quizás sólo era que le gustaba su compañía. Cuando estaba con Daniel el sentimiento era totalmente distinto, se ponía nerviosa cuando rozaba sus dedos al coger los documentos, con su olor, con su mirada. Con Daniel no sentía nada parecido a lo que había sentido antes.

De pronto Frank se dio la vuelta y se acercó a ella.

—Me impresionó mucho verte la última vez, Viv —dijo sorprendiéndola por la espalda—. Pero ¿sabes qué fue lo que más me impactó? Que no me dijeras nada, ni una palabra, que te acercases a tu novio y que no me mirases siquiera.

—Él no es mi novio, Frank.

—No es tu novio. En realidad, eso no es lo importante. Lo que realmente importa es que no me dirigieras la palabra.

—Pasa. Seguiremos hablando en la oficina. —Frank pasó tras ella, sujetando con fuerza el asa de su maletín. Aunque sus ojos azules seguían siendo igual de hermosos, su mirada era ahora fría y hostil, su postura se había vuelto más imponente. Su forma de vestir también había cambiado, quizás no tanto como la suya, pero era diferente.

Vivian le ofreció asiento en el sofá y él accedió. Se sentó y soltó el maletín sobre la mesa.

—No me reconociste —empezó ella—. Llevábamos una hora sentados uno al lado del otro, hablando, pero no te diste cuenta de quién era yo. Cuando llegaste por detrás pensaba que era Daniel, pero cuando me di la vuelta... y vi que eras tú me quedé totalmente traspuesta.

—¿Tanto como para no mirarme siquiera?

—Lo siento. Me equivoqué. Quizás debería haberme enfrentado a ti.

—¿Enfrentado? ¿Es que se trata de una batalla o algo así?

Vivian se puso en pie y se acercó a la ventana. Esas vistas la tranquilizaban.

—Siempre me gustaste, Frank. ¿Puedes imaginarte cómo me dolió que me saludaras como si fuera una extraña después de un par de años sin vernos? —Él no respondió. Estaba tan sorprendido que no era capaz de articular palabra—. Había soñado mil veces que yo también te gustaba y que empezábamos a salir. —Vivian mantenía la mirada fija en las vistas del exterior—. Me emocionaba solamente mirando el reloj y sabiendo que pasadas unas horas estaríamos juntos en aquella biblioteca.

Al darse la vuelta, Vivian tenía los ojos húmedos. Él se dio cuenta. Se acercó al sofá y se sentó a su lado.

Frank no era capaz de decir nada. Realmente nunca había percibido aquellos sentimientos. Ella era tímida con todo el mundo y no vio que con él fuera distinta. En vista de que él seguía callado, Vivian se levantó y se acercó a su mesa para encender el ordenador y conectar el teléfono. Dejaría de prestar atención al que había sido su amor en el pasado y empezaría a ocuparse de sus cosas.

Frank se puso en pie. Buscó algo en su móvil y lo colocó sobre la mesa de la muchacha.

—¿Recuerdas a esta chica?

Vivian cogió el teléfono y miró la foto. En ella aparecían muchas personas. Frank hizo *zoom* tocando la pantalla y señaló a una en concreto. La chica de la foto vestía un suéter de lana verde botella con una falda de pana marrón. Sus ojos se escondían tras unas gafas de pasta y un largo flequillo rubio.

—Esa chica eras tú. Ésa era la chica a la que yo recordaba, no la que tengo frente a mí. Sé que puede sonar a excusa, y me dirás que Vivian McPherson no hay más en otras oficinas. Pero, créeme, no te reconocí. No te reconocí con esa ropa, esas gafas y ese peinado.

Ahora era ella quien no podía responder. Seguía con la mirada fija en la muchacha de la foto sin poder articular palabra.

Frank la miró en silencio durante unos minutos, sólo analizándola. Realmente estaba hermosa, mucho más de lo que imaginó que estaría si cambiaba sus ropas viejas por algo un poco más moderno. Esas gafas de pasta que entonces la estropeaban y que ahora le daban un toque intelectual y atractivo, y esa falda ceñida con la que había sustituido las que vestía entonces le daban un aspecto sexy que no imaginó que pudiera tener.

—Me gustaría ver al señor Gable —dijo. Le quitó el

teléfono de las manos y lo guardó en el bolsillo interno de su americana.

—Daniel...

—Daniel no. Ya me has dicho que no iba a venir hasta dentro de unos días. Me refiero a su padre. Falta un sello en uno de los documentos y no puedo empezar los trámites sin él.

Vivian marcó entonces el número de Charleen para decirle que Clifford tenía una visita. En cuanto ésta le confirmó que podía subir, acompañó a Frank hasta el ascensor.

—¿Tienes planes para la comida? ¿Te..., te apetece comer conmigo? —le preguntó Frank a Vivian. Esperaba una negativa por parte de esa joven a la que ahora desconocía.

—No sé... Yo... Está bien. De todas formas, no tengo con quien comer hoy. —Frank sonrió amablemente, pero ella lo hizo de forma tímida y reprimida.

—Entonces, espérame aquí. A la hora de comer pasaré a buscarte.

Casi sin darse cuenta, llegó la hora de comer y tal como había prometido ahí estaba su antiguo compañero de estudios.

Vivian caminaba a su lado, tensa como si fuera un corderito camino al matadero. Se arrepentía horrores de haber aceptado esa invitación, hasta tal punto que su cabeza sólo buscaba excusas para zafarse de lo que ahora sentía como una obligación desagradable.

Llegaron a la puerta del restaurante en el que siempre comían ella y Daniel. Entonces Frank decidió que irían a otro sitio, a un lugar más familiar en el que ambos se sentirían más cómodos.

Frank invitó a Vivian a subir a su coche y condujo despacio y con cuidado hacia el enorme restaurante que había cerca del campus, un lugar en el que habían estado cientos de veces.

Rachel, las chicas, Gabriel y Daniel estaban sentados al fondo cuando de repente vieron aparecer a Vivian con compañía masculina. Todos la miraron con asombro. Daniel más que ninguno. Intentó averiguar de quién se trataba. De pronto identificó a la persona que alegremente acompañaba a su asistente. Era Frank Prime, el tipo al que más detestaba y por el que poco a poco iba sintiendo más odio del que nunca había sentido por nadie.

En ese momento Daniel no pensó en nada más que en que ella había estado enamorada de él y que ahora estaban comiendo solos, juntos y lejos de la oficina. Se puso en pie, llamando la atención de sus hermanos, de su novia y de su cuñada.

—No la molestes, Dan. Bastante incómoda parece estar.

Daniel miró a su hermano, pero éste negó con la cabeza. Parecía darle la razón a la modelo.

En vista de que Vivian estaba tensa y rígida, Frank decidió sacar el arsenal pesado, algo que sabía que la haría reír como tantas veces en el pasado. Se puso en pie y empezó a cantar. Desafinaba exageradamente, medio adrede medio en serio. Eso sólo consiguió que ella se sintiera avergonzada. Sonreía, pero no como él quería. Así que, cuando recibió los aplausos de sus vecinos de mesa, se sentó y le contó un chiste, uno que habían inventado ellos y que siempre le había hecho estallar de risa.

Tal y como había predicho, empezó a desternillarse. Incluso se sujetó el estómago con fuerza mientras intentaba respirar.

—Por Dios, Frank. No puedo creer que aún recuerdes eso.

Rachel la miraba desde lejos sonriendo sin saber por qué lo hacía. Cuando Daniel la vio sonreír a ella también, no pudo soportarlo. Se puso en pie y salió de allí sin que su asistente le viera.

Los cuatro que quedaban en esa mesa observaban

complacidos a la pareja. Poco a poco July y Gabriel empezaron a sentirse un tanto molestos, él porque ella le gustaba y July porque sentía como si estuviera traicionando a su hermano. Estaba Rachel, sí, pero sabía que Vivian y Daniel estaban enamorados, aunque no lo hubieran confesado, aunque ni siquiera lo hubieran insinuado. Se basaba sólo en la forma en la que se miraban o en cómo actuó yéndose de la fiesta cuando apareció la novia formal de su hermano. Ahora estaba sentada a una mesa con otro hombre y se estaba divirtiendo como si no existiera nada más.

Para sorpresa de todos ella también se puso en pie y tiró de Emma. Unos segundos después se les unieron los otros dos. Salieron a la calle para dirigirse a White Diamond, donde supusieron que había ido Daniel.

La tensión había disminuido mucho entre ellos, tanto que Frank no dudó en invitarla a comer otra vez cuando llegaron a la entrada del Edificio B.

—Lo he pasado bien, Frank. De verdad.

—Me alegro mucho, Viv. La verdad es que estaba preocupado por que las cosas no se arreglasen entre nosotros.

—¿Entre nosotros? —preguntó—. Entre nosotros no ha habido nunca nada. Sólo éramos... ¿amigos?

—Sí, bueno. Pero éramos algo. No éramos desconocidos. Pasamos muchas, muchísimas horas juntos. Nos quedamos en vela muchas noches y nos tomamos juntos litros y litros de café. ¿Recuerdas aquel «cigarro»? —le preguntó, haciendo el gesto de las comillas con los dedos.

Vivian empezó a reír nuevamente. Esto llamó la atención de Clifford, que llegaba justo en ese momento.

—No me lo recuerdes.

—Tenemos muchas cosas que recordar. —Ella asintió con una sonrisa—. ¿Mañana a la misma hora? —preguntó directamente. Ella no supo qué responder.

—Ten paciencia conmigo, Frank. Aún intento asimilar que hayamos vuelto a hablarnos después de tanto tiempo...

El muchacho le puso una mano en el hombro y le dio un beso en la mejilla, antes de apartarse de ella.

—Sabes mi número. Nunca lo he cambiado. Llámame cuando me necesites, cuando quieras hablar o... cuando te apetezca. —Ella asintió tímidamente. Después de que Frank hiciese un gesto, se fue hasta su coche.

Clifford le sonrió con amabilidad al pasar por su lado. Como si de un imán se tratase, la atrajo para que subiera con él en el ascensor. La había apartado de aquel muchacho, cuyas intenciones se dibujaban en sus ojos.

—Buenas tardes, señorita McPherson ¿De vuelta a la oficina?

—Sí. Quiero terminar pronto para ir a ver a Daniel.

—Bien.

Ahora sólo quedaba hacerse a la idea de que Frank había vuelto a su vida, de que pretendía, o al menos eso le pareció, quedarse en ella.

CAPÍTULO 34

Cuando Daniel salió del restaurante le hervía la sangre. Se suponía que Vivian y Frank no se hablaban, se suponía que ella estaba dolida con él por haberla ignorado, se suponía...

Sin saber muy bien dónde ir, pensó en primer lugar en dirigirse a Black Diamond. Allí esperaría a Vivian, en su apartamento. Cuando ella regresase le preguntaría todo cuanto necesitaba saber: ¿Por qué? ¿Por qué él?

Sin embargo, mientras se iba acercando a aquel edificio negro tan imponente, recordó el beso apasionado que se habían dado ella y el recepcionista. Entonces empezó a sentirse enfermo, malo de celos. ¿Y si habían ido juntos a algún sitio íntimo después del restaurante y ahora estaban haciendo lo que él debería haber hecho antes?

De pronto unas prisas repentinas le empujaron a ir a la oficina. Igual, si tenía suerte, ella no le habría traicionado. Sabía lo que sentía por ella y lo mucho que detestaba a Frank.

Al abrir Vivian la puerta de la oficina se encontró con Daniel en el sofá. Hizo ruido al soltar las cosas sobre la mesa, pero él no se volvió.

Se aproximó despacio e intentó ser sigilosa. Puso las

manos a la altura de sus hombros pero en el respaldo del sofá y se acercó a él.

—Se supone que tendría que estar guardando reposo, señor Gable— susurró en su oído por detrás.

—¿Y tú? Se supone que tendrías que estar cuidando de mí. Al fin y al cabo esto es culpa tuya —la acusó directamente, sin tratar de ocultar su enfado.

—¿Estás bien? ¿Ocurre algo?

Daniel se puso en pie y se volvió para quedarse frente a ella. En los ojos de su asistente había duda.

Sin decir una palabra comenzó a caminar para irse de allí. Pero ella le bloqueó el paso rápidamente.

—¿Qué te pasa?

—Nada —cortó tajante. Ella no se movió—. Me pasa que me matas de los celos cuando te veo con otro hombre —confesó sin pensar en lo que decía.

Vivian se quedó helada. Esperaba mil y una respuestas por su parte, esperaba que actuase brusco, que actuase seco y agresivo, pero no esperaba que le confesase que estaba celoso.

No esperó la respuesta de ella. Pasó por su lado y se dirigió a la puerta.

—Supuse, equivocadamente, que no te llevabas bien con Prime. En cambio, se os veía muy risueños juntos. Dime, ¿te ha traído hasta aquí?

—Sí. La ha traído —dijo Clifford, que había entrado en la oficina con un dossier en las manos—. Lo ha hecho y le ha pedido otra cita —añadió, haciendo que su hijo apretase los puños—. Pero eso es lo que pasa en las reuniones de trabajo. ¿Me equivoco? Si no se cierran apropiadamente los asuntos que hay que tratar en una reunión, inevitablemente habrá que reunirse más veces. Tú, hijo, no deberías estar aquí en ese estado. Deberías estar en casa y dejar que ella se ocupe de esos asuntos. Sabes que es buena. —Clifford estaba ayudando a Vivian sin que ella supiera el motivo—. Aquí están los sellos. Está todo correcto. Lo he verificado dos veces. Cuando hables de nuevo con él dile que los papeles los tienes tú, que no hace falta que pida cita conmigo.

—De acuerdo, señor Gable —dijo. Se acercó a él para coger los papeles y aprovechó para agradecerle con un gesto su ayuda, mientras el hombre asentía mirando a su hijo.

Daniel se acercó al sofá. Se sentó y se llevó una mano a la frente. Se sentía ridículo por pensar que ella se había ido con Frank de forma voluntaria.

Ambos pasaron las horas sentados sin hablar, él en el sofá y ella en su silla. Ambos pensaban en lo mal que habían actuado. Él, por haberle reprochado algo sin motivo y ella, por haberle engañado y haber hecho cómplice a Clifford.

Cuando se acercaba la hora de salir, Daniel se puso en pie para marcharse. No iba a decirle nada a Vivian, pero, cuando se abrieron las puertas del ascensor, apareció de nuevo Frank.

Ambos se miraron unos instantes. Prime ignoró a Daniel. Pasó por su lado y se encaminó directamente hasta la oficina en la que había estado horas atrás con Vivian.

Sin pensarlo, Daniel fue tras él. No podía dejarlo a solas con su asistente a una hora en la que ya todo el mundo comenzaba a marcharse.

Cuando Vivian lo vio no supo que su jefe iba detrás. Le sonrió amable.

—¡Frank! —exclamó.

—Sí. Es que no podía estar sin verte ni un minuto más —bromeó—. He hecho algo mal y vengo a disculparme.

Llevó las manos a su americana y del bolsillo interior sacó un sobre, un sobre que ella había visto antes, el sobre que Gabriel había dejado sobre su mesa el día anterior y del que ella no se había acordado por culpa de todo lo que había ocurrido las horas posteriores.

Vivian lo miró con el ceño fruncido, sin saber muy bien por qué lo tenía él.

—Cuando vi el sobre encima de la mesa supe que eran fotos. Y estaba abierto... Di por hecho que eran tuyas y no pude evitar llevármelas. Sólo quería verlas.

Daniel irrumpió en el despacho con un ataque de ira. En esos momentos se olvidó de la contusión de sus costillas y estrelló el puño en la cara de Frank.

Prime no dudó en devolverle el golpe. Le estaba atacando y él no iba a permitírselo sin darle al menos un par de golpes bien dados.

—¡Parad! —gritó Vivian—. ¡He dicho que paréis! —gritó más alto esta vez.

Uno sujetaba el cuello del otro mientras ambos se daban patadas y puñetazos, al tiempo que golpeaban los muebles y resbalaban por culpa de la moqueta del suelo.

Vivian llamó inmediatamente al tipo de seguridad. Pero le dijeron que al menos tardarían cuatro minutos en llegar si tenían suerte y alguno de los ascensores estaba en la planta baja. Mientras tanto, pensó en buscar algo contundente con lo que golpearlos y separarlos. Pero recordó algo mucho mejor.

Corrió por el pasillo hasta donde se encontraba el extintor y volvió rápidamente a la oficina, donde seguía el repertorio de golpes.

Quitó la llave de seguridad, orientó hacia ellos la manguera y apretó la palanca. En un momento los estaba rociando por completo con espuma y polvo blanco. Se separaron inmediatamente y empezaron a toser mientras se limpiaban la cara con las manos.

—¡Maldita sea! ¿Estás loca? —gritó Daniel.

—Os he pedido que os detuvierais y no lo habéis hecho. ¿Tenía que ver cómo destrozabais la oficina? ¿Qué ibas a inventar para decírselo a tu padre, Daniel?

—Por mí está bien —cortó Frank, mientras terminaba de frotarse la zona de los ojos y de la boca con un pañuelo—. Creo que será mejor que me vaya.

Con intención de molestar un poco más a Daniel se acercó a ella y le dio un beso en su mejilla. La manchó de blanco provocando que Daniel volviera por él.

Esta vez Vivian no iba a quedarse quieta, mirando o gritando, así que presionó de nuevo la palanca del extintor y siguió rociándolos incluso cuando ya se habían alejado el uno del otro.

El tipo de seguridad llegó corriendo por el pasillo, llamando la atención de los empleados que aún quedaban y que le siguieron por curiosidad. El espectáculo estaba servido.

Daniel nunca había pasado tanta vergüenza. Por suerte estaba tan manchado de blanco que estaba irreconocible.

Cuando todo se aclaró con el guardia, Vivian metió en su bolso el sobre con las fotos que Frank se había llevado sin permiso y, tras colgárselo del hombro, se acercó a los dos alborotadores. Los sujetó con fuerza por los codos y tiró de ellos hasta el ascensor.

—¡Suéltame! ¡No soy un niño! —exclamó Daniel cuando las puertas se cerraron.

—No. Claro que no. Un niño se habría comportado decentemente, o al menos habría obedecido al primer aviso. Tú en cambio...

Frank empezó a reírse pese a los golpes que se había llevado. Vivian no dudó en darle un golpe en la nuca.

—¡Auch! —dijo de forma graciosa.

—Tú también eres peor que un niño, Frank. ¿Te parece bien andar a golpes con el director de una empresa en su propio despacho?

—Y no te olvides que él te robó las fotos.

—No las robé. Sólo las tomé prestadas —admitió.

—Lo que sea, despreciable hijo de...

—¡Daniel! —exclamó Vivian—. ¿Vas a empezar otra vez?

Al llegar al aparcamiento, Vivian le pidió a Daniel que se detuviera mientras se aseguraba de que Frank podía conducir. Le había entrado nieve carbónica en los ojos y no sabía si necesitaba ir a un médico. Frank sonrió amablemente y arrancó el coche para marcharse.

Daniel fue hacia las escaleras, como si pretendiese ir caminando hasta White Diamond.

—No tan rápido. Sube al coche. Ése no es precisamente el aspecto que debe tener un ejecutivo de tu nivel —dijo Vivian de mala gana.

Al llegar al apartamento de Daniel, le pidió que se duchase y que se cambiase de ropa. Mientras él obedecía, Vivian llamó a Frank. No tenía su número pero nunca lo había olvidado.

Daniel la miraba desde la puerta de la habitación, analizando cada una de sus palabras y el tono que empleaba con él. Se notaba a la legua que Vivian estaba enfadada. En ese momento no sabía si era por la visita de Frank, por su interrupción en el despacho o por su pelea.

Al cabo de poco tiempo, Daniel salió de la ducha. Llevaba las piernas llenas de moretones a causa de los golpes que el otro le había dado. En la mejilla izquierda, una pequeña herida. Vivian ya había preparado lo necesario para curar esa herida. Se sentó delante de él con algodón, yodo y un apósito, lista para arreglar el estropicio que marcaba su cara.

—¿Qué crees que hará tu padre cuando vea cómo ha quedado la oficina?

—No me importa lo que diga mi padre.

—¡Oh! —espetó.

Vivian siguió curando la herida con una expresión seria. Mientras, él la observaba. De repente, sin importarle nada, se abalanzó sobre ella. La dejó recostada sobre el sofá, debajo de él, y la besó por la fuerza. Ella se puso nerviosa. Esa misma mañana le había pedido que no volviera a hacerlo y, sin embargo, no estaba respetando su decisión. Para obligarlo a detenerse colocó las manos como pudo en sus costillas y apretó con uno de sus dedos, como si tratase de hacerle cosquillas directamente sobre la zona donde había recibido el golpe.

Daniel gesticuló de dolor. Se apartó deprisa y se llevó una mano al vendaje y la otra a la frente.

—No te voy a decir que lo siento porque no es así —se defendió Vivian. Se levantó bruscamente—. Te dije que no volvieras a besarme y... —Daniel la interrumpió. La acercó a su cuerpo y la besó de nuevo. Vivian se apartó y le abofeteó la mejilla herida—. ¿Puede saberse qué pasa contigo? —gritó ella—. ¡Te he dicho mil veces que no lo hagas!

Sin añadir nada más, y completamente enfadada se fue del apartamento. Dejó allí su bolso con su teléfono y las fotos de Gabriel. Daniel se había pasado demasiado. No quería ni verlo.

Se acercaba la hora de cenar. Las chicas llegaron al apartamento de Daniel acompañadas por Rachel y Gabriel. Llevaban bolsas repletas de comida para preparar una suculenta cena. Al llegar encontraron la puerta abierta.

El apartamento estaba en silencio: no se oía a nadie, no se oía ningún ruido. En el salón encontraron a Daniel tendido en el sofá, con un brazo sobre sus ojos. Las chicas se acercaron a él para ver qué le ocurría.

—¿Te encuentras mal? —le preguntó July preocupada—. Te... ¡Oh, Dios mío, Daniel! ¿Qué te ha pasado? —dijo mientras le apartaba el brazo para ver mejor la cara de su hermano.

—No es nada, enana. No te preocupes.

—¿Que no es nada? Daniel, ¡tienes un corte en la cara! —Emma había visto sobre la mesa el bolso de Vivian. Sujetó a July del brazo para mostrárselo—. Eso... —dijo señalándolo—, ¿ha sido Vivian?

—¿Cómo demonios iba Vivian a hacerme esto? ¿Acaso pensáis que ella sería capaz de golpearme? Ha sido otra persona... Pero dejad de hacerme preguntas. Ya lo sabréis.

—¿Dónde vive Vivian? —le preguntó Rachel desde la puerta.

—En Black Diamond.

Rachel cogió el bolso de la asistente y salió de allí. Necesitaba saber qué había pasado, qué era lo que ocurría entre Vivian y Daniel, por qué él se había peleado con otro tipo. Eso era algo que nunca antes había hecho por ella.

Daniel no había especificado en cuál de los edificios de Black Diamond vivía la asistente, y había siete repartidos por toda la ciudad.

El que quedaba más cerca era el cinco. Llegó a la recepción y preguntó por Vivian McPherson. La respuesta fue negativa: no vivía allí. Siguió buscando en Black Diamond 1, donde le atendió Úrsula.

—¿Para qué busca a la señorita McPherson? —preguntó curiosa.

—Verá. Daniel Gable es su jefe. —La mujer asintió efusivamente—. También es mi novio. Vivian se ha dejado su bolso en casa de Daniel accidentalmente. Vengo a devolvérselo. Aquí tiene su móvil y sus llaves. Es posible que lo necesite.

—Ella no vive en este edificio, sino en el número dos.

—Gracias, Úrsula —dijo. Sabía su nombre porque lo llevaba escrito en la tarjeta que le colgaba del cuello—. Ha sido usted muy amable.

Vivian y Rachel llegaron a Black Diamond a la vez: una lo hacía en coche y la otra a pie. Vivian no prestó atención a la modelo y siguió caminando. Rachel, en cambio, se acercó a ella justo después de aparcar su coche de cualquier manera.

Cuando entraron, Chris las miró extrañado. No sabía que Vivian conocía a la supermodelo.

—¿Quién es? —preguntó Rachel en voz baja, refiriéndose a Chris.

—¿Él? Es Chris. Chris, te presento a Rachel Gill, la novia de mi jefe; Rachel, te presento a Chris, el recepcionista de Black Diamond y el mejor de los chicos que puedas conocer —dijo guiñando un ojo.

—Vamos, Vivian. No soy el mejor. —Sonrió un tanto avergonzado—. Encantado, Rachel.

—¡Igualmente! Encantada de conocerte, Chris.

La modelo siguió a Vivian por la recepción y entró en el ascensor detrás de ella, sin apartar la mirada del guapo recepcionista.

Ya dentro del apartamento, Vivian ofreció asiento a su «invitada», mientras ella se cambiaba la ropa, aún manchada de blanco por culpa de aquellos dos.

Sobre la mesa estaban las dos notas que Daniel le había dejado días antes junto a la comida. La modelo las cogió, pensando que, al estar tan a la vista, no sería nada privado o secreto. Al ver la letra de su novio, se sorprendió. No esperaba que él hubiera estado ahí, y menos que hubiera cocinado para ella. Eso confirmó lo que ya sospechaba, que entre ellos había algo.

Cuando Vivian salió del dormitorio, Rachel decidió abordar el tema directamente ya que ésa era la razón por la que había ido hasta allí y lo que quería decirle desde el momento en que los vio mirarse de aquel modo la primera vez.

—¿Puedo saber qué hay entre tú y Daniel? —le preguntó de una manera directa y sin rodeos.

—¿Cómo? —Si la visita repentina de Rachel le había extrañado, aún más extraña le pareció aquella pregunta, que activó todas sus alarmas—. No. ¡No hay nada! —respondió. Se quedó pálida y titubeante.

—No te asustes, Viv. —Se dirigió a ella por su nombre y con confianza—. No voy a actuar como una novia celosa y posesiva, porque no lo soy. En realidad sólo venía a traerte esto. —Le mostró su bolso, que colgaba del extremo de su brazo—. Se te olvidó en el apartamento de Daniel. Pero hay algo que sí quiero saber. ¿Por qué Daniel se ha pegado con otro tipo? Ha sido por ti, ¿no es cierto?

—¿Cómo?

—Sí. Lo conozco. Sé que él no es violento. Es un poco brusco, pero no violento.

—No lo sé, Rachel. Estábamos hablando y de repente, ha entrado Daniel. Él y Frank se han empezado a golpearse salvajemente.

La modelo se puso en pie. Se acercó a ella y le puso las manos en los hombros.

—Sea lo que sea que te haya hecho, te ha molestado tanto que has dejado tus cosas y has vuelto a pie desde su casa. Te pido que no le abandones. A partir de esta noche va a necesitar a alguien a su lado.

—¿Qué quieres decir? —preguntó Vivian con el ceño fruncido.

—Sólo deja que hable con él primero. Lo sabrás pronto.

Rachel se abrazó con Vivian como si se tratase de una amiga y después salió del apartamento, dejando a la asistente mirando hacia la puerta sin comprender muy bien qué era lo que acababa de decirle o qué era lo que iba a pasar para que Daniel la fuera a necesitar a su lado.

Se dio una ducha sin poderse quitar de la cabeza el beso forzado que le había dado Daniel. Aún podía sentir sus labios en los suyos. Aquel beso no había sido agradable. Había tenido demasiada fuerza, demasiada urgencia, le había hecho sentir mal. Tampoco le había gustado la forma como la había sujetado, la forma como la había bloqueado contra el sofá.

Ahora tenía la certeza de que, por mucho que Rachel le implorase, no quería ver a Daniel.

CAPÍTULO 35

Vivian llevaba días desaparecida. Lo único que le había dicho a Daniel era que la situación empezaba a ser insostenible y que no soportaba seguir así. Él le pidió que se tomase unos días libres, que se fuera a algún lugar tranquilo y que se relajase, pero en el fondo no pensaba que lo fuera a hacer. Sobre todo teniendo en cuenta su historial de faltas de asistencia en el Edificio A.

Después de la escena del beso forzado se sintió fatal. El único pretexto que tenía para ir a verla era devolverle el bolso que había olvidado sobre la mesa. Pero Rachel se le había adelantado y él había perdido la oportunidad. Entonces no pudo más que dejarse llevar por las circunstancias.

Esa noche su novia estuvo atenta con él. Incluso en algún momento pensó que se abalanzaría sobre él y que le pediría una noche de amor como tantas otras que habían tenido. Pero lejos de eso, al acercarse la hora de marcharse, se acomodó en una silla frente a él.

—Tenemos que hablar, Dan —empezó seria—. ¿Qué hay entre tú y Vivian? —le preguntó sin rodeos.

—Nada. ¿Qué podría haber? Mi asistente me odia. ¿Es que acaso no se nota?

—No. No te odia y lo sabes bien. Esperaba que me

dijeras la verdad para hacerme esto un poco más llevadero, pero...

Daniel la miró con actitud sospechosa. Ella nunca había actuado de esa manera. Estaba fingiendo ser fría y distante. Se notaba que estaba algo nerviosa.

—Rachel, ¿qué es? ¿Ocurre algo?

—Daniel, te dejo. Si nada me hace cambiar de opinión, dentro de tres meses me voy a vivir a Tokio. —Ambos se miraron un momento. Él empezó a reír—. No es una broma. Quiero seguir a tu lado, quiero estar contigo, pero no quiero seguir siendo tu novia. Te quiero muchísimo, pero no como debería. Y, después de ver cómo miras a Vivian, sé que tampoco tú me quieres de ese modo.

El silencio se instaló entre los dos. La modelo lo miraba con los ojos húmedos, conteniendo las lágrimas. Él la miraba con expresión de incredulidad, como si no se terminase de creer que la persona que había sido su novia durante los dos últimos años estuviera dejándole sin más.

Después de un sentido suspiro, se dejó caer hacia atrás. Por si fuera poco lo que había pasado esa tarde, la noche pintaba aún peor.

Rachel se puso en pie y con las piernas empujó la silla. Se agachó frente a él, apoyándose en sus rodillas.

—¿Qué es lo que te han ofrecido en Tokio?

—Un puesto en una importante firma. Seré, si lo acepto, su modelo estrella. El salario es increíble, pero las condiciones...

Daniel suspiró de nuevo. Permanecieron así durante casi una hora.

Cuando Rachel se incorporó, los dos se abrazaron. Parecía una dolorosa despedida, como si ése fuera un horrible final y nunca más fueran a volver a verse.

—Voy a dejarte solo durante unos días. Necesitarás hacerte a la idea. Luego volveré y te ayudaré a que consigas el corazón de tu amada asistente.

—No es lo que crees —mintió.

—Claro que sí. No creas que soy tonta.

Rachel le dio un cálido beso donde ahora había un pequeño apósito. Era el último que iba a darle.

Los días siguientes Vivian no apareció por Black Diamond. Después de aquella ducha había decidido que la mejor manera de permanecer alejada de Daniel era marchándose del apartamento. Así evitaría que la visitaran la modelo o las chicas y también que Daniel intentase algo que no estaba dispuesta a soportar: que la besase a ella cuando tenía una novia a la que respetar.

Desde que volvieron de París todo había ido de mal en peor. La llegada de Rachel, el golpe que Daniel se había llevado en las costillas por su culpa, la pelea con Frank. Pensó que si se iba de la ciudad durante unos días quizás podría aliviar un poco el malestar que comenzaba a invadirla.

A Vivian normalmente le gustaba conocer todo sobre los lugares que visitaba. Pero esa vez no se había interesado demasiado por eso. Lo único por lo que se preocupó fue por buscar algún sitio alejado donde hubiera un restaurante francés. Desayunando en uno de ellos quizás podría imaginarse que estaba en Francia de nuevo y que, al volver a esa ciudad, todo podría volver a ser como antes. Pero lejos de ser un viaje en el que debía rebobinar hasta el momento antes de que todo se estropeara, resultó un viaje en el que se encontró por accidente con alguien que cambiaría el rumbo.

—¡Oh! Disculpa —dijo una voz masculina después de haberla golpeado.

—¿Gabriel?

Aquello parecía una broma del destino. Ella se alejaba un centenar de kilómetros de Daniel y, sin embargo, volvía a aparecer.

—¿Vivian? Es imposible. ¿Cómo...? —le preguntó frunciendo el ceño.

—¿Me has seguido? No le dije a nadie dónde iba. Sólo avisé a tu hermano de que no iba a volver hasta dentro de unos días.

—Es mi cumpleaños. Cuando no puedo ir a Francia este día, lo celebro aquí. Ésta es la cuarta vez.

Vivian lo miró con el ceño fruncido durante un momento. Dudaba que fuera cierto lo que le decía. De pronto, cuatro camareras se acercaron a él con un enorme pastel en las manos y empezaron a cantar *Cumpleaños feliz* en perfecto francés.

Gabriel las miraba con una sonrisa radiante mientras aplaudía y animaba a otros a que también lo hiciesen. Cuando terminaron de cantar, sacó la cámara de su funda y las hizo posar alrededor de la tarta para hacerles una foto.

—Vamos, Vivian. ¡Ponte también tú! —le pidió amablemente—. Éste es el primer cumpleaños que paso con un amigo.

—Soy una chica —le dijo. Le dio un golpe suave en el brazo con una mano—. En todo caso, sería amiga.

Gabriel sonrió. Como tiempo atrás, disparó su cámara. Tomó así nuevamente una fotografía de aquella joven que posaba para él.

Después de la canción y de las fotos, Gabriel pidió que repartieran el pastel entre los clientes, algo que la sorprendió. Definitivamente, Gabriel era alguien especial.

Como si de una cita se tratase, se sentaron a la misma mesa y desayunaron juntos. Luego decidieron salir.

Caminaron despacio, uno al lado del otro, en silencio. Parecía que estuviesen esperando que el otro empezase a hablar de un asunto que ninguno quería tocar. Gabriel sabía que su hermano estaba enamorado de ella. Lo había visto en su forma de mirarla y en su actitud el día que se encontraron en su casa. A pesar de ello quería ignorarlo. No la conocía suficiente y sabía que Daniel no le daría esa oportunidad. Por otro lado, estaba ella, que se moría de ganas por saber de Daniel, pero por otro quería evitar a toda costa escuchar cualquier tipo de información sobre él.

—Dime, Vivian. ¿Por qué has «desaparecido»? —le preguntó.

—No he desaparecido. Estoy aquí contigo.

—Ya. Sabes a lo que me refiero. —En realidad no quería saber la respuesta, y menos sabiendo que era su hermano quien tenía la culpa.

—Yo... Necesitaba despejarme. Han pasado muchas cosas últimamente, Gabriel. Verás, vivo sola desde hace un par de años y durante ese tiempo mi vida se reducía a realizar informes en la oficina, a preparar reuniones de las que nunca fui partícipe y a preparar cafés... Entonces, el señor... tu padre... —Se detuvo y sonrió—. Tu padre se enteró de dónde vivía. Y ahí empezó mi odisea. En poco más de tres meses, me he mudado a un precioso apartamento; me han ofrecido un nuevo puesto de trabajo, que conlleva mayores responsabilidades e interminables reuniones, viajes de negocios; he cuidado de tu hermano cuando enfermó; me he accidentado; he conocido a tu familia... Pero con la llegada de Rachel todo se ha complicado un poco más. Tu hermano está tenso e irritado y eso me hace aún más difícil sobrellevar todo lo que me rodea.

—¿Cuándo vuelves? —le preguntó.

—Quizás..., quizás mañana o pasado mañana, no lo he pensado. Creo que aún necesito relajarme un poco.

—Bien. Vamos.

Sin decir una sola palabra más, Gabriel la cogió de la mano y empezó a correr como si de repente tuviera mucha prisa por llegar al lugar al que se le había ocurrido ir.

Vivian preguntaba continuamente por qué corrían y dónde iban. Entonces llegaron al final de la calle y lo que a su vez parecía el final de ese pueblecito en el que había pasado esos días de desconexión.

Frente a ellos había una rotonda con una bonita fuente y preciosas geodas de amatista decorándola. Un poco más allá, un edificio de una sola planta con grandes ventanales en la parte delantera.

Gabriel tiró de ella hasta la entrada. Cuando las puertas de cristal se abrieron, la llevó al interior.

—Gabriel, ¿qué es esto?

—Necesitas relajarte, ¿no es eso? Tenemos todo el día para hacerlo. —Sonrió.

Pronto se acercaron una mujer acompañada de un chico. Ambos llevaban puestas unas batas blancas limpias y relucientes.

—Señor Calliani, hace mucho que no viene por aquí. —Sonrió la mujer.

—Sí. Hace mucho, pero hoy vengo aquí por mi amiga. Ella necesita... un completo.

—¿Un completo? ¡Eso son doce créditos! —exclamó la mujer, sorprendida.

Gabriel había llevado a Vivian a un balneario. Pero no a uno cualquiera, sino al más importante del país. Ese *spa*, casualmente, estaba ubicado en aquel pequeño pueblo en el que ella se hospedaba desde hacía unos días. Vivian lo desconocía.

Ese lugar era, aparte de lujoso, caro. Un crédito valía doscientos dólares. Dependiendo de lo que se eligiese, costaba más o menos créditos.

En cuanto Gabriel asintió, la mujer hizo una señal al chico de su lado. Éste se llevó a Vivian. Ella aún no sabía dónde estaba o qué iban a hacerle.

El día no podía haber pasado de la mejor forma. Los masajes, los baños y los aromas hicieron mejor trabajo que una semana fuera de casa.

Al salir del edificio ya había anochecido. El fotógrafo no dudó en caminar, con ella cargada en la espalda, hasta el hotel. Pese a no apetecerle, él debía volver a casa esa misma noche.

Se acercaban las doce. Gabriel pensó en el único regalo de cumpleaños que realmente le habría gustado tener. Durante un momento dejó volar su imaginación.

—Gracias. Gracias por el día de hoy. No sé cómo devolverte lo que has hecho por mí —dijo Vivian cuando él la dejó en el suelo.

—¿Me dejas hacer algo? —le preguntó. Probó suerte. Le iba a proponer lo que estaba imaginando. Ella dijo que sí sin pensar qué podría ser.

De pronto Gabriel dio un paso al frente. Se colocó a sólo unos centímetros de ella y llevó las manos a sus mejillas. Sin que ella lo esperase, estrelló sus labios en los de ella en un beso apasionado, tanto que Vivian tuvo que tomar aire con fuerza.

Sólo había un hombre que le provocaba las sensaciones más intensas que había vivido. Pero ese beso con el fotógrafo estaba poniéndola nerviosa. La hacía sentir emocionada e incómoda a la vez. Aunque no quiso pensarlo, cerró los ojos y se dejó llevar.

Gabriel no estaba siendo rechazado como pensó. Vivian no se había apartado y le había abofeteado, tal como estaba seguro que ocurriría. Por el contrario puso las manos en su cuello y le abrazó. Estaba actuando tal y como había deseado que hiciera desde que la conocía. La rodeó con sus brazos, se ajustó a ella y la besó aún más ardientemente.

—¡Espera! —pidió de pronto. Se apartó despacio de ella—. ¿Hasta dónde pretendes llegar? —Ella lo miró con expresión de duda, como si no supiera a qué se refería—. Si seguimos no voy a querer alejarme de ti.

Aquella afirmación hizo revolotear mariposas en el estómago de Vivian. Nunca antes le habían dicho algo así. No podía negar que Gabriel también le hacía sentir algo. En ese momento su subconsciente le decía que lo hiciera, que lo utilizase para sacar a Daniel de su cabeza, que empezase algo con él y se alejase de quien la volvía loca.

—Vivian, Rachel ha roto con mi hermano. No quiero dar este paso y que luego me dejes tirado.

—¿Que Rachel qué?

—El día de la pelea con Frank, Rachel y mi hermano... bueno, ya sabes, rompieron.

No podía ser. No podían haber roto. ¿Era ella el motivo? Sin dar tiempo a Gabriel para que reaccionase, se dirigió a su habitación. Tenía que volver, tenía que saber los motivos por los que estaban rompiendo una relación que aparentemente iba bien. Quería asegurarse de que nada de eso tenía que ver con ella.

Gabriel imaginaba que ella tendría una reacción parecida, pero en el fondo deseó que le diera igual la ruptura de su hermano. Fue en el instante en el que vio la expresión de sus ojos cuando supo que ella se iría. No creyó que lo hiciera tan deprisa, pues apenas le había dado lugar a decir nada más.

Cuando Vivian desapareció, él empezó a reír. Se sentía estúpido, ridículo. Había creído por un momento que le elegiría a él, pero no fue así.

Se giró y se alejó, con la certeza de que la próxima vez que la viera sería con su hermano.

Al salir del hotel, Gabriel no estaba allí. Había sido rápida. Apenas había tardado un par de minutos y él ya no estaba. Tampoco quiso alargar más su estancia.

Buscó su coche en el aparcamiento y arrancó deprisa. Salió de aquel pueblecito a toda velocidad.

Cuando Vivian llegó a casa eran más de las tres. Subió todo lo deprisa que el ascensor le permitió. Después de dejar la maleta en cualquier lugar, se dio una ducha rápida y corrió al apartamento de Daniel. No le importaba la hora, no le importaba si dormía, no le importaba nada, salvo verle y preguntarle.

Al entrar en White Diamond, el recepcionista le cortó el paso:

—Disculpe, señorita McPherson. No puede entrar usted —dijo amable.

—¿Cómo? ¿Por qué?

—Bueno. Verá... Dejando a un lado que son las tres y media y que éstas no son horas de visita, el señor Gable dejó hace unos días el aviso de que no la dejásemos pasar.

—¡No! ¡Eso no puede ser! Soy su asistente. Trabajo para él.

—Discúlpeme. No puedo dejarla entrar. Yo todavía conservo mi puesto y no quiero perderlo por incumplir órdenes.

Por un momento no supo si dirigirse hacia el ascensor y gritarle a Daniel qué clase de broma era ésa o si llorar e implorar a ese hombre que se apiadase de ella y le dejase entrar. Las palabras «todavía conservo mi puesto» resonaron en su cabeza y un centenar de ideas empezaron a aglutinarse en su mente.

Sin decir una palabra, se dio la vuelta para volver a casa. Gabriel no le había dicho que estuviera despedida. De estarlo, lo sabría. Seguramente Clifford la habría llamado. Aun así, eso era lo único que podía pensar, que Daniel se había enfadado tanto por su ruptura que quería perderla de vista.

Después de pasar unos días deprimido, durante los cuales sus magulladuras parecieron dolerle mucho más, unos días en los que su asistente no apareció por el trabajo, ni le llamó, ni le dejó un solo mensaje, después de esos días en los que su supuesta amiga había desaparecido y tampoco había ido a la oficina, decidió ponerse en pie. Pensó, con la cabeza fría, que ahora Rachel ya no era un impedimento para que Vivian se acercase a él e iba a hacer que fuera ella la que diera el primer paso y que quisiera dar un segundo, un tercero y muchos más, hasta llegar donde él quería llegar con ella.

CAPÍTULO 36

Cuando amaneció se dio cuenta de que había pasado horas a la intemperie. Llevaba al menos cuatro horas caminando. No sabía por qué su jefe, quien decía ser su amigo, no sólo no le había dicho nada sobre que había decidido romper con su novia sino que ahora le prohibía acercarse a él.

Cuando el móvil en su bolsillo empezó a sonar, con la alarma matutina, corrió a su apartamento para cambiarse. En el Edificio B, si es que la dejaban entrar, tendría la oportunidad de preguntarle, de indagar.

Iba conduciendo. Se notaba extraña. Tenía frío y calor a la vez. Apenas lograba controlar los nervios que tenía agarrados al pecho. Sentía una opresión muy molesta en las sienes.

Al llegar aún era temprano, así que se encaminó al departamento de personal para que le informasen si la habían despedido. Allí tampoco sabían nada. Subió a ver a Clifford para preguntarle a él, pero no estaba. Decidió ir a su oficina. Allí esperaría a Daniel y le preguntaría a él directamente.

Finalmente, cuando Daniel llegó, Vivian se dirigió a él:

—Daniel, yo... lo siento. No sabía lo que había pasado.

Espero que no fuera por mi culpa. Si quieres, puedo hablar con ella.

—¿Por tu culpa? No seas tan engreída, Vivian. ¿Por tu culpa? —Rió sarcásticamente—. Vuelva al trabajo y no se preocupe, señorita McPherson. No ha sido por su culpa. A veces los mayores rompen sin más. Los niños no deberían meterse. —Esa orden le dio la respuesta que tanto la había estado preocupando.

Ése era el día en el que Daniel iba a empezar con su plan, un plan con el que la atraería irremediablemente, aunque fuera usando sucios trucos.

—¿Me has prohibido la entrada a tu apartamento?

—Sí. Lo he hecho. A partir de ahora puede que haya visitas femeninas en mi casa y no me apetece tener niños corriendo por la casa. Por lo tanto, nos limitaremos a tratar los asuntos de la oficina en la oficina. Si hay que hablar de algo que no esté relacionado con esto —hizo un gesto con las manos y señaló la oficina—, entonces puedes llamarme. Tienes mi número.

Cada uno se fue a su mesa. Vivian no pudo apartar la mirada de él. Debía de estar furioso. De eso no cabía duda.

Pese a que quería fingir que sólo era un cambio de actitud, también estaba un poco molesto con ella, por haberse ido la noche en la que más la necesitó. Ella se había marchado a toda prisa, enfadada por lo que había hecho. Sin embargo, como amiga debía haber vuelto y haberse quedado a su lado.

Daniel no estaba enamorado de Rachel y lo comprobó a los pocos días de conocer a su asistente. Aun así, tenía una relación con ella, y esa ruptura le había cogido por sorpresa. La separación había llegado tan de repente que no había sabido cómo reaccionar.

—Por cierto, hoy comeré con Paige. —Sabía que Vivian se moriría de los celos al saber que él estaba con la abogada sexy. En cambio, a ella no pareció importarle.

—¡Oh! De acuerdo.

—¿De acuerdo? —le preguntó. ¿Realmente no le importaba que comiera con la abogada?

—Claro. ¿Qué quieres que haga? ¿No sabes que en las fiestas los niños pequeños no comen con los mayores?

—Sí. Ahí estaban esos celos que quería ver. Ahí estaba el principio de ese calvario por el que le iba a hacer pasar. Sonrió por dentro.

—Y ¿con quién comerás?

—¡Oh! Pues aún tengo una comida pendiente con Frank Prime, así que creo que le llamaré.

Daniel podía tener intenciones perversas y Vivian podía no darse cuenta de ello, pero inocentemente ella era mucho mejor que él a la hora de provocar celos, a la hora de devolver la pelota.

Había intentado evitar que la rabia le hiciera hervir la sangre. Hacía una semana que se había peleado con ese tipo y ella era quien había gritado que se detuvieran. Incluso había usado un extintor para lograrlo. ¿Ahora pretendía que se peleasen otra vez? ¿Iba a comer con un tipo al que supuestamente odiaba?

Al llegar la hora de la comida, la abogada subió, con tan poca ropa como en ella era habitual, hasta el despacho de Daniel. Su intención era provocar a Vivian. Sin embargo, ésta la saludó con una sonrisa. Después recibió a Frank, que justo entraba tras ella.

—Me sorprendió que me llamaras —dijo éste—. No pensé que lo hicieras después de... —Pese a no pretenderlo, ésa fue una provocación directa a Daniel.

—A veces está bien comer con amigos y recordar cosas del pasado. Y nosotros tenemos muchas cosas en común.

—Así que al final lo admites. —Le pinchó con el dedo en la cintura haciéndola reír.

Salieron de la oficina. Daniel y la abogada iban detrás. Paige no apartaba la vista de Frank, molesta por el hecho de haber pasado de ella. Todos los hombres la miraban con lascivia. En cambio, ese tipo la había ignorado por completo. Además había bromeado con la asistente, algo que no habían hecho antes con ella sin intentar llevarla al huerto.

En el ascensor los dos hombres se miraban a través de los espejos, uno con una sonrisa traviesa y el otro con una mirada asesina.

Iban de camino al restaurante. Ambas parejas se dirigían al mismo lugar. Entonces Frank prefirió molestar un poco a Daniel, ponerle al límite para hacerle pagar por los golpes que le había dado días atrás sin motivo aparente. Susurró algo al oído de la asistente. Cuando ella asintió, se detuvieron y se dieron la vuelta. Daniel miró hacia atrás apretando los dientes. Sabía que ese primer intento por hacerla retorcerse de celos había sido fallido.

Vivian pasó la tarde tocándose la frente. Daniel creyó que lo hacía porque estaba molesta con él por su cita. Había estado bebiendo agua continuamente. Se reclinó sobre el respaldo de su silla.

A la hora de salir, él le contó que tenía intenciones de cenar con la chica de recepción. Incluso fue más allá y le preguntó su opinión sobre qué debía ponerse para la cita. Vivian le respondía con un tono de voz apagado, desganado.

Bajo sus ojos habían empezado a instalarse unas ojeras oscuras. Sus labios habían perdido color, pero él no se dio cuenta de nada. Sólo vio lo que quiso ver. Se sintió satisfecho porque creía que estaba celosa.

Cuando la muchacha llegó al coche, un fuerte escalofrío sacudió sus hombros. Se sentía morir. Le había costado horrores llegar hasta allí y no estaba segura de si era una buena idea regresar a casa conduciendo.

Daniel aún no había arrancado. Pensó en pedirle que le hiciera el favor de llevarla. Caminó como pudo hasta la plaza de los Gable y se apoyó en la ventanilla.

—Daniel, ¿crees...? ¿Puedes llevarme a casa? No me siento muy bien.

—¡Oh! Es que, verás, tengo una cita, ¿sabes? No quiero llegar tarde. Si no te sientes bien, llama a un taxi.

Ella nunca habría imaginado que él se negase a ayudarla. Supuso que ése era su castigo por no haber estado esa semana a su lado, sabiendo que, aparte de deprimido, había estado herido por su culpa y por la paliza con Frank.

—Está bien. —Forzó una sonrisa—. Llamaré a un taxi. Pásatelo bien.

Se miraron unos segundos antes de que Daniel arrancase el motor y saliera del aparcamiento.

Bajó del coche después de haber rechazado la ayuda del chófer y, casi sin poder mantener el equilibrio, caminó hasta la recepción. Por suerte ya estaba en casa.

Al contrario de lo que Daniel alardeaba, pasó la noche completamente solo. Había cenado solo, había llegado a su apartamento solo y solo había dormido.

Por la mañana llegó a la oficina pensando qué inventar para ponerla celosa. Su coche estaba en el mismo lugar de siempre. No pudo evitar correr impaciente para verla. Se moría por ver su reacción después de lo de la tarde anterior.

Al llegar arriba, Vivian no estaba. La puerta no había sido desbloqueada y eso le extrañó, más aún porque había visto su coche en el aparcamiento.

Se sentó a su mesa esperando que llegase. Pero, una hora después, Vivian seguía sin aparecer. Entonces sacó su teléfono del bolsillo interno. Le ordenaría que dejase inmediatamente lo que estuviese haciendo y le exigiría que se reuniera con él. Su dedo estuvo a punto de pulsar la tecla verde, pero no fue capaz.

Descolgó el auricular de su mesa y llamó a recepción. Allí no la habían visto pasar. Llamó a su padre. Él se encontraba con ella muchas más veces que él. Tampoco él la había visto. Aquello empezaba a resultarle un poco más que extraño.

Salió del despacho sin saber muy bien dónde buscarla.

—¡Ah, señor Gable! —saludó uno de los chicos del departamento de personal, que iba a informarle sobre su falta de asistencia—. ¿Busca a Vivian? —le preguntó. Daniel asintió—. Ha llamado hace un rato. Al parecer no se encuentra bien y no va a poder venir hoy.

—¡Oh! —Acababa de quedarse traspuesto. Vivian enferma...—. Gracias. ¿Eso es para mí? —preguntó señalando el sobre.

—Sí. Lo es. Que pase un buen día, director Gable.

—Tú también —respondió nervioso. Volvió rápido a su oficina.

No tenía perdón. Vivian le había pedido que la llevase a casa y él se había negado con una mentira infantil, sólo para intentar darle celos.

Sin pensar en su plan, corrió hasta el aparcamiento y condujo hasta Black Diamond.

Pulsó el botón del ascensor. Como vio que iba a tardar en llegar, subió corriendo las escaleras. Subiría tan deprisa como sus largas piernas le permitieran. Estaba dispuesto a cuidar de ella como ella hizo con él.

A la altura del piso doce ya no podía seguir subiendo a pie. Le costaba respirar y sentía que el corazón le latía en las piernas. Parecía a alguien a quien le está dando un infarto.

Por fin el ascensor se detuvo en el piso treinta y dos. La puerta del apartamento de Vivian estaba a pocos metros. Faltaba muy poco para que viera cómo estaba.

Pulsó el botón del timbre numerosas veces, pero parecía no funcionar. Llamó con golpes sonoros en la puerta, pero Vivian no abría. Empezó a ponerse cada vez más nervioso a medida que pasaban los segundos. ¿Y si estaba tan mal como para no abrir? ¿Y si le había pasado algo aún peor?

Bajó a recepción con las manos temblorosas, con el pulso acelerado y sin saber muy bien cómo articular palabra.

—Está aquí por la señorita del treinta y dos, ¿verdad? —le dijo el hombre. Daniel asintió y apretó los puños sobre el mostrador—. Ella me ha pedido que no deje subir a nadie. No quiere que nadie la moleste.

—Pero yo soy... Yo...

—Especialmente usted, señor Gable. Ella sabía que vendría y me ha pedido que le diga que mañana irá a la oficina, que hoy sólo necesita descansar.

—¿Quiere conservar su trabajo? —preguntó. Había cambiado su aspecto preocupado por una pose recta y amenazante—. Mi padre es el dueño de todo el conglomerado Diamond. Si de verdad quiere seguir trabajando aquí, déjeme la llave maestra.

—Pero, no puedo. Eso es ilegal. Es...

Daniel no dudó ni un segundo en sacar el móvil de su bolsillo. Estaba dispuesto a llamar a quien hiciera falta para que aquel tipo le diera lo que pedía.

—Puedo... Podría... No debería pero podría abrirle la puerta. La llave, por mucho que me amenace con despedirme, no se la puedo dar.

—Entonces ábrame la puerta.

El recepcionista llevó la llave de su cinturón hasta el cajón de seguridad que había bajo el mostrador y sacó de ahí una tarjeta que abría todas las puertas del edificio. Salió de detrás de su puesto manteniendo las distancias con el hijo del propietario, que lo miraba con cierto nerviosismo. Tras abrirle la puerta, Daniel la empujó y se adentró en el apartamento. Todo estaba oscuro. Sólo entraba la poca luz exterior que se colaba entre las cortinas y las persianas.

Caminó en silencio hasta el dormitorio de la derecha. Entre la oscuridad pudo distinguir la silueta de su asistente bajo las mantas.

Se acercó al bulto bajo el edredón y puso su mano encima. Podía notar el calor que desprendía. Caminó un paso más hasta que pudo verle la cara.

Aparentemente, Vivian estaba dormida. Por raro que pudiera parecer, ella sabía bien cómo curarse un resfriado en uno o dos días como mucho. Se hacía grandes cantidades de té con limón y se metía en la cama durante horas.

Respiraba. Al tocarle la frente, comprobó que no estaba caliente. No parecía fiebre. Salió del dormitorio y cerró la puerta. Se acercó a las persianas para dejar entrar la luz.

Al entrar en la cocina pudo ver fruta y una bolsa de hierbas para infusión.

—Chica lista. —Sonrió.

Se quitó el abrigo. Se arremangó la camisa y buscó con qué prepararle algo caliente para comer.

No pretendía despertarla, así que cocinó como lo haría la persona más silenciosa del mundo.

Dispuso las cosas sobre la mesa y cubrió los platos con *film* transparente. Luego lo tapó todo con un mantel para que no se enfriase.

Escribió una nota como las veces anteriores y volvió al dormitorio.

Nunca antes se había comportado así con una persona, Vivian le había pedido ayuda y él se había negado a dársela pese a estar loco por ella. Llevó los dedos hasta su pelo desordenado y la acarició. Se lamentó por ser así.

Se pasó un rato contemplándola. Entonces, notó su móvil vibrar en el bolsillo. Le requerían. Por mucho que quisiera no podía quedarse con ella. Así pues, se acercó al bulto de la cama, le plantó un beso en la frente y, tan silencioso como había llegado, se marchó.

Había vuelto a la oficina con la sensación de haberla dejado abandonada. Ella estaba enferma y merecía que alguien la cuidase. Pero había pedido que nadie subiera y tampoco quería estar allí en contra de su voluntad.

Sacó el teléfono del bolsillo y en cuanto se sentó la llamó.

—¿Daniel?

—No has venido a trabajar.

—Yo... No me siento bien.

—No tenías mal aspecto hace un rato —afirmó. Contuvo una sonrisa.

—Hace un... ¿Qué quieres decir?

—Deberías comer algo. Aún debe de estar caliente.

Vivian salió de la cama y del dormitorio. Miró cuidadosamente a su alrededor. Esperaba que se hubiera colado de algún modo allí e iba a descubrir dónde estaba.

Buscó en el vestidor, en el baño, en el recibidor y en el salón. Al entrar en la cocina encontró el mantel que cubría los platos.

—¡Oh, Dios mío! —exclamó.

—Sí. Ahora quiero que te lo comas todo, que te repongas y que vuelvas a la oficina. Esto no es igual sin ti —confesó.

—Gracias... Yo...

—No me des las gracias. Sólo cuídate.

Vivian descubrió la nota y la abrió para leerla. Le encantaba que ese hombre cocinase para ella y que siempre le dejase algún mensaje al lado de los platos de comida.

Querida Vivian,

Quiero disculparme por mi comportamiento estos días. Sé que a veces soy difícil de soportar y más aún cuando actúo sin pensar en las consecuencias. Sí. Con esto me refiero a la pelea con Prime y al beso que te di por la fuerza. No voy a justificarme porque no hay justificación posible. Soy un idiota y eso no lo puedo cambiar.

Anoche fui un ciego por no darme cuenta de tu estado. Pensé que estabas celosa y que querías mis atenciones. Al final resulta ser cierto que soy como un niño.

En fin... Recupérate lo antes posible. Mi padre tenía razón cuando te dijo que no podría vivir sin ti.

Atentamente,

TU JEFE

Sin darse cuenta estaba llorando. Esas cuatro palabras habían conseguido emocionarla. La habían hecho reír y la habían hecho sentir querida.

Pasaron muchas horas, durante las cuales Vivian únicamente durmió. Por la mañana, tal y como supuso, estaba completamente nueva, se encontraba bien y con unas ganas increíbles de ir a trabajar.

CAPÍTULO 37

Cuando se vieron en la oficina, se sonrieron el uno al otro. Daniel no quería seguir fingiendo un enfado que ya no existía. Tampoco quería perder esas horas que podría compartir con ella con alguien a quien a duras penas podía seguir el rollo.

Por culpa de su enfermedad, había desatendido un informe importante que debía haber tenido listo. Ese día le tocaba pues no prestar atención a Daniel sino centrarse en el trabajo que tenía atrasado.

Pasó toda la mañana en la oficina. Ni siquiera fue a comer y acabó tomando un bocadillo que le llevó Daniel. A medida que pasaban las horas el cielo se había puesto completamente negro. Hacia la hora de salir empezó a diluviar.

—*Wow!* —exclamó Vivian al ver un destello brillante por la ventana—. Ése ha caído cerca.

—¿Has acabado el informe?

—No. Aún no.

—¿Quieres que nos quedemos hasta que lo termines? —Vivian miró el reloj y asintió—. Bien. Si necesitas ayuda, estoy aquí. ¿De acuerdo?

Pasaron cerca de dos horas y seguía lloviendo como si

las nubes que se hallaban sobre ellos retuvieran toda el agua del planeta y como si no fueran a detenerse hasta soltar la última gota.

Daniel la miraba. Como si fuera un imán atraía su atención con cada gesto que hacía. Acababa de darse cuenta de otra cosa que solía hacer al leer cosas importantes: Vivian hacía pequeños giros con la silla cuando leía lo que había escrito o cuando tenía entre las manos documentos importantes.

El edificio ya debía de estar vacío. En la soledad y la intimidad de la oficina, cansado de tenerla ahí y de no poder decirle nada para no distraerla, decidió obligarla a descansar, aunque sólo fuera unos pocos minutos.

Se levantó y se acercó hasta el equipo de música que había en un estante cerca de ella. Fue hacia la ventana y disimuló mientras sonaba una melodía y otra y otra. Esperaba la adecuada para llevar a cabo el plan que tenía en mente.

Después de un rato, cuando empezó la canción apropiada, se colocó a su lado y le tendió una mano. La asistente lo miró confusa, pero él acentuó el gesto de la mano. Estaba pidiéndole bailar sin palabras.

Vivian se puso en pie, vacilante. Miró un momento el informe que tenía que terminar. Él la rodeó por la cintura y ella le puso los brazos detrás de su cuello instintivamente.

—¿Bailamos? —preguntó ella con las cejas arqueadas.

Él se limitó a sonreír de forma sutil y a atraerla aún más contra sí. Tenía su cara a sólo un par de centímetros de su pecho. No pretendía besarla. Ella le había pedido que no lo hiciera y él iba a respetar sus palabras. Además, estaba obligado a hacerlo si no quería mandar al traste la poca confianza que había quedado en ella después de aquel beso forzado.

A pesar de no tener intención de besarla, iba a disfrutar de agarrarla, del roce de sus muslos contra los suyos, del calor de sus brazos en su cuello, del calor que se filtraba por la ropa y calentaba sus manos.

Se movían despacio, acompasados con la música, mientras ella intentaba contener los suspiros por tenerlo así.

De pronto Daniel subió lentamente una de sus manos hasta el cuello de Vivian y se acercó despacio a su boca. Esperaba que ella lo rechazase; en cambio, cedió. Acortó esos pocos milímetros que los separaban y le besó con toda la pasión que llevaba conteniendo durante tanto tiempo.

Se acercaron, sin separar sus bocas, hasta una pared, cerca del enorme ventanal desde el que se apreciaba casi toda la ciudad que estaba a sus pies. Vivian respiraba entre alientos el aroma perfecto y masculino del hombre que la rodeaba; de ese maravilloso hombre que la besaba como sólo él sabía hacerlo. Enredaba los dedos en su fino cabello y dejaba que las manos de Daniel, fuertes pero a la vez delicadas, la acariciaran por encima de la ropa con un deseo que difícilmente podía ocultarse.

Él recordó ese sofá, que siempre había estado allí pero que prácticamente estaba sólo de decoración, y se dispuso a acercarse con Vivian.

Al pasar por el lado del escritorio de ella, ésta se detuvo. Sin dejar de besarle y sin saber sus intenciones, tiró de él hasta su mesa. Por primera vez estaba teniendo deseos reales de llevar a cabo alguno de esos sueños que recientemente tenía con él. Él, que supo rápidamente lo que su asistente pretendía, siguió sus pasos. Se ofreció voluntario para hacer lo que ella quisiera.

Con una mano tras su nuca la tumbó con cuidado sobre el grueso cristal de la mesa. Inclinado sobre ella, la besó. No se sentía capaz de apartarse ni un solo segundo. Empezó a desabotonar su camisa fina y a acariciar la piel de su cuello con el dorso de sus dedos.

Ambos tenían los ojos abiertos y sonreían sin poder apartar la mirada el uno del otro.

De pronto, saltó un aviso en el ordenador de la muchacha, que hizo que el hechizo se desvaneciese. Ella apartó la mirada justo un segundo antes de empujarlo despacio hacia atrás.

—No puedo, Daniel. Lo siento.

—No. Soy yo quien lo siente, Vivian. Lo siento de verdad. Me pediste que no lo hiciera pero me he dejado llevar. Perdóname. Perdóname, por favor.

Ella se apartó despacio. Bajó de la mesa mientras adecentaba su ropa y volvía a su silla, sin mirarle. Estaba avergonzada por lo que acababa de pasar. De repente cayó en la cuenta de que la música seguía sonando. Entonces se levantó, esta vez para apagarla.

Daniel, al verla nerviosa, se acercó al aparato de música. Alargó su mano al mismo tiempo que ella y rozó la de ella sin querer.

—Lo siento —dijo. Se apartó deprisa.

Por primera vez Vivian sabía que Daniel era libre. Por primera vez había podido besarlo y había podido dejarse llevar sin sentirse mal, pues él ya no tenía novia. En ese momento no había nadie a quien debiera respetar. Él la deseaba y se lo acababa de demostrar. Ella le deseaba más de lo que nunca había deseado a nadie.

Vivian no dejó que Daniel se apartase. Sin que él lo esperase, se acercó y empezó a besarle de nuevo, esta vez por iniciativa propia.

Casi como si no fuera ella quien actuaba sino su propio deseo, llevó sus manos a la cintura del pantalón de Daniel. Tiró de la camisa, la sacó de los pantalones y metió sus manos bajo la tela.

Daniel sintió el contacto de sus dedos, que estaban fríos y parecían clavarse bajo su piel.

—Si sigues así no voy a poder parar, Vivian —advirtió. Se apartó lo justo para poder hablar.

Ella lo miró un segundo, como para analizar lo que

había dicho. Sus pupilas estaban dilatadas y el borde de su boca estaba enrojecido por el roce de su barba sin afeitar.

Vivian sonrió en señal de aceptación. Entonces llevó las manos al trasero de Daniel y lo apretó con fuerza. Él puso las suyas en el borde de la falda. No se la iba a quitar, ya que no daba tiempo. Tampoco quería darle lugar a que se arrepintiera y a que quedarse a medias como la otra vez.

Él levantó la falda y se rodeó la cintura con sus muslos. La llevó contra la pared de cristal desde la que había estado mirando la lluvia un rato antes. Apoyándola contra el vidrio, desgarró su camisa. Le arrancó los botones y dejó al descubierto su pecho, algo que la hizo sonreír y que se mordiera deseosa el labio inferior.

—¡Auch! —bromeó. Dejaba que jugase a morderle mientras él tiraba hacia atrás de la blusa y acariciaba sus hombros desnudos.

Por encima de su hombro izquierdo pudo ver que alguien les miraba desde otro edificio. Daniel no quería que su primera vez fuera un espectáculo para nadie, así que la apretó de nuevo contra él y, sin dejar de besarla, caminó por la oficina para apagar la luz y dejar que su intimidad fuera única y exclusivamente de ellos.

Pensaban que estaban solos en el edificio, o al menos que no habría nadie en esa planta, pero no contaron con el viaje inminente del presidente y de los informes de última hora.

Al llegar al centro de la oficina, Daniel se detuvo. Dio un par de vueltas con ella en brazos y la hizo reír. Aquello parecía el mayor sueño que había tenido nunca hecho realidad y lo estaba disfrutando plenamente.

Justo cuando Daniel iba a decir algo, Clifford abrió, sin llamar, la puerta de cristal que Daniel se había encargado, un rato atrás, de opacar.

—¡Oh! —exclamó divertido captando su atención de forma instantánea.

Tanto Daniel como Vivian miraron hacia la entrada con expresión de sorpresa y se detuvieron en el acto.

—Lo siento. Yo... Continuad. Seguid con lo que estáis haciendo, por favor. No os detengáis por mi culpa. Yo... puedo volver mañana —dijo Clifford y salió de la oficina riendo escandalosamente.

Vivian ocultó la cara en el hombro del que ahora era su amante, ahogando una carcajada. Mientras, él apretaba los dientes y maldecía entre murmullos casi ininteligibles.

—No sea perversa, señorita McPherson. Ésta es la segunda vez...

—¡Chssst! Te prometo que la tercera no tendrá interrupciones —dijo. Empezó a besarlo apasionadamente mientras soltaba sus piernas y se quedaba en pie.

Cuando se apartó de él, Daniel volvió a cogerle la camisa y cubrió sus hombros con ella, mirando los agujeros donde iban los botones. Acarició con los dedos la piel de su pecho y dirigió sus ojos a los de ella. Vivian se mordió el labio inferior y él interpretó que quería otro beso. Subió la mano hasta su barbilla y elevó su cara para besarla de nuevo.

—Dime, Viv. Lo que ha pasado, lo que ha estado a punto de pasar, ¿significa que estamos juntos o sólo jugabas conmigo?

—No lo sé, Daniel. Depende de lo que quieras tú.

—Lo que yo quiera... —interrumpió. La besó de nuevo.

De pronto un relámpago, seguido de un sonoro trueno, apagó la ciudad, que se quedó en completa oscuridad.

—¡Oh, no, Daniel! ¡No he guardado la última copia del informe! —se lamentó. Se apartó de él y se dirigió al ordenador.

—¿No? ¿Cuánto se habrá perdido? —Vivian puso cara de circunstancias—. ¿La mitad? —Ella negó con la cabeza—. ¡No me digas que todo!

En ese momento, justo después de un brillante destello, hubo otro sonoro estruendo.

Daniel se acercó a la mesa de Vivian, entrelazó sus dedos con los de ella y cogió su móvil, que siempre tenía al lado del ratón. Se acercaron a la de él e hizo lo mismo. Después, descolgó de los percheros los dos abrigos. Que se quedaran allí no iba a arreglar nada. Es más, quizás, por la falta de electricidad la oficina empezaría a perder temperatura y terminarían pasando frío.

Mientras bajaban por las escaleras de emergencia se encontraron a Clifford. Iba encorvado hacia adelante y enfocando los escalones con la poca iluminación que la pantalla de su móvil le ofrecía.

—Así vas a tardar un mes en bajar las cincuenta y tres plantas que quedan, papá. —Rió.

—Habéis sido rápidos —bromeó, devolviendo a su hijo la broma.

—Ja, ja. —Daniel hizo un gesto en respuesta al chiste, pero la oscuridad impidió que los demás le vieran.

Al llegar a la planta treinta y cinco, la luz hizo un pequeño amago de volver, pero todo siguió a oscuras.

Ya en la recepción se dieron cuenta de que al menos había medio centenar de personas allí, todos ellos empleados que se habían quedado a terminar asuntos pendientes o que retrasaban el momento de volver a sus casas. Daniel miró sonriendo a Vivian. Justo en ese momento se dio cuenta de que ése no iba a ser el día de su primera vez. Si no hubiese sido su padre el que les hubiera interrumpido habría sido cualquier otro de los que esperaban allí a que amainase la tormenta.

Cuando la lluvia bajó de intensidad, Daniel llevó a Vivian a Black Diamond, a pesar de que ella tenía su propio coche.

—¿No subes?

—No, Viv. No subo. Créeme que me muero por hacerlo, pero si subo no vas a poder dormir en toda la noche. —Esa afirmación hizo que ella se ruborizase—. Aunque me muero por terminar lo que hemos empezado dos veces, también he de ser responsable y dejarte descansar. Mañana tenemos dos reuniones importantes y no quiero que estemos ni adormilados ni cansados. No dudes que pasaría mil noches en vela contigo —añadió. Metió su mano tras el cuello de ella y la besó—. Pero ésta no puede ser una de ellas. Buenas noches, señorita McPherson.

—Buenas noches, señor Gable. —Sonrió. Se estremeció por el frío y por tanta emoción.

Aquella despedida había sido la mejor de su vida. Aquella tarde había sido especial. Nunca antes se había dejado llevar por sus sentimientos de aquella manera y nunca antes había sido tan lasciva, tan apasionada. Jamás antes había deseado tanto a ese hombre. Lo mejor era que no se trataba de un amor no correspondido, sino que él sentía lo mismo por ella. Y no hacía falta que la hiciera suya para comprobarlo, ya que podía verlo en sus ojos y podía sentirlo en el contacto de su piel.

Al llegar a su apartamento se fue rápidamente a la cama, como si de una chiquilla se tratase. Se abrazó a la almohada y rodó con ella sobre el colchón. Era feliz. En ese momento se sentía feliz al cien por cien.

CAPÍTULO 38

Cuando amaneció se dio cuenta de que con tanta emoción apenas había podido dormir. Había pasado la noche dando vueltas en la cama, ahogando gritos de emoción y risas. No había logrado pegar ojo.

Justo antes de que sonase la alarma del despertador, sonó el aviso de un mensaje. Sabía que era Daniel. Un mensaje de su amado Daniel, que se había acordado de ella al despertar:

«Señorita McPherson, ni se le ocurra venir a la oficina sin esos pantalones que tanto me gustan. Hoy hace frío. Olvídese de faldas. No quiero que vuelva a resfriarse.»

Sin poderlo evitar, empezó a reír y se ruborizó. Siempre lo hacía al recordar las palabras con las que se había referido a aquellos pantalones. Daniel le había dicho que era como si no llevase nada. Aun así, sacó del armario uno de ellos y los contempló. También buscó una camisa que ponerse. Recordó la que Daniel le había destrozado la noche anterior. No pudo evitar acercarse hasta la silla, donde la había colgado, para abrazarse a ella.

Definitivamente el día anterior había cambiado su vida de una forma que ni ella misma hubiera podido imaginar.

Al llegar al Edificio B se sentía inquieta. Tenía unas

ganas horribles de ver a Daniel. A la vez, se apoderó de ella una sensación indescriptible, como si presintiera que algo iba a ocurrir.

—Hola, preciosa —murmuró Daniel seductor desde detrás. Le rozó su cintura con los dedos—. Veo que eres buena chica y que te has puesto esos pantalones.

—Que conste que lo he hecho porque hace frío. No quiero resfriarme otra vez —afirmó completamente sonrojada.

Daniel le guiñó un ojo. Abrió la puerta de la oficina para que pudiera entrar y respiró su aroma cuando pasó delante de él.

Hasta el día anterior, todo había sido diferente. Desde su ruptura con Rachel, la relación con Vivian avanzaba un paso y retrocedía dos. Pero desde la tarde anterior todo era distinto. Ambos desataron todo lo que retenían, ambos se dejaron llevar por el deseo y la necesidad, ambos se dejaron llevar por ese sentimiento que era absurdo seguir ocultando. Verla frente a él con esa sonrisa y con esa actitud le volvía loco.

Por suerte Vivian se acordaba bastante bien de todos los cambios que había hecho el día antes en el informe. A pesar de la falta de concentración que suponía tener a ese hombre frente a ella, consiguió terminarlo en un tiempo récord. Corrió a la impresora y se acercó a la mesa de Daniel con un par de copias.

—¿De verdad? —Ella asintió—. Dios mío, Viv. Tú no mereces este puesto.

—¿No? ¿Crees que estaba mejor de secretaria de...?

—Sabes que no es a eso a lo que me refiero. Deberías ser directora. Deberías tener mi puesto.

—No digas eso. Y levanta, perezoso. La primera reunión es en la sala de juntas dentro de diez minutos.

La reunión dio comienzo a la hora prevista. Se notaba en el ambiente que era una reunión importante, de esas que se celebran una vez cada varios años, donde se reúnen los peces gordos, en las que una decisión puede cambiar el destino de una empresa de un plumazo. Todos allí estaban en tensión.

Daniel desvió la mirada hacia el otro extremo de la mesa. Allí estaba Frank, correctamente vestido, en actitud fría y calculadora. Y pese a la importancia de esa junta, no podía evitar ser consciente de que a su lado estaba ella, su asistente, la que le hacía perder la cabeza. Continuamente llevaba las manos bajo la mesa para rozar sus piernas o sus dedos.

De pronto Clifford, que en ese momento tenía la palabra, se desmayó. Durante toda la reunión se le había visto pálido y con un tono de voz poco habitual. De repente, ante el asombro de todos, cayó inconsciente.

Daniel se levantó deprisa y fue a atender a su padre. Pidió a gritos que alguien llamara a una ambulancia. Le levantó las piernas para intentar que volviera en sí, pero el hombre no reaccionaba. Vivian empapó el pañuelo que se había quitado del cuello con un poco de agua para tratar de refrescarle la frente y que se despabilase, pero nada, no había cambio. Al cabo de unos minutos llegaron los sanitarios y se lo llevaron, todavía inconsciente.

—Lo siento mucho, pero ¿podríamos aplazar esta reunión para más adelante? —preguntó la asistente a los presentes. Daniel corría tras los sanitarios, sin pensar en nada más que en la salud de su padre.

—Señorita... —empezó a decir uno de los presentes.

—McPherson —indicó Frank. Miraba con el ceño fruncido al hombre que seguía sentado en su silla como si nada hubiera pasado.

—Señorita McPherson, llevamos tres años esperando esta reunión.

—Entonces, no creo que sea un problema tener que esperar un poco más, ¿no? Uno de sus ponentes está indispuesto. Sería injusto ignorarlo y seguir con la reunión como si nada.

—Lo siento, señorita, pero la reunión debe continuar.

De pronto, algunos de los presentes empezaron a murmurar. Ella permanecía al lado del atril sin saber cómo actuar.

Frank la miraba, dudando si hacer lo que pensaba. De pronto, metió todos los documentos en la carpeta de terciopelo azul y ésta en el maletín de cuero marrón. Sin decir una sola palabra, se puso en pie, apartó la silla con las piernas y caminó hacia la puerta.

—Señor Prime, ¿podemos saber qué hace? —preguntó el mismo individuo de voz grave con un tono molesto.

—Puede verlo con sus ojos, creo. El presidente de la empresa, el máximo accionista y una de las personas más importantes de esta junta acaba de desmayarse y está recibiendo atención médica. Lamento que ustedes se muestren indiferentes ante esta situación. Pero no voy a participar en una reunión que, dadas las circunstancias, parece más conspirativa que productiva. De modo que, si me disculpan...

Frank se volvió hacia la muchacha, que seguía en el mismo sitio. Le guiñó un ojo y salió por la puerta. Estaba abandonando la junta.

Al instante se pusieron en pie dos participantes más, que ya habían recogido sus documentos. Se acercaron a Vivian para ofrecerle la mano como saludo antes de marcharse.

Y aún fueron más ponentes los que se marcharon, entre los murmullos del resto. Con éstos eran nueve las personas que habían abandonado la reunión.

El hombre que había rechazado la petición de Vivian se puso en pie y golpeó la mesa con las manos mirándola.

—Muy bien, señores. El presidente Gable está indispuesto. Les pido que aplacemos esta reunión hasta que esté recuperado.

Vivian sonrió amablemente. Sentía satisfacción por lo

que había logrado. Se acercó al lugar donde había estado sentado Clifford. Todos sus documentos estaban sobre la mesa.

—Es usted muy valiente, señorita. El director Millterton es un hueso duro de roer y, hasta ahora, nada había interrumpido sus reuniones.

—Pero Clifford es el presidente. Es injusto que se pierda esta reunión porque se haya desmayado.

—Cierto. Por eso le agradezco que haya pedido un aplazamiento. Ahora, si me disculpa... —Ella asintió y la persona que se había acercado a ella se alejó y salió por la enorme puerta blanca.

La sala se quedó completamente vacía. Vivian se quedó la última recogiendo los papeles de Daniel y los suyos. Entonces salió a toda prisa de allí.

Ni siquiera se detuvo a pensar dónde podría dejar aquellos maletines que no eran suyos. Los lanzó al asiento del copiloto y salió del Edificio B a toda velocidad.

Al llegar al hospital, vio a Daniel, que esperaba en el exterior. Estaba completamente fuera de sí. Caminaba nerviosamente mientras se mordisqueaba las uñas.

—Daniel, ¿qué... qué ocurre? ¿Tu padre está bien?

—No lo sé, Viv. Entró inconsciente. Ahora le están operando.

—¿Operando? ¿Operando de qué?

—No lo sé. Esperemos a ver. Lamento lo que le ha ocurrido a mi padre y lamento que haya sido hoy precisamente, el día de la reunión. Me gustaría saber de qué están discutiendo.

—La reunión se ha cancelado. He conseguido que la aplacen.

Pese a la situación tensa que estaba viviendo, Daniel sonrió y abrazó a su asistente. Definitivamente no podía haber en el mundo alguien mejor que ella.

—Por si no te lo he dicho antes, eres increíble.

Permanecieron en silencio unos minutos. Al cabo de poco rato llegaron July, Emma, Gabriel y Rachel. Todos se abrazaron, pues temían que lo de Clifford acabara mal.

El nerviosismo que flotaba en el ambiente podía cortarse con un cuchillo. La menor de los Gable lloraba abrazada a su hermano. En ese momento, Rachel pensó que lo mejor era salir y dejar a la familia tranquila. Llevó una mano hasta el brazo de Vivian y le indicó con la mirada que la acompañara.

Rachel también estaba nerviosa. Al salir fuera se abrazaron y la modelo empezó a llorar. Vivian se quedó completamente impactada.

—¿Estás bien? —preguntó mientras la apartaba ligeramente.

—Sí. Es sólo que... he estado meses fuera de casa, sin ver a Daniel y casi sin hablarle. Hace dos semanas que rompí con él. Su hermano me llamó para decirme que estaba deprimido y que tú te habías ido. Debí haber estado a su lado para consolarle pero no lo hice. Y ahora aparezco de pronto en un momento como éste...

—Rachel, Clifford no se va a morir. Están operándole aunque no nos han dicho de qué. Tenemos que confiar en que se recuperará y no pensar en lo peor. ¿Donovan y Frida saben...? —La modelo se apartó e hizo un gesto afirmativo, sin decir una palabra—. Gracias. Gracias por venir. Apuesto a que Daniel estaba preocupado por ti.

—Dime —dijo Rachel tras enjugarse las lágrimas y mirar a su alrededor, para asegurarse de que nadie la hubiera visto llorar—, ¿ha pasado ya algo entre vosotros? —Sonrió sincera.

—¿Pasar? ¡No! ¡Qué va! ¿Qué iba a pasar?

—No sé. Dímelo tú. —Vivian se ruborizó e hizo reír a la modelo—. Eres demasiado inocente, Vivian. Niegas lo obvio y te sonrojas imaginando que lo pueda adivinar. ¿Sabes?, Frida y Clifford te adoran. Me lo ha dicho Emma.

Creo que este paso sólo te queda darlo a ti—. Vivian la miró sin saber qué responder, qué decir.

Estuvieron hablando fuera de la sala de espera cerca de una hora. Gabriel salió a buscarlas cuando el médico comenzó a explicar a la familia qué era lo que le había ocurrido a Clifford, por qué se había desmayado y por qué le habían operado de urgencia.

Al parecer, Clifford llevaba varios días con una molestia en el abdomen, una molestia que poco a poco fue convirtiéndose en un dolor agudo, que había soportado en silencio. Esa mañana, cuando se levantó, el dolor de estómago era ya terrible. Aun así, se fue a trabajar sin desayunar y sin decir nada. Al entrar en la sala de juntas su malestar era visible en su cara, en su color y en su expresión. Daniel pensó que se trataba de los nervios previos a esa reunión tan importante.

—Señor Gable —dijo el médico mirando a las seis personas que habían acudido a su llamada—, su padre ha sufrido una peritonitis. Ha debido de resistir el dolor durante muchos días. —Se interrumpió mirando un par de papeles que tenía en una carpeta metálica—. Le hemos hecho una laparoscopia. Va a necesitar muchos días para reponerse. —July se abrazó a Gabriel y a Emma, y empezó a llorar otra vez—. Ahora está en recuperación. Cuando se despierte podrán pasar a verlo. Pero son ustedes demasiados. Procuren hacerlo de dos en dos.

—De acuerdo, doctor. Se lo agradecemos. Daniel se dio la vuelta para abrazar a Vivian y se encontró con Rachel, que contenía las lágrimas. Arrugaba la barbilla como si de esa manera pudiera evitar mejor el llanto, Vivian estaba detrás de ella. Cuando sus ojos se encontraron ésta le pidió con gestos que la abrazase.

El ejecutivo se acercó a la modelo despacio. Dirigió sus ojos a su asistente con una expresión de satisfacción. Rachel no se contuvo. En cuanto Daniel la abrazó, empezó a llorar amargamente. Se disculpaba así por haberle dejado tirado tras su ruptura y por aparecer en ese preciso momento. Cuando se dio cuenta de que él la abrazaba a ella pero miraba a su asistente, se apartó. Ahora se abrazaba a July para dejar que la «pareja» pudiera hablar.

Daniel y Vivian se miraron durante unos segundos. Sonrieron levemente antes de abrazarse, algo que enfadó a Gabriel, a quien había dejado tirado para correr tras él.

Pasaron algo más de dos horas. Por fin les dejaron entrar. Les recordaron que solamente podían entrar por parejas. Daniel no se lo pensó: cogió de la mano a su asistente y tiró de ella para entrar. Gabriel en ese momento se interpuso entre ellos y la puerta.

—¿No crees que July o yo tenemos más derecho y más necesidad de verle que una simple asistente? Al fin y al cabo, somos sus hijos. No sé... —Su mirada era hostil y el tono de su voz tampoco había sonado cordial en absoluto.

—Lo siento, Viv. ¿Puedes...?

—¡Por supuesto! Estaré fuera tomando el aire, ¿de acuerdo? —Sonrió amable, pese a las palabras del fotógrafo.

Daniel tiró de Vivian antes de que se alejase y le dio un beso en la frente para, justo después, desaparecer tras la puerta.

Al caer la noche, la sala de espera estaba ocupada por toda la familia Gable, además de Carl, Emma, Vivian y Rachel. Ninguno había comido nada. El hospital informó que al cabo de unos minutos el horario de visitas terminaba. Por tanto, debían marcharse.

July propuso buscar un lugar para cenar. Su padre estaba bien, y sin duda estaría mejor pasados unos días, y ya no podían pasar a verlo de modo que no merecía la pena quedarse allí en ayunas.

Justo cuando salían por la puerta, una enfermera se acercó con prisa a ellos.

—¡Disculpen! ¿Son familia de Clifford Gable? —preguntó sofocada por la carrera. Ellos asintieron—. ¿Vivian y Daniel son alguno de ustedes? —Ambos se acercaron a ella asintiendo—. El enfermo quiere verlos en la habitación. Dice que es urgente.

Los dos salieron corriendo hacia la habitación del recién operado. No sabían de qué se trataba, pero intuían que se debía a algo relacionado con la oficina.

Al entrar en el cuarto, Clifford estaba en pie. Le habían dado el pijama que debía usar y, en su terquedad, se había empeñado en cambiarse por sí mismo, pese a estar medio adormilado por la anestesia.

Estaba de espaldas a la puerta con la bata abierta completamente por la parte de atrás de tal modo que se le veía el trasero. Vivian se llevó las manos a la boca y empezó a reír. Se dio la vuelta para que no viera lo colorada que se había puesto. Daniel golpeó su brazo con el dorso de la mano como para pedirle que se comportase adecuadamente pero la risa de su asistente se le estaba contagiando sin que pudiera evitarlo.

—Bonito trasero, papá —bromeó. Se acercó a él para ayudarle con la ropa—. Vivian... —Cuando se dio la vuelta, ella estaba fuera de la habitación, apoyada en el cristal de la puerta.

—¿Me ha visto? —Daniel asintió. Hizo reír al presidente de industrias Gable—. Bueno, si me dice algo tengo con qué defenderme. La vi casi desnuda anoche.

—Sí. Seguro que eso es una buena defensa.

—Por cierto, hijo. Hazla pasar, porque tengo algo que deciros. —Ya estaba abotonándose la parte superior del pijama y a punto de meterse en la cama.

Daniel se acercó a la puerta y dio un par de golpecitos en el cristal. Estaba llamando su atención para invitarla a entrar.

Vivian se acercó y saludó a Clifford debidamente. Por culpa de las palabras de Gabriel, no se había atrevido a entrar. No había visto al presidente desde que éste se desvaneció en la sala de juntas.

—Vivian... —Ella asintió con una sonrisa y se acercó a él. Lo abrazó con cuidado de no hacerle daño.

—Nos ha dado un susto de muerte. Menos mal que va a ponerse bien.

—Daniel, Viv, no voy a poder ir a la reunión de Honolulu. Necesito que me hagáis un favor y vayáis vosotros. Os aseguro que no volveré a pediros que viajéis y asistáis a reuniones por mi culpa si no queréis.

—Está bien, papá. Creo que no es...

—El viaje es pasado mañana.

Vivian abrió los ojos de par en par. Estaba claro que Clifford no podía hacer aquel viaje, dadas las circunstancias. Lo que no esperaba es tener que viajar otra vez.

Por la expresión de Daniel, supo rápidamente que él tampoco esperaba tener que hacerlo, y menos tan lejos. Pero, si su padre se lo pedía, y más en el estado en el que estaba, no iba a decirle que no.

Al salir de la habitación, ambos se miraron sonriendo y ambos supieron por qué reían.

Ahora quedaba dormir, descansar lo mejor posible y preparar todo lo necesario para el viaje. Aunque sólo iba a durar un par de días, debían organizarlo a conciencia.

CAPÍTULO 39

El comienzo de aquel viaje había sido el peor que Vivian había sufrido en su vida. Al parecer, el avión no hizo una buena despresurización. Sus oídos empezaron a dolerle en cuanto despegaron.

Daniel intentó de todo con ella, que tosiera, que bostezase, que se rascase los oídos. Sin embargo, Vivian se sentía cada vez peor. Al fin, lo único que logró calmarla fue que se pusiera unos tapones y que tratase de dormir.

Al llegar a Hawaii, Daniel no tuvo el valor de despertarla para que viera el mar, las cristalinas aguas turquesa de sus doradas playas. Esperó un rato para hacerlo, después de que aterrizase el avión. Pronto llegó la azafata. No podían permanecer más tiempo dentro, por lo que no quedó más remedio que despabilarla.

Si Vivian pensaba que París era otro mundo, al bajarse del avión pensó estar en un paraíso.

Al contrario de lo que supuso, la *suite* que había reservado Clifford era de lo más normal. No era ostentosa ni vulgar. La cantidad justa de muebles y una cama lo suficientemente grande pero sencilla. Eso sí, las vistas eran absolutamente increíbles. Tenían el mar tan cerca que podía oír las olas romper en la orilla.

Daniel se acercó a ella por detrás.

—Tendríamos que haber cambiado de habitación. Ahora tendremos que dormir juntos. —Rió. Estaba insinuando lo que pasaría si lo hacían.

—¡No! Me encanta esta habitación. ¡Simplemente me encanta! Es tan sencilla pero a la vez tan...

—Contigo todo resulta sexy. —Colocó las manos a ambos lados de su cintura y la hizo volverse para tenerla de frente—. Estos días no he podido besarte, pero ahora no va a haber nada que me lo impida, señorita McPherson. —Acerco su boca a la de ella y la atrajo contra sí.

Poco a poco se fueron acercando hasta la cama. Entonces se dejaron caer uno sobre el otro. Ambos tenían la certeza de que esa vez no iba a haber interrupciones. Aunque eso ponía nerviosa a la asistente, a su vez la tranquilizaba. Dejó que Daniel tocase bajo la ropa tanto como quisiera. La temperatura subió hasta tal punto que se hizo difícil de aguantar con la ropa puesta. Cada uno tiró de la camiseta del otro. Pegaron sus torsos. Daniel tenía la seguridad de que esta vez sí iba a terminar lo que habían empezado. Tenía la seguridad de que en Honolulu iba a pasar más de una vez.

Cuando Vivian estaba desabotonando el botón del pantalón de Daniel, alguien llamó a la puerta insistentemente. Ninguno de los dos tenía intención de parar. Sin embargo, los golpes en la puerta siguieron sonando. Quienquiera que fuera llamaba a Clifford de un modo irritante.

Daniel se acercó a la entrada dando fuertes pasos que hacían retumbar el suelo.

—¡¿Tú?! —exclamó Daniel al abrir.

Clifford había olvidado mencionar que Frank Prime iba a ir a ese viaje con él. Cuando Daniel y él se encontraron en la puerta, ambos se sorprendieron al ver al otro.

—Pensé que había sido sólo un desmayo. ¿Tu padre está bien?

—Sí. Tuvo que ser operado de urgencia por una peritonitis severa, pero está bien. ¿Por qué estás tú aquí?

—Después de ti soy el directivo más importante del complejo empresarial, aunque no esté en el edificio central. Deberías saberlo. A veces asisto con él a reuniones importantes.

—No lo sabía. Pero ¿por qué Hawaii?

—Tu padre está a punto de adquirir una importante compañía de cosmética natural.

—¿Cosmética? —Le miró extrañado.

—Cosmética natural. Creo que deberías hablar más con él. —Rió.

No importaba ni dónde ni cómo estuvieran: a pesar de que ambos usaban un tono amable para dirigirse al otro, se notaba que entre los dos había algo que los mantenía tensos. Daniel ya lo detestaba desde antes de aparecer Vivian en su vida. Pero, desde que ésta apareció y supo que tenían un pasado en común, ese odio se había ido multiplicando a medida que iba siendo testigo de la cercanía entre ellos.

Cuando Vivian se adecentó un poco salió para ver por qué tardaba tanto Daniel. Al ver a Frank en la puerta se quedó boquiabierta.

Éste miró por encima del hombro de Daniel y vio a su preciosa compañera de estudios detrás. Aún llevaba en el pelo la flor de bienvenida que le habían puesto en el aeropuerto. En su brazo llevaba enroscado el collar de flores, algo que le daba un toque sensual y hermoso.

—Vivian... —Sonrió.

—¡Frank! ¿Tú... también asistes a la reunión? —Él asintió—. No sabía que...

—Espero que podamos cenar juntos.

—Lo haremos —interrumpió Daniel—. Cenaremos con el resto de los directivos y también desayunaremos —añadió—. Sí. Y también comeremos.

La idea de estar en aquel idílico lugar de agradables temperaturas, imaginándose a Vivian con esas ropas típicas que había dicho en el aeropuerto que vestiría, sabiendo que ese tipo que parecía no querer perder el tiempo con ella estaba cerca empezaba a desquiciarle.

Frank les informó sobre la hora de la reunión. Aún tenían tiempo y Vivian inmediatamente se dirigió a Daniel para pedirle que la acompañase a comprar.

Los hoteles estaban rodeados de tiendas donde comprar *souvenirs*, como artesanía, instrumentos musicales, ropa, joyas o comida. No tuvieron, por lo tanto, que ir muy lejos para que la asistente comenzara a ver cosas que le gustaban.

Extrañamente, todo lo que le agradaba eran cosas que podía usar habitualmente: pantalones, zapatos, camisas... Daniel la miraba sin decir nada. Finalmente, él vio un vestido de gala absolutamente maravilloso, precioso y completamente perfecto para ella.

Mientras Vivian miraba entre los percheros, él se acercó al mostrador y preguntó por la talla de ese vestido. Cuando le dijeron que tenían la que él quería, no dudó en comprarlo.

Lejos de lo que estaba acostumbrado, descolgaron la prenda de una percha y la metieron directamente, sin envolver, en una bolsa de papel. Recordó que el vestido azul de Vivian también iba de ese modo en la bolsa, así que no replicó.

Ella seguía mirando prendas y acumulando perchas en sus dedos, mientras Daniel la miraba. Parecían la típica pareja: ella comprando y él, esperando fuera. Eso le hizo sonreír, sobre todo porque aún no eran nada más que jefe y empleada.

—¿Todo eso te vas a llevar? —preguntó. La miró con las cejas alzadas—. ¡Vas a necesitar otra maleta! —Rió.

—Éste para la cena, éste para el desayuno...

—Pero has traído tus cosas, ¿no? —Ella asintió tímida—. No veo la necesidad de gastar más dinero en ropa.

La muchacha miró el montón de ropa que llevaba en sus manos. Durante un instante dudó si dejarlo o no. Era verdad que necesitaba ropa. Su armario tenía muy poca, pero no quería admitirlo delante de él.

Él, cuando vio su expresión, no pudo soportarlo. Se acercó a su asistente con la bolsa del vestido que había comprado oculta tras su espalda y le dijo al oído:

—Me gusta la falda color arena —susurró—. Ponlo todo en el mostrador. Yo te lo regalo.

—¡Oh, no, Daniel! Creo que tienes razón: no necesito más ropa.

—Viv —su tono era suave pero sonó a advertencia—, dale toda la ropa a la dependienta para que pueda ponértela en bolsas. Yo lo pago. Además, recuerda que te debo una camisa.

Aquella afirmación la ruborizó. Vivian no pensó que podía habérsela manchado accidentalmente o que podía habérsela quemado con una colilla. No pensó que podría haber sido por mil motivos distintos. Creyó que la dependienta intuía por qué le debía una camisa, que adivinaba que en un momento de pasión él la había destrozado para deshacerse de ella. La dependienta sonrió al verla así y fácilmente pudo imaginar por qué se ruborizaba de esa forma tan exagerada.

Daniel le entregó la tarjeta. Mientras cogía todas las bolsas, pidió a su asistenta que recuperase la tarjeta por él.

—Has sido demasiado obvia. —Sonrió. Ella se cubrió la cara al salir del establecimiento—. Sólo con tu actitud le has dicho qué pasó. Casi le has dado los detalles de cómo fue.

—¡Es culpa tuya! Tendrías que...

—¡Yo no he dicho nada! No he confesado que tenía tantas ganas de seguir como para abrir tu camisa arrancando los botones de cuajo.

—¡Ya! Déjalo ya, por favor —pidió. Se cubrió la cara nuevamente.

Vivian cruzaba sin mirar cuando justo en ese momento pasó un coche a toda velocidad. Por suerte los reflejos de Daniel fueron más rápidos y pudo tirar de ella antes de que ocurriese nada.

Cuando Vivian abrió los ojos se encontró contra su pecho, en el círculo de sus brazos y con todas las compras tiradas por el suelo.

—Si me vuelves a dar un susto así... —La apretó aún más fuerte. Su respiración se entrecortaba.

—Lo siento. De verdad que lo siento.

Un hombre que lo había visto todo se acercó a ellos y recogió las bolsas del suelo, devolviéndoselas amablemente antes de preguntar si ella estaba bien. Daniel le agradeció el gesto, y se marcharon al hotel sin que el ejecutivo soltase la mano de su asistente.

Al entrar en la habitación, Daniel le dio las compras a ella y fue a sentarse a uno de los sillones, tomando aire con fuerza e intentando que se borrase la imagen que se había instalado en sus retinas.

Vivian supo que aún estaba asustado y, antes de sacar la ropa que habían comprado de las bolsas, se acercó a él. Se sentó sobre sus piernas y lo abrazó.

—Lo siento, ¿de acuerdo? Pero no me ha pasado nada. Estoy bien. ¿Ves? —dijo mientras se ponía las manos alrededor.

—No vuelvas a darme un susto como ése —le advirtió. La rodeó con fuerza y le hundió la cara en el pecho—. ¿Ya tienes la ropa preparada? —Ella negó con un sonido en lugar de hacerlo con palabras—. Y ¿qué haces aquí? Date prisa. La reunión es dentro de una hora.

Vivian se levantó, se fue hacia la cama y saltó sobre ella mientras vaciaba el contenido de las bolsas.

Daniel la miraba con una expresión indescifrable. En

sus ojos había ternura por verla feliz con sus cosas nuevas. Se mordió el labio inferior y contuvo el impulso de acercarse a ella y hacerle el amor en ese mismo momento.

Mientras ella seguía rebuscando prendas para decidir qué ponerse para ese compromiso, él aprovechó para sacar de su equipaje el traje con el que iba a vestirse.

Como si el destino ya estuviera escrito, la última bolsa que abrió fue la del vestido que Daniel le había comprado. Su sonrisa se acentuó aún más al comprobar que la talla era la suya y todavía más cuando lo vio, frente al espejo, ajustándose el botón superior de la camisa para anudar su corbata.

—Daniel, ¡es precioso! —exclamó. Lo abrazó por la espalda.

—¿El qué?

—El vestido. Es increíble.

—Es verdad. Con lo ocurrido esta tarde me había olvidado de él. —El ejecutivo pensaba que ella lo llevaría en las manos, pues no la había oído cambiarse de ropa y tampoco la había visto en su reflejo.

Entonces Vivian aflojó el abrazo y Daniel se dio la vuelta para ver cómo le quedaba.

—Sabía que te quedaría perfecto. Lo sabía —dijo, haciéndola girar sobre sus pies descalzos—. Eres más bajita de lo que recordaba —afirmó con una expresión graciosa.

Vivian soltó su mano con el ceño fruncido y se dio la vuelta para ir por los zapatos. Entonces Daniel la sujetó por las caderas y la pegó a él. Respiró su aroma y la besó luego en su hombro.

—Sabes que no podrías gustarme más aunque midieras tres metros.

Ambos esperaron a que Frank llegase a recogerlos para ir todos juntos a la reunión. Al fin y al cabo, había estado con Clifford en Hawaii anteriormente y lo conocía. Pero, viendo que no llegaba, decidieron salir ellos.

Al llegar al lugar de la cita, todos los miraron. Se extrañaban de que no fuera Clifford el que acudía. Vivian y Daniel también se sentían extraños. Vivian era la única mujer que había en un salón lleno de hombres.

Después de las disculpas pertinentes y de las explicaciones sobre lo ocurrido con el presidente de Industrias Gable, dio comienzo la reunión.

Como todas las veces anteriores, Vivian tomaba apuntes, pequeñas notas. Aunque Daniel le había pedido la primera vez que no lo hiciera, esas notas les resultaban muy útiles a la hora de rellenar los documentos finales.

Dos sillas más allá de Frank había un tipo joven con aspecto fino y cuidado. Sus ojos color miel no se apartaban de Vivian, ni de sus piernas bajo la mesa. Vivian empezaba a sentirse inquieta. Sonreía forzadamente cuando sus ojos se encontraban.

Cuando Daniel se dio cuenta de la expresión que ponía el tipo y de la forma como la miraba, se puso rápidamente en pie.

—Daniel, no. ¿Qué haces? —murmuró ella con los dientes apretados, como si de esa forma no pudieran leerle los labios.

Su jefe no respondió. Se quitó la americana y apartó la silla de la muchacha para cubrirle las piernas.

—Entiendo por qué no te gusta llevar ese tipo de ropa. Lo lamento. Sólo pensé en lo bonita que te verías y en lo que disfrutaría mirándote yo.

—Señor Gable —interrumpió alguien—, su acompañante es preciosa pero, por favor, necesitaríamos que centrase toda su atención en la reunión. No quisiera que firmase cosas que no sabe de qué tratan.

Vivian se mordió el labio inferior como para indicar que no diría ni una sola palabra más. Frank no pudo evitar reír al ver esa expresión.

La reunión fue larga y aburrida. Se trataron exclusivamente cuestiones que tenían que ver con la compra y con la venta de la compañía de cosmética natural, así como sobre los beneficios que obtendrían con su expansión. Por suerte sólo duró una hora. La sala de reuniones resultaba fría e impersonal. Ahora tocaba trasladar la junta a un restaurante de lujo, donde al parecer terminaban siempre estas negociaciones.

CAPÍTULO 40

Llevaban rato en la mesa. Habían degustado los platos principales y ya únicamente esperaban el postre.

Dos de los veinte hombres que habían estado reunidos se vieron obligados a abandonar la mesa por culpa del alcohol que no dejaba de circular por allí. Otros tres estaban a punto de hacerlo también. Vivian empezaba a sentirse molesta por el cariz que empezaba a tomar la tertulia.

Se estaba hablando con menosprecio sobre las mujeres, como si ella no estuviera allí. Ella se veía obligada a sonreír cada vez que la miraban o que le preguntaban algo. Daniel tampoco parecía ayudar demasiado. Entonces llegó la pregunta:

—Clifford no nos contó que su hijo se hubiera casado. ¿Cuándo fue?

—No. No están casados —interrumpió Frank. Miró a Vivian—. Ella es una amiga de la familia Gable. Además es su asistente.

—¿Asistente? Eso no es más que otra forma de llamar a una secretaria —dijo Benjamin, el hombre de los ojos color miel que no los había apartado de Vivian desde que había empezado la reunión.

—No soy sólo su secretaria. Además de atender las llamadas y mantener al día su agenda, le ayudo en la elaboración de complejos informes y asisto a reuniones —explicó ella. Intentaba demostrar que su trabajo no era exactamente el de una secretaria.

—No. No te equivoques, Ben. Ella es más que una secretaria. Mucho más. Mi habitación es testigo de ello. —Sonrió Daniel de un modo pícaro, dando a entender a todos que se acostaba con ella.

Ésa fue la gota que colmó el vaso. Después de aguantar comentarios machistas durante una hora, no iba a aceptar que Daniel la tratase como si fuera una prostituta a su servicio. Apartó el sillón con las piernas, retiró la servilleta de su regazo y salió de allí en dirección al hotel. No pensaba nada más que en lo ofendida que acababa de sentirse por culpa de aquel hombre al que amaba incondicionalmente.

Sin que nadie se percatase, mientras todos se reían de la broma de Daniel, Frank se apartó y se llevó el teléfono móvil que Vivian se había dejado sobre la mesa. Se apresuró a seguirla. Él sabía que iba hacia su habitación. Por el camino se la encontró.

—Está borracho. Discúlpalo —le pidió.

—No puedo disculparle, Frank. Sabes el trato que me dio mi padre cuando mi hermano me delató. No pensaba que Daniel pudiera... que... Olvídalo.

Sin decir una palabra se puso a su lado y ambos se dirigieron al hotel. También él se había sentido incómodo por la situación.

En parte podía entender que Daniel riera las gracias de aquella panda de vejestorios amargados. Incluso podía entender que tratase a su compañera como algo de su propiedad, teniendo en cuenta cómo Benjamin miraba a Vivian. Daniel pretendía cerrar el trato de una vez por todas y se lo había notado en el modo en el que insistía en que sacasen los documentos y los estudiasen a fondo. Pero quizás debería haber tratado de ser un poco más delicado y haber evitado decir aquello. Incluso debería estar en su lugar en ese momento y dirigirse a la habitación del hotel mientras ella se secaba las lágrimas disimuladamente.

Vivian no volvía a su sitio en la mesa. Daniel empezó a sospechar también de la ausencia de Frank. Entonces, sin disimulo alguno, levantó la mano y se arremangó la americana para mirar el reloj.

—Señores, es tarde. ¿Deberíamos cerrar el trato ahora? O...

—¡Roger! —dijo uno de los hombres mirando a un par de ellos que daban cabezadas—. Roger, seriedad, hombre.

—Ese hombre no creo que sepa en este momento dónde tiene la mano derecha —observó Daniel.

—Pues ese hombre es el que debería tener aquí los contratos —relató de mala gana, ofendido por la ineptitud de su socio—. Salís mañana, ¿verdad? —preguntó el hombre, a lo que Daniel asintió—. ¿Te importa si terminamos de dar forma a los contratos mañana antes de que os marchéis?

—Supongo que no habrá problema. Entonces, si me disculpan... —dijo. Se puso en pie. Miró hacia la puerta, como si tuviera prisa por ver a Vivian. Por asegurarse de que no estaba con otro, más bien—. Buenas noches, señores.

Ni Vivian ni Prime estaban fuera del restaurante, pero su intuición le decía dónde estaban.

Corrió como un loco hacia el hotel. Si estaban haciendo algo indebido en la cama, en esa cama en la que iban a dormir juntos, la despediría sin miramientos. No estaba dispuesto a compartirla con nadie.

El encargado de recepción le hizo un gesto con el que le indicaba que su acompañante había subido, así que fue escaleras arriba hasta la séptima planta, en la que estaba su habitación. Al llegar al pasillo los vio. Estaban frente a la puerta de la *suite*, abrazados. Ella colgada de su cuello mientras él rodeaba su fina cintura con los brazos.

Los observó durante un segundo, apretando los puños y preparándolos para estrellarlos contra la cara de ese dichoso Frank. Iba a darle la paliza de su vida, pero de pronto la vio llorar. No le hizo falta más que verla así para saber que se había comportado realmente mal con ella. Se había llenado la boca diciendo que la quería y que la deseaba, y sin embargo, delante de esos hombres la había tratado como a un mero juguete sexual, como a una prostituta. Se dio la vuelta para subir a la terraza superior, pero entonces los oyó despedirse.

—Todo pasará, Viv. No se lo tengas en cuenta.

—No, Frank. Yo no soy el objeto sexual de nadie y tampoco voy a dejar que me traten así.

—Pero él te gusta, ¿no?

—Eso no importa ahora. Ve a... Bueno, donde sea que vayas. Quiero descansar. —Él asintió y se apartó de ella—. ¿Nos vemos mañana?

—No sé... Espera que llegue mañana...

Prime se había marchado de allí y la había dejado sola en la habitación, pero en ese momento Daniel dudó si era mejor entrar o dejarla a solas.

Subió a la terraza del ático para dejar que la brisa marina le despejase un poco la cabeza. Había una pareja, sentada en una de las tumbonas repartidas por allí. Daniel no se preocupó por dejarles intimidad, por el contrario, se sentó cerca de ellos y escuchó su conversación.

Eran franceses y recién casados. Habían ido a Hawaii de viaje de luna de miel. La chica hablaba sobre una sorpresa que tenía que darle y él hablaba acerca de otra que quería darle a ella. Reían y se besaban apasionadamente. Daniel se estaba poniendo enfermo sólo de pensar en cómo había tratado a su asistente un rato antes.

Bajó a la *suite* sin miedo a encontrar allí a Prime. Tenía la certeza de que se habían despedido y de que ella estaba completamente sola.

Al entrar en la habitación, Vivian, que llevaba puesto un albornoz, ni siquiera le dirigió una mirada. Cruzó la habitación hacia el rincón en el que estaba su maleta.

—¿Estás enfadada? —preguntó.

Ella simplemente lo ignoró. Iba a hacer lo que supuso que hacen las prostitutas. Pasaría la noche entre sus sábanas y por la mañana se marcharía para no volver.

Escogió la ropa que se iba a poner de la maleta y volvió a encerrarse en el cuarto de baño.

Daniel dio un par de vueltas por la habitación. Era evidente que estaba enfadada pero, aun así, debía hablar con ella.

Pasados unos minutos, Vivian salió nuevamente del baño, ésta vez vistiendo un pijama de raso similar al que le habían dejado en casa de Daniel. Sin dudarlo se acercó a ella y le cerró el paso.

—¿Estás enfadada?

—¿Enfadada? No. Enfadada no, Daniel. Enfadada no. Estoy furiosa. Me has tratado como si fuera alguien a tu entera disposición las veinticuatro horas.

—¿Y no es lo que hacen las asistentes? ¿No es lo que eres?

—No. No es lo que soy. Soy tu compañera. Quien hace el trabajo sucio para que tú te lleves los méritos. No alguien a quien puedas tratar como lo has hecho esta noche.

—Pero dígame, señorita McPherson, a usted también le gusta que la traten con autoridad. Obedece mis órdenes sin rechistar. —No sabía qué decir en su defensa.

—Sí, trabajo contigo y cumplo órdenes. Empezó por gratitud a tu padre, vale. Luego me encariñé con mi puesto. Y contigo, no lo voy a negar. Pero ahora mismo, Daniel, ahora me siento ofendida, ninguneada. Si pudiera, te aseguro que si ahora mismo pudiera, me iría de esa oficina, de la empresa y de esa ciudad para no tener que volver a encontrarme contigo. —Vivian hablaba completamente fuera de sí. Sabía que le estaba hiriendo.

—Pues adelante, señorita McPherson. Nada la retiene. No tiene por qué quedarse conmigo. La libero —dijo receloso, con un tono hosco y áspero, molesto con ella por haber afirmado tan alegremente que se iría de la oficina, de la empresa.

Sabía que la había ofendido, que se había propasado un poco, demasiado quizás. Pero su berrinche estaba siendo demasiado exagerado.

Esa noche Vivian ya no dijo nada más. Se metió en la cama y le dio la espalda al sitio vacío que él ocuparía cuando se fuera a dormir.

Cuando Daniel se acostó a su lado un rato después la oyó llorar silenciosamente. Quería darse la vuelta y abrazarla, y disculparse por su comportamiento. Quería decirle que sólo lo había hecho para conseguir el contrato de su padre. Pero no lo hizo. Fingió dormirse inmediatamente hasta que de verdad lo hizo.

Al amanecer, el lado que había ocupado ella estaba vacío. Su maleta no estaba en el suelo, ni estaba su bolso en el sillón, ni su teléfono móvil en la mesita de noche. Daniel se incorporó sobresaltado, temiendo que fuera cierto lo que realmente sabía que había pasado.

La ropa que habían comprado la tarde anterior estaba amontonada sobre la papelera del cuarto de baño, junto al vestido que había llevado a esa cena a la que no debía haberla llevado. Vivian se había marchado, y lo peor era que no podía ir tras ella porque aquel grupo de bebedores compulsivos tenían los documentos que aún debían firmar.

Recogió y dobló la ropa adecuadamente y la dejó ordenada sobre la cama. Haría hueco en su equipaje o compraría una maleta nueva si era necesario para no tener que deshacerse de ella.

Vivian aprovechó el viaje de vuelta para redactar su carta de renuncia. Realmente detestaba esa actitud machista y autoritaria de los hombres y sobre todo de Daniel, que siempre la había tratado en cierto modo así, como si fuera algo de su propiedad. Pasó el resto del día en su apartamento, con aquella carta de renuncia entre las manos. Deseaba que llegase el día siguiente para verlo en la oficina y darle las nuevas noticias.

CAPÍTULO 41

—¡Señorita McPherson! —le dijo una muchacha del departamento de personal, donde hacía pocos días que la habían visto.

—Buenos días. Yo... quiero avisar de que dentro de quince días dejo la empresa —dijo completamente segura de sí misma.

—¿Cómo? ¿Deja la empresa? ¿Por qué?

—Pues... son motivos personales en realidad.

La muchacha a duras penas podía creer que alguien pudiera rechazar un salario como el suyo o un trabajo al lado de un jefe como el que tenía. En todo caso, le aseguró que tramitaría la solicitud, pero que se asegurase de que no era un enfado momentáneo, ya que, cuando empezasen los trámites, no habría marcha atrás.

Vivian caminó lentamente hasta la oficina, donde seguramente ya debería estar el que pronto sería su exjefe. Sin que pudiera hacer nada por evitarlo, tenía el corazón a mil por hora. Le golpeaba en el pecho como si quisiera salir de él. En el fondo tampoco era una mala idea. Quizás si su corazón la abandonara no le dolería tanto lo ocurrido en aquella desagradable cena.

Al llegar, se acercó a la mesa de Daniel, que estaba de

notable mal humor por la marcha de ella y por haberlo dejado solo.

Vivian no lo pensó. Le dejó la carta de renuncia sobre la mesa, encima de la pila de cartas que iban destinadas a él y se fue hasta su escritorio.

—Espera. ¿Esto qué es? —preguntó él con el sobre en las manos.

—Eso es mi renuncia, Daniel. Me niego a seguir trabajando contigo.

—¿Es por lo de la cena? —preguntó con un tono extraño, como si no terminase de creer que ella le dijera en serio que se marchaba.

—Es por lo de la cena y porque ya no me siento a gusto trabajando contigo. No me gusta que me trates como si fuera basura, como si fuera un objeto de tu propiedad al que usas y tiras cuando te da la gana. No me gusta ser tratada como un objeto.

Daniel se puso en pie instantáneamente. ¿Su primera asistente le estaba dejando? ¿Ella, Vivian, esa chica de la que se había enamorado, antes incluso de darse cuenta, estaba dejándole? ¿Estaba rechazando ese suculento sueldo por el trato que él había estado dándole? ¿Tan mal la había tratado?

—No puedes dimitir —dijo hosco. Agitó frente a los ojos de ella la carta, que ya había arrugado.

—¡Oh! Claro que puedo. Ya lo he hecho. Lo aceptes o no, dentro de quince días estaré fuera.

—¿Qué es lo que quieres? Dime. Puedo cambiarlo. Dime qué es lo que quieres.

—Quiero marcharme. Quiero alejarme de Industrias Gable y de su gente. Pero sobre todo de ti, Daniel. Me dolió pensar que sólo querías meterte dentro de mi falda porque crees que el mero hecho de que sea tu asistente te da derecho a hacerlo.

—Yo no creo eso y creo habértelo demostrado. De verdad estoy... Vivian, ya sabes lo que siento... Y también sabes que... No importa. Si te quieres ir, lárgate. No pienso retenerte.

Se sentó en la silla detrás de su escritorio, dejándolo allí plantado y, sin decir una palabra más empezó a redactar los informes que necesitarían para la reunión de la tarde.

Daniel no pensaba que aquello pudiera ocurrir. Estaba resultando peor que una pesadilla. La petición de su padre de volar hasta Hawaii para el cierre de aquel trato al que él no podía acudir estaba causándole terribles dolores de cabeza.

A pesar del enfado con el que se había levantado esa mañana, ahora estaba asustado de que fuera verdad que ella quisiera irse.

Como su padre predijo, después de unos meses compartiendo oficina ahora no podía vivir sin ella. No se trataba de que no pudiera hacer lo que hacía Vivian, porque de hecho era algo a lo que él había estado acostumbrado desde que empezó en su puesto de directivo. Ahora no podía estar sin ella porque estaba enamorado y no quería siquiera imaginar en entrar por las mañanas en esa oficina y verla vacía.

Al llegar la hora de comer, la asistente no se levantó, y él tampoco quiso ir a comer solo. Ahora empezaban sus odiseas particulares: de una, porque quería irse y del otro, porque no quería que ella se marchase.

Cuando Clifford se enteró de la dimisión de Vivian pidió a Gabriel que le llevase a la oficina. Necesitaba hablar con ella, hacer lo que fuera necesario para que se replantease lo de su dimisión. Ella era la mejor empleada que había habido nunca en ese edificio y no podía perderla.

Tan pronto como llegaron a la oficina, la mandaron llamar.

—Estoy muy molesto contigo, Vivian —dijo. Alzó la voz como no había hecho antes con ningún empleado—.

¿Qué es eso de que renuncias? ¿Te han ofrecido algo mejor?

—No, señor Gable. La verdad es...

—¿Es por mi hijo? Dímelo. Si es por él puedo cambiarte de departamento. En lugar de ser asistente de mi hijo puedo...

Vivian miraba a Gabriel. Éste la miraba con actitud fría y hostil.

—Yo... necesito marcharme. Eso es todo. Necesito un cambio de aires. Estos meses he ahorrado mucho dinero gracias a usted, así que también dejaré el apartamento y el coche. Será como si no hubiera estado aquí.

—No puedes estar hablando en serio. Dime, ¿cómo puedo hacerte cambiar de opinión?

—Por favor, señor Gable, no insista. No voy a cambiar de opinión. Aún quedan quince días, así que dejaré arreglado todo lo que puedan necesitar a corto plazo antes de marcharme.

El señor Gable se sentó en el sillón de su despacho con expresión de abatimiento.

Gabriel, que no le había dirigido la palabra a Vivian desde su beso, agarró su brazo fuertemente y tiró de ella hacia unas escaleritas que había al lado del ascensor. Le hizo subir hasta arriba del todo, donde había un bonito jardín que sólo usaba Clifford.

La grava estaba húmeda. Las hojas de las plantas y de los árboles estaban llenas de perlas de agua del rocío de la noche que no se había secado aún.

Al llegar arriba la soltó y Vivian llevó la mano hacia el lugar donde Gabriel la había sujetado.

El fotógrafo se acercó sin decir nada hasta la barandilla. Si las vistas desde el despacho de Daniel eran buenas, desde ahí arriba eran todavía más impresionantes.

—Cuando te dije lo de Daniel, sabía que irías tras él, pero no que me dejarías plantado en ese mismo instante.

—Vivian se quedó helada. No esperaba que fuera a hablarle sobre su beso—. Dime, ¿por qué renuncias, Viv?

—Es un asunto personal.

—Ya... Pero de no habernos besado como lo hicimos después del *spa*, ahora seguiríamos siendo amigos y me lo contarías.

Esa afirmación la hizo sonreír de forma irónica.

—Gabriel, si no tienes nada que decir, me marcho. Hace frío —dijo. Ella se dio la vuelta y se encaminó hacia las escaleras.

—Yo no te voy a pedir que te quedes si es lo que estás esperando. —Gabriel se giró hacia esas espectaculares vistas—. ¿Te imaginas cómo me sentí aquella noche? Quizás suena infantil pero me enamoré de mi modelo en Francia. Vi esas fotos que te di mil veces cada día. ¿Acaso no leíste las anotaciones que escribí detrás de cada foto?

—¿Anotaciones?

—¡Oh, Dios! Ni siquiera has mirado las fotos... —La contempló horrorizado—. ¿Sabes?, olvídalo. Yo no soy como otros de mi familia, así que, si te quieres ir, te animo a que lo hagas. Yo no voy a tratar de convencerte.

Vivian no respondió. Se le quedó mirando y después se fue escaleras abajo hacia su despacho. Hablar con Gabriel le había hecho darse cuenta de que en ese sentido ambos eran personas parecidas. Ella también había estado muy molesta con Frank después de haber terminado la universidad, cuando simplemente se olvidó de su existencia. También le había molestado volver a verle y acompañado de su secretaria. Ella tampoco era de las personas que intentaban hacer cambiar de opinión a los demás.

Daniel estaba sentado en su mesa, hablando por teléfono. Cuando la vio entrar, se volvió. Hizo que ella se sintiese repentinamente mal por lo que había hecho. Era ya la hora de salir. Tenía unas horribles ganas de marcharse a casa. Por suerte para ella era viernes y tenía un fin de semana para pensar tranquilamente dónde ir cuando pasasen los días que faltaban para su cese.

Bajaron juntos al aparcamiento, sin decir una palabra, sin dirigirse la mirada. Después, cada uno fue a buscar su coche y, sin ni siquiera despedirse, se marcharon de allí.

Al llegar a Black Diamond, Vivian se dio cuenta de la enorme metedura de pata que acababa de cometer. Marcharse de Industrias Gable no suponía sólo dejar de ver a Daniel, que ya era algo de lo que empezaba a arrepentirse, sino que significaba tener que dejar el apartamento, dejar el coche y empezar otra vez de cero.

Sin darse cuenta estaba llorando. Instintivamente llevó una mano a su mejilla, por donde resbalaba una lágrima.

—¡Vivian! —exclamó Chris—. ¿Estás bien?

—No. Creo que me he dejado llevar por un enfado y he cometido un error. Una locura...

—¿Una locura? Te conozco lo bastante como para asegurar que tú no eres de las que comete locuras, Vivian...

—Yo... He dimitido por un enfado estúpido. Esta mañana he presentado mi carta de renuncia y dentro de quince días me voy de... —dijo mientras. Cubrió su boca con las manos mientras lo miraba.

—Eso sí es una locura.

Mientras el ascensor subía las treinta y dos plantas, empezó a tener sentimientos contradictorios. Se sentía satisfecha por el castigo que suponía esa dimisión, pero al mismo tiempo se preguntaba qué haría después de esos días. ¿Dónde iría? ¿Dónde trabajaría?

Al entrar por la puerta empezó a sentirse angustiada. Miró la cocina donde había servido a su jefe el zumo de frutas rojas en lugar de vino, la mesa donde Daniel le había dejado la comida preparada con las notas, el sofá donde él había dormido esa noche. De nuevo se puso las manos en la cara para secarse las lágrimas.

Sin saber muy bien cómo desahogarse, llamó a Rachel.

No era su amiga, pero le caía bien. No sabía si querría escucharla, pero, pesar de ello, la llamó.

No pasó demasiado hasta que la modelo entró preocupada en la recepción. Extrañamente, cuando sus ojos se encontraron con el recepcionista se sonrieron.

—¿Vivian?

—No. Rachel —respondió. Creía que no se acordaba de su nombre.

—Lo sé, señorita Gill. Jamás podría olvidarme de su nombre. —Sonrió, seductor esta vez—. Me refería a si va al apartamento de Vivian.

—¡Oh, Dios! ¡Qué tonta! —exclamó. Se llevó una mano a su frente—. Lo siento, Chris. A veces soy tonta.

—¿Recuerda mi nombre? —Ella asintió enérgicamente—. Pues permítame decirle que recordar los nombres de todas las personas que se conocen no es de ser tontos.

—No recuerdo el nombre de todos, sólo de la gente que me gusta —admitió sin pensar en lo que decía.

Ambos se quedaron sin palabras. Se miraron directamente a los ojos, sabiendo perfectamente lo que eso quería decir. Ella, después de una sonrisilla sutil, se dirigió hacia el ascensor. El recepcionista se quedó con una extraña sensación.

Al llegar al apartamento de Vivian, ésta se abrazó a su cuello y se echó a llorar. La modelo se emocionó también, sin saber por qué lo hacía.

—He cometido un error, Rachel. He..., he dimitido.

La modelo se apartó de ella con el ceño fruncido, como si no entendiese nada. Entonces Vivian le contó todo tal y como había pasado: que había enfermado por pasar la noche a la intemperie, que Daniel había estado muy molesto con ella por desaparecer, el asunto de su «acercamiento», el viaje a Hawaii y lo ocurrido en la cena.

Rachel estaba horrorizada por lo que había hecho Daniel. No trató de justificarlo como Vivian pensó que haría y eso la ayudó, en cierto modo, a no hundirse más por tan tremendo error.

La modelo temía encontrarse con Chris por la inconsciente confesión de un rato atrás, por el cosquilleo que había sentido cuando sus ojos se encontraron, por... Le propuso a Vivian pasar el fin de semana juntas en ese apartamento como si fueran amigas desde pequeñas, a lo que ésta accedió. Prácticamente no se conocían, pero estar con ella la ayudaría a no pensar en su equivocación.

CAPÍTULO 42

Cuando llegó el lunes, casi no habían dormido nada. Hablaron, rieron y se contaron cosas que nunca contarían a nadie.

Ese fin de semana se habían dado cuenta de que, sin ningún esfuerzo, podrían ser las mejores confidentes, de que podían contar la una con la otra sin miedo a ser traicionadas. Sólo en dos días habían pasado de ser dos simples conocidas a ser amigas.

Un rato antes de que sonase la alarma de Vivian, Rachel ya estaba saltando sobre la cama para despertarla. Una debía ir al trabajo y la otra a la agencia.

—Aún queda rato. ¿Desayunamos? —preguntó la modelo.

—¡Claro!

—Antes, déjame que elija la ropa que usarás hoy. —Sonrió. Abrió el vestidor para elegir las prendas.

De camino a la oficina, Vivian había estado pensando en ir al departamento de personal y pedir que revocasen su renuncia, aunque tuviera que llorar y rogarles. Sin embargo, Rachel había estado todo el fin de semana diciéndole que eso no sería una buena idea para consolidar su relación. Debía mantenerse firme. Si después de marcharse Daniel la buscaba, significaría que realmente la amaba y que no sólo le interesaba acostarse con ella, como ella creía.

Resultaba extraño que hablasen de Daniel, cuando una era su exnovia y la otra estaba enamorada de él.

Estaban sentadas en una cafetería, cerca de la calefacción, y Vivian empezó a sentir curiosidad por algo. No lo había pensado antes, pero al ver lo que Rachel comía (una gran cantidad de bollos y un enorme café), no pudo evitar preguntarle:

—Si quisiera ser modelo, ¿qué tendría que hacer?

—¿Quieres ser modelo? —preguntó Rachel abriendo los ojos exageradamente.

—No. No quiero ser modelo. —Rió—. Pero si quisiera...

—Primero tendrías que perder peso. —Vivian se miró la cintura, con los ojos abiertos como platos—. No me malinterpretes. Eres perfecta. Tu peso es el ideal y no necesitas perder ni un solo gramo. Pero el mundo de la moda es cruel y prefieren modelos esqueléticas.

—Rachel, pero tú... Tú debes de pesar más o menos lo mismo que yo.

—Yo llevo muchos años, y si me quieren, del mismo modo que yo cumplo con sus condiciones, ellos deben aceptar las mías, en la medida de lo posible. Vivian, no pienso pasar más hambre ni tentar a la suerte. De la misma manera que la obesidad es mala, la delgadez extrema también lo es. —De pronto se interrumpió a sí misma con un largo silencio. Respiró profundamente y continuó—. Analeis, mi mejor amiga, murió víctima del mundo en el que me muevo. Ella era bastante gordita, pero adelgazó y siguió adelgazando... Se sometió a liposucciones y a cirugías hasta que su cuerpo fue perfecto para desfilar. Incluso entonces siguió adelgazando. Siempre decía: «No es nada. Sólo un par de kilos más, Reich». El tiempo que estuve sin verla por mi trabajo fue crítico para ella. Después de un desfile la llamé, y fue su madre quien respondió y quien me contó entre lágrimas lo ocurrido.

—¡Dios mío! Lo siento...

—No lo sientas. No es culpa tuya. Como dice siempre Gabriel: «*C'est la vie*».

La modelo dio un largo sorbo a su café y un mordisco a su *croissant* con nata, intentando contener las lágrimas.

—Ella era mi única y verdadera amiga. Me recuerdas mucho a ella. Quizás por eso me he acercado a ti, a pesar del rechazo que te provocaba.

Vivian no lo pensó. Se puso en pie y abrazó a aquella mujer, que en ese momento parecía tan indefensa. Hacía un rato que había sonado la alarma de su teléfono, recordándole que tenía trabajo, así que corrieron al coche, una debía ir a su apartamento y la otra a la oficina.

Al llegar al aparcamiento, Vivian se dio cuenta de que la plaza de Daniel estaba vacía. Supuso que llegaría tarde adrede, para no tener que encontrarse con ella. Tuvo que hacer un esfuerzo para no ir a suplicar al departamento de personal. Pero quizás Rachel tenía razón: si Daniel la buscaba después de todo, significaría que realmente la amaba. Entonces no tendría reparos en lanzarse a sus brazos y no volvería a pensar mal de él, ni volvería a darle importancia al hecho de que se metiera con el género femenino cuando estaba entre hombres. En el fondo sabría que sólo eran palabras vacías, ya que estaría completamente segura de que era un amor sincero.

Tecleó el código de seguridad de la puerta de la oficina y pasó al interior.

El sol entraba a raudales por la enorme vidriera. Recordó durante un momento lo que sintió la primera vez que atravesó esas puertas. Entonces, aquel día, entró sin necesidad de usar el código y luego tuvo que pasar toda la noche encerrada allí. Sonrió al acordarse de eso.

Cuando Daniel llegó, la encontró en medio del despacho, sonriendo pero con una expresión triste.

—Buenos días —saludó con un tono frío y seco.

—Buenos días, Daniel. ¿Qué tal el fin de semana?

—No hablarás en serio, ¿verdad? Supongo que no lo he pasado tan bien como debes haberlo pasado tú, de modo que ahórrate la pregunta.

Cada uno se sentó a su mesa y empezaron a trabajar.

Daniel estaba tan enfadado porque Vivian se marchase que a duras penas podía mirarla. No podía entender que se hubiera enfadado tanto por lo que se dijo en aquella cena.

Lo que más le molestaba era que mientras él estaba preocupado por lo mucho que la iba a echar de menos cuando se fuera, ella en cambio actuaba como si tal cosa, como si no le importase largarse. ¿Así de simples eran sus sentimientos, que podía borrarlos de un plumazo sin sentirse siquiera un poco mal?

A la hora de la comida, Daniel se marchó sin decir nada. Vivian recogió las cosas y se fue tras él.

—Quedan doce días, Daniel. Actuemos como compañeros de trabajo y no como enemigos.

El ascensor estaba vacío. Daniel la empujó con fuerza contra el espejo.

—¡No! No puedo tratarte como si no pasara nada después de saber que te vas. A lo mejor para ti es insignificante dejarme después de estos meses, pero para mí no lo es.

—Sólo te pido que no hagamos que estos días sean un infierno. Comportémonos como antes.

—¿Como antes?, ¿te refieres a como cuando trataba de usarte como un juguete y sólo pensaba en meterme entre tus faldas? Lo siento, Vivian, pero estoy demasiado molesto como para querer jugar contigo.

Cuando el ascensor se detuvo en la planta cuarenta y cinco, Vivian bajó sin mirar a Daniel. Iba a volver a la oficina. No podía actuar como si no pasara nada y comer con él como hacían antes.

Después de la comida, todo siguió igual. Daniel evitaba mirar a Vivian y ésta se sentía mal por marcharse, pero creía que era la mejor opción para estar segura de los sentimientos de él.

Las horas pasaron en silencio, sólo interrumpidas por las llamadas y el teclear de los dos. A la hora de salir, Daniel se puso en pie y abandonó el despacho. Esperaba, aunque estuviesen enfadados, que ella lo siguiera hasta el aparcamiento. Sin embargo, Vivian se quedó arriba. Él siguió haciendo tiempo en el *parking*, pero ella no bajaba.

El edificio estaba prácticamente desierto. Tal y como le había dicho a Clifford, adelantaría todo el trabajo que pudiera en esos días, aunque tuviera que quedarse más tiempo por las tardes. Al ver anochecer tras esas ventanas no pudo evitar que un nudo le oprimiese la garganta, lo que le impedía respirar con normalidad.

Habían pasado más de tres horas y Vivian seguía sin bajar. Daniel decidió subir para ver qué le pasaba.

Al entrar en la oficina encontró la silla de Vivian girada hacia la pared de cristal que tenía detrás. Parecía que tenía las manos sobre la cara. De pronto oyó cómo aspiraba los mocos de su nariz.

Daniel se dio la vuelta y salió del despacho tan silencioso como había entrado. Esta vez no esperó más. Se metió en su coche y se fue a su apartamento. Hasta que desapareciera de su vista, iba a tratar de interactuar lo menos posible con ella.

Los días fueron pasando, en una lenta cuenta atrás que ya ninguno podía detener: doce, once, diez... Durante ese tiempo la actitud de ambos no había cambiado: cuando se encontraban en la oficina seguían fingiendo que no pasaba nada, que no les importaba que ella se fuera a marchar al cabo de poco.

Y llegó un nuevo fin de semana, su último fin de semana como asistente de Daniel Gable.

CAPÍTULO 43

El lunes llegó otra vez. Éste no era uno cualquiera: era su último lunes, el último lunes de la última semana que iba a pasar en esa oficina. Ya no habría más lunes en los que se levantaría por la mañana para ver a Daniel en el despacho.

Se despertó con el sonido del despertador con una extraña pesadez, como si su propia cama le pidiera que no fuera a la oficina. Aun así, salió de entre las sábanas, sacó la ropa del armario y se vistió deprisa, como era habitual. Tomó su café con leche de avena matutino y, después de engullir de dos mordiscos una de las galletas de almendras que comía cada mañana, salió del apartamento.

La llegada al Edificio B fue como tantas otras, aunque el sentimiento fuera distinto: ésa era su última semana.

Daniel llegó un par de minutos después, corriendo a su despacho, como siempre que llegaba un poco más tarde. Al entrar, Vivian lo saludó alegremente, como si nada, como si simplemente se hubiera olvidado de que ésa era su última semana.

Daniel colgó su abrigo al lado del de ella y se dirigió a su escritorio, ignorándola por completo.

En vista de que Daniel tenía la misma actitud con ella

que la semana anterior, Vivian se puso en pie y se acercó a él. Rodeó su mesa y se agachó a su lado.

—Llevémonos bien estos últimos días, Daniel. Por favor, no quiero pasarlos trabajando a tu lado sintiéndome repudiada.

—Yo no te repudio, Vivian, y lo sabes.

—Entonces no me evites. Sé que cometí un error, pero ya no se puede hacer nada. Sólo pretendo pasar mi última semana como si no lo fuera. Quiero que nos llevemos tan bien como...

—No sé si podré.

—Por favor, olvida los malos momentos. Recuerda cuando me perseguiste a comprar faldas y terminaste en el probador conmigo, o cuando te cuidé cuando estabas enfermo y redactamos el informe que dio a tu padre la oportunidad de negocio que tanto quería. Recuerda...

Daniel se acercó a ella despacio, cogió su cara entre las manos y se acercó a ella lentamente.

—Cuando nos besamos en esta oficina por primera vez mientras bailábamos, cuando lo hicimos la segunda vez, cuando abrí tu camisa y arranqué los botones y mi padre nos sorprendió, cuando...

Ambos tomaron aire. Vivian se sintió acongojada en ese momento y se apartó deprisa para que Daniel no viera las lágrimas que llenaban sus ojos.

—Fue poco después de eso cuando todo se fue al traste. Ni siquiera hemos llegado a estar juntos. No sé lo difícil que va a ser para ti esta última semana, pero para mí es una tortura saber que entraste por obligación y que ahora te vas del mismo modo —dijo. Se volvió a su silla y se giró de nuevo hacia su mesa.

Esa semana sería difícil para ambos.

Los días anteriores había corrido como la pólvora por el edificio el rumor de que la asistente del director se marchaba. Viendo lo que todos habían visto que había entre ellos, no entendían por qué lo hacía. Pese a ello, las chicas de personal decidieron organizar una fiesta de despedida para Vivian ese fin de semana. Dado que los carnavales estaban a la vuelta de la esquina, pensaron en organizar un baile de disfraces por parejas, de modo que con cuatro llamadas ya lo tenían todo organizado.

Recortaron papeletas con las parejas que iban a formarse (los disfraces femeninos irían en la caja amarilla y los masculinos en la caja verde). Las llevaron a recepción. Allí, todos los asistentes deberían sacar un papelito con un nombre y buscar a su pareja. La diversión estaría asegurada.

Al llegar la hora de la comida, Vivian miró a Daniel, como si quisiera llamar su atención, pero él no le hizo caso.

Daniel sólo pretendía ignorarla, fingir que ella ya no estaba para acostumbrarse a no verla. En ese momento, el estómago de la asistente gruñó de hambre, y él la miró directamente. Ella sonrió.

Sin que Daniel lo esperase, se acercó a él y tiró de su mano.

—¿Puedo saber qué haces? —preguntó de mala gana. La observó de forma hostil.

—Vamos, Daniel. Puedes verlo. Vamos a ir a comer —murmuró entre dientes mientras tiraba de él con fuerza.

—¿Por qué actúas así?

—Te lo dije antes —replicó con cara de fastidio. Se sentó en la moqueta del suelo respirando fuerte, porque no había podido levantarlo—. No quiero que mi última semana sea triste. Quiero que sea como antes.

—Las últimas semanas siempre son diferentes, Viv. ¿No era lo que pretendías cuando renunciaste?, ¿que esta semana lo fuera?

—No lo pensé. Renuncié por culpa de un enfado. —Sonrió fingiendo estar conforme—. Ahora tengo que ser responsable de mis propios actos.

—Si me lo pides, puedo... Vivian, soy el director.

—No. Hoy me han comunicado que pronto me sustituirá un chico nuevo. Charleen le está dando la formación precisa.

Cuando Vivian admitió por segunda vez que marcharse había sido un error, ignoró la información sobre el nuevo asistente. Sintió que podía convencerla para que no se fuera. Justo en ese momento se propuso hacer que esa semana fuera distinta de las demás. Dejaría a un lado su enfado y su malestar, y la haría sentirse tan bien que no quisiera marcharse jamás.

Se puso en pie y se agachó para ayudarla a ponerse en pie.

Vivian sonrió y se levantó. Sujetó su mano con fuerza, como tanto había necesitado hacer la semana anterior. Resultaba difícil fingir que todo estaba bien entre ellos, sobre todo cuando ella sonreía de esa forma tan triste.

Al salir del Edificio B, Daniel quiso improvisar. A algunos kilómetros de la ciudad había un domo gigante con un inmenso jardín dentro. Pese a que volverían tarde a la oficina, Daniel quiso llevarla allí. La llevaría cada día a un lugar distinto. Si al final ella quería irse, al menos lo habría intentado.

A medida que se acercaban con el coche, la mirada de Vivian se iluminaba. Nunca antes había visto algo tan grande, y menos aún un jardín.

—Daniel, es... es hermoso. ¡Es increíblemente hermoso!

—Sí que lo es.

—¿Tendrán flores de loto? Adoro las flores de loto.

—Quizás tengan. No lo sé. Ésta también es la primera vez que vengo.

La entrada era espectacular. El ambiente dentro era cálido y húmedo. El jardín olía a perfume, a una mezcla de tonos florales, a hierba recién cortada y a hojas frescas.

El suelo de la entrada estaba húmedo y resbaladizo, por lo que Daniel asió su mano y la agarró con fuerza para que no se cayera. A los ojos de los demás, parecían ser una pareja de enamorados.

El jardín tenía tres niveles. En la parte del medio había un pequeño restaurante vegetariano, que se abastecía de lo que cultivaban allí, algo perfecto para ambos.

Enredaderas, de las que caían pequeños racimos de uva, formaban el techo del lugar. Entre la espesa hojarasca colgaban grandes lámparas que proporcionaban al lugar una luz verdosa más que agradable. Las mesas y las sillas estaban hechas con adobe y forjaban formas preciosas y redondeadas.

—¡Esto es maravilloso! —dijo Vivian con la mirada iluminada.

—Sí. Lo es. —Daniel aún sonaba un poco hosco. Pese a estar fingiendo que todo iba bien, no podía olvidar que al cabo de unos días ya no volvería a la oficina, que quizás ya no volviera a verla—. Si no nos damos prisa llegaremos tarde... ¿Qué te parece si comemos algo ligero y damos un paseo rápido? Siempre podemos volver en otra ocasión. —Vivian asintió.

Pasó un rato y les llevaron un enorme plato de ensalada y un par de pizzas vegetales. Vivian lo miró sonriendo. Nunca había hecho estas cosas cuando habían salido y le encantaba dejarse guiar.

Después de la comida caminaron por el jardín. Daniel había cogido en la entrada un folleto sobre la zona de los estanques. Lo ojeó para llevarla allí. Si había flores de loto, quería que las viera. Una de aquellas pequeñas balsas estaba repleta de plantas acuáticas. De otra salían árboles con un aroma peculiar. Una tercera estaba llena de nenúfares de entre los que asomaban los capullos, pero éstos aún no se habían abierto.

Al fondo, unas niñas gritaban algo sobre unas flores

preciosas. Daniel, suponiendo que serían lotos, no dudó en agarrar la mano de su asistente y guiarla hasta allí.

En uno de los estanques, mucho más pequeño que los otros, había flores ya abiertas. El aroma lo impregnaba todo. Vivian se acercó despacio, con expresión de sorpresa, y sin parpadear.

—¿Estás bien? —preguntó un tanto asustado por su actitud.

Ella no respondió. Se acercó aún más a las flores y alargó el brazo para acariciar los suaves pétalos de una de ellas.

—Esto es... Esto es lo más bonito que he visto nunca, Daniel. Estas flores...

—¿Te gustan?

—No. No me gustan. Me encantan. Si pudiera viviría rodeada de flores de loto. Son magia. Son...

Una de las niñas que gritaba pasó por el lado de Daniel y le manchó el pantalón con algo transparente pero pegajoso, así que pidió a Vivian que no se moviera de allí mientras él iba al servicio y se limpiaba.

Al salir del baño vio una tienda al fondo de aquel invernadero, cerca de una de las salidas. La curiosidad pudo con él, así que se acercó para ver si tenían algo con forma de esa flor que tanto le gustaba a Vivian. Al lado del mostrador había una vitrina con joyas. Un poco más allá había figuras. El resto del lugar estaba repleto de estanterías con centenares de *souvenirs* distintos.

Vivian se había quedado en el estanque y tampoco quería dejarla sola mucho rato, así que dio una vuelta rápida. Al llegar al mostrador, empezó a depositar encima todo lo que había cogido y que creía que le gustaría, todo lo que tenía que ver con flores de loto: un lápiz con una goma de borrar en la parte superior con forma de flor de loto, un peluche con forma de flor de loto, semillas de varios tipos de loto, una figura de cristal tallado...

Justo cuando la empleada empezó a meter las cosas en sus correspondientes paquetes, Daniel vio, en la vitrina del escaparate, un colgante precioso: la silueta de una flor acompañada por una chapita con una inicial y una perla.

—Disculpe. He cambiado de idea. Me llevaré sólo las semillas y el colgante.

La empleada lo miró molesta. Ya tenía casi todo envuelto y ahora no lo quería.

—¿Qué colgante quiere usted? —preguntó justo después de dejar detrás de ella todo lo que él finalmente había decidido no quedarse.

—Ése. —Lo señaló—. La letra es una «D», ¿verdad?

—Sí. Es una «D», pero si quiere otra letra podemos cambiarla por la que usted quiera.

—No. Así es perfecto.

Observó detenidamente cómo aquella chica metía la joya en una caja para colgantes y cómo la envolvía con un papel de regalo rojo brillante.

Pasados unos minutos, salió de la tienda. La joya y las semillas no ocupaban demasiado, por lo que las llevaba ocultas en los bolsillos de la americana.

Al llegar al estanque donde Vivian esperaba, ésta lo miró preocupada. Había tardado tanto que pensaba que le había pasado algo. Él disimuló y se tocó la zona de su muslo aún húmeda.

—Con esta humedad no se va a secar nunca —disimuló.

—Pensaba que había pasado algo. Daniel, has tardado media hora.

—¿Tanto? —Preguntó él, mirando la hora—. Se ha hecho tarde. Creo que tendremos que dejar la visita para otro momento, Viv. Volvamos a la oficina. —Ella asintió.

De camino al coche, Daniel se tocó el pantalón mojado una docena de veces. Se sentía incómodo por que se pegase a su pierna constantemente.

Cuando regresaron a la oficina, Vivian pensó en una

solución: el secador de manos del baño. Llevó a Daniel a los aseos y le hizo entrar en una de las cabinas para que las chicas que pudieran entrar no le vieran. Le pidió que le pasara el pantalón para secárselo en el secador de manos, pero él se negó.

Sin pensarlo, actuó igual había hecho él la primera vez que fueron a comprar ropa juntos: se metió con él y cerró la puerta.

—¿Puedo saber qué haces? —preguntó con una ceja arqueada.

—Vengo a... ¡Quiero sus pantalones, señor Gable!

En uno de los cubículos que había al lado del que ellos ocupaban sonó una risilla ahogada, algo que les dejó entrever que alguien les había oído.

—Maldita sea, Vivian. Nos han oído —replicó mirándola.

La asistente estaba completamente ruborizada. Se mordía el labio con una expresión graciosa.

—Tranquilos, chicos. Continuad. Yo salgo ya. Jessica y Paulette creo que terminan ya también, ¿no, chicas? —dijo una de las chicas que había en ese momento en el servicio. Rieron antes de salir y dejarlos solos.

Daniel llevó la mano a la manecilla de la puerta con intención de salir, pero Vivian le bloqueó el paso.

—Por favor, Daniel. Déjame hacer esto por ti.

Sin darle más vueltas, llevó las manos al botón de su pantalón y poco después se deshizo de la prenda. La miró como si ésta estuviera torturándole, como si tratase de burlarse de él.

—Gracias. Ahora vuelvo —dijo. Le guiñó un ojo antes de salir.

Una vez tuvo seco el pantalón, Vivian se acercó a la puerta de la cabina en la que esperaba Daniel y se lo pasó, aún caliente, por encima de la puerta.

El resto de la tarde fue normal: llamadas, documentos,

más llamadas... A la hora de salir, Daniel se sentía inquieto. Había pasado un gran día con ella, uno de esos que compartían de tanto en tanto. Pero de cinco días que le quedaban con ella ya casi había pasado uno y, aunque quisiera, no podía olvidar que pronto se marcharía.

Ella le dijo que debía quedarse para terminar unos informes, así que Daniel no lo pensó, dio la vuelta a su mesa y la cogió del brazo para llevarla hasta el ascensor y después hasta su coche.

—¿Podemos...? Hoy me apetece caminar. Hace frío, pero eso despeja mis ideas.

—Entonces, te acompaño. Tampoco vives tan...

—Vivo bastante lejos, Daniel.

—Entonces, sube. Te llevo. Aparcamos en la puerta y damos una vuelta antes de que te marches a casa. ¿Te parece? —Ella hizo como tantas veces esa tarde: asintió efusivamente.

Dicho y hecho. Subieron al coche y el ejecutivo condujo hasta Black Diamond. Era el último lunes que era su jefe.

Al llegar, un escalofrío les recorrió por completo. La temperatura parecía mucho más baja que minutos atrás. Se les quitaron de inmediato las ganas de pasear bajo ese aire gélido que se colaba por todas las rendijas de su ropa.

Caminaron uno al lado del otro hacia la entrada, despacio, como si no quisieran llegar jamás.

Daniel no apartaba la mirada de ella y eso la ponía nerviosa. Había renunciado a su trabajo y se marcharía de Industrias Gable. Sin embargo, estaba claro que seguía enamorada de él. No podía evitar desearle cuando sentía su mirada recorriéndola. Había estado llenándose de valor para devolverle la mirada.

Entonces, Daniel la agarró del brazo y la hizo girar sobre sus pies, para ponerla frente a él. Llevó las manos a sus mejillas y la acercó a su cuerpo. Ella sólo pudo llevar sus manos a las de él y entrelazar sus dedos. La miró a los ojos durante un segundo antes de llevar sus labios a su boca y aspirar con fuerza su aroma.

No podía evitar que ese hombre doblegara su voluntad. Ella querría haberse mantenido alejada de él en ese sentido, evitar ese remolino de sensaciones que lo único que provocaban en ella eran unas horribles ganas de no separarse jamás de él. Pero entonces las palabras de Rachel resonaron en su cabeza: «Si te busca cuando ya no estés es porque realmente te ama».

Llevó las manos hasta sus hombros. Cerró los ojos con fuerza y lo apartó despacio.

—Ahora no, Daniel. Quiero... Antes quiero comprobar algo.

—¿Comprobar? ¿Comprobar qué? —preguntó curioso. La apartó despacio y obedeció a lo que decía sin rechistar.

—No es nada... importante —mintió—. Gracias por haberme traído a casa. Mañana nos vemos.

—¡Espera! —pidió de repente.

Metió la mano en el bolsillo interno del abrigo, donde había guardado la cajita del colgante, y se la ofreció.

Vivian tomó el paquete. Le quitó el embalaje y lo miró sorprendida.

—Esto...

Acarició la cadena con los dedos y cogió el colgante. Lo observó con los ojos llenos de estrellas mientras él analizaba su expresión.

—¿Te gusta?

—No, Daniel. No me gusta. ¡Me encanta! Es precioso. ¡Gracias!

Él llevó la mano a la de ella y tiró de la gargantilla. Abrió el cierre y rodeó su cuello para ponérsela.

Le sacó el pelo por fuera de la cadena y lo dejó suavemente tras su espalda, acariciando su cuello antes de susurrarle al oído:

—Buenas noches, Viv.

—Yo... Buenas noches, Daniel —se despidió. Tenía los ojos cerrados y ganas de que aquel momento no terminase nunca.

Vivian se volvió y cruzó la recepción hasta el ascensor con el corazón golpeando en su pecho. En el momento en que las puertas se estaban cerrando, Daniel se coló con un movimiento rápido.

—¡Daniel!

Él no dijo nada. La llevó hacia la pared y la besó. Lo hizo con fuerza, con urgencia, como si no tuviera más tiempo a partir de aquella noche. Llevó una mano tras su espalda y la pegó contra sí, aflojando un poco el beso.

—¡Hmm! Daniel —dijo. Intentó apartarse un poco, pero él atrajo nuevamente contra su cuerpo.

—No me rechaces, Viv. No me...

En ese instante, llevó las manos a su cintura y la elevó. Esperaba que ella le rodease con las piernas, pero no lo hizo. Al bajarla la miró directamente a los ojos. Vio que ella le miraba confusa. Volvió a besarla con la misma intensidad que la primera vez, sintiendo como si en cualquier momento fuera a rechazarle.

Cuando el ascensor se detuvo en el piso treinta y dos y las puertas se abrieron, Daniel la llevó fuera sin dejar de besarla, sin soltar su cara.

En el silencio del descansillo sonó un carraspeo femenino. Él se detuvo y miró a su alrededor para ver quién había allí.

—¿Rachel? —preguntó cuando la vio, apoyada contra la pared. La modelo miraba hacia la calle por la vidriera, conteniendo una sonrisa—. ¿Qué haces tú aquí?

—Bueno. Resulta que tu preciosa asistente es mi amiga. No veo por qué no debería venir.

—Mañana nos vemos, Daniel —dijo Vivian mientras se liberaba de sus brazos—. Mañana...

Daniel miró a Rachel un tanto confuso y devolvió la mirada a Vivian justo antes de darle un último beso.

—Entonces, me voy. Buenas noches. A las dos —dijo, como si le hubiera molestado la intrusión.

—Buenas noches —se despidieron ellas al unísono.

Vivian corrió hacia la modelo y le dio las gracias por estar allí. De no haber estado, aquella tercera vez que ella le había prometido que terminarían habría tenido lugar en su apartamento, esa misma noche. Quizás no muchos minutos después de entrar. Por suerte, Rachel estaba allí para ayudarla a controlar los sentimientos que su jefe provocaba en ella.

Cuando Daniel salió del edificio, se llevó las manos a los bolsillos. Esperaba encontrar en ellos algo de calor, pero lo que encontró fueron los paquetitos de las semillas de loto. Sacó un par de dos colores distintos y los hundió en las enormes jardineras que flanqueaban la entrada. Quizás si conseguía convencerla para que se replantease su marcha de Industrias Gable podría hacerla disfrutar todos los días de esas flores que tanto le gustaban.

Las dos chicas entraron en el apartamento y, mientras la modelo se acomodaba en el sofá tratando de contener la risa, la asistente fue directamente hasta su dormitorio para cambiarse de ropa, sin dejar de mirar en todo momento el precioso colgante.

Rachel sacudía la cabeza y sonreía. Pensaba lo mucho que se alegraba de que no hubiesen llegado al piso treinta y dos en una actitud un poco más comprometida. Pese a lo raro que pudiera parecer siendo ella la exnovia, se alegraba sinceramente de haberlos visto así, de haber visto sus expresiones y de saber que lo que sentía el uno por el otro era sincero.

Cuando Vivian se duchó y salió al salón con el pijama puesto, la encontró riendo.

—¿De qué te ríes, Rachel?

—De vosotros. Si llega a subir un poco más lento ese ascensor... —Rió y se dejó caer contra el respaldo—. Pero... pensaba que ibas a esperar a irte de Industrias Gable, que querías asegurarte.

—Hemos pasado un día maravilloso. Maravilloso de verdad —dijo. Se tumbó como su amiga de espaldas y se abrazó a uno de los cojines—. Ha sido al llegar aquí cuando... ¡Dios, y no he podido rechazarle! No he podido decirle que no.

—¿Y si lo intenta otra vez mañana?

—Mañana no me esperarás aquí arriba, sino abajo, en la recepción. Así, si decide traerme, no tendrá la tentación de... ya sabes.

—¿En recepción? Madre mía, Viv. ¡Eres perversa! —rió exageradamente, mordiendo la esquina de un cojín.

Después de un rato de risas la modelo decidió marcharse. Vivian trabajaba por la mañana y ella no quería molestarla más.

Se despidieron con un abrazo y una sonrisa y quedaron en verse la tarde siguiente.

CAPÍTULO 44

Vivian pasó la noche nerviosa. Ya era martes y sólo le quedaban cuatro días de trabajo. Después quizás todo se habría terminado y el tiempo con el príncipe de Industrias Gable se habría agotado irremediablemente.

Ese día se levantó con ganas de sentirse observada por él. Esa actitud era rara en ella. Pero ahora ya no era la Vivian del principio, esa muchacha tímida que se ruborizaba con sólo una palabra. Había estado a punto de dar un paso importante con él y ahora quería sentirse deseada, tanto como para que después de su marcha Daniel necesitase buscarla dondequiera que estuviera.

Se acercó al armario y sacó de él el pantalón que Daniel le compró, la camisa más entallada que tenía y una americana.

Al entrar en recepción, se encontró con su jefe, que subía del aparcamiento. Su mirada era seria, pero cambió inmediatamente cuando se encontró con ella de pie frente a él, como si le esperase. Le miraba de un modo distinto al habitual. Entonces se fijó en su ropa: el pantalón ajustado que tanto le gustaba, la camisa con varios botones sin abrochar, el cabello suelto en lugar de amarrado en una coleta o un moño... Una sonrisa se dibujó en su cara mientras la contemplaba. Entonces alguien más llamó su atención.

—Hey, chicos, Vivian, esto es por ti —dijo la muchacha señalando un llamativo cartel colocado al lado del mostrador.

—Ahora no, Janice —le interrumpió Daniel. Condujo entonces a su asistente hacia el ascensor—. ¿Tienes frío? —Sonrió y le rozó el muslo con los dedos.

—No especialmente. El chico del taxi ha sido amable y ha puesto la calefacción. —Rió pícara.

Al entrar en la oficina, Daniel tuvo que contenerse para no intentar volver a besarla. Le gustaba cuando jugaba con él, pero ahora no quería ceder. Pretendía que fuera ella quien lo hiciera y le pidiera que la readmitiera.

Se sentaron cada uno a su mesa y trabajaron en silencio, entre miradas y risillas sutiles, hasta que llegó el mediodía.

Clifford llamó a su hijo para recordarle que tenía una reunión, una reunión que, con todo lo de Vivian, Daniel había olvidado por completo. Era una asamblea similar a aquella a la que habían asistido juntos su primera semana. Daniel puso cara de fastidio al ver que ese día no podría hacer nada especial con Vivian, que ese día no podría librarse del trabajo.

Después de colgar, Vivian se puso en pie. Miró a su jefe como si tratase de disculparse porque hubiera salido algo mal por su culpa.

—No me mires así, Viv. Normalmente es mi padre quien asiste a estas reuniones, pero ya sabes que a veces debo encargarme yo. Depende del asunto que se vaya a tratar. ¿Recuerdas la primera reunión a la que asistimos juntos? —Ella asintió—. Pues es en el mismo lugar y con la misma gente. ¿Quieres venir? —Ella asintió nuevamente—. Entonces creo que deberíamos hacer algo con tu atuendo. ¡Vamos!

Vivian no puso ninguna objeción. Le gustaba ir de tiendas con él. Ésa sería la tercera vez que lo hacían en los pocos meses que se conocían.

La reunión era un par de horas después de la comida, por lo que, al salir del restaurante, aún tuvieron tiempo de buscar una tienda para comprar ropa apropiada.

Daniel sabía bien dónde ir, de modo que se fueron en coche hasta las cercanías de White Diamond.

Al pasar por el lado del edificio donde vivía, Daniel bajó la mirada hasta sus rodillas.

—¿Estás bien? —preguntó. Le sujetó una de sus manos.

—Sí. Sólo pensaba en los días que hace que no vengo a tu apartamento.

—Y no olvides la última vez. Me golpeaste en la mejilla herida. —Sonrió.

—Lo sé. Pero ya te dije que no lo sentía, Daniel. Estabas forzándome.

—Es cierto. Olvidemos aquello. Aún queda más de una hora para la reunión, pero todavía no hemos decidido cómo vas a ir vestida. —Le pinchó con un dedo en la cintura.

Pasados unos minutos llegaron con el coche a una tienda en la que Daniel solía comprar camisas y alguna que otra corbata.

Vivian miró sorprendida las dimensiones del establecimiento. Era incluso más grande que la zapatería donde Daniel le había comprado aquellos zapatos preciosos de mariposas que no se atrevía a usar por miedo a romperlos.

Él la llevó hasta la sección femenina, que quedaba en la parte de la izquierda de la tienda. Se paseó por la tienda junto a ella mientras miraban prendas.

La asistente sacó un vestido espantoso de entre las perchas y lo colocó delante de él, como para comprobar si le quedaba bien.

—¿Me favorece? —preguntó él. Se rió y ella asintió.

Soltando su mano, fue hasta la sección de diademas, que acababan de pasar, y descolgó una de ellas, una con una flor de tela igual de horrible que el vestido. Volvió donde estaba él y se la puso. Al ver su cara y su cabeza con esa decoración no pudo evitar empezar a reír como una loca.

—Daniel, estás... estás...

—¡Oh! Supongo que debo de estar muy... ¿atractivo? ¿Quieres que me ponga el vestido?

Sin dejar que respondiera se metió en el probador que había en una de las pequeñas salas con espejos.

Vivian miró alrededor y se aseguró de que nadie le había visto. Sin embargo, tras ella, había una de las empleadas, de brazos cruzados y con cara de pocos amigos.

Cuando entró en la salita de espejos, la dependienta lo hizo detrás. Justo cuando iba a regañarla por jugar con una prenda que, evidentemente, no se iban a llevar, Daniel abrió la puerta.

Las dos muchachas lo miraron boquiabiertas. Llevaba sus zapatos brillantes, los calcetines subidos hasta la mitad de sus gemelos, el horrible vestido que no llegaba más abajo de las rodillas y la diadema. Se miraron completamente impactadas y estallaron en risas.

Daniel no esperaba que la empleada estuviera con Vivian. Cuando la vio, la sonrisilla graciosa se transformó en una mueca de sorpresa.

—Señor Gable, ¡no pensaba que fuera usted tan bromista! —dijo. Llamó con la mano a otra empleada que había cerca para que lo viera también ella.

—Yo... —Sin llegar a decir nada más se acercó hasta su asistente y tiró de ella hasta el probador. Ésta apenas podía caminar por la risa—. Podías haberme avisado de que tenía espectadores.

—No lo sabía, hasta que no la has mirado no sabía que

estaba ahí —decía entre risas—. Le queda divino, director Gable.

—Pica un poco. —Se torció para rascarse la espalda.

La muchacha siguió riendo. Él la miraba directamente a los ojos. De pronto llevó las manos a sus mejillas y la acercó contra sí para besarla.

Tanto el día anterior como ése había algo que le impedía contenerse, algo que le decía que lo hiciera y a lo que no podía negarse.

Llevó una mano hasta su muslo y lo apretó. La levantó del suelo para que le rodease con las piernas, como no había hecho la noche anterior. Esa vez Vivian no se negó. Se dejó besar y acariciar tanto como él quisiera. Sabía que estaban en una tienda y que no podrían llegar a nada más sin levantar sospechas.

Daniel le puso las manos en la cintura del pantalón y le aflojó el botón. También él sabía que no podía llegar a más, aunque lo desease con todas sus fuerzas. Estaban en la sección de mujeres y él llevaba puesto un vestido ridículo. Además, tenían una reunión dentro de poco rato.

Sin dejar de besarla, se deshizo como pudo del ceñido pantalón. No tuvo vergüenza alguna para quitárselo. La dejó en ropa interior.

Vivian lo miró sonriendo. Se mordía el labio inferior mientras miles de estrellas brillaban en sus ojos.

—Me gusta tu torso —dijo. Perfiló los marcados músculos con la yema de sus dedos.

—A mí me encantan tus piernas, Viv. Desde la primera vez que las vi. —Se acercó para besarla nuevamente. Estaba acariciando sus muslos cuando alguien llamó a la puerta—. Sí. Ya vamos, ya... ¿Son de tu talla? —Señaló el montón de faldas que había llevado al probador junto con el vestido.

—Sí, pero sólo quiero una.

—Me gustan todas. ¡Comprémoslas todas!

—Vístete primero, galán. —Sonrió enfundándose de nuevo el apretado pantalón que le había quitado.

Aquél sería otro día que Vivian no podría olvidar. Era la segunda vez que estaba con él en un probador.

Después de pagar la media docena de faldas que habían elegido, antes de llegar al momento clave del día, se subieron al coche. Vivian aún reía al recordarlo salir de esa guisa, y la cara que había puesto al ver que había alguien allí también.

El tiempo del probador había pasado mucho más deprisa de lo que ellos habían pensado. Cuando miraron el reloj se dieron cuenta de que no daba tiempo para nada más. Debían ir a la oficina por los documentos y salir volando hasta el lugar de siempre para acudir puntuales a la reunión.

—No da tiempo de...

—Tranquilo. Aparca dentro del edificio. Mientras subes y bajas yo me cambio.

—¿En el aparcamiento? ¿Estás loca? ¿Y si alguien te ve?

Ella señaló los cristales ahumados de la parte de atrás. Después se metió entre los asientos para que las cámaras del aparcamiento no la detectasen.

Empezó a desabotonarse el pantalón mientras él la miraba boquiabierto. Era la primera chica que se quitaba la ropa en su coche. Lamentó profundamente tener que ir hasta la oficina y no poder quedarse a contemplarla.

Al entrar, la recepcionista volvió a recordarle lo de la fiesta de disfraces, algo a lo que ninguno de los dos había dado importancia.

Daniel se detuvo a mirar las cajas de color donde indicaba «disfraz chico» y «disfraz chica». Janice lo miraba, esperando que metiera la mano en una de las dos cajas, pero se volvió y siguió hacia los ascensores.

La idea de un baile en el que ella fuera obligatoriamente su pareja durante toda la noche fue formándose en su cabeza. Por un momento no pensó en que ese baile era para despedirla. Sólo pensó la maravillosa noche que pasaría si pudiera tenerla entre sus brazos durante horas.

Cogió la carpeta con los datos y los documentos necesarios para la reunión y de la mesa de su asistente se llevó el cuaderno en el que siempre lo anotaba todo. Salía aprisa de vuelta al ascensor.

Al llegar a recepción, de nuevo le tentó coger dos papeletas. Llevó la mano al cajón verde y se detuvo un segundo.

—Si coge una papeleta está obligado a venir. No puede quedarse alguien sin pareja.

—¿Y si mi pareja no quiere venir? —preguntó él.

—Pues si sabe quién es su pareja y ella no quiere venir, tendrá que convencerla. —Janice sabía que Daniel se refería a Vivian.

Metió la mano en ambas cajas. Sacó un cilindro de papel de cada una que puso, sin mirar, en su bolsillo. Sonrió a la recepcionista y se dirigió rápidamente hacia el aparcamiento, donde Vivian debía de estar ya arreglada.

Al llegar al lugar de la reunión, la asistente fue la primera en bajar. Antes de hacerlo, él metió la mano en el bolsillo para asegurarse de que las papeletas seguían ahí.

Llegaron a sala de reuniones. Vivian se apartó de la mesa y se sentó junto a la ventana como la vez anterior. En ese momento, y aprovechando que los mayores aún no habían entrado en la sala, Daniel se levantó y se acercó a ella. La llevó a una silla al lado del lugar que él ocupaba.

—Tu sitio es a mi lado, Viv.

—No sé, Daniel. La vez anterior me senté...

—La vez anterior eras una asistente no deseada, alguien que me habían impuesto por la fuerza. Ahora no es así y tienes pleno derecho a ocupar mi lado en todas y cada una de las reuniones, sean más o menos importantes.

Antes de que la muchacha pudiera decir nada, la puerta se abrió y empezaron a llegar los primeros asistentes a la reunión.

Como la vez anterior en la que habían visto a Vivian, sólo hubo halagos acerca de lo bonita que era o lo buena pareja que hacía con Daniel.

La reunión volvió a derivar en charlas acerca de sus vidas, de sus nietos, de la jubilación. Y así pasaron más de tres horas.

De vuelta a la oficina ya era la hora de salir.

Bajaban en el ascensor camino del aparcamiento cuando Daniel le propuso volver a llevarla a casa. Tenía la esperanza de que esa vez Rachel no fuera tan inoportuna, lo cual era irónico, muy irónico. Antes no podían estar juntos porque Vivian sólo podía pensar en Rachel, quien entonces era su novia, y ahora la misma Rachel era quien les interrumpía, y no porque saliera con él sino porque se había convertido en algo así como la defensora de Vivian.

En el aparcamiento, Daniel tuvo que contenerse para no apoyarla contra el coche y empezar a besarla. Pese a su esfuerzo llevó una mano a su cintura. La acercó y llevó la boca hasta suya.

—Buenas noches —susurró en sus labios.

—Buenas noches, Daniel —murmuró ella con los ojos cerrados antes de volver a la realidad—. Nos vemos mañana.

—Nos vemos mañana.

No sabía en qué momento su relación había cambiado, pero ahora parecían novios. Se besaban apasionadamente, se acariciaban, se susurraban en los labios, se agarraban de las manos.

Aquella semana no parecía ser la última sino la primera de muchas. En ese momento a Vivian se le ocurrió la retorcida idea de que a lo mejor Daniel sólo aceleraba las cosas para acostarse con ella antes de que se fuera de Industrias Gable.

Al llegar a Black Diamond, Rachel estaba esperando en la calle, como habían acordado. Estaba helada, por culpa del viento y de las gélidas temperaturas.

—Vienes sola. Perfecto. Me voy a mi casa. ¡Me estoy helando!

—¿No subes?

—No. Luego hará más frío para volver. ¿Te preocupa algo? —preguntó. Se detuvo y la miró con el ceño fruncido—. ¿Es por los días que te quedan?

—No. Es algo que se me ha ocurrido. Daniel está muy muy atento, muy cariñoso. Demasiado... Sólo he pensado que...

—Olvídalo —dijo, como si hubiera podido leer sus pensamientos—. Daniel no es así. Si está actuando así es, seguramente, para que cambies la idea de marcharte por la de quedarte. —Vivian la miró con una ceja arqueada, como con duda—. Créeme, él no es de esos que te usan y te tiran. Recuerda que, incluso con lo que le hice en París, ni siquiera entonces me dejó. Él es de los que respeta las relaciones y te respeta porque te quiere.

Sin dejar que Vivian dijera nada más, se fue de allí a toda prisa. Encogió los hombros como si de esa forma pudiera hacer que el frío le afectase menos.

—Gracias, Rachel —murmuró mientras la veía alejarse y ella se estremecía con un escalofrío.

Al llegar al apartamento se encontró a sí misma vestida con una de las faldas que habían comprado y sonrió. Imaginaba la cara que habría puesto Daniel al llegar a casa y encontrar la parte de detrás de su coche llena con su ropa.

Pese a odiar que la cuenta atrás siguiera imparable estaba deseosa de que esa noche pasara rápida para compartir otro maravilloso día con él.

CAPÍTULO 45

Había estado toda la tarde anterior preguntándose qué disfraces les habrían tocado. Había mirado los canutillos de papel incontables veces sin atreverse a ver los nombres. Pero esa mañana necesitaba verlos, incluso antes de darle el suyo a su asistente. Llevó los dedos a los pequeños lacitos que mantenían los papeles enroscados y los retiró. Abrió con cuidado la papeleta de color amarillo, la del disfraz de chica: «Disfraz de Minnie Mouse (Pareja: Mickey Mouse)». Sin poderlo evitar, empezó a reír al imaginársela con una pomposa falda roja de topitos blancos, con unas orejas y cola de ratón y su nariz graciosamente pintada de negro. Ahora tocaba la segunda papeleta, los nervios de verdad. Él quería que el suyo fuera la de la pareja de Vivian. Sabía que era difícil, ya que había decenas de rollitos cuando él cogió los suyos. Llevó los dedos al lazo, lo quitó y deshizo el rizo de papel: «Disfraz de Príncipe (Pareja: Cenicienta)».

Miraba los dos papelillos que había sobre la mesa mientras tomaba su café matutino, pensando cómo demonios se las iba a arreglar para cambiar uno de los dos disfraces por el de la pareja del otro. Se preguntaba quiénes tendrían las parejas de sus disfraces, el de Mickey Mouse o el de Cenicienta.

Cuando entraba en el aparcamiento la vio bajar de su coche. Tuvo la tentación de secuestrarla, de llevársela de allí, a cualquier lugar por lejos que estuviera. Pero debía volver a la realidad y pensar cómo hacer el intercambio que les hiciera pareja en ese baile.

Dejó que Vivian subiese por las escaleras de acceso y aparcó tranquilamente. Se aseguró de que los papelillos seguían en el bolsillo derecho de la americana.

Cuando llegó a recepción oyó a las muchachas reír al conocer los disfraces que les había tocado a ellas. A Janice le había tocado el disfraz de Pocahontas, algo con lo que parecía no estar conforme sabiendo quién vestiría el de John Smith. En cambio, su compañera perecía estar feliz con el suyo y con el de su pareja.

Mientras subía en el ascensor oyó a otro par de chicas hablar sobre los disfraces de la fiesta, pero ninguna parecía tener el de Cenicienta.

Llegó a la planta cincuenta y nueve y se encontró de frente con Gregory, el tipo de mantenimiento con el que se quedó encerrado en el ascensor antes de declararse a Vivian.

—¿Hoy vienes solo? —saludó Gregory, que estaba acostumbrado a verlo con Vivian a todas horas.

—¿Puedo preguntarte algo?

—Eres el jefe. Pregunta lo que quieras.

—No es una pregunta. Más bien es... Necesito tu ayuda. Reúnete conmigo en la sala de mantenimiento dentro de una hora. Te lo explicaré allí.

El ejecutivo se fue rápido a su oficina sin saber muy bien cómo iba a plantearle a aquella persona lo que pretendía hacer y sin saber si aceptaría el trato.

Su asistente estaba de pie, frente a la ventana, como si le esperase. No pudo reprimirse. Se acercó a ella y la rodeó con los brazos. Le gustaba sentirla tan pequeña.

Vivian se volvió sonriendo. Había pasado la noche deseando que llegase la mañana y con ella el momento de verlo. Sentirse rodeada por él era la mejor de las sensaciones que pudiera esperar.

—Buenos días, señor Gable. —Sonrió.

—Buenos días, mi hermosa asistente. Digo, señorita McPherson. —Se puso una mano en la cara. Se cubrió los ojos pero dejó una rendija entre los dedos para hacerla reír aún más—. Dime, ¿qué tenemos hoy?

—Pues...

Vivian intentó ir hasta su mesa, pero Daniel la rodeó con fuerza y la atrajo contra sí.

—Dímelo de memoria. Apuesto a que lo sabes sin tener que consultar la agenda del día.

La muchacha miró la mesa un segundo como si viendo la agenda pudiera descifrar su contenido. Después llevó sus ojos hacia arriba y se encontró primero con los deseables labios de Daniel y luego con sus ojos.

—Me sobreestima usted, señor Gable. Estos últimos días me es imposible memorizar nada.

—¿Algo o alguien ocupa tu mente? —preguntó pícaro. Ella asintió y se mordió el labio. Justo cuando la iba a besar sonó su teléfono—. Primera llamada de la mañana. Se libra usted por eso, señorita McPherson.

Vivian corrió a atender la llamada mientras miraba hacia atrás y le sacaba la lengua en una mueca graciosa.

Al parecer, Clifford se había enterado de la fiesta de despedida y consideraba que no debía faltar. Le pedía que bajase a recepción y que recogiera un par de papeletas para él y para Frida. Ambos asistirían a la fiesta disfrazados como les tocase.

Obedientemente Vivian salió de detrás de su mesa y bajó a recepción. En ese momento Daniel aprovechó para dirigirse deprisa a la sala de mantenimiento.

Vivian metió la mano primero en el cajón de las chicas y sacó un tubo de papel. Sin mirarlo metió la mano en el otro cajón y, después de remover los cuatro canutillos que quedaban, sacó otro.

Janice miraba expectante. Se moría de curiosidad por saber para quiénes eran y qué disfraces les habían tocado, pero Vivian no dijo nada. Sólo le sonrió y volvió al ascensor.

Aún faltaban diez minutos para la hora acordada con Gregory, pero, por casualidad, se encontraron en el pasillo. El chico de mantenimiento supo enseguida que el director le requería.

—Necesito que me ayudes. Tú conoces a todo el mundo aquí —dijo en cuanto el otro entró detrás de él.

—¿Ayudarte? ¿Ayudarte con qué?

—Necesito conseguir el disfraz de Cenicienta.

Gregory empezó a reír imaginándose al mandamás de la empresa disfrazado de princesa de cuento. Un carraspeo de Daniel le devolvió a la realidad.

—¿El disfraz de Cenicienta, dices? Entonces yo también quiero algo a cambio.

—¿Algo como qué? —preguntó. Pensaba que estaba intentando extorsionarle—. Quiero que Janice lleve el de Minnie Mouse.

—¡Vaya! Pues estás de suerte —dijo Daniel. Desenroscó el canutillo con el nombre de Minnie Mouse que le había tocado a Vivian.

—Mañana es tuyo.

Ambos hombres apretaron sus manos, como señal de que el trato estaba cerrado, y cada uno se fue por su lado.

Al volver al despacho, Vivian estaba allí. No parecía haberse extrañado por su ausencia. Estaba en su mesa, atendiendo el teléfono, como siempre.

Se sentó en su escritorio. La miró y se imaginó cómo iría vestida a ese baile, cómo sería su traje de Cenicienta, cómo sería su peinado, su maquillaje, y cómo se verían los dos disfrazados juntos.

De pronto su fantasía se vio interrumpida por el sonido del teléfono. Alguien llamaba a su número personal. Era algo poco habitual, algo que sólo ocurría en casos urgentes o muy importantes.

Antes del viaje a Hawaii, Daniel había decidido sorprender a Vivian contratando por unas horas al cocinero francés más famoso del país para que les enseñase a cocinar un par de recetas francesas, algo que les recordase aquel frío paseo hasta el Sena, hasta el Louvre o la mañana en la que vieron los candados en «el guardián del amor». Lamentablemente, después de aquel viaje todo se había ido al traste. Lo peor era que ella había dimitido y que se iría pronto.

Efectivamente, al otro lado del teléfono estaba Antoine Garçon. La agenda de este cocinero siempre estaba a rebosar y, cualquiera que quisiera sus exclusivos servicios de cocina debía ponerse en contacto con él al menos quince días antes. A Daniel se le había olvidado por completo anular la hora que tenía reservada para ellos. La llamada era para confirmar la cita y concretar otra hora.

—Lo siento mucho, Antoine. Debí avisarle antes —dijo Daniel, mirando el precioso bolígrafo que Vivian le había regalado el día en que Rachel apareció.

—No se preocupe, señor Gable. —Parecía tararear con su perfecto acento francés—. Cancelo su cita entonces.

—No. Espere —interrumpió—. Dígame, ¿podría ser para hoy? ¿Para mañana quizás?

—Tengo un hueco hoy a las seis y otro mañana a las ocho.

—Entonces me quedo con el de mañana a las ocho, por favor.

—Intente no olvidar de nuevo su cita. Sabe que soy un hombre muy ocupado.

Vivian miraba a su jefe desde la mesa sin saber muy bien qué era lo que iba a hacer el día siguiente y que ella desconocía. En su agenda no había anotado ninguna reunión.

Cuando llegó la hora de la comida, los dos fueron al restaurante de siempre, juntos, como hacía muchos, muchos días que no hacían. Al regresar de nuevo a la oficina acudieron a la reunión prevista para esa tarde.

A la hora de salir, Daniel decidió llevarla a un sitio nuevo.

El cielo tenía un bonito color, un degradado entre naranja y negro, un tono perfecto para donde la quería llevar.

Su ciudad tenía el privilegio de albergar uno de los edificios más altos del país, el Skycloud, una construcción cónica cuya base tenía forma circular. En la parte más alta del rascacielos había un lujoso restaurante con unas vistas maravillosas. Allí llevaría Daniel a su asistente.

La subida a ese restaurante se hacía en unos ascensores ubicados en el hueco central del edificio. Había varios pisos de jardines por los que atravesaban aquellos elevadores.

Vivian sólo miraba sorprendida, incapaz de decir nada. Daniel no hacía más que llevarla a lugares a los que ella jamás hubiera podido imaginar que iría.

—¿Sabes, Daniel?, cuando construyeron este edificio yo era sólo una niña. En los periódicos salían imágenes de las nubes e imaginaba cómo sería subir hasta la aguja.

—¿Nunca antes habías venido? —Ella negó con la cabeza—. Bien. He de reconocer que yo tampoco. No quise conocerlo cuando tenía tiempo y no pude cuando no lo tenía. Pero ahora es una ocasión especial.

—¿Qué celebramos?

—¿Celebrar? Que dejes la compañía no es motivo de celebración, pero podemos celebrar que ésta es la mejor semana de nuestra relación laboral. Hemos estado mejor que nunca. Hemos salido y hemos hecho cosas juntos.

—En eso tienes razón. Ojalá hubieran sido así todas las semanas desde que empecé.

Al llegar arriba esperaron encontrar un restaurante exquisitamente decorado, con un aspecto que invitase a repetir a diario. Pero se sorprendieron al comprobar que era uno más, que se parecía a su restaurante habitual.

No se trataba de un lugar mediocre. Era bonito y confortable, y la cena que les sirvieron era deliciosa. Pero ambos esperaban algo un poco más especial, un lugar de ensueño, un lugar digno de las nubes, que era donde estaban cenando.

Al contrario de lo que imaginaban, la cena resultó mucho más barata de lo que creyeron que costaría.

Después de la cena Daniel llevó a Vivian a la terraza exterior, no muy amplia. Allí había prismáticos y salientes de cristal que te regalaban la sensación de estar volando.

—Esto es increíble. ¡Pero hace un frío terrible! —se quejó ella. Se acercó a él con los hombros encogidos en un intento por mantener el calor.

—Sí. Tienes razón. Ven —le pidió. Abrió su abrigo y la invitó a arroparse en él.

La muchacha se detuvo frente a él con una ceja arqueada, como si con ese gesto estuviera preguntándole algo. Una media sonrisa se dibujó en el rostro de Daniel. Se acercó y la atrapó dentro de la chaqueta, frente a él.

—Te vi con el recepcionista.

—¿Que viste qué, Daniel?

—Lo vi todo. Vi cómo jugabais en Grant Park, cómo te invitó con este mismo gesto y accediste. Y cómo os besabais en Black Diamond.

—¿Por qué no me dijiste que habías visto el beso?

—No podía reprocharte nada. No éramos más que jefe y empleada. Además, estaba Rachel.

Vivian se apoyó contra su pecho y respiró su aroma. Recordó que sólo podía imaginarle a él cuando besaba a Chris, que le acariciaba a él cuando se lo hacía al recepcionista.

—Era su cuerpo. Era él, pero en mi mente eras tú. En el fondo me alegré cuando nos interrumpieron —confesó. Hizo que Daniel la rodease con más fuerza todavía y se ciñó a ella.

—Vayamos a casa, Viv. Ya es tarde.

Pasaba de la una de la madrugada cuando Daniel detuvo el coche en la puerta de Black Diamond. Vivian se había quedado dormida en el asiento del copiloto. Pensaba despertarla pero desechó la idea. Ella dormía y ésa era una oportunidad de oro para volver a subir a su apartamento.

Bajó del coche y lo rodeó a toda velocidad. La sacó despacio y con cuidado de no despertarla. La pegó contra su pecho y la arropó con su abrigo mientras subían.

Todo en el apartamento estaba igual que siempre, igual que la última vez que fue, lo que le hizo sonreír.

Caminó con ella pegada a su cuerpo hasta el dormitorio y, con cuidado de no despertarla, la dejó sobre la cama.

Del armario sacó una manta para arroparla. Le parecía injusto que durmiera incómoda en su propia cama, así que sacó de debajo de la almohada el pijama que sabía que guardaba ahí y se dispuso a desnudarla despacio, observando cada línea de su cuerpo.

—No puedes imaginarte lo hermosa que eres, lo mucho que te deseo y lo mucho que lamento que quieras marcharte, Viv. No sé qué haré sin ti cuando te vayas.

Por un momento el deseo de amarla en ese instante quiso apoderarse de él, pero encontró su reflejo en la lamparilla que tenía enfrente, al otro lado de la cama. Se vio a sí mismo como un pervertido que pretendía aprovecharse de la situación. Llevó los labios a la fina piel de su cintura y le dio un beso, un beso que la hizo estremecerse bajo sus dedos.

Sabiendo que no iba a poder vestirla de nuevo sin despertarla la cubrió con la manta y se sentó a su lado para mirarla unos minutos antes de volver a casa.

CAPÍTULO 46

La habitación había estado en silencio toda la noche. Lo único que se había podido oír de vez en cuando era el suspiro de alguno de los dos. De pronto la sonora melodía del despertador hizo que Daniel se sobresaltara y se pusiera en pie casi sin darse cuenta. Estaba desorientado porque había pasado la noche en un dormitorio que no era el suyo.

—¿Daniel?

—¿Vivian? —preguntó él. Sacudió la cabeza ante la obviedad.

—¿Qué haces aquí? ¿Cómo? ¿Qué?

—Te dormiste en el coche y te subí. ¡Oh! —se quejó con un leve gruñido—. Me dormí. ¿Me dormí vestido de este modo? —dijo sujetando las solapas del cuello del abrigo—. Lo siento.

Vivian sonrió al verlo tan confundido y se desplazó por la cama hasta llegar a él. Estiró el cuello, le besó en la mejilla y se apartó deprisa para que él no reaccionase como sabía que lo haría. Al volver a la cama se dio cuenta de que sólo tenía puesta la ropa interior.

—¿Esto...?

—No es lo que parece, créeme —pidió con cara de circunstancias—. Logré quitarte la ropa sin despertarte, pero no pude ponerte el pijama, así que sólo te arropé.

Le creía. Confiaba en él y sabía que no habría intentado hacer nada con ella.

Corrió al armario y sacó las mismas prendas que Daniel se había puesto tiempo atrás: un pantalón de deporte y una sudadera.

—No. Ni hablar. No volveré a ponerme eso. De hecho —miró el reloj de su muñeca—, aún tengo tiempo de ir a casa a cambiarme.

—¿No desayunas conmigo? —preguntó abrazándose a la ropa.

—No puedo. Me encantaría, de verdad, pero no quiero llegar tarde.

Sin dejarla decir ni una palabra se acercó a ella, le cogió la cara con las manos y, después de darle un sutil beso en los labios, se alejó. Salió del apartamento con la sensación de haberla abandonado.

No es que no quisiera quedarse, pero sabía que, de hacerlo, no podría quedarse quieto. La imagen de Vivian semidesnuda sobre la cama revuelta no dejaba de formar ideas en su cabeza. Ese día tenía un especial interés en llegar temprano a la oficina, porque debía encontrarse con Gregory y comprobar si éste había logrado el papelito que tanto quería.

Cuando el ascensor se detuvo en la recepción, se dirigió hacia la entrada, donde se suponía que debía de estar su coche.

—¿Era tuyo? —preguntó una voz masculina detrás de él. Daniel apretó los dientes, pues sabía que era Chris.

—¿Dónde está? —le preguntó a su vez.

—Hace como una hora que vino la grúa por él. Está en el depósito.

—¡Vaya! Gracias por detenerlos —dijo con ironía. Salió a toda prisa en dirección a su apartamento.

Llegó a casa mucho antes de lo que pensó. Lo que era

más de media hora a pie sólo le llevó unos minutos. Sonrió al ver que el apartamento de su asistente no quedaba tan lejos del suyo.

Se duchó más deprisa que nunca y, sin afeitarse, se vistió a toda velocidad. No había tiempo que perder. Corrió con la esperanza de encontrar un taxi y así fue. Pese al despertar sobresaltado y al incidente con la grúa, ése estaba siendo su día de suerte. Al menos así lo presentía.

Cuando llegó al Edificio B, vio a Vivian entrando por la puerta del vestíbulo que daba al aparcamiento. Ella le sonrió como lo hacía siempre y le tentó a besarla delante de todos, sin miedos ni reparos. Entonces, alguien carraspeó para llamar su atención.

Gregory llevaba al menos diez minutos esperando a Daniel en la recepción. Estaba controlando junto con las chicas los monitores del edificio. Cuando al fin aparecía, éste se ponía a coquetear con su asistente. Le guiñaba un ojo y le sonreía como si le estuviera advirtiendo lo que pasaría si se quedaban a solas. Tosió para llamar su atención y Daniel le miró inmediatamente.

Daniel se acercó a saludarlos y, disimuladamente, con un movimiento rápido, intercambiaron los canutillos con los nombres sin que nadie más se percatase. Ambos sonrieron al ver que nadie se había dado cuenta. Lejos de lo que hubiera podido parecer, el disfraz de Cenicienta aún no había salido, sino que permanecía perfectamente enrollado en la caja, junto a cuatro disfraces más, como si hubiera estado esperando a que tuviera lugar ese cambio. No podía dejar los rollitos de papel desparejados, por lo que se vio en la obligación de robar a Janice el suyo para poner en su lugar el que Daniel le había dado a cambio de su pequeño favor.

Al entrar en la oficina, Daniel contempló sonriendo la papeleta que llevaba en la mano y que haría de Vivian su pareja la noche del baile. Mientras ella colgaba en el perchero su abrigo, él se acercó rápidamente a dejarla sobre su mesa.

Cuando Vivian se sentó en su mesa encontró al lado del teclado el rollito de papel coquetamente anudado.

—¿Qué es esto? —preguntó nerviosa, aunque sabía perfectamente de qué se trataba. Entonces lo desenrolló— ¿Cenicienta? ¿El baile? Daniel, yo no quiero ir a ese baile.

—Vamos. No seas así, Viv. Mañana es tu último día en la oficina. Todo el mundo quiere despedirte como te mereces. Incluso mi padre, que aún está convaleciente, va a venir disfrazado.

—Pero es que yo no... no quiero, Daniel, no...

—Hazlo por mí, por todo el tiempo que he estado enamorado de ti sin poderte abrazar, sin poderte besar. Hazlo por hacerme feliz una última vez, para que yo pueda asistir a tu baile de despedida.

Vivian llevó la mirada al suelo y buscó una excusa creíble. No quería decirle que esa despedida era la que más odiaba de todas, no quería decirle que saber que después de esa noche no se verían cada día le rompía el corazón.

—¿Quién llevará el disfraz de príncipe?

—No lo sé —mintió—. Me limité a coger un par de papeletas. A mí me ha tocado el disfraz de Peter Pan —mintió de nuevo. Ni siquiera sabía si el nombre de ese personaje estaba en esas cajas.

—No sé cómo conseguir un disfraz.

Daniel se puso en pie y se acercó a su mesa para darle la dirección de una tienda de alquiler de disfraces. Ella tomó la nota con sus manos. Se sentía en una encerrona de la que no podía librarse.

La mañana pasó despacio. Vivian realmente odiaba cualquier evento que la hiciera el centro de atención, y aquella fiesta era única y exclusivamente por ella.

Al llegar el mediodía, Daniel la informó sobre lo ocurrido con su coche en Black Diamond. Le contó que no podría ir con ella a comer, ya que debía ir sin falta al depósito para recuperarlo.

Pese a las ganas que tenía de estar con él a todas horas, dejó que se marchase solo para poder hablar acerca de la fiesta con Rachel.

La citó en su restaurante habitual y a la hora de comer se dirigió hasta allí.

Cuando Vivian le dijo que necesitaba verla para contarle algo importante, Rachel pensó que había caído ante Daniel, que se había acostado con él y que se arrepentía de ello, o incluso algo más grave. Pero cuando entró por la puerta del restaurante parecía nerviosa más que arrepentida.

—¿Qué ha pasado? ¿Por qué estás así? —le preguntó. Se puso en pie y le tocó un brazo.

—Daniel me ha preparado una encerrona. He estado evitando que nadie me dijera nada sobre la fiesta de disfraces.

—¿Tu fiesta de despedida? —preguntó Rachel.

—¿Cómo lo sabes? —La modelo se encogió de hombros como diciéndole que era obvio que le harían una fiesta—. Esta mañana, al entrar en la oficina, tenía sobre mi mesa uno de los rollitos con el nombre de un disfraz. No he podido negarme a ir, pero realmente no me apetece.

—Y ¿qué harás?

—No lo sé. Supongo que fingiré que me siento mal para no asistir.

—¿Vas a dejarle plantado? ¿Prefieres decir que te sientes mal y preocuparle? ¿Qué disfraz te ha tocado, Vivian? —La asistente sacó del bolsillo el cilindro de papel y se lo ofreció sin articular palabra.

—¡Cenicienta! ¿No quieres ir a tu fiesta de despedida vestida como una princesa?

Las palabras de la modelo estaban resultándole hirientes. Parecía que ella tampoco entendiera que no quisiera asistir a esa fiesta, como si con envenenados dardos certeros estuviera diciéndole que no ir no era una opción.

Vivian no había sido capaz de articular palabra. Pensó que Rachel estaría de acuerdo con ella, pensó que le daría una solución para no acudir a esa fiesta. Por el contrario, estaba siendo sutilmente regañada.

Terminaron de comer sin que ninguna de las dos volviera a hablar de aquel asunto. Poco después del café, Vivian regresó a la oficina. Quizás Daniel ya estaría allí y podría verle.

Al entrar en el despacho, vio la mesa de su jefe llena de bolsas. Pero no había ni rastro de él, algo que le extrañó. Fuera aún no había nadie. No entendió qué hacían allí esas bolsas, así que las apartó. Las dejó bajo el perchero sin mirar su contenido y se fue derecha a su mesa.

No pasó mucho hasta que llegó él. Al encontrarse sus ojos se sonrieron el uno al otro. Se alegraban de verse después de estar unas horas separados.

—¿Has comido?

—Sí. ¿Y tú? —le preguntó. Daniel asintió con la cabeza y con un sonido nasal mientras se quitaba el abrigo—. ¡Oh! Por cierto. Al llegar había unas bolsas sobre tu mesa.

—¡Perfecto! —exclamó agachándose para mirar dentro—. No hagas planes para esta noche. Y si los tienes, cancélalos. Esta noche serás mía. —Sonrió con picardía y ella se ruborizó, víctima de su imaginación.

—¿Tuya?

—Sí, Vivian, mía. Mía, de Antoine y de nuestra clase de cocina francesa. —Sonrió.

La asistente soltó un suspiro. Le encantaba que Daniel

la sorprendiera de ese modo. ¿Cocina francesa? Definitivamente ésa era la mejor semana de su vida.

La tarde pasó en un abrir y cerrar de ojos. Había estado todo el tiempo manoseando el rollito de papel con el nombre de Cenicienta, pensando en una excusa creíble para no asistir al baile. Cuando llegó la hora de salir Daniel se encargó de sacarla de su trance. Se agachó a su lado e hizo girar la silla. Cuando la tuvo de frente, acercó la boca a la suya y las fundieron en un beso que más que devolverla a la Tierra la hizo flotar en una nube.

—¿Ya estás despierta? —susurró en sus labios. Ella asintió con la cabeza—. Bien. ¡Pues vamos! ¡Tenemos una cita con los fogones! Por cierto, debemos ir en tu coche, porque el mío sigue en el depósito.

—¿No has estado antes? ¿No has podido recuperarlo? —preguntó extrañada.

—Estuve, pero... ¡Bah! Es igual. ¿Acaso no quieres que suba en tu coche? —La miró de reojo y la hizo reír.

—No seas tonto. ¡Claro que quiero!

En el momento de entrar en el apartamento de Daniel, Vivian sintió un extraño escalofrío. Hacía realmente mucho tiempo que no estaba en ese piso. Durante un momento se sintió como si volviera a casa. Sonrió sutilmente al comprobar que todo seguía como la última vez que había estado allí.

Daniel guió a Antoine hacia la cocina. Allí dejaron los ingredientes y las bolsas que habían llegado esa tarde a su oficina.

Pensó que ella no estaría cómoda con aquella falda ceñida, así que la invitó a que pasase al dormitorio de invitados. Allí encontraría con qué cambiarse.

Sobre la cama estaba, perfectamente colocada, la ropa que habían comprado en Hawaii y la que habían comprado días atrás. Vivian no pudo evitar sonreír.

Daniel no se dio cuenta de que ella sonreía, ni siquiera que lo había mirado. La dejó allí y volvió a la cocina con el chef.

—No puedo creer que lo recogiera y lo trajera aquí —murmuró. Tenía en sus manos aquel precioso vestido que él le había comprado.

Justo en ese momento el horrible sentimiento de saber que dejaría de verlo a diario se instaló en su pecho. Se le hizo un nudo en la garganta y le costaba tragar.

El pantalón que se había quitado días atrás en el asiento trasero de su coche estaba perfectamente doblado al lado de unas camisas. Ésa fue la prenda que eligió.

Cuando regresó a la cocina, Daniel la miró sonriendo. Pantalones, pantalones de los que tanto le gustaban, pantalones de esos que marcaban cada una de las líneas de sus piernas y que le hacían querer acariciarlas. Ella le sonrió y él no dudó en llevar disimuladamente una mano a su muslo para pellizcarla.

Después de lavarse las manos y de arremangarse la camisa dispuso los ingredientes sobre la mesa.

—Bien. ¿Qué queréis cocinar?

—*¡Macarons!* —exclamó Vivian. Levantó un dedo como si hubiera pedido turno para hablar.

—Buena elección francesa, señorita McPherson —canturreó el chef con su peculiar acento.

—¡Me encantan!

El cocinero empezó a sacar los productos de las bolsas para comenzar cuanto antes: almendras, huevos, azúcar glasé...

Aparte de las bolsas, Antoine llevaba un enorme maletín con ingredientes exclusivos: polvo de oro, colorantes ecológicos, cristales comestibles, jarabes que sólo él sabía hacer... Dispuso sobre la mesa algunos de los que iba a necesitar y se pusieron manos a la obra.

Vivian y Daniel se miraban con una sonrisa en los labios, mientras el chef batía las claras de huevo a punto de nieve.

Un par de horas después tenían una bandeja de *macarons* de múltiples colores y otra de *crêpes* con crema de cacao.

Cuando Antoine se marchó, Vivian se fue rápidamente al sofá y se dejó caer sobre él sonriendo, mientras mordía uno de los dulces que había cocinado el chef.

—¡Está delicioso!

—Hay algo que me ha gustado más que cocinar con ese maniático. —La miró de arriba abajo, dejándole entender qué era.

—¿Quieres? ¡Ven! —le ofreció. Se incorporó ligeramente y lo acercó al sofá para ofrecerle un mordisco del dulce que se estaba comiendo.

Justo cuando Daniel terminó, puso su mano en el muslo derecho de Vivian. Con un movimiento rápido la sentó sobre sus piernas y le colocó después las manos en la cintura.

—¿Por qué no me pides que revoque tu dimisión?

—No puedo. El chico nuevo ya está casi listo y no puedo hacer que le despidan.

—Excusas.

Subió despacio una mano hasta su nuca y la acercó para besarla.

Vivian no podía ni quería resistirse, pero no iba a seguir más allá de los besos y las caricias, de los besos y los susurros. No iba a pasar de ahí aunque la temperatura subiese hasta hacerla enloquecer.

Devolvió ese beso con la misma intensidad, con la misma pasión. Le dejó ver así que ella también lo deseaba.

Daniel se puso en pie sin quitársela de encima. Las piernas de ella estaban ceñidas a su cintura. De ese modo se encaminaron hasta el dormitorio. Al entrar, sin apartar la boca de la suya agarró con fuerza su blusa para hacer lo mismo que había hecho cierta tarde en la oficina, pero Vivian llevó las manos a las de él.

—No tan deprisa, tigre. Quisiera conservar mi camisa entera cuando regrese a casa.

—Lo siento. Es sólo que...

—Además, no podemos seguir. No quiero dejarlo a medias. Tampoco quiero continuar sin haber comprobado antes algo.

—¿Otra vez? Pero ¿qué es lo que necesitas comprobar? —Esta vez se apartó curioso.

—No es nada importante. Es... Mañana es mi último día y hay algo que deseo que pase después.

—¿Después de mañana? ¿Y no vas a decirme qué es? —Ella negó con la cabeza. Daniel soltó su cintura y ella puso sus pies en el suelo.

Cuando la tuvo de frente, llevó sus manos a su cara y la atrajo para darle un beso en la frente.

Casi ya no tenía fuerza de voluntad para resistirse. Cuando Daniel besaba su mejilla, cuando besaba la punta de su nariz o cuando besaba su frente, en realidad deseaba sus labios en los suyos, deseaba que continuase, aunque ella le pidiera lo contrario.

Entonces Daniel dio un paso atrás y miró el reloj de su muñeca.

—Son más de las once. Quédate. Si no quieres dormir conmigo por lo que pueda pasar, puedes hacerlo en el dormitorio de invitados.

—No, Daniel. Será mejor que me vaya a casa —dijo repentinamente nerviosa.

—¿Estás bien?

—Sí. Es sólo que mañana es viernes... y es...

—Tu último día.

—Y el baile, Daniel. Realmente no...

Daniel le tapó la boca. Sabía que iba decir inmediatamente después: que no quería ir. Sabía que buscaría un pretexto y no iba a dejar que dijera nada.

La cogió de la mano y tiró de ella. No tenía coche para llevarla él mismo, pero al menos podía acompañarla hasta el suyo en el aparcamiento. Allí podía despedirla con otro beso.

CAPÍTULO 47

La noche resultó tortuosa para los dos. Vivian no quería que amaneciera, para no tener que enfrentarse a su último día en la oficina, y Daniel no quería imaginar que después de ese día ella ya no estaría en su oficina, que después de ese día ella desaparecería de su vida sin que pudiera evitarlo.

Por mucho que no lo quisieran, amaneció. Con el sol, también apareció la obligación de ir al trabajo.

Justo al llegar frente a la puerta del despacho, Vivian oyó el teléfono sonar insistentemente. Tuvo que colgar mal su abrigo en el perchero y apresurarse para atender la llamada.

—Por Dios, Vivian. Pensaba que te estaban fabricando el teléfono. ¿Por qué demonios has tardado tanto en responder? —dijo Daniel cuando su asistente descolgó.

—¿Daniel? ¿Por qué llamas? ¿Ha pasado algo?

—No. No ha pasado nada. ¿Tiene que pasar algo para que llame a mi propia oficina? No. Sólo te llamo para avisarte de que llegaré un par de horas más tarde. Tengo que ir al depósito de vehículos. ¿Recuerdas? Además, debo atender un par de asuntos.

—De acuerdo, pero podrías habérmelo dicho antes. Así podría haberte acompañado.

—No. Te necesito en la oficina. Espero un par de llamadas importantes. Te dejo. Ya es mi turno —dijo. Tenía prisa y cortó la llamada.

Dos horas sin verle, dos horas perdidas y dos horas que ya no iba a poder recuperar. Cada minuto que pasaba se arrepentía más de esa decisión estúpida que había tomado por culpa de un enfado. Aunque la propuesta de Rachel parecía ser la acertada, quizás debería haber pedido que revocasen su dimisión. Si después de irse Daniel no la buscaba, habría perdido un empleo importante en una gran empresa. Si después de irse Daniel no la buscaba, habría mandado todo al traste, por comprobar si lo que Daniel sentía era el amor que le había dicho o sólo ganas de meterse entre sus faldas para divertirse con ella y olvidarla después de lograr su propósito.

Sin darse cuenta pasó el tiempo pensando en su ridícula situación. El teléfono sonó nuevamente y la devolvió a la realidad.

—¿Daniel? —preguntó al ver el número.

—Sí.

—¿Pasa algo?

—No. Simplemente que me moría por oír tu voz.

—Sólo hace dos horas que hablamos. —Sonrió ruborizada.

—¿Y qué? Llamo para decirte que aún falta un rato para que vuelva. Necesito comprar algo para mi traje de Peter Pan.

Mientras volvía con su coche imaginó cómo sería llegar a la fiesta vestido de príncipe y subido en un elegante caballo blanco. Imaginó la cara de sorpresa de su Cenicienta al ver que él era su pareja, al verlo descender para pasar toda la noche bailando con ella.

Daniel detuvo el coche en la calzada y buscó en su teléfono el número de información. El agente le atendió le pasó con un establo a las afueras de la ciudad, al que se dirigió poco después. Cuando el dueño se le acercó, Daniel le ofreció hacer un trato. Por desgracia aquél no era un sitio donde alquilasen animales por horas.

—Siento insistir —dijo Daniel mientras caminaba detrás del mismo hombre que le había dado un no rotundo—. ¿Quiere que le cuente una historia? —El hombre se detuvo y se volvió para mirarlo—. Hace unos meses, mi padre, el dueño de la empresa en la que trabajo, me impuso una asistente, una chica increíble, capaz y hermosa a la que rechacé mil veces. Al principio pensé que ella estaba interesada en mí, pero casi desde el primer día fui yo quien cayó rendido a sus pies. Adoro todo de ella. Hace quince días, en una reunión, metí la pata por conseguir un contrato y mi preciosa asistente se ofendió tanto y de tal modo que presentó su dimisión. Hoy es su último día, ¿sabe?

—¿Por qué me cuenta esto?

—Verá. En la empresa todos están tristes por su partida. Como despedida, han organizado una fiesta de disfraces. Ella irá de Cenicienta y yo...

—¿De príncipe? —Daniel asintió—. Y quiere el caballo para hacer una llegada de ensueño, ¿no? El príncipe llega a su fiesta subido en un blanco corcel. —Daniel asintió nuevamente—. Está bien, pero tengo condiciones. El animal no dormirá fuera de su cuadra. Su cuidador estará a su lado en todo momento. Puede disfrazarlo de paje si quiere para que entone con el resto. Y, por supuesto, ¡tiene que conseguir a esa chica!

Daniel le sonrió y le tendió una mano para cerrar el trato. Después de agradecérselo y de despedirse, le ofreció una tarjeta con su dirección. Entonces se marchó tranquilo. Necesitaba ver a Vivian, necesitaba tenerla cerca.

Al volver necesitó justificar su tardanza, de modo que fue hasta el otro extremo de la ciudad para comprar un sombrero de Peter Pan.

De vuelta a la oficina, casi a la hora de comer, llevaba una sonrisa en los labios al recordar lo del caballo. Entonces vio que Vivian estaba mirando por la ventana con expresión triste. Se estaba dando un abrazo a sí misma como intentando consolarse por algo que él bien sabía.

Pero no iba a dejar que sus últimas horas allí fueran tristes. Se le acercó de forma silenciosa y le colocó el sombrero, que era verde y de forma cónica, sobre la cabeza.

Vivian se puso una mano en la cabeza, extrañada. Al notar la tela se giró para ver quién era. Daniel la miraba. Sus ojos tenían un brillo inusual, como si su felicidad fuera plena y no pudiera ni quisiera ocultarlo. Ella colocó sus brazos en la cintura de su jefe y lo abrazó con fuerza.

—¿Estás bien? —susurró Daniel. Ella asintió con la cabeza en su pecho—. ¿Estás así porque éstas son tus últimas horas en la oficina? —Ella no respondió y él entendió la respuesta.

Él la rodeó con sus largos brazos. Permanecieron así durante unos minutos, en silencio, en un fuerte abrazo, como si separarse un solo milímetro fuera lo más doloroso del mundo.

Lisa, una de las chicas de la planta, llamó a la puerta de cristal. Aflojaron entonces el abrazo y se separaron para mirar a la puerta.

Sus compañeros de oficina llevaban toda la semana intentando proponerles que comieran juntos en el restaurante en el que todos eran habituales, pero hasta el último día de la asistente no habían podido hacerlo. Vivian no supo qué decir, pero Daniel aceptó. Estaba seguro de que la tendría toda la noche y no le importaba compartirla por la tarde, de modo que salieron juntos para reunirse allí con el resto del personal.

El restaurante hizo una excepción con respecto al orden de las mesas. Dejó que los empleados de Industrias Gable unieran unas cuantas para poder comer todos juntos.

—¿Dónde trabajarás ahora, Vivian? —le preguntó Gregory.

—No... No trabajaré. Descansaré un par de meses y... sólo descansaré. Luego tengo asuntos personales que atender —disimuló, por no reconocer su gran metedura de pata.

Daniel sabía que se había sentido incómoda por haber tenido que responder a esa pregunta. Deslizó su mano bajo la mesa para acariciarle la pierna. Ella le puso la mano sobre la suya y, después de mirarle, entrelazaron los dedos.

—Trabajar conmigo no es fácil. Vivian ha estado sometida a mucho estrés y necesitaba descansar. Por eso se marcha.

—Vamos, Daniel. Cualquiera de estas chicas estaría como loca por trabajar contigo.

—Y aguantarían una semana. Ella ha sido la mejor asistente que podría haber tenido —dijo apretando más sus manos—. Lamento que se vaya, pero me alegro de que haya trabajado conmigo todos estos meses.

Esa confesión hizo que a Vivian se le encogiese el pecho. Ese día estaba susceptible y ya no podía seguir allí sentada.

Se soltó de su jefe y, aprovechando que se llevaban el segundo plato, salió a la calle.

Sin pretenderlo, empezó a caminar, alejándose del restaurante mientras dejaba que el aire fresco despejase su mente. Paseaba pensando en todo aquello que había hecho mal, en las cosas que cambiaría, en cómo sería su vida si en lugar de haberse volcado personalmente en Daniel hubiera actuado como una asistente fría e impersonal.

Cuando se dio cuenta había llegado hasta el Edificio B. Por mucha prisa que se diera en volver al restaurante, no lo haría a tiempo. Sus compañeros ya debían de estar de vuelta, incluido el que aún era su jefe.

Daniel entró en la oficina preocupado, asustado. Temía que a Vivian le hubiera pasado algo y por eso hubiera tenido que marcharse de ese modo. Empezó a recorrer nervioso el despacho.

—¿Qué ha pasado? ¿Por qué te has ido así? —le dijo a ella cuando la vio entrar.

—No pasó nada. Me fui a dar un paseo para despejarme y sin darme cuenta ya estaba en la puerta.

—Me has dado un susto de muerte —dijo. Soltó lo que llevaba en las manos sobre la mesa y se acercó a ella para abrazarla.

—Lo siento.

Cuando se tranquilizaron, cada uno se sentó en su sitio. Se volvieron a poner de pie cuando Charleen entró en la oficina acompañada por el nuevo asistente de Daniel.

Aunque antes se negaba a tener un asistente, Daniel se había acostumbrado ya a recibir la ayuda de alguien, se había acostumbrado a repartir todas las tareas con alguien. Ahora que Vivian se marchaba Daniel no se negó a que su padre le pusiera a alguien nuevo para sustituirla.

Clifford supuso que su hijo no estaría conforme con que su nuevo asistente fuese chica, de modo que buscó a alguien que fuera tan bueno como Vivian pero del sexo opuesto. Se sorprendió al saber que no era alguien tan desconocido.

—¡¿Tú?! —exclamó Daniel mirando a la cara del muchacho.

—Encantado, señor Gable. Mi nombre es Christian Perry y seré su nuevo asistente.

—No. Ni hablar. Este puesto requiere tener estudios. No me sirve un recepcionista.

—Disculpa, Daniel —interrumpió la secretaria de Clifford—. El señor Perry se graduó en empresariales dos años antes que Vivian. Sus calificaciones son excelentes.

—¿Qué? —preguntaron al unísono director y asistente.

Efectivamente. Chris, el amable, simpático y guapo recepcionista, no era un analfabeto o alguien sin estudios, sino que tenía una carrera y sus notas eran casi tan buenas como las de Vivian.

Cuando Chris terminó los estudios no tenía claro a qué quería dedicarse. Había pasado muchos años estudiando asignaturas largas y aburridas y necesitaba tomarse un respiro. Al principio no aspiró a tener un puesto de secretario. Jenna, su novia en aquel entonces, vivía con sus padres en Purple Gem, otro de los edificios de lujo que luego pasarían a manos de Industrias Gable. Ronan, el padre de Jenna, no aprobaba la relación, así que la manera más eficaz de poder verla a diario era convertirse en recepcionista de aquel edificio.

Después de las pasadas vacaciones de Navidad decidió buscar empleo. Uno diferente. Uno que le permitiera, quizás, trabajar en aquello que tanto había estudiado. La oportunidad llegó después, casualmente, para sustituir a esa chica de la que creyó estar enamorado: Vivian McPherson.

Charleen le empezó a mostrar los archivadores al nuevo asistente mientras Daniel y Vivian los miraban extrañados. Entre murmullos hablaban sobre lo surrealista que resultaba esa situación.

—Dime, Vivian, ¿cómo es el vestido de tu disfraz? —le preguntó Daniel, fingiendo quitarle importancia a la presencia del recepcionista.

—El disfraz... ¡Oh! Es... —Necesitaba una excusa—. Necesito terminar el informe de Gerald Brown. Luego te lo cuento —mintió. Sabía que no habría vestido porque no iba a asistir al baile de ninguna de las maneras.

A media tarde el teléfono de Daniel empezó a sonar. Aquél estaba siendo un día raro y, por si fuera poco, aún se iba a sumar una rareza más. Clifford, su padre y presidente de toda la compañía, le llamaba para pedirle que todo el mundo terminase lo que estuviera haciendo y que se marchasen a sus casas. Todos tenían un disfraz que preparar, algunos debían maquillarse y otros necesitarían comprar los detalles de última hora. Vivian era una persona importante para él y quería despedirla como se merecía, con una fiesta por todo lo grande.

Recogieron deprisa para bajar juntos al aparcamiento. Vivian sentía cómo se le iba acelerando el corazón. Mientras metía sus escasas pertenencias en el bolso contemplaba la oficina, como si estuviera despidiéndose de ella mentalmente. Miró por la ventana. Supo que no iba a poder disfrutar más de aquellas impresionantes vistas. Acarició el borde de la mesa, el monitor del ordenador y el respaldo del sofá. A cada segundo que pasaba sentía en su garganta una opresión cada vez mayor, que le impedía respirar con normalidad. Aquéllos eran sus últimos segundos en Industrias Gable. Nunca antes se había sentido más dolida por una despedida.

Al bajar al aparcamiento Daniel parecía impaciente, como si deseara que llegase la noche lo antes posible. Le sujetó la cara con las manos. Después de darle un beso en la boca se despidió.

—Nos vemos después, ¿vale, Cenicienta?

—¡Claro, Peter! ¡Nos vemos después! —mintió. Intentó que en su voz no se notase que aquello era una despedida real.

Se acercó a él y le abrazó con fuerza, como si no quisiera que se separasen. Daniel se soltó suavemente. Estaba completamente seguro de que se verían dentro de un rato, seguro de que esa noche bailarían durante muchas horas.

—No estés triste, princesa. Luego nos vemos.

La sonrisa de sus labios parecía indicar felicidad, al contrario que la de Vivian. Ella, aunque fingía, estaba a punto de desmoronarse allí mismo.

Se encaminó hasta su coche. Dejó el bolso en el asiento del copiloto y echó la vista atrás. También se estaba despidiendo de aquel aparcamiento que llenaba su cabeza de recuerdos.

Observó cómo Daniel entraba en su coche y cómo lo perdía de vista. Dejó caer una lágrima, la última que derramaría por su actitud infantil, la última que derramaría por no haber dicho las cosas como debió.

CAPÍTULO 48

Al llegar a casa Vivian corrió hacia su habitación y se tendió boca abajo sobre la cama, esa cama que ya pocas veces más ocuparía, pues, cuando pasasen algunos días y encontrase otra casa, se marcharía de allí.

Ya estaba hecho. Lo más difícil que había tenido que hacer nunca estaba hecho ya. Se había despedido de Daniel contándole una mentira, sí, pero lo había hecho. Ahora ya no le quedaba más que resignarse y seguir. Al fin y al cabo, los tres últimos años de su vida habían sido algo difíciles, pero había sido capaz de sobrellevarlos. Se levantó y se fue a la ducha.

Imaginaba que Daniel estaría preparándose para la celebración. Quizás estaría enfundándose ya en sus leotardos de color verde del disfraz de Peter Pan. Se sentía una traidora por engañarle.

De pronto, un estruendo la sobresaltó. Alguien llamaba ruidosamente a la puerta, como si pretendiera echarla abajo. ¿Sabría Daniel lo que se proponía? Se acercó despacio, sin hacer ruido, y puso un ojo en la mirilla para asegurarse de que no era él. Entonces abrió la puerta.

—¡Rachel! —exclamó con los ojos de par en par, sorprendida por aquella visita inesperada.

—¡Lo sabía! Sabía que no irías, que estarías sentada en el sofá, enfundada en un pijama y lloriqueando en lugar de arreglándote para tu gran fiesta. Pero tranquila. Esta noche yo voy a ser tu hada madrina. Ésta será tu última noche como asistente, sí, pero te aseguro que será el principio de tu nueva vida, y no te vas a librar.

Rachel hizo un gesto con la mano y del ascensor salieron una decena de personas. Unos llevaban maletines y otras enormes bolsas de tela con lo que supuso que serían las piezas del vestido que le iba a hacer ponerse.

Rachel hizo que se sentar en uno de los *pufs* del sofá. A su señal, el séquito de estilistas, maquilladores y peluqueros empezaron a trabajar con ella.

Mientras unos la peinaban, los otros la maquillaban. Un par de chicas se encargaban de sus manos y de sus pies. Iban a dejarla completamente radiante, quisiera o no.

Maquillaron sus labios con un sutil tono rosa, que los hizo carnosos y brillantes, unos labios que Daniel no querría dejar de besar.

Hicieron de sus bonitos ojos azules una mirada profunda y hechizante.

Su piel, sus manos, su peinado... Cuando terminaron, una hora después, Vivian parecía realmente una princesa de cuento. Pero aún faltaba el vestido precioso que Rachel le había llevado.

Como si de una modelo se tratase, le quitaron el pijama. Ella sintió vergüenza entonces, porque la estaban viendo desnuda. Pero ninguno se fijó en su ropa interior ni en nada que no fuera a lo que iban.

Anudaron el cancán y dejaron caer sobre él la falda del vestido, de ese vestido precioso y deslumbrante que Rachel había conseguido después de buscar toda la tarde anterior. Abrocharon cuidadosamente todos los botones del corsé y sacaron de la bolsita los zapatos blancos que Rachel había comprado, a juego con el vestido.

—Espera. Ésos no. —Negó con las manos—. Son preciosos, pero Cenicienta tiene sus propios zapatitos de cristal —dijo. Salió corriendo a su habitación.

La modelo fue detrás de ella, intrigada por ver qué zapatos eran esos que decía.

Vivian sacó de la bolsa de tela los zapatos de brillantes que Daniel le había comprado meses atrás y se los mostró sonriendo.

—¡Dios mío, Vivian! Son... ¡Son preciosos! —exclamó la modelo—. ¡Son realmente preciosos!

—Así es. Son muy especiales para mí.

—¿Daniel? —La asistente asintió con una sonrisa triste.

—Él sabía que serías una princesa. Vamos. Póntelos. ¡Ya debe de haber llegado tu carroza!

Por si fuera poco lo que Rachel había hecho por ella, además había alquilado una limusina que la llevaría a la fiesta. Bajaron a la entrada. La modelo se abrazó a su amiga. Dejó rodar una lágrima que mojó ligeramente el hombro dorado de la asistente.

—¿Estás llorando?

—Sí. No es nada. Sólo quiero que me prometas que cuando pase esta noche serás feliz, sea como sea.

—Lo seré. Además te tengo a ti. No lo he perdido todo. —Sonrió. Le secó las lágrimas a su amiga—. Ahora ayúdame a entrar. Tengo que encontrarme con mi desconocido príncipe y con Peter Pan.

Eran las diez de la noche y todo estaba dispuesto. Las luces que habían instalado para la ocasión lo iluminaban todo con colores. Las mesas que el *catering* había preparado estaban apartadas hacia los lados y dejaban un espacio lo suficientemente grande en el medio como para simular una pista de baile.

Todo el mundo había llegado ya. Todos salvo Cenicienta. Pedro y Vilma Picapiedra estaban al fondo, graciosamente vestidos con trajes de trogloditas; Mickey y Minnie Mouse se reían juntos en el medio de la pista porque alguien había atado sus colas y no podían separarse; Aladdin estaba con Jasmine tomando una copa.

Todos, todos estaban allí. Todos excepto la invitada principal.

Daniel llevaba un elegante traje de príncipe, un traje blanco con filigranas doradas en el borde de las mangas, del cuello, y perfilando los botones. Llevaba unos zapatos a juego con el traje. En la cabeza, una corona dorada.

Estaba nervioso. Nunca antes había ido a una fiesta informal de las de la empresa. Pero para él ésa era especial. Estaba tan ansioso por ver a Vivian que habría pagado por adelantar el tiempo. Empezaba a temer que no fuera a presentarse y estaba a punto de darle un ataque.

La limusina había tardado en llegar más de la cuenta. Por si fuera poco, tuvieron que pararse para arreglar una rueda que estaba desinflada. Vivian tenía suerte si llegaba a tiempo, al menos, de bailar una vez con quien fuera su pareja.

—No vaya a creer que le vamos a pagar todo el servicio. Sólo le pagaremos la mitad, porque no quiero que me lleve de vuelta a casa: temo que me mate por el camino —se quejó. Salió a trompicones porque el cancán mantenía abombada la parte baja del vestido.

—Lo lamento, señorita. Siéndole sincero, iba a cobrarles menos por esta serie de inconvenientes. Tenga usted una bonita velada. Yo le esperaré fuera hasta que desee regresar.

Vivian lo miró de reojo. Sabía que realmente iba a necesitar el coche para volver. Asintió agradecida antes de dirigirse hacia la recepción del Edificio B.

Justo cuando Cenicienta entró en el edificio empezaba a sonar la música. Aquel vestido era tan mágico, tan imponente... Estaba tan hermosa que todos se detuvieron al verla.

Daniel se alzó de puntillas intentando ver de qué se trataba. De pronto, todos se apartaron, para dejar un pasillo amplio entre la entrada y él.

Cuando los ojos de Vivian se encontraron con los de Daniel, el corazón de él dio un vuelco. Normalmente la veía preciosa, perfecta. La encontraba delicada y sutil. Pero aquella visión era realmente la de una princesa de cuento.

El vestido refulgía con preciosos tonos azules y blancos, como si estuviera estado repleto de diamantes. Sus brazos, cubiertos con guantes de satén, parecían delicados y frágiles. En la cabeza, un moño suelto que le daba un aspecto elegante y una tiara cubierta de brillantes.

Vivian lo miró molesta. No le dijo la verdad sobre quién era su pareja. Al contrario, le había dicho que él llevaría el traje verde de Peter Pan. Incluso esa misma mañana había llegado a la oficina con un sombrero verde.

Se acercó despacio, con una expresión seria.

—*Wow!* —exclamó él, casi sin pensarlo. La miró de arriba abajo con una expresión indescriptible.

—Eres un traidor, un maldito mentiroso que... —De repente Daniel llevó una mano a su cintura y la atrajo hacia él. Sus cuerpos quedaron juntos en un segundo.

—Que va a bailar contigo hasta...

—Hasta la medianoche —aclaró Vivian interrumpiéndolo—. En el cuento, el hechizo desaparece a medianoche. —Puesto que su personaje desaparecía a las doce ella también lo haría.

Daniel pensó que se trataba de una broma y empezó a reír. Entonces se puso a girar con ella entre sus brazos.

Pasó cerca de una hora y ninguno de los dos había hecho nada por separarse del otro, pese a todos los que se acercaron a ella para felicitarla por tan hermoso disfraz.

Se movían al compás de la música y poco a poco fueron llamando la atención de todos.

Había decenas de parejas disfrazadas. Todos empezaron a hacer un corro alrededor de ellos dos. La gente contemplaba cómo aquella princesa de cuento bailaba con su príncipe azul, viendo cómo hacían la pareja más bonita y espectacular de todo el edificio.

La medianoche se aproximaba. Vivian conocía bien el final del baile del cuento. Después de pasar la noche más maravillosa con su príncipe debería abandonar de repente por culpa del hechizo. Así como si la magia existiera realmente, después de la medianoche ella ya no formaría parte de Industrias Gable y, por consecuencia abandonaría el lugar.

Disfrutó de los últimos minutos con él. Memorizó cada uno de sus rasgos, de sus movimientos, el tacto de su piel, sus cálidos dedos... y contó los últimos segundos.

Clifford parecía saber bien lo que pretendía y no le quitó el ojo de encima. Esperaba que ella en algún momento desviase la mirada hacia él y así poder pedirle que no lo hiciera, pero Vivian no apartaba la mirada de su hijo.

Cuando quedaba sólo un minuto para las doce en punto, en medio del baile, Vivian se detuvo.

—¿Qué ocurre? —le preguntó Daniel con el ceño fruncido.

—Hasta la medianoche, ¿recuerdas?

—Ah, sí, sí. Cenicienta abandona el baile a medianoche. Entonces, ¿te vas? —Sonrió. Pensaba que bromeaba, pero ella asintió. Él, pensando que se trataba de una simple actuación, la invitó a irse haciéndole un gesto con la mano.

Se acercó a su mejilla y plantó en ella un beso dulce y delicado. Después de sonreír tímidamente se dio la vuelta y corrió hacia la puerta. Desapareció en un instante. Todo el mundo se detuvo a mirarla.

Vivian acababa de marcharse para no volver. Ahora ya no tenía motivos para regresar: ni un jefe, ni un empleo, ni nada.

CAPÍTULO 49

Al cabo de un par de minutos, Daniel se dio cuenta de lo que pasaba. Aquella sonrisa triste, aquel beso en la mejilla y aquel suspiro no eran más que una despedida. Vivian ya no iba a volver y en ese momento le entró pánico. Sus pies se bloquearon. Era como si su propio cuerpo se negase a moverse.

Alguien la nombró entonces entre el gentío y todos los nervios que había estado acumulando durante esos segundos le hicieron reaccionar de pronto.

Corrió hacia la entrada, empujando a un lado a todos a su paso. Traspasó las grandes puertas de cristal. En la barandilla que decoraba la fachada esperaba el corcel blanco, al que habían decorado con una silla de tela granate y dorada. Desamarró el arnés y se subió al caballo. Se dirigió rápido en la dirección en la que sabía que se había marchado la limusina que había llevado a Vivian a la fiesta.

En cuanto Vivian subió al coche, sintió cómo todo se venía abajo. Se desmoronó y empezó a llorar, completamente desconsolada.

Se quitó aquellos preciosos zapatos de cristales que Daniel le había regalado meses atrás y se abrazó a ellos, pensando que eran los últimos que le habían llevado con él.

Por suerte, Daniel no tuvo que cabalgar demasiado tiempo a lomos del animal. A sólo cuatro manzanas se hallaba la carroza de Cenicienta, detenida ante un semáforo. Hizo que el caballo se detuviese justo frente al coche. Bajó y se puso de rodillas sin pensárselo. Se estaba dejando llevar por su corazón.

—Vivian, ¿puedes salir? —Ella lo miraba desde dentro, con la cara empapada en lágrimas, completamente sorprendida por verlo de rodillas—. Por favor, necesito hablar contigo.

—¿Señorita, no va a bajar? —preguntó el chófer.

—No. ¿Puedes arrancar?

—No. Con el caballo ahí en medio no puedo.

Vivian se calló. Estaba asustada por lo que fuera que tenía que decirle Daniel. Con dificultad se deshizo del cancán y bajó del coche por la puerta opuesta en la que estaba Daniel. Entonces, sin dejar que dijera ni una palabra, empezó a correr en dirección a su apartamento. Quería huir de él.

El príncipe arrancó a correr detrás de ella, pero el chófer le llamó la atención diciéndoles que el caballo no podía quedarse solo en medio de la calle. Además estaban las pertenencias que ella había dejado ahí, el cancán y los preciosos zapatos de cristales.

—Deshágase de eso. —Señaló el bulto que el hombre sujetaba en las manos—. ¡Espere! —exclamó al ver los zapatos—. Éstos me los llevo.

Daniel subió al caballo y galopó por la acera, casi desierta, hasta el Edificio B. Allí devolvió el animal a su cuidador, quien esperaba molesto por habérselo llevado de aquel modo.

Entró en recepción con una expresión indescifrable y se encaminó deprisa a donde su padre y su madre bailaban.

—Papá, mamá, no voy a volver a la fiesta.

—Asegúrate de hacerlo bien —dijo su padre—. Esa chica...

—Tranquilo. Esta vez lo haré bien.

Entonces se dio la vuelta, apretó los zapatos en sus manos y salió. Sabía perfectamente dónde ir y qué decir.

Cuando Vivian llegó a Black Diamond, Chris estaba sentado en la silla detrás del mostrador. La vio entrar llorando y descalza y corrió tras ella para ver si estaba bien, pero Vivian no respondió. Sólo llamó al ascensor y subió a su apartamento.

En vista de que ella no le había dicho nada supuso que su amiga sabría algo. Así pues, llamó a Rachel. Ambos habían charlado varias veces mientras esperaba a Vivian en recepción. Rachel, sin embargo, no le dijo nada, a pesar de saber perfectamente lo que le pasaba. Varios minutos después de Cenicienta llegó el príncipe. Entró en recepción tan rápido como un rayo.

—¡Tú! ¿Acaso pretendes ser asistente y recepcionista a la vez?

—No, Daniel. Éste es mi último día como recepcionista. ¿Qué ha pasado? ¿Por qué venía Vivian de este modo?

—Creo que no es asunto tuyo. Deduzco por tus palabras que ella está arriba.

El recepcionista asintió justo cuando sonaba la campana del ascensor, avisando de que ya había llegado. Daniel no le dio tiempo a su nuevo asistente para que dijera nada más.

Llegó a la planta treinta y dos hecho un manojo de nervios, pensando cómo decir lo que quería decirle. Se detuvo frente a la puerta del apartamento de Vivian.

Como si ella lo esperase, se había quitado el disfraz, se había vestido con su ropa cómoda de deporte y le esperaba tras la puerta.

Daniel dio un par de golpes. Esperaba que ella le abriese, pero no lo hizo. Vivian se dio la vuelta y apoyó la espalda contra la puerta para no tenerlo de frente pero para poder oír lo que presentía que iba a decirle.

—¿Puedes abrir? Necesito hablarte de algo, Vivian, por favor. —Ella bajó la mirada al suelo, avergonzada por su actitud. Pero, como ella ya intuía, tener la puerta cerrada no hizo que el príncipe de Industrias Gable callase lo que se moría por decirle—. Escúchame bien, Vivian. Sé que tienes miedo, que arriesgamos nuestros corazones en un juego que quizás perdamos. Sé que amar puede ser doloroso. Créeme, he muerto de celos por ti mil veces. Pero déjame enseñarte que a veces la vida puede ser un cuento de hadas, Vivian. Déjame ser un príncipe para ti.

Como supuso, ella no abrió ni emitió sonido alguno.

Daniel permaneció frente a la puerta sin decir nada, pero de pronto ésta se abrió.

Vivian estaba frente a él y se mordía el labio inferior. Sus ojos tenían una extraña mirada en sus ojos y una lágrima iba rodando por su mejilla.

Él la acercó a su cuerpo y secó con la manga de su camisa esa lágrima que decía tanto.

—Te quiero —susurró—. No me importa si eres secretaria, asistente, o si eres limpiacristales. Te quiero y te quiero porque eres tú, no por tu puesto de trabajo, por tu dinero o por tu ropa. Dime, tú sientes lo mismo que yo, ¿verdad? —Ella sólo lo miraba, sin poder articular palabra—. Dímelo, ¿sientes lo mismo que yo? ¿También tú me quieres?

Vivian no respondió. Bajó la mirada y empezó a llorar desconsoladamente. Negaba con la cabeza, como haciendo creer a Daniel que no le quería.

Éste se apartó de ella despacio. Sentía que con cada latido se le rompía el corazón. Dio un paso atrás. Se alejó de ella un poco más. Bajó los brazos y dejó caer los zapatos al suelo. Agachó la cabeza y sintió que moriría. Cerró los ojos con fuerza. Casi podía entender la expresión «morir de amor».

Él dio otro paso atrás y se alejó de ella un poco más. De pronto Vivian corrió hacia él y le abrazó con fuerza, intentando contener el llanto.

—Te... Daniel, te quiero... Te quiero —dijo, mirando hacia los ojos aún cerrados del príncipe de Industrias Gable—. No quiero irme de la empresa, no quiero dejar de verte. Quiero estar todo el día contigo, comer contigo, cenar contigo. Te quiero tanto que...

—¿Que qué?

—Creía que moría cuando he escuchado tu confesión tras la puerta. Creía que...

—Entonces, ¿me dejas ser tu príncipe? —Ella asintió efusivamente, esta vez sin dudarlo—. No te vayas de mi lado. Quiero que sigas siendo mi asistente.

—¿Qué pasa entonces con Chris?

—A él podemos asignarlo a otro departamento. Según Charleen, es muy listo y, aunque no me guste, no quisiera perderlo.

—Yo tampoco te gustaba. —Sonrió.

—No te equivoques. Me gustas desde que entré por primera vez en aquel probador, cuando sólo llevabas unos días conmigo. —Rió. La abrazó con fuerza.

Sin dejar de mirarla, llevó las manos a su cintura. La elevó en el aire y la atrajo hacia su cuerpo, diciéndole sin palabras lo que quería. Vivian sonrió y rodeó su cintura con las piernas y su cuello con los brazos. Aquélla iba a ser la definitiva, la definitiva y la primera de muchas, muchas noches de pasión en la que ninguno de los dos volvería a poner frenos o excusas.

Rachel entró en la recepción a toda prisa. Sonreía como una tonta al ver a Chris mirando los paneles de luces que tenía tras el mostrador.

—Daniel está con ella, pero tienen la puerta abierta

—le explicó al verla—. Supongo que... —de pronto se interrumpió a sí mismo al recordar cierta escena.

—¿Supones qué?

—No. No es nada. —Rió al recordar la cara de Úrsula al ver la escena del dormitorio—. No creo que sea recomendable subir.

—¿Cómo que no? Vivian ha llegado destrozada. Es mi amiga y quiero protegerla.

—Ella no necesita protección. Al menos no la protección que tú puedas ofrecerle.

Rachel entendió la indirecta. Aun así le mostró su intención de dirigirse al ascensor.

—No puedo dejarte subir.

—Claro que sí, guapo, y lo vas a hacer. Mejor aún: subirás conmigo.

Agarró su brazo uniformado y tiró de él hasta la cabina del elevador.

Al llegar arriba, el apartamento estaba abierto, tal y como indicaba el piloto del panel. Dentro se oían risas y Rachel no dudó en entrar.

—No. No puedes entrar —dijo Chris.

—¡Calla! Sólo voy a ver un segundo. Quiero ver si se han reconciliado.

Casi como había hecho Úrsula meses atrás, se acercaron con sigilo hasta el dormitorio.

Ahí estaba la pareja. Daniel sobre la cama, con la camisa del disfraz tirada en el suelo, cerca del vestido que ella se había quitado al llegar. Vivian estaba tumbada sobre él, mientras sus manos le acariciaban la espalda bajo la ropa. Se murmuraban cosas en los labios mientras reían.

La modelo y el recepcionista corrieron hacia la entrada, ruborizados como si de dos adolescentes se tratase.

—Te lo dije...

—Yo...

De pronto se encontraron mirándose a los ojos. No

pudieron apartar la mirada el uno del otro hasta entrar en el ascensor. Cuando las puertas se cerraron, Chris acorraló en una esquina a Rachel, que estaba sorprendentemente nerviosa.

—¿Sabes?, quizás... —dijo Rachel, sin saber qué decirle a aquel hombre, que por primera vez en su vida la hacía sentir de ese modo.

—No digas nada. Sólo asiente si piensas como yo.

Ella no hizo lo que él dijo, sino que alargó los brazos y lo pegó contra su cuerpo. Se estaba lanzando de cabeza y sin red.

Esa noche Cenicienta encontró a su príncipe y la modelo, a su pareja ideal.

FINAL ALTERNATIVO

Eran pocas las pertenencias que Vivian tenía en ese apartamento. Solamente un par de maletas, ropa y alguna que otra cosa de la que podía prescindir. Que Clifford les había dejado salir pronto de la oficina, así que disponía de más tiempo para prepararse. Había decidido marcharse de allí cuando encontrase otro apartamento, pero cuanto más tiempo se quedase más le dolería saber que Daniel no volvería a estar con ella, que ese apartamento se lo había dejado Clifford y que ahora ya no trabajaba con ellos, que ahora ni siquiera Chris iba a estar en esa recepción. Así, mientras se acercaba a Black Diamond, más iba convenciéndole su propio plan.

Mientras otros se preparaban para su fiesta de despedida, ella prepararía sus maletas. Cuando dieran las doce de la noche, ya no formaría parte de ese pasado cercano, del que se arrepentiría por su propio orgullo.

Si no hubiera dimitido...

No pasó más de una hora hasta que toda su ropa aguardaba en las maletas y un par de bolsas, cerca de la puerta de entrada. Contempló el apartamento con la misma angustia con la que se había despedido de Daniel. Salió de allí con intención de no volver jamás.

Daniel se vestía frente al espejo con una sonrisa dibujada en la cara. Sabía que iba a sorprenderla. Imaginaba la expresión que pondría Vivian al verle convertido en un príncipe y no en Peter Pan como le había dicho. Sonreía al imaginarla golpeando su hombro con una mano y abrazándole justo después, derritiéndose en sus brazos como la princesa que era.

Mientras anudaba el pañuelo de su cuello pensaba que con seguridad ella estaría haciendo lo mismo: vistiéndose frente a un espejo, arreglándose para el baile. De pronto se preguntó si usaría aquellos zapatos que él mismo le había comprado.

Después de cargar el último de los bultos en el maletero del coche, Vivian miró hacia atrás. Chris no estaba en recepción. Quizás estaría revisando algo en alguno de los apartamentos o haciéndole algún recado a alguno de los pocos vecinos que en realidad eran. Se sintió mal por no poder tampoco despedirse de él. Los ojos se le llenaron de lágrimas.

Se subió al coche con el pecho comprimido por la amargura. Aun así, no se hundió. Tomó aire con fuerza y arrancó el motor para marcharse de allí.

Conducía curiosa por saber si habrían ido todos a la fiesta. Sin pensar pasó por delante del Edificio B. Aún no era la hora del gran evento. Detuvo el coche cerca de allí, en un lugar desde el cual podía apreciarse bien lo que pasaba en el bien iluminado vestíbulo de la recepción.

De pronto el corazón le dio un vuelco. Su teléfono móvil empezó a sonar dentro de su bolso. Lo miró horrorizada. Rezó en su interior para que no fuera Daniel, para que no le dijera lo ansioso que estaba por verla, para que no le recordase que la estaba esperando. Poco después el teléfono dejó de sonar.

Su mirada volvió a fijarse en la recepción. Un grupo de gente disfrazada entraba entre risas. Un vestido largo y una larguísima melena rubia le hizo sonreír tristemente: había reconocido el disfraz de Rapunzel. ¿Quién lo llevaría? ¿Quién sería su pareja?

El teléfono volvió a sonar. Creía que sería Daniel de nuevo. Dejó que sonase. Pero esta vez siguió sonando. Su mano tembló al rebuscar en el bolso para ver de quién se trataba. Era Rachel.

—No estás en la fiesta. ¿Puedo saber qué estás haciendo? —preguntó la modelo notablemente molesta en cuanto Vivian descolgó.

—No preguntes, Rachel. Yo... no quiero arrepentirme antes de tiempo.

—Arrepentirte antes de tiempo. ¿Bromeas? Te he visto cargando las maletas en el coche.

El silencio se instaló entre ellas. Después de mirar el teléfono para comprobar la cobertura se escuchó cómo la llamada se cortaba.

Vivian sabía que no estaba bien lo que había hecho, pero tampoco pensaba que Rachel fuera a molestarse. Se suponía que era su amiga y que la apoyaría en su decisión, por equivocada que fuera.

Un nuevo sobresalto la alarmó otra vez. Ahora eran dos sonoros golpes en la ventanilla del conductor.

—¡Rachel! Pero ¿cómo? —exclamó al bajar la ventanilla.

—Te he dicho que te he visto llevar las maletas al coche. No pensaba que fueras así, Viv. Pensaba que dejarías a un lado tu cabezonería y que vendrías a tu fiesta. Además, imagino que tampoco le has dicho nada a Daniel y que dejarás que venga ilusionado esperando encontrarte vestida como una princesa.

—No seas cruel. Sabes que no puedo despedirme de él. Sabes que yo...

Su conversación se vio interrumpida por el espectáculo que se podía contemplar en la puerta del edificio. Alguien llegaba a caballo, se dirigía al Edificio B con una retahíla de coches detrás: uno que le escoltaba y otros tantos que miraban el espectáculo. Alguien que vestía como un príncipe, alguien elegante y atractivo se dirigía al mismo lugar en el que ella debía estar.

—Ése es tu príncipe Daniel.

—No. Daniel vendrá de Peter Pan —respondió convencida.

—Ya... ¿Por qué no te acercas y buscas quién es tu pareja? No hace falta que entres. Sólo búscalo tras el cristal.

Vivian dudó por un momento si hacerlo, pero la mirada retadora de la modelo la inquietó. Había creído a Daniel, incluso esa misma mañana había visto el sombrero de Peter Pan que Daniel le había puesto en la cabeza. Aun así bajó del coche y, sin dudarlo, se acercó a mirar.

Cruzó la calle con el corazón completamente acelerado y se detuvo detrás del hermoso caballo, al que acarició despacio.

El animal iba cubierto por una tela blanca ribeteada en dorado. La silla de montar también era blanca y las larguísimas crines y el pelo que cubría sus patas lo hacían el caballo ideal para un príncipe.

—Es precioso —le dijo al muchacho que había tras el animal, sin saber que se trataba del cuidador.

—Sí que lo es. Espero que Cenicienta esté contenta con el príncipe. Convenció a mi jefe para que le dejara el caballo con la historia de cómo se había enamorado de su asistente y de cómo podía perderla esta noche. —Rió al contarlo—. Casi parecía una historia de cuento.

—¿Asistente dices? —La historia que acababa de contarle movió el suelo bajo sus pies. No podía ser verdad lo que estaba pensando.

Sin pensarlo corrió a la vidriera y miró en el interior buscando a Daniel. No le importaba dónde o con quién estuviera. Sólo quería verlo.

Cuando la gente empezó a moverse pudo distinguirlo a lo lejos. En su cara había una sonrisa, una de esas sonrisas que se arrepentiría toda la vida de no volver a ver. Pero lo mejor fue cuando comprobó que él era el príncipe, como habían dicho el chico del caballo y Rachel.

Estaba radiante. Incluso decoraba su cabeza con una corona dorada, como la que dibujan a los reyes en los cuentos. Vivian se llevó las manos a la boca y se mordió el labio inferior. Se sentía, por momentos, la peor persona del mundo.

—Y ahora, espero que te sientas mal —le reprochó la modelo desde detrás. La miraba con el ceño fruncido y los brazos cruzados sobre el pecho—. Él no merecía esto. ¿Sabes cómo se sentirá Daniel cuando pasen las horas y, después de esperar ansiosamente por ti, tú no aparezcas?

—Cállate, Rachel, por favor. No hagas que me sienta peor.

—No. Es imposible que te sientas mal. Si lo hicieras, habrías entrado ahí y le habrías dicho que no puedes asistir a la fiesta porque te vas esta misma noche sin intención de despedirte de nadie.

La asistente no quiso seguir escuchándola. Entendía que se lo reprochase. Sabía que estaba mal lo que había hecho y se arrepentía de haber dejado que Daniel creyera que asistiría a la fiesta. Pero Rachel tenía que entenderla. Ella misma había sido quien le había dicho que, si después de todo Daniel la buscaba, es que era amor y no sólo «un rollo con la asistente».

Cruzó la calle tan deprisa como pudo. Arrancó el coche y se alejó de allí, mirando de reojo el interior de la recepción, esa fiesta de despedida a la que nunca asistiría.

La modelo miró cómo se alejaba, molesta por esa actitud. Vivian amaba a Daniel, lo sabía. Sabía cuánto, aunque no hubieran hablado de ello, y pretendía apoyarla. Conocía a Daniel mucho más que a ella, y sabía lo mucho que la amaba.

Pese a tener ese *feeling* especial con la asistente, pese a considerarla su amiga, no quería imaginar cómo se sentiría él al ver a todos bailando con sus parejas y buscando entre la gente a alguien que no vendría. No quería imaginar cómo su sonrisa se convertiría poco a poco en esa expresión seria que había visto más de una vez.

Rachel entró entonces en la recepción y se acercó directamente a Daniel, llamando la atención de todos, que no esperaban a la modelo.

—Daniel, Vivian no va a venir.

—Vamos, Rachel. Es su fiesta de despedida. Me dijo que no quería venir, pero vendrá. Yo sé que lo hará. —Los ojos de la modelo se llenaron de lágrimas al ver esa expresión de felicidad al mirar hacia las puertas de cristal. Esperaba verla entrar y esa esperanza estaba dibujada en sus ojos.

—Ella ha estado aquí y te ha visto por los cristales. Fui a buscarla hace una hora y vi cómo metía sus maletas en el coche...

—No puede ser. Hasta esta tarde... ¡Vamos! Sírvete algo. Baila con los que no traen disfraz. Diviértete. Yo sé que ella va a venir, lo sé.

—Daniel...

—¡Vamos! ¡Diviértete!

Rachel se hizo a un lado. Lo miraba con un nudo en la garganta.

Pasaron un par de horas. La campana del enorme reloj de cuento que habían preparado marcó la medianoche. Ese momento sirvió para que Daniel se convenciese de que ella realmente no iba a asistir. Aun así, siguió esperando en medio de la pista a que Cenicienta entrase por la puerta y le explicase por qué demonios había tardado tanto.

Aún transcurrieron tres horas más. Daniel seguía inmóvil, mirando la puerta por la que había esperado verla aparecer. La fiesta empezaba a llegar a su fin. Muchas de las parejas estaban disueltas ya: chicas que se habían marchado, chicos que habían bebido de más, chicas que se sentían indispuestas...

Finalmente, todos se marcharon. Confeti, serpentinas y globos esparcidos por el suelo era todo lo que quedaba de la fiesta. Eso y Daniel, que continuaba completamente inmóvil con la mirada fija en la puerta.

—Vamos, Dan. Llevas más de seis horas aquí. Tienes que estar entumecido —dijo la modelo. Él no respondió—. Vamos. —Al llevar las manos a las de él para tirar se dio cuenta de que estaba helado—. ¡Por Dios, estás helado!

El ejecutivo se quedó callado. Ni la miró ni gesticuló. De pronto empezó a correr y salió del edificio. La dejó allí como si ella nunca hubiera estado allí. Rachel se quedó turbada, mirando cómo se marchaba. Supuso que iría a Black Diamond, aunque sabía que allí no habría nadie. Para evitar que sufriera llamando a una puerta que no volvería a abrirse de nuevo, telefoneó al recepcionista para contarle lo ocurrido, para pedirle que no le pusiera las cosas difíciles y que le dejase entrar si se lo pedía.

Daniel subió al caballo y, sin obedecer al chico que acompañaba al animal sacudió las riendas para indicar al corcel que se moviera. Había aprendido a cabalgar cuando era pequeño. A pesar del paso de los años, no había olvidado cómo hacerlo.

Sacudió de nuevo las riendas y el animal empezó a moverse, primero a paso lento. Luego, con los golpes de talón de su jinete, empezó a ir al galope.

Eran más de las cuatro. Las calles estaban bastante más vacías que durante el día y podía correr tal y como estaba haciendo. La capa volaba tras él. La corona había salido disparada por el viento y su pelo se agitaba vigorosamente.

La llegada a Black Diamond era muy distinta de la que había imaginado. Llevaba toda la noche imaginando que llegaría con ella pegada a su espalda, con el enorme vestido de ella cubriendo la parte trasera del animal y los zapatos de cristal brillando en sus pies. Había imaginado que la bajaría en brazos acercándola hacia él. La haría descender lentamente hasta sus labios. Entrarían juntos y luego pasarían la primera de muchas noches de amor. Pero, por el contrario, llegaba solo, después de que lo hubiese dejado plantado, como nunca antes había hecho.

En la recepción no había nadie, pero sabía dónde estaban las llaves maestras. De un golpe abrió el cajón donde sabía que se guardaban y subió.

Chris estaba frente a la puerta de Vivian, como si esperase que ella abriera. Daniel no preguntó ni saludó. Directamente metió la tarjeta en la ranura de la cerradura. El led se puso azul: la puerta estaba desbloqueada.

—Daniel, ¿ésa es mi llave maestra? —preguntó Chris.

Su nuevo jefe le dio una palmada en el pecho y apartó su mano. Dejó allí la tarjeta y le miró de reojo antes de entrar.

Accedió al apartamento como alma que lleva el diablo. Fue rápido al dormitorio. La cama estaba tan perfectamente hecha como siempre. Buscó en los armarios, que estaban completamente vacíos. Corrió a la cocina y por toda la casa, pero no había ni rastro de Vivian.

—Creo que Rachel tiene razón, que se ha ido.

—Cállate, Chris, ¿quieres? No me confirmes lo que estoy comprobando yo.

Sobre la mesa de cristal del salón había algo, un zapato. Era uno del par que él le había comprado tiempo atrás. Dentro había una pequeña nota doblada. Daniel la arrugó con fuerza pues sabía casi con toda seguridad que se trataba de un mensaje de despedida, una despedida que estaría llena de excusas por las que no podía quedarse.

—Por favor, Chris, ¿puedes dejarme a solas?

—Claro. Si me necesita...

—No te necesitaré. Tranquilo. Puedes volver a tu puesto.

Chris le hizo caso y salió del apartamento. Sabía que necesitaba intimidad para leer aquella nota.

Daniel se acercó al sofá con el zapato en la mano. Recordó cuando la sentó en los sillones de cuero de la zapatería, se agachó frente a ella como si fuera una pedida de mano y colocó aquel zapato en su pie. Una sonrisa triste se dibujó en su cara. Entonces desvió su mirada a la otra mano, a la que permanecía cerrada con la nota, que había arrugado.

Después de soltar el zapato en su regazo, desdobló el papel con cuidado, para que no se rompiera.

Querido Daniel:

Sé que no vas a encontrar esta nota, ni el zapato, ni las esperanzas que dejé en él cuando se me ocurrió dejarlo tras de mí como en el cuento.

Lamento no haber ido a la fiesta, lamento haberte mentido y haberte hecho creer que iría, lamento que haya salido todo mal y haberos traicionado, a ti, a tu padre, a Rachel y a toda la familia del Edificio B. Pero odio las despedidas.

Te quiero, y lo hago desde hace mucho. Lo que más siento es no habértelo dicho antes y haberlo dejado para este momento. Quizás nunca veas este zapato, ni la nota, ni mis sentimientos.

Ojalá hubiera sido un poco más madura, más respetuosa, ojalá en esa cena que nos truncó todo hubiera dicho las cosas como las pensaba y, sobre todo, ojalá hubiera confiado en ti y en la confesión del contestador.

Dejé este zapato, y dejé sólo uno para que, si tus sentimientos siguen siendo los que eran, me buscases para emparejarlos de nuevo y para siempre. Realmente quiero emparejarlos.

Si decides buscarme te esperaré, no importa cuánto.

Déjame decirte nuevamente que te quiero, y mucho. Y que cometería mil errores más si ellos fueran a llevarme de vuelta a ti. Demuéstrame que yo no era PARa tI Sólo sexo de oficina.

Siempre tuya,

VIVIAN

—Eres tonta, Viv —dijo mirando la nota sin leer, analizando su caligrafía—. Eres demasiado tonta. Yo también soy un inmaduro. Tampoco yo te he dicho lo que sentía, tampoco he luchado por ti.

Después de contemplar por última vez el piso vacío se fue, esta vez más tranquilo, con el hermoso zapato en su mano derecha y con la mano izquierda en el bolsillo. Apretaba con fuerza la extraña confesión que Vivian le había escrito en aquel papel. Decidió que la encontraría. La buscaría donde hiciera falta. La quería y la única forma de demostrarle cuánto era yendo a por ella, dondequiera que se escondiera. Mientras bajaba en el ascensor, leyó nuevamente la nota. Se detuvo en el párrafo en el que ella le decía que le quería. Una sonrisa se dibujó en sus labios.

Vivian guardaba sus cosas en las maletas cuando encontró una pequeña cajita, algo que reconoció de inmediato. Aquello le dio una idea. Era el candado relleno de cristales que había comprado meses atrás.

Inmediatamente después de llegar al hotel reservó un vuelo para Europa, para París. París era para ellos un símbolo.

Buscó hospedarse en el mismo hotel donde lo habían hecho la segunda vez. Quizás, con suerte, también estaría disponible la *suite* en la que ella lo vio prácticamente desnudo y en la que ambos miraron por la ventana hacia la torre. La suerte le sonrió y deseó con todas sus fuerzas que Daniel no la dejase esperando.

Llegó el lunes. Daniel había pasado el fin de semana nervioso por aquel pedazo de papel que no soltaba. Ella le quería y prácticamente le había dicho que quería estar con él. Estaba impaciente por verla, estaba impaciente por decirle lo que se moría por haberle dicho en la fiesta a la que ella no fue.

Estaba esperando a Chris. Sabía que llegaría puntual. Pronto apareció por la puerta, con una atractiva sonrisa.

—Me alegro de que no funcionase entre vosotros —dijo Daniel, escudriñándolo con la mirada.

—¿Se refiere a Vivian? —preguntó con el ceño fruncido, como dudando.

—Tutéame. Nos conocemos bien. Y sí, me refiero a ella.

—¿Por qué lo dices?

—Lo digo porque eres atractivo. —El asistente lo miró a punto de estallar en risas por lo que le acababa de decir su nuevo jefe—. Sí. No me mires así. Soy un hombre, pero tengo ojos y eres guapo. No lo voy a negar.

—Tú también lo eres. ¡Y además rico! —exclamó divertido—. Pero dime, quieres algo, ¿no? Te noto... ¿nervioso?

—Necesito que me digas dónde está Vivian. Sólo sé que me espera. Investiga todo lo que necesites hasta que encuentres dónde ha ido. Tengo una reunión con mi padre. Trata de averiguarlo para cuando vuelva.

No hizo falta buscar mucho. Chris leyó la nota sólo un par de veces hasta encontrar un mensaje, una palabra, un lugar: ¡París! A Daniel se le había pasado por alto, por haberse fijado únicamente en esos sentimientos que ella había plasmado en ese pedazo de papel. Ahora quedaba buscar el lugar en el que se hospedaría.

Él conocía a Vivian y sabía que no despilfarraría el dinero en un hotel de cinco estrellas. Era sencilla y elegiría uno en un lugar tranquilo con una habitación simple.

Buscó hoteles con esas características en todo París.

Tras una hora de llamadas, se dejó caer sobre el respaldo de la silla. Vivian no estaba en ninguno de ellos. Aquello acababa de romper sus esquemas. Aún faltaba un rato para que Daniel volviera. Ahora buscó en los hoteles de lujo.

Vivian había pasado casi todo el fin de semana viajando. Fueron horas de avión, horas perdidas en los aeropuertos, pero al fin estaba allí.

París. La ciudad parecía aún más hermosa que las otras dos veces, parecía más romántica, más bohemia, más poética. Quizás era porque ahora lo veía con el corazón lleno de amor.

Al entrar en la *suite* dejó las maletas en la habitación que había ocupado ella, pero decidió que dormiría en la que había enfrente, en la misma cama en la que había estado con Daniel meses atrás.

Daniel entró en la oficina y se plantó frente a la mesa que antes había ocupado ella. Chris colgó el teléfono igual que habría hecho ella, con una sonrisa. Podría soportarlo. En el fondo, Chris no era un chico desagradable.

Éste se puso en pie y de debajo del teclado sacó una nota, un teléfono y una dirección.

—Eres eficiente. ¿Sabes si ella...?

—He llamado a la recepción. Les he dicho que soy su jefe y me han pasado con su habitación directamente. —Daniel corrió hacia la puerta como un rayo, pero Chris llamó su atención con una sonrisa traviesa—. No vayas hoy. Hazla sufrir.

—¿Sufrir? ¿A qué te refieres?

—Hazla esperar por ti, hazle lo mismo que ella te hizo en la fiesta. Déjala esperando.

—Veo que Rachel te lo ha contado todo. ¿Estáis saliendo? —Chris carraspeó, como si eso fuese una respuesta—. ¡Vamos! Dime, ¿estáis saliendo o no? —Daniel insistió con una sonrisa. Por primera vez sonreía frente al recepcionista, y lo hacía de forma sincera.

—No sé si salimos. Hemos cenado, hemos ido al cine, hemos...

Daniel se apartó de allí riendo. Sabía que su asistente no encontraba el modo de admitirlo porque él era su exnovio.

Haciendo caso a la sugerencia de Chris, se esperaría toda la semana para ir en su busca, aunque eso le supusiera un esfuerzo.

Pero al fin llegó el viernes. Hacía siete días que no la veía.

El vuelo a París se le hizo eterno. Se había aburrido como nunca antes. Al aterrizar salió como alma que lleva el diablo, con las piernas doloridas por las horas de inactividad. Llevaba los nervios agarrados en el estómago.

Como tantas otras veces alquiló un coche y se dirigió, al borde de un ataque de nervios, hasta la entrada del hotel donde sabía que se hospedaba.

La recepción era espaciosa y luminosa. Estaba decorada en los mismos tres tonos en los que lo estaba la habitación: blanco, negro y morado.

Tras el mostrador de recepción estaba el mismo francés que les atendió la vez pasada. Sonrió al recordarle.

—Disculpe. ¿Puedo ayudarle? —le preguntó, aun sabiendo a lo que iba.

—Vengo a ver a la señorita McPherson, de la dos-siete-cinco.

—La señorita McPherson no se encuentra en su habitación, *monsieur*. Ella sale por las mañanas y no regresa hasta que oscurece.

—¿Sabe dónde va? —le preguntó. El recepcionista negó con la cabeza y puso cara de circunstancias.

Ahora se encontraba en París pero no sabía dónde buscarla. Podría esperarla hasta la noche, podría permanecer ahí hasta que ella volviera y entonces acompañarla a la *suite*. Pero pasar más horas sin verla era una tortura.

Salió a pasear. Trataría de recordar los sitios que visitaron juntos. El primer sitio que le vino a la memoria fue el lugar donde tuvieron su primera cena.

De pronto, como si de una señal se tratase, encontró a un muchacho que estaba quitando la cadena que bloqueaba la rueda de su moto. Las palabras «el guardián del amor» tomaron forma en su cabeza. Vivian estaba allí, estaba seguro. Sin pensarlo dos veces arrancó a correr como loco.

Llegó al puente casi sin aliento. Se detuvo a respirar en el mismo instante en el que la vio agachada, con la espalda apoyada en el muro de piedra que hacía de barandilla, al lado de los candados. Ella miraba hacia el lado opuesto.

Se ocultó a un lado para que no le viese. Quería observarla antes de ir por ella, antes de confesarle todos sus sentimientos y de pedirle que jamás se alejase de él. Entonces pensó en hacerla sufrir un poco más.

Había anochecido y Vivian seguía allí, esperando. A Daniel se le encogía el corazón. Él la amaba, y mucho, pero posiblemente no llegaría a esperarla allí, con ese frío o sin comer. Dio un paso para acercarse, pero entonces Vivian se puso en pie y empezó a caminar, aparentemente de vuelta al hotel.

Él la siguió durante varios metros. Después de verla entrar en el hotel, esperó a que subiera para hacerla bajar.

Cuando Vivian entró en la habitación empezó a sonar el teléfono. Supuso que sería recepción, como tantas otras veces. Se acercó despacio.

—Lamento la molestia, *mademoiselle* McPherson, pero alguien pregunta por usted aquí abajo.

Vivian no respondió y fue rápidamente hacia la puerta. Sabía que era él, sabía que era Daniel quien la esperaba. No esperó el ascensor, sino que bajó por las escaleras. Cruzó la puerta deseando volver a verle.

Se detuvo a unos metros, con el corazón latiendo con fuerza en su pecho. Era él, de verdad lo era.

Daniel hizo un gesto con las manos, como si estuviera diciendo «pues bien, aquí estoy». En su mano derecha llevaba el zapato como muestra de que había leído la nota. Ella sonrió levemente.

Sin dudarlo, corrió hacia él. Se colgó de su cuello y le rodeó la cintura con las piernas.

—¡Has venido!

—¿Qué crees que debería hacer contigo? —preguntó Daniel

—Te quiero —susurró en sus labios, antes de que dijera nada más.

Todo el mundo en aquella recepción empezó a aplaudir y Vivian decidió llevar su declaración a su habitación, donde nadie les interrumpiría. Lo soltó y tiró de él hasta el ascensor.

Daniel pretendía castigarla por lo que le había hecho pasar, por lo de la fiesta, por marcharse así, por tenerle ansioso por verla.

—¿Por qué me ha besado ahí abajo, señorita McPherson?

—Has venido por mí, ¿no? Porque...

—He venido para juntar los dos zapatos. Cuando lleguemos a la habitación, quiero que me devuelva su pareja para poder marcharme.

—¿Cómo? —preguntó Vivian asustada. Él no respondió, contuvo las ganas de reír y de abrazarla un poco más.

Cuando entraron, Daniel dejó caer el zapato contra la moqueta y la empujó contra la puerta. Entonces le bloqueó las manos a los lados de sus hombros.

—Jamás, y repito, jamás vuelvas a apartarte de mí. Tu sitio es a mi lado, sin importar nada más. Y mi sitio es a tu lado, ahora y para siempre.

—Daniel...

—Sabes lo que siento desde que entraste en mi vida, sabes que estoy loco por ti y que para mí no eres sólo sexo de oficina. Por cierto, te recuerdo que nunca hemos logrado pasar de las preliminares... —murmuró cerca de su boca. Miraba sus labios como si fuera a besarlos en cualquier momento—. No eres sólo mi asistente y lo sabes.

—Daniel...

—Y te quiero. Te quiero como nunca he querido a nadie, como nunca podré volver a querer. Y ahora sí, ahora sí puede besarme, Cenicienta, del mismo modo que lo hacía en recepción.

—Pues no. ¡Ahora no quiero! —respondió. Se soltó, se apartó de él y salió corriendo hacia el dormitorio—. ¡Se supone que tiene que correr detrás de mí, señor Gable! —Rió.

Daniel conocía el juego al que le estaba invitando a jugar y sonrió con picardía.

Cuando la alcanzó la hizo girar sobre sus pies y la abrazó con fuerza unos segundos antes de besarla como había deseado hacer mil veces en ese puente.

Se besaron intensamente hasta que ella se apartó ligeramente con intención de decirle algo.

—Tengo un candado...

—Yo también —respondió. Sacó de su bolsillo el mismo que ella no le dejó poner la última vez que estuvieron en París.

Ella llevó la mano a su bolsillo y sacó de él el bonito candado de cristal.

—Es precioso, Viv.

—Lo es.

—Pero realmente no es necesario usarlos. Jamás dejaré que te apartes de mí —murmuró en sus labios—. Y si se te ocurre alejarte más de lo necesario, los usaré para encadenarte a mí.

Esa respuesta era, extrañamente, la que esperaba de él.

Se mordió el labio inferior. Saltó a su cuello y le rodeó la cintura antes de besarlo.

—Daniel...

—¡Calla! No digas más —susurró en sus labios antes de callar con un beso.

Ése no era el inicio de relación que habían soñado. Tampoco Cenicienta y el príncipe habían empezado así su relación. Pero, mientras los sueños se cumplan, ¡no importa cómo lo hagan!

CAPÍTULO EXTRA

Hacía seis meses que Daniel y ella habían empezado a salir. Hacía seis meses que ella ya no era su asistente. Hacía seis meses en los que trabajaba como directora en otra de las secciones de la empresa.

Después de su partida no pasaron ni dos días cuando Clifford llamó a su puerta con otra propuesta. No quería prescindir de ella. Después de pensarlo le ofreció un ascenso, un despacho, un asistente y un puesto de directiva al que ella no pudo negarse.

En ese tiempo estaba completa y perdidamente enamorada del príncipe de su cuento de hadas, pero empezaba a estar cansada de esos celos que no la dejaban respirar. Daniel controlaba todas las reuniones a las que asistía, amenazaba al chico que trabajaba para ella y vigilaba todo lo que hacía. Le gustaba que fuera celoso, pero sentirse intimidada no era tan grato, y menos cuando interfería en su trabajo con llamadas innecesarias o con visitas inoportunas.

En esos seis meses como directiva, Vivian asistió a innumerables juntas. La última de ellas, la más importante desde que había ascendido, le había regalado la posibilidad de volar a Italia, donde tendría que viajar en compañía de su eficiente asistente, Bill. Era su primera reunión internacional en Caledoni Mercato, una empresa asociada a Industrias Gable.

Cuando Daniel supo que su novia iría a Italia en compañía de otro hombre puso el grito en el cielo. No podía permitir que eso ocurriese. Presionó a su padre, presionó a Vivian y por último presionó a los directivos e inversionistas con los que iba a reunirse en Europa. Sin embargo, lejos de conseguir su propósito, lo único que logró fue enfadar a su antigua asistente.

Vivian pasó enfadada los tres días previos a su viaje por culpa de la insistencia de su novio. Al final estalló: la noche antes de su vuelo, cuando Daniel la llamó y volvió a mencionarle sus malditos celos, no dudó en decírselo.

—Daniel, no me dejas respirar —confesó realmente molesta.

—¿Te molestas porque quiero estar contigo?

—No, Daniel. No quieres sólo estar conmigo. Quieres controlar todo lo que hago, dónde voy, con quién hablo... Quieres controlar todo lo que me rodea y no me dejas hacer mi trabajo.

—Pero eso es sólo porque te quiero.

—Y yo también a ti, Dan. Lo sabes, pero me lo pones muy difícil.

—¿Te has enfadado? —le preguntó él ante el evidente disgusto.

—No. No me he enfadado contigo. Sólo que con tus celos... Prométeme que confiarás en mí, que me dejarás hacer las cosas a mi manera.

Vivian sabía que su viaje a Italia sería una odisea. Sabía que si de forma habitual se comportaba como un obseso, cuando ella se alejase miles de kilómetros sería aún peor.

El avión aterrizó y llegó la primera de las sorpresas. Cuando la ayudante del director, Bruno Neviani, los saludó, Bill, su asistente, respondió en un perfecto y fluido italiano. Su acento era tan bueno que podría haber pasado por italiano.

La muchacha les indicó el coche al que debían subir. Entonces Vivian no dudó en pellizcar simpáticamente el brazo de su asistente.

—No sabía que hablaba el idioma con esa perfección, señor Di Carlo.

—Mi abuelo es de Italia, señorita McPherson. Veraneo todos los años en Florencia. Es lógico que domine el italiano, ¿no cree? —Rió exagerado. Esto provocó que ella pusiera una graciosa mueca de burla.

Vivian era su superior, pero ambos se comportaban como verdaderos compañeros de trabajo, como iguales. Al fin y al cabo la ayuda del muchacho era tan grande que sin él le sería muy difícil permanecer en el puesto de directiva.

La reunión se celebraría sólo un par de horas después del aterrizaje, tiempo suficiente para dejar las cosas en el hotel y dirigirse hasta allí relajadamente.

La segunda de las sorpresas llegó justo antes de la cita.

Al entrar en la recepción de Caledoni alguien les esperaba, alguien que ella conocía bien: Frank. Ambos se miraron: él con una sonrisa y ella con el ceño fruncido en una expresión simpática.

—¿Me has seguido? —preguntó.

—Es usted irresistible, señorita McPherson, pero no. No la he seguido. Anda. Ven aquí. Hace mucho que no nos vemos —dijo él. Le dio a Vivian un cálido abrazo ante la mirada extraña de Bill.

—Vamos, Frank. Es mucha casualidad que nos encontremos aquí.

—Nos movemos en los mismos círculos. ¿Recuerdas Hawaii?

Vivian lo miró de reojo. Después de afirmar con un

lento asentimiento de cabeza hizo un gesto con las manos como para indicarle que le guiase hasta la sala de juntas.

Después de una larga y provechosa reunión, llegaba la hora de descansar. Bill pretendía salir y encontrarse con sus primos, a los que había informado de su visita a Italia. Vivian se fue directa a su hotel, pues quería descansar de ese largo viaje y de ese largo encuentro.

Estuvo un par de horas tumbada en la cama intentando dormir, pero no fue capaz de pegar ojo. Continuamente se imaginaba a Daniel hecho un manojo de nervios, caminando por su apartamento, y eso la inquietó. Se moría por llamarle, por escuchar su voz, por decirle que todo había salido bien y que por la mañana tomarían un avión de vuelta, pero pensaba que, si lo hacía, sería entrar en su juego, en ese juego en el que él controlaba todo lo que tenía que ver con ella, incluso a miles de kilómetros.

Se puso en pie. Sacó un pantalón y una camiseta ajustada de la maleta. Después arregló un poco su larga y rubia melena. Finalmente, bajó a tomar algo al bar del hotel.

El salón era muy parecido en cuanto a decoración y distribución a aquel donde Vivian se había emborrachado por primera vez, a aquel donde vio a Frank por primera vez después de un par de años. Como si hubiera sido cosa del destino, ahí estaba él, sentado a una de las mesas, completamente solo y acompañado únicamente por una botella y un vaso.

Vivian lo miró desde la entrada sin atreverse a acercarse a él. Pensaba que podría parecer lo que no era. Aun así, antes de darse cuenta estaba sentada justo frente a él, observándolo con una sonrisa.

—¡Vivian! —exclamó sorprendido—. ¿Me has seguido?

—No es usted tan irresistible, Prime. —Rió—. Debe ser una casualidad que nos hospedemos en el mismo hotel, ¿no crees?

—Venga. ¿También te alojas aquí? —Ella asintió—.

¡Entonces tenemos que celebrar esta maravillosa coincidencia!

Frank alzó una mano y el camarero se acercó en una décima de segundo para atender al directivo.

Justo un minuto después regresaba con una bandeja y un vaso lleno de hielo.

Después de varias copas, Frank le propuso pasear por Roma, al menos por las calles que rodeaban el hotel. La ahora directiva dudó por un momento. Salir a pasear con Frank sería motivo de discusión seguro entre ella y Daniel, quien detestaba a ese tipo sobre todas las cosas. Pero ella había crecido con él. Aunque creyó estar enamorada de él, Frank no se había propasado con ella ni una sola vez. Así que dejó a un lado sus pensamientos sobre Daniel y aceptó el paseo. Se puso en pie y cogió su bolso del respaldo de la silla en la que había estado sentada.

Roma era igual que París. El aroma del ambiente era completamente distinto al de su ciudad. La gente también era diferente. Eso le hizo recordar a Vivian aquella cena a orillas del Sena con su entonces jefe. Además, por si fuera poco, las copas que había tomado empezaban a hacerle ver las cosas con poca nitidez. Todo empezaba a volverse borroso y no quería perder el conocimiento en medio de la calle.

—Frank, creo que he de irme.

—¿Irte? —preguntó extrañado—. Vale. De acuerdo. Déjame acompañarte —dijo. Sabía que Daniel estaba en su cabeza y le impedía seguir. Caminaron en silencio y a paso rápido hasta que Vivian se detuvo de repente, con una mano en su muslo derecho y la otra en su frente, mientras respiraba con fuerza. A duras penas podía seguir el paseo, pese a lo cerca que tenían el hotel.

—¿Te encuentras bien? —preguntó Frank asustado.

—Estoy... Me siento mareada. No me sienta bien el alcohol.

Sin pensarlo demasiado, el muchacho se agachó frente a ella y la obligó a subir a su espalda. No iba a dejarla allí y tampoco la llevaría en volandas. Al entrar en la habitación, Vivian se sentía fatal. Cuando Frank la dejó en el suelo, ella dio un paso al frente y le besó. Ese beso despertó todo el deseo que Prime llevaba tiempo ocultando y reprimiendo. Éste le devolvió el beso con una pasión que casi quemaba en sus labios.

No quería besarla, no quería dejarse besar por ella, pero tampoco podía rechazarla. De joven había estado enamorado de ella durante años. En la universidad deseó mil veces que ella insinuase algo para lanzarse. Esperó a que ella dijera algo que le diera a entender que le gustaba, pero siempre se mostró igual con él que con otros chicos, tímida, simpática, amable y cariñosa.

Nunca le importó su atuendo, pese a que ahora le resultaba terriblemente irresistible. Nunca le importó que vistiera de ese modo, porque eso era lo que le daba su encanto. Ese detalle era exclusivo de ella y eso la hacía única.

Ahora, años después, y pese a tener novio, le estaba besando como siempre deseó que lo hiciera y no podía resistirse.

Llevó las manos a su cintura y la elevó. Anduvo con ella hasta la cama. La dejó sobre el colchón con cuidado y se sentó frente a ella.

Vivian volvió a abalanzarse sobre él y le besó nuevamente. Le llevó de espaldas contra la cama y se echó sobre él.

A duras penas podía creerlo. Casi no podía creer que aquello estuviera pasando de verdad.

Vivian imaginó en silencio al Daniel de meses atrás, ese que la deseaba y que le demostraba tanto con cada caricia, ese Daniel que la amaba como jamás lo hizo nadie.

Vivian metía las manos bajo su ropa y esto hacía que le costase horrores contenerse. De pronto todo se detuvo.

Entre besos, suspiros y murmullos se coló el nombre del príncipe de Industrias Gable. Quedó claro que ella no estaba besándolo a él, sino a su novio. Estaba imaginando a otro mientras intentaba acostarse con él. De pronto se dio cuenta de lo mal que estaba haciendo al dejarse llevar por su pasión.

La apartó sin decir una palabra y se adecentó la ropa antes de dirigirse hacia la puerta.

—¡Hey! ¿Qué ocurre? ¿Por qué te vas de repente? —preguntó Vivian. Corrió tras él.

—Me gustas, Viv, créelo. Me gustas mucho. Pero esto está siendo un error. Yo estoy contigo, pero tú estás con Daniel. Él no merece que le hagamos esto.

—Pero cuando te he besado no me has rechazado...

—Ni lo haría jamás. Pero debemos parar aquí. No me gustaría seguir y ser la causa de una disputa entre vosotros. Lo siento. Créeme que lo siento —dijo. Cogió su cara entre las manos y apoyó su frente sobre la de ella—. Pasa buena noche, Vivian.

Al cerrar la puerta, Vivian supo lo que había estado a punto de hacer y con quién. Se puso una mano en el pecho, intentando así aliviar un poco esa culpa que le oprimía cada vez más. Se fue deprisa a la cama, llorando desconsoladamente.

Definitivamente Daniel no la perdonaría jamás, y tendría razón al no hacerlo.

A la hora de volver Vivian decidió no ocultarle nada a Daniel. Nada más aterrizar el avión lo llamó para contarle lo ocurrido. Lo citó en Black Diamond. Justo después de terminar de ducharse y vestirse apareció Daniel, deseoso de verla, deseoso de besarla y deseoso de decirle cuánto la amaba y cuánto la había extrañado.

En el momento en que le oyó llamar a la puerta empezó a ponerse nerviosa. Realmente Daniel no merecía lo que había estado a punto de hacerle.

Al abrir, su príncipe esperaba apoyado en el marco de la puerta, con una rosa en la boca y una mirada seductora.

—Esta vez no te quejarás. Te he dado el espacio que me pediste —dijo encantador y la abrazó.

De pronto Vivian empezó a llorar y lo apartó despacio.

—Daniel, yo...

—¿Qué ocurre? ¡No me asustes!

—Perdóname. Lo siento. Entenderé si no me perdonas.

—Habla. No me asustes. Dime qué pasa.

—En Italia me encontré con Frank. —Sólo con oír esa afirmación, Daniel se apartó de ella con expresión seria—. Él asistía a la misma reunión que Bill y que yo. Casualmente nos hospedamos en el mismo hotel.

Daniel no dejó que terminase de hablar. Sentía cómo le hervía la sangre bajo la piel. Dio un par de pasos atrás y apretó los puños por no gritarle. Después de analizar sus palabras y el modo en el que le había pedido perdón, entendió que se habían acostado. Sin decir nada se volvió y salió del apartamento. Cerró la puerta con un golpe seco y sonoro. Vivian acababa de confesar que le había traicionado. Se sentía ridículo por haber ido con aires de Casanova a buscarla, con una rosa y en actitud seductora.

Al entrar en el coche golpeó el volante con fuerza mientras cerraba fuertemente los ojos y apretaba los puños.

—Debí haber ido con ella. ¡Maldita sea! Debí haber ido aunque todo estuviera en mi contra. No. No debí haber dejado que fuera.

Sin darse cuenta estaba llorando. La rabia y la impotencia se mezclaban, y le hacían sentirse muy mal. Vivian llamó a la ventanilla hecha un mar de lágrimas, implorando su perdón sólo con la mirada, con el modo como acariciaba el cristal.

—No me puedo creer que me hayas hecho esto. No puedo creer que lo hicieras con el tipo que más odio de todos. Hubiera preferido que no me lo dijeras, hubiera preferido no saber, de verdad. Yo... Voy a necesitar tiempo para asimilarlo.

—No pasó lo que estás pensando.

—¿No pasó lo que estoy pensando? ¿Os besasteis? —Ella no dijo nada—. ¿Os besasteis o no? ¿Os abrazasteis? Vivian, ¿tocaste su piel? ¿Terminasteis en una de las habitaciones? ¿En una de las camas quizás? —Ella sólo se llevó una mano a la boca y se apartó del coche para dejarle marchar.

La mañana siguiente fue difícil. Daniel estaba en su despacho y prohibió a Chris que dejase entrar a Vivian. No quería verla ni quería hablar con ella, a pesar de que ella trató todo el día de ponerse en contacto con él.

Los días siguientes fueron iguales.

Había pasado una semana desde su regreso y Frank supuso que Vivian no habría sido capaz de ocultar a Daniel su encuentro en Roma. La conocía bien, pero también conocía los sentimientos masculinos y se imaginó que Daniel estaría hecho una furia por ese «engaño».

Antes de que Gable se dejase llevar por sus propios pensamientos y éstos le llevasen a plantarse en su oficina con ganas de matarlo, decidió acercarse hasta el Edificio B.

Al entrar en recepción se encontró con Vivian. Ésta iba hacia la puerta del aparcamiento y, cuando lo vio, quiso detenerle, impedirle que subiera e hiciera correr ríos de sangre. Pero él usó como excusa a Clifford y le pidió amablemente que no interfiriese en sus negocios, a lo que ella no pudo negarse.

—¡Tú! —exclamó Daniel, con los ojos desorbitados, cuando se encontró con él.

—Vengo a hablar de lo que pasó en Italia.

—¿De lo que pasó en Italia? Maldito... Chris, espera fuera. O mejor vete a casa. Ya es hora de salir.

—En Italia no pasó lo que crees —le explicó Frank. Pero sabía que iba a golpearle—. Tu novia bebió un par de copas y, cuando el alcohol se le subió a la cabeza, se imaginó que yo era tú.

—¡No me vengas con excusas, desgraciado!

—Está diciendo la verdad —interrumpió ella desde la puerta.

Vivian sabía que Frank le había mentido. Después de llegar al coche decidió subir para comprobar que no estaban matándose.

—Os habéis aliado para burlaros de mí. Fuera. Fuera los dos. No tengo nada más que deciros.

—Sí. Lo sabía. Por eso te lo explico aquí.

Se calló y sacó un sobre de su bolsillo. Lo dejó sobre su mesa antes de salir del despacho, sin mirar a Vivian.

Ésta corrió por la nota, pero Daniel fue más rápido y la cogió antes de que ella la tocase.

—¿Asustada por lo que me pueda contar aquí?

—No. No pasó lo que crees, te lo juro. No sé si te miente o no, pero no pasó nada.

—Siéntate ahí y escribe lo que ocurrió. Luego ya veré si te creo o no.

Vivian tardó en reaccionar. No entendía por qué debía explicarle lo ocurrido a través de una nota, aun así, empezó a escribir. Contaba la verdad con todo lujo de detalles.

Había pasado una semana tras el encuentro con Prime y desde la última vez que había hablado con ella. No había leído las notas de ninguno de los dos. Le resultaba demasiado difícil aceptar que en Italia hubo entre ellos algo más que palabras.

Después de pensarlo, pidió a Chris que le leyera aquellas cartas. Resultaba incómodo admitir delante de él que su novia le había engañado con otro, pero no encontraba alternativa.

—¿Y bien? —preguntó con cierta impaciencia.

—Bueno. Ese tipo está enamorado de Vivian, de eso

no me cabe duda. No cuenta nada de lo que pasó pero sí lo que ha sentido por ella todo el tiempo y cómo se sintió cuando ella murmuró tu nombre antes incluso de empezar nada.

—No pasó...

—Se besaron, al parecer muy apasionadamente. Pero Vivian no le besaba a él.

—¿Qué harías si Rachel...?

—Rachel no es Vivian. Sé que del mismo modo que tuvo el impulso conmigo puede llegar a tenerlo con otro. Vivian no puede ver a otro que no seas tú. Está tan loca por ti que es absurdo imaginar que se acostase con otro, créeme. —Sonrió al recordar el momento en el que la recepcionista les interrumpió—. Si crees, como yo, que ella te quiere y que te es fiel, no la alejes de tu lado. Pídele espacio y obsérvala. La conozco bien y soy bueno juzgando a las personas: entonces será ella quien te pida que vuelvas.

Pasaron muchos días más sin hablarse. Lo único que hubo entre ellos fueron miradas. Durante aquellos días, Daniel se moría por acercarse a ella y por pedirle que le perdonase. Pero Chris le obligaba a mantenerse al margen, a que comprobase que lo que le decía era cierto y que ella terminaría acercándose a él.

Hacía cerca de un mes de lo ocurrido en Roma, de su confesión y de su «ruptura». Vivian ya no podía seguir mirándolo sin decirle que no podría querer jamás a nadie más. No podía seguir fingiendo que le daba igual. Simplemente era incapaz de verlo y no lanzarse a sus brazos.

Esperó al viernes. Ese día sería la reconciliación o la ruptura definitiva. Había dejado a un lado los nervios que no la habían dejado dormir esa noche y que no le habían dejado comer ese día. A la hora de salir, le esperó al lado de su coche.

—Que tengas un buen fin de semana —dijo él. Subió al coche. Sabía que ese día ella iba a romper su silencio.

—Necesito que hablemos. Daniel, no puedo seguir así —murmuró. Se agachó a su lado y le impidió que pudiera cerrar la puerta—. No pensé lo que hacía. Realmente pensé que eras tú...

Él salió del coche, con cuidado de no golpearla, y la obligó a ponerse en pie. Entonces la acorraló contra el coche.

—Si no sabías lo que hacías, ¿por qué...?

Ella no lo dejó terminar. Como si fuese un acto reflejo, le puso las manos en las mejillas y lo atrajo contra su boca.

—Aquella vez también fui víctima del alcohol, sólo que aquella vez hubiera querido no dormirme y esta vez hubiera deseado que hubieras sido tú —murmuró. Después lo besó y le impidió que dijera nada—. Jamás volveré a probar una gota, y tú...

—¿Yo...? —preguntó con el corazón acelerado. Sintió unas horribles ganas de hacerle el amor en ese mismo instante.

—Sólo dime que me perdonas y yo me encargaré del resto, de que nunca, jamás, tengas que desconfiar de mí.

—No. Quiero que seas tú misma. Además, tengo algo que pedirte. Perdóname por haber sido tan posesivo, por haber interferido en todo lo que tenía que ver contigo y...

Nuevamente se vio callado con un beso que le devolvió de forma apasionada.

Después de casi un mes, Vivian había pensado mil y una maneras de acercarse a él. Tanto que, después de una sugerencia de Clifford, se había mudado secretamente al apartamento de debajo de Daniel en White Diamond.

Cuando Daniel detuvo el coche en Black Diamond, Vivian empezó a reír. Él la miró con el ceño fruncido y una ceja arqueada.

—Hace dos semanas que vivo casi contigo —le susurró en su oído—. Vivo en el apartamento de abajo.

—En... —Ella asintió.

—¿En el de abajo? Entonces, vayamos a casa.

Al llegar, ambos se miraron sonriendo. Daniel agarró su mano. Ya nunca más iba a dejarla ir.

—Dile a mi padre que vas a dejar el piso. Quiero que vivamos juntos —dijo antes de cerrar la puerta de ese apartamento del que nunca más la dejaría salir.

EPÍLOGO

Hacía un año y medio desde aquella fiesta de disfraces que dio inicio a su relación. Dejando a un lado cierto bache, todo había ido sobre ruedas. No pasó un solo día sin que se dijeran cuánto se amaban, ni un solo día en el que no se mostrasen enamorados.

Todo parecía perfecto. Pero Vivian seguía sin hablarse con su familia. Aunque eso era algo que iba a cambiar.

Durante los últimos diez meses Daniel había estado enviando cartas a los McPherson, contándoles sobre Vivian, las cosas que hacía, el ascenso que la había convertido en una de las directivas más importantes del conglomerado, de sus ahorros secretos para comprarse una casa... Al cabo de pocos meses recibió una respuesta.

Airam, el hermano menor de Vivian, el chico que la vez anterior la había tratado con frialdad, ahora se había aliado con Daniel. Después de varias citas, le pidió fotos de su hermana para usarlas de señuelo con sus padres. El ejecutivo pasaba los días fotografiándola, cuando salían, cuando ella estaba en medio de una reunión, cuando...

Al llegar el cumpleaños de Vivian, pensó en darle una sorpresa, la mejor de todas en su opinión. Fingió que lo celebrarían a solas con una cena íntima y romántica, que estarían sólo ellos dos. Pero su secreto iba mucho más allá: Daniel había decidido reunir a las dos familias al completo en el apartamento. Y lo lograría, costase lo que costase.

Sólo faltaban un par de días y, en vista de que los McPherson aún no se habían decidido, inventó una reunión de última hora. Fue él mismo a la casa donde Vivian se crió.

Cuando la madre abrió la puerta su expresión cambió. Una extraña sonrisa se había dibujado en su cara. Le invitó a pasar con un tono de voz agradable.

—Lamento mucho el trato que recibisteis la vez pasada.

—Yo lo siento por ella. Su hija es la mejor persona de este mundo y no merecía ese trato —confesó con sinceridad—. Pero no estoy aquí para eso. Pasado mañana es su cumpleaños y no quiero que faltéis. Necesito que estéis todos allí.

—Vaya, Daniel. No esperaba verte en mi casa —dijo Airam, que bajaba con una chica—. Ella es...

—La conozco —le interrumpió. Miró a la acompañante con los ojos entornados como intentando recordar su nombre—. ¿Miren? —La muchacha sonrió y asintió efusivamente—. Trabaja en Industrias Gable.

Después de un par de horas en las que sólo hubo preguntas y respuestas, llegaron a un acuerdo sobre el cumpleaños de Vivian.

Él la mantendría en el apartamento y toda la familia iría llegando a la recepción. Se reunirían allí hasta que estuvieran todos y pudieran subir a la vez.

Con todos los detalles listos, Daniel volvió a casa, entre nervioso y preocupado por la sorpresa que iba a darle a Vivian.

Al fin llegó el día. Casualmente era sábado y no habían tenido reuniones, citas o llamadas que atender. Tenían el día para ellos solos.

Al atardecer, Daniel le pidió que se diera un baño relajante, que se vistiera con lo más bonito que tuviera y que esperase en el dormitorio a que él terminase de preparar la mesa. Ella obedeció sin rechistar.

Entonces dio comienzo todo. Tal y como habían planeado, la familia al completo estaba esperando en el descansillo, entre la puerta del ascensor y la del apartamento. Daniel los hizo pasar en silencio y los organizó en el salón, a la espera de que la protagonista saliera del dormitorio.

Cuando Vivian salió todo estaba a oscuras. Lo único que se veía eran las velas con las que Daniel había decorado la mesa. Pese a ello, todos pudieron ver su sonrisa y su expresión de felicidad.

—Daniel es... ¡Está preciosa!

—Tú lo eres más —susurró él mientras la abrazaba—. Te mereces lo mejor —añadió.

Entonces pulsó el interruptor.

—¡SORPRESA! —gritaron todos al unísono. Vivian se quedó completamente sorprendida. No podía creer lo que estaba viendo. No sólo estaba presente la familia Gable, sino también la suya: sus padres, sus hermanos... Al mirar a Daniel, éste lo único que hizo fue guiñarle un ojo en señal de complicidad y empujarla ligeramente para que fuera a saludarlos.

Por primera vez desde hacía varios años se sentaba a una mesa con su familia. Éstos le habían perdonado totalmente que les hubiese mentido sobre sus estudios. Por primera vez su padre sentía real admiración por su hija.

Airam le presentó a su novia, que era con la que más tiempo había estado, y Joe hizo lo mismo con Midori, su novia japonesa.

Las chicas, July y Emma, bailoteaban alrededor de ella continuamente, haciéndola reír.

Cuando estaba hablando con Daniel y con Clifford, de pronto sonó el timbre de la puerta. Joe, que se sentía como en casa, abrió sin pensar quién podría ser. El último invitado de la fiesta hacía su entrada.

Vivian estaba de espaldas a la puerta cuando ese alguien tocó su cintura suavemente, de un modo muy distinto a como lo hacía su novio.

—¡Felicidades, cumpleañera!

—¡Gabriel! —exclamó sorprendida al verle—. Hace...

—Un año y medio que no nos vemos, sí —dijo sonriendo. La abrazó con fuerza—. Lamento haber sido tan duro como fui, pero me alegro de que tú y mi hermano... Ya sabes. El destino te tenía preparado un Gable, aunque ése no fuera yo. —Rió.

—Me alegro de que... ¡De que estés aquí!

—No pude venir el año pasado porque...

Al hacer un gesto se acercó a ellos una chica con una enorme barriga.

De pronto todos se quedaron en silencio, mirando a la embarazada completamente boquiabiertos, sin terminar de creer lo que veían sus ojos.

—Gabriel, vas... ¿Vas a ser padre?

El fotógrafo se acercó a la muchacha y le puso una mano sobre el abultado vientre. La acercó con la otra mano para besarla.

—Quería que fuerais los primeros en saberlo, pero ésta creo que ha sido una fiesta sorpresa para todos —rió con cara de circunstancias—. Emily, ellos son mi familia, mi madre, mi padre... Él es mi hermano Daniel y esta señorita es Vivian, mi musa.

—¡Hey, hey! ¡Que estoy yo aquí! ¡No digas cosas atrevidas delante de mí! —exclamó Daniel con una expresión simpática, haciendo reír a todos. Después saludó a la chica que venía con su hermano.

Aquélla fue, sin lugar a dudas, la mejor fiesta de cumpleaños y la mejor fiesta sorpresa que le habían dado a Vivian en toda su vida.

Después de la fiesta, ya solos, los dos se miraron sonriendo. Había sido una noche de locos, pero también la mejor velada de la que jamás habían disfrutado.

—Estoy agotado, Viv. ¿Vamos a dormir? —Ella asintió. Se quitó los zapatos en medio del pasillo y se fue hacia él. De un salto se subió en su espalda.

Cuando entraron en la habitación, Daniel hizo que se bajase y que esperase. Aún había algo más que quería decirle antes de dormir.

Se acercó al armario y de uno de los cajones cogió una pequeña cajita de terciopelo azul. De ella sacó un precioso anillo con una sola piedra en medio. Entonces, se puso frente a ella. Tomó su mano y, callado, le colocó el anillo en su dedo anular. Sólo la miraba, mientras acariciaba delicadamente sus manos.

—¿Qué es esto, Daniel?

—Esto... Esto es para que me lo guardes. Algún día te pediré que te cases conmigo.

—¿Algún día? ¿Por qué no me lo pides ahora?

—Primero quiero estar a tu altura. Necesito ser...

Vivian sujetó su cara entre sus manos y le besó despacio, dulcemente, como le gustaba que hiciera cuando hablaban.

—Nunca has estado por encima o por debajo. Sólo hemos tenido cargos diferentes. Yo nunca he sido mejor que tú.

—Entonces, señorita McPherson, ¿quiere casarse conmigo? —le preguntó, susurrándoselo cerca de su oído.

—¡Humm! ¿Crees que debería?

—¡Oh! ¡Por supuesto! ¿No sabes que en los cuentos de hadas el príncipe y la princesa siempre se casan?

Vivian torció el gesto con una expresión graciosa. Daniel no quiso esperar a escuchar una respuesta. Sabía que le iba a decir que sí pero no iba a dejarle que lo hiciera en ese momento. Sujetó su cara con ambas manos y acercó su boca a la de ella.

—Te quiero —le dijo. Entonces apretó sus labios contra los de ella en un beso que lo decía todo sin una sola palabra.

Sin lugar a dudas, ésa había sido la mejor fiesta de cumpleaños de toda la historia. Y cada año sería aún mejor.